Lene Hansen

Liebe knistert wie Brausepulver

Lene Hansen

Liebe knistert wie Brause-Pulver

Roman

blanvalet

FSC www.fsc.org MIX Papier aus verantwortungsvollen Quellen FSC® C014496

Klimaneutral* Druckprodukt ClimatePartner.com/14044-1912-1001

Penguin Random House Verlagsgruppe FSC® N001967

1. Auflage
Deutsche Erstveröffentlichung 2022
in der Penguin Random House Verlagsgruppe GmbH,
Neumarkter Str. 28, 81673 München

Dieses Werk wurde vermittelt durch die Literarische Agentur Michael Gaeb.
Redaktion: René Stein
Umschlaggestaltung: Sandra Taufer, München
Umschlagmotiv: Shutterstock.com (Elen Koss; sabri deniz kizil; Dora Deme)
DK · Herstellung: sam
Satz: Uhl + Massopust, Aalen
Druck und Bindung: GGP Media GmbH, Pößneck
Printed in Germany
ISBN 978-3-7341-0918-8

www.blanvalet.de

1. Kapitel

München

Zweihundert lachsfarbene Rosen! Ungläubig legte Valerie den Telefonhörer aus der Hand. Das war verrückt. Wo um alles in der Welt sollte sie diese Blumen herzaubern? Zeit blieb ihr kaum, da die Rosen schon in wenigen Stunden im Atelier ihrer Chefin stehen sollten. Nahezu fassungslos schüttelte Valerie den Kopf. Das war sogar nach den Maßstäben von Amanda Modefürst ziemlich extrem. Und ihre Chefin hatte am Telefon auch noch betont, dass die Besorgung der Blumen eine Voraussetzung für eine mögliche Beförderung wäre. Valerie stöhnte leise auf.

Warum waren Amanda die Rosen auch erst jetzt eingefallen? Es war ja nicht so, dass sie nicht schon seit Wochen das Shooting planten. Am Morgen noch war Valerie felsenfest überzeugt gewesen, dass alles dafür fertig war. Sie war sich sogar so sicher gewesen, dass sie zur Feier des Tages ein besonders extravagantes Outfit gewählt hatte. Da saß sie nun in ihrer weißen Bluse mit dem überbreiten Rüschenkragen, der ihre dunkelbraunen Locken betonte, einem hellblauen Cord-Minirock zu mauve-silber geringelten Strumpfhosen und mit den höchsten Stilettos, die sie besaß. Aber in diesen Schuhen würde sie in einer annehmbaren Zeit kaum das nächste Blumengeschäft erreichen, geschweige denn bis zu einem Laden kommen, der zweihundert lachsfarbene Rosen vorrätig hatte. Falls es so etwas an einem gewöhnlichen Freitagmittag im März in München überhaupt gab.

Valerie stützte den Kopf in die Hände und schloss die Augen. Die Rüschen an ihrer Bluse raschelten leise. Die Rosen waren ein Problem, aber wahrscheinlich noch nicht einmal das größte. Schlimmer noch war die Frage, was Amanda Modefürst unter »lachsfarben« genau verstand. Mit der Inhaberin einer großen Designfirma über Farbschattierungen zu streiten, war komplett sinnlos. Bisher war Valerie sich ziemlich sicher gewesen, was das Farbempfinden ihrer Chefin betraf. Doch seit zwei Wochen lief Amanda mit orange getönten Gläsern in ihrer breiten Hornbrille herum. Seitdem wurden ihre Farbwünsche von Tag zu Tag exaltierter, während Valerie zunehmend ins Schwimmen kam. Erst vor wenigen Tagen war es zu einer Katastrophe gekommen, als die von Valerie besorgten dreihundert Meter feinster japanischer Seide durch die getönten Gläser irgendwie anders als türkis geschimmert hatten. Ohne auch nur einmal über den Rand der Brille zu schauen, war die Chefin ausgeflippt. Auf eine Wiederholung dieses Theaters konnte Valerie getrost verzichten.

Was mache ich also?, fragte sie sich und schlug die Augen wieder auf. Normalerweise hätte sie ihre Freundin Clara in der Kreativabteilung um ein paar Farbmuster gebeten, die sie dann Amanda vorlegen konnte, aber dafür fehlte ihr die Zeit. Außerdem befand sich Clara wie der Großteil der Belegschaft gerade in einer Art Schockstarre.

Denn ausgerechnet heute früh hatte Amanda Modefürst kurzerhand das gesamte Farbkonzept für die kommende Innendesign-Kollektion über den Haufen geworfen: Aus »Wälder« wurden »Sonnenwelten«. Im ganzen Haus brach Hysterie aus, und vorhin war Valerie auf dem Flur sogar einer weinenden Kollegin begegnet, die gar nicht wusste, woher sie auf einmal all die Gelbtöne nehmen sollte, nachdem sie monatelang mit Grün in allen Schattierungen gearbeitet hatte.

Für eine Sekunde sehnte sich Valerie nach der Zeit vor dem Optikerbesuch ihrer Chefin zurück. Da hatte Amanda Modefürst nur eine bewältigbare Anzahl ungewöhnlicher Wünsche geäußert – nach einem Milchkaffee ohne Milch und Kaffee, nach einer Watte, die nicht fusselte, oder nach einem Lila, das weder flieder- noch veilchenfarben war.

Doch seit dem Einzug der getönten Brillengläser wurde Valerie mit Amandas Aufträgen kaum noch fertig. Ständig war eine Farbe zu hell, zu dunkel oder schlicht nicht passend, weshalb sich die Arbeit staute und sich noch mehr unerledigte Aufgaben als sowieso schon auf Valeries Schreibtisch türmten. Jetzt läutete auch das Telefon, und für eine Sekunde hoffte Valerie, dass das Amanda war, die es sich mit den Rosen anders überlegt hatte. Doch es war der Leiter der Marketingabteilung. »Stimmt das? Alles neu und auf Gelb?« Seine hastig gesprochenen Worte ohne vorangehende Begrüßung klangen geradezu panisch.

Mitleidig bejahte Valerie, die wusste, dass es das Marketing neben der Kreativabteilung besonders hart traf. »Ich habe dir schon die ersten Farbentwürfe für das neue Konzept weitergeleitet. Ihr sollt die Werbung komplett überarbeiten, allerdings im gleichen Zeitrahmen.« Valerie hasste es, schlechte Nachrichten zu überbringen – etwas, das sie als Mitarbeiterin von Amanda viel zu oft machen durfte.

»Ist das dein Ernst? Das ist unmöglich!«

»Hm«, machte Valerie vage. In der Firma von Amanda Modefürst gehörte es schlicht dazu, das Unmögliche möglich zu machen – es war sozusagen der Normalzustand. Vielleicht hätte es einen Aufstand gegeben, wenn Amanda nicht über ein so sicheres Händchen für das Geschäft verfügt hätte. Aber sie lag mit ihren Entscheidungen immer richtig, und Valerie musste zähneknirschend zugeben, dass sich die zweihundert lachsfarbenen Rosen beim Fotoshooting sicherlich ausgezeichnet machen würden. Zumindest, wenn sie sie schnell genug auftreiben konnte.

»Ich werde mich bemühen, für gute Stimmung bei der Chefin zu sorgen, indem ich bis heute Nachmittag zweihundert lachsfarbene Rosen besorge«, erklärte sie dem Chef der Marketingabteilung. »Vielleicht kannst du dann noch einmal mit ihr wegen des Zeitrahmens für die Werbekampagne sprechen?«

Der Kollege machte ein komisches schnaubendes Geräusch irgendwo zwischen Lachen und Weinen. »Welche Farbe sollen die Blumen genau haben? Lachsfarben? Eher wie ein Wildlachs oder wie ein in Aquakultur gezogener Fisch?«

Valerie spürte einen unangenehmen Druck im Magen. Über Unterschattierungen der sowieso schon ungewöhnlichen Farbe wollte sie gar nicht erst nachdenken. Rasch verabschiedete sie sich, bevor der Marketingchef in seinem Frust noch beunruhigendere Ideen äußerte.

»Viel Erfolg mit dem Fisch«, wünschte der Kollege noch.

Den kann ich gebrauchen, dachte Valerie.

So schnell sie konnte, arbeitete sie sich durch die Seiten mehrerer Blumengroßhändler im Internet. Doch je mehr sie sah, desto unglücklicher wurde sie. Keiner der Münchner Händler hatte aktuell Schnittblumen in dieser Farbe vorrätig, es gab nur weiße und rote Rosen in so großer Anzahl.

Unwillkürlich musste Valerie an die wunderschöne türkise Seide denken, die solchen Ärger verursacht hatte. Wenn sie noch einmal bei einer Farbe so danebenlag, würden sich alle ihre Aussichten auf eine Beförderung in Luft auflösen, das hatte Amanda ihr klargemacht. Dabei hoffte Valerie so sehr darauf, die rechte Hand der Chefin zu werden, denn deren Arbeit war viel attraktiver als ihre jetzige. Als erste Assistentin wäre sie am kreativen Prozess beteiligt, könnte selbst gestalten und wäre nicht mehr nur der Ableiter für Amandas regelmäßig geschleuderte Blitze, die das Potenzial hatten, die halbe Firma in Brand zu setzen.

Nachdenklich wickelte Valerie sich eine Locke um ihren Zeigefinger, als ihr auf einmal eine zündende Idee durch den Kopf schoss. Sie könnte die Rosen doch färben! Das war schließlich das, was die Kreativwerkstatt im zweiten Stock mit der türkisen Seide jetzt auch machte.

Das ist eine super Idee, dachte Valerie glücklich. Eilig suchte sie im Internet nach brauchbaren Tipps zum Blumenfärben, während eine ständige Zunahme ungelesener E-Mails anzeigte, dass die meisten Mitarbeiter aus dem Haus Amandas neue Volte hin zu »Sonnenwelten« noch nicht verdaut hatten.

Aber darum konnte sich Valerie jetzt nicht kümmern. Gerade musste sie ihre Beförderung mit der richtigen Rosenfarbe retten! Und siehe da, es gab reichlich Anleitungen, wie man sogar mehrfarbige Rosen herstellen konnte. Zu Valeries großer Beruhigung klang es ganz einfach: weiße Rosen schräg anschneiden, Farbe in das Blumenwasser geben und dann nur noch abwarten. Besonders der Teil mit dem Abwarten gefiel Valerie, weil sie sich dann endlich um all die anderen Dinge kümmern konnte, die sich in den letzten Tagen auf ihrer To-do-Liste angesammelt hatten.

Beschwingt rief sie beim Blumengroßhandel an, wo sie zweihundert weiße Rosen in acht Eimern als Expresslieferung orderte. Dann klingelte Valerie bei Clara in der Kreativwerkstatt durch. »Ich weiß, du hast im Moment wirklich anderes zu tun, aber kannst du mir helfen und einen Lachsfarbton in flüssiger Form mischen?«

»Wird das Farbspektrum für die Kollektion schon wieder geändert?« Clara klang so, als litte sie unter Zahnschmerzen.

»Nein, nein, es bleibt bei ›Sonnenwelten‹. Ich habe hier nur so ein kleines Problem ...« Kurz beschrieb Valerie ihr Dilemma mit den lachsfarbenen Rosen.

Clara versprach, allen farblichen Katastrophen in ihrer Abteilung zum Trotz ihr Möglichstes zu geben und eine passende Mischung anzusetzen, die Valerie dann ins Blumenwasser kippen konnte.

»Es ist keine Lebensmittelfarbe«, warnte sie noch.

»Aber die Blumen werden die Behandlung doch überleben, oder?«, erkundigte sich Valerie besorgt.

»Ich denke schon, nur: Will die Chefin die Rosen essen?«

»Ich hoffe nicht.« Valerie musste lachen. Allerdings traute sie Amanda so ziemlich alles zu. »Wie ich es verstanden habe, sind die Blumen nur fürs Foto.«

Nun lachte Clara ebenfalls. »Also gut, wenn sie sie isst, selbst schuld. Ich bringe dir die Farbe, so schnell es geht, hoch.«

»Du bist ein Schatz! Ich revanchiere mich mit selbstgebackenen Schokoladenbrownies«, versprach Valerie, bevor sie auflegte. Dann atmete sie einmal tief durch. Aus der großen Schachtel in ihrer obersten Schreibtischschublade nahm sie sich eine Praline, die ihr Tante Berenike aus Berlin geschickt hatte. Tante Berenike, eigentlich Valeries *Großtante*, war diejenige aus Valeries Verwandtschaft, die das Prädikat »liebende Angehörige« am meisten verdiente. Valeries Familie war klein, außerdem hatten sich Valeries überehrgeizige Eltern schon vor Langem disqualifiziert, weil sie sich nur um ihre Arbeit kümmerten. Nicht so Berenike. Sie konnte nicht verstehen, warum man ein Kind sich selbst überließ. Daher hatte sie früher Valerie in allen Ferien zu sich geholt und war mit ihr um die Welt gereist. Und auch jetzt noch verband die beiden Frauen eine starke Zuneigung, die sich nicht nur aus ihrer gemeinsamen Liebe zu Schokolade speiste. Denn ob heiß oder kalt, ob flüssig oder fest, ob hell oder dunkel – darin waren sich Valerie und Berenike einig: Es gab nichts Besseres. Und so versorgte Berenike ihre Großnichte mit einem nicht versiegenden Strom von Köstlichkeiten, die in schönster Regelmäßigkeit hübsch verpackt in München eintrafen.

Jetzt biss Valerie genüsslich in die krachende zartbittere Schokoladenkruste und schmeckte daraufhin eine cremige Füllung aus Gianduja.

Wunderbar, dachte sie zufrieden. So gestärkt schaute sie auf die ellenlange Liste unbeantworteter Mails, die sich in ihrem Postfach angesammelt hatten. In der folgenden Zeit beantwortete Valerie nicht weniger als sechsunddreißig Anfragen von Kollegen, die entweder irgendetwas über »Sonnenwelten« wissen wollten, sich erkundigten, ob die Chefin noch bei Trost wäre, oder um nun notwendig gewordene Budgetfreigaben baten, die Valerie alle notierte.

Ach, wenn ich doch befördert werden würde, dachte sie dabei sehnsüchtig. *Dann könnte ich endlich etwas machen, das mehr Spaß macht.* Der vor Kurzem frei gewordene Posten an Amandas Seite war außerdem mit großzügigen Befugnissen ausgestattet, die Valerie gern zum Wohl aller Mitarbeiter eingesetzt hätte.

Um ihre Chancen auf die Beförderung zu erhöhen, hatte sie in den letzten Wochen noch mehr gearbeitet als sonst und zusätzlich versucht, ihre Vorzüge – freundlich, belastbar, gut vernetzt – möglichst vorteilhaft in Szene zu setzen, was ihr bis auf das Debakel mit der Seide auch gelungen war. Schließlich kannte Valerie die Firma von der Pike auf, war mit allem und jedem per du und ein gern gesehener Gast in allen Abteilungen. Trotzdem wusste man bei Amanda nie …

Und dann gab es ja noch Denise aus dem Personalwesen, die zwar gerade erst in der Firma angefangen hatte, aber genau wie Valerie ein Auge auf die freie Stelle geworfen hatte. Denise war das komplette Gegenteil von Valerie. Kühl und berechnend wäre ihr niemals so eine Katastrophe wie die mit der japanischen Seide passiert, ließ sie Valerie bei jeder passenden und unpassenden Gelegenheit wissen. Denise war eine Meisterin darin, der Chefin nach dem Mund zu reden (was Valerie, die viel ehrlicher war, nicht so gut beherrschte), immer im entscheidenden

Moment aufzutauchen (nachdem Valerie die ganze Arbeit gemacht hatte) und dann absolut perfekt auszusehen (während Valerie nach der ganzen Mühe meist eher derangiert wirkte). Nein, Denise gegenüber konnte und wollte Valerie sich niemals geschlagen geben.

Das mit den Rosen muss jetzt einfach klappen, entschied sie und nahm sich zur Stärkung noch eine Praline, die sich als Kaffeeschokolade mit einem Hauch von Zimt herausstellte.

Zum Glück trafen die Blumen tatsächlich kurz nach der Farbe aus der Kreativwerkstatt ein. Zweihundert Blumen in acht Eimern waren eine Menge, und es wurde ziemlich eng in Valeries kleinem Büro.

»Schwer verliebter Verehrer?«, erkundigte sich der Bote mit einem Augenzwinkern, als er den letzten Eimer ablud.

»Ich hoffe es«, antwortete Valerie mit einem Lächeln und einem Gedanken an Claas, der hoffentlich schwer verliebt und mit etwas Glück gerade auf dem besten Weg war, ihr Freund zu werden. Wenn das erst mit der Beförderung klappte, dann könnte sie doch… Claas und sie… Arbeit und Beziehung…

Mit etwas Mühe zwang Valerie sich, aus der Traumwelt zurückzukehren. »Diese Blumen sind tatsächlich für die Firma«, erklärte sie dann mit einem bedauernden Schulterzucken, bevor sie den Lieferschein unterschrieb und dem Boten als Dank eine Praline anbot.

Mit Vergnügen schaute sie auf das Blumenmeer um sich herum. Die vielen Rosen ließen sie das Büro komplett vergessen, und es sah vielmehr so aus, als wäre Valerie inmitten einer märchenhaften Blumenwiese gelandet. Die Rosen leuchteten so wunderschön weiß, dass Valerie es fast schade fand, sie umzufärben. Doch die Chefin wollte lachsfarben, und lachsfarben sollte sie bekommen.

An die Arbeit, ermahnte sich Valerie.

Kurz warf sie einen Blick auf den Zettel, auf dem sie sich alle Schritte notiert hatte, und auf die drei beschrifteten Plastikgefäße mit Claras Farbmischung. Dann legte sie los.

Als Erstes musste sie die grünen Blätter an den Stängeln entfernen, damit sie nicht so viel von dem gefärbten Wasser aufsaugten. Vorhin beim Lesen war das Valerie noch vollkommen unproblematisch erschienen, aber als sie jetzt auf die schiere Menge an Blumen schaute, wurde sie doch unsicher. Dazu kam, dass es mit den acht Eimern in ihrem Büro wirklich sehr eng geworden war. Von ihrer sitzenden Position am Schreibtisch aus griff sie nach der erstbesten Rose und betrachtete sie von allen Seiten. Sie hatte drei Blätter. Rasch rupfte Valerie diese ab, bevor sie eine zweite aus dem Eimer nahm – mit vier Blättern. Während sie weiter an den Rosen herumzupfte rechnete Valerie überschlagsweise aus, dass sie also irgendetwas zwischen sechshundert und achthundert Blätter entfernen musste. Dazu kamen die vielen Dornen, die ihr die Arbeit erschwerten. Valerie biss sich auf die Unterlippe. Außerdem sahen die Rosen ohne Blätter irgendwie kahl aus. Für einen Augenblick wurde Valerie unsicher, ob sie nicht auf dem Holzweg war.

Denk an die Beförderung, ermahnte sie sich dann jedoch und entfernte die Blätter von der nächsten Blume, wobei sie sich prompt stach.

»Aua«, murmelte sie und pustete auf ihren Finger. Ja, die Rosen waren wunderschön, aber langsam fand Valerie, dass ihre Chefin lieber Margeriten hätte bestellen sollen oder irgendeine andere Zierpflanze ohne Dornen, die es möglichst auch gleich in der richtigen Farbe gab. Mit einem winzigen Seufzer griff Valerie nach einer weiteren Rose und pikste sich abermals.

Ich sollte Gefahrenzulage für meine Arbeit fordern, überlegte sie, während sie sich an ihr halsbrecherisches Manöver vor einigen Wochen an der Zimmerdecke des Ateliers erinnerte, als Amanda unbedingt überall Zweige aufgehängt haben wollte. Und wer wusste schon, was die Chefin sich für »Sonnenwelten« alles einfallen lassen würde? Heizstrahler überall, kleine Lavaströme auf den Tischen?

Als Valerie nach zehn Minuten mit dem Abzupfen der Blätter noch nicht sehr viel weitergekommen war, spürte sie einen unwillkommenen Anflug von Nervosität. Ein Blick auf die Arbeitsanweisung zeigte ihr, dass der Farbwechsel ungefähr vier Stunden brauchen würde. Sie schaute auf ihre Uhr. So würde das nie etwas werden. Es wurde Zeit für eine Planänderung.

Ich nehme einfach mehr Farbe, und das jetzt sofort, entschied Valerie, deren Finger schon von den Dornen brannten. Kurzentschlossen öffnete sie die erste Farbportion von Clara, beugte sich hinunter und goss einen ordentlichen Schwall in den Roseneimer vor sich. Leider wurde dabei ein Teil der Farbe von den nicht entfernten Blättern abgelenkt, und es spritzte in alle Richtungen. Valerie spürte, wie mehrere Tropfen sie auf der Nase und Wange trafen. Ungeduldig wischte sie diese mit dem Handrücken weg. Beim zweiten Eimer war sie vorsichtiger und schob erst die Rosen zur Seite, wobei sie sich abermals stach.

Bringen eigentlich Dornenstiche Glück?, fragte sie sich, während sie großzügig Farbe ins Wasser kippte, das prompt eine sehr kräftige Färbung annahm. Glück könnte sie gut gebrauchen – für die Beförderung und für die Sache mit Claas, die irgendwo zwischen Himmel und wackeligem Untergrund festhing.

»Also los«, ermunterte Valerie die Blumen mit ihrer warmen Stimme. »Schön lachsfarben werden.«

Doch dann fiel ihr ein, dass sie die Rosen ja eigentlich erst noch hätte anschneiden sollen. Doch das würde ebenfalls eine Ewigkeit in Anspruch nehmen, also gab sie kurzerhand noch etwas mehr Farbe ins Wasser, bis es fast dunkel erschien.

Kein normaler Lachs sieht aus wie das Wasser, überlegte Valerie und fragte sich, ob sie die Mischung besser wieder verdünnen sollte. Doch dafür müsste sie erst etwas vom Rosenwasser abgießen, wofür sie den Eimer aus ihrem Büro bekommen müsste, zur Toilette schleppen …

Nein, entschied Valerie, das musste so gehen. Beherzt griff sie nach der zweiten Farbmischung und stand auf, um an die anderen Eimer zu kommen. Das war gar nicht so einfach, denn alles stand dicht an dicht in ihrem winzigen Büro, das so viel enger war als der luftige große Arbeitsbereich der ersten Assistentin im obersten Stockwerk.

Mit der Farbe in der Hand quetschte sich Valerie zwischen Schreibtisch und stacheligen Rosen hindurch. Plötzlich begann hinter ihr das Telefon zu läuten.

Das ist bestimmt die Chefin, dachte Valerie und drehte sich pflichtschuldig sofort um. Durch ihre hektische Bewegung riss sie die äußersten Rosen im Eimer neben sich mit, blieb an einzelnen Dornen hängen und stolperte halb, wodurch sie den Eimer zum Kippen brachte. Valerie warf sich zur Seite, um ihn aufzufangen, was ihr im allerletzten Augenblick noch gelang. Leider schüttete sie dabei den Farbtopf aus, den sie in der Hand gehalten hatte. Ein lachsfarbener Schwall ergoss sich über die Rosen, den Boden, aber leider auch über Valeries hübschen hellblauen Rock, der danach nicht mehr so hübsch und auch nicht mehr so hellblau aussah. Automatisch strich Valerie darüber, woraufhin auch noch ihre Hand lachsfarben wurde.

Währenddessen läutete das Telefon weiter, immer vorwurfsvoller, wie es Valerie vorkam. Hektisch wischte sie ihre Hand an ihrem Rock ab, wobei sie entdeckte, dass sie auch Farbe auf den weiten Ärmel ihrer hellen Bluse bekommen hatte.

Verflixt!

Das Telefon hörte auf zu klingeln.

»So ein Mist«, murmelte Valerie, während sie einhändig eine Packung Taschentücher aus ihrer Schublade fummelte. Doch so leicht, wie sie sich das vorgestellt hatte, ließ sich die Farbe nicht abwischen, weder vom Boden noch von ihr selbst. Stattdessen wurde bei ihren Bemühungen auch noch ihre zweite Hand farbig. Jetzt sah es so aus, als habe sie einen tragischen Unfall mit dem Selbstbräuner erlitten.

Aber das war egal – jetzt war das Färben der Blumen dran! Energisch verteilte Valerie den Rest der Farbe, den sie nicht verschüttet hatte, auf die übrigen Eimer, bevor sie die orangen Taschentücher und die leeren Plastikgefäße im Müll entsorgte. Dass sie dafür fast einen Spagat über die Rosen hinweg hinlegen musste, fand sie nicht so schlimm, genauso wenig wie die Farbe auf ihren Händen. Denn wenn sich die Rosen jetzt genauso kräftig verfärbten wie die Taschentücher und ihre Haut, war alles in Butter.

Valerie hatte sich gerade wieder an ihren Schreibtisch gesetzt, als eine laute, unangenehm quietschige Stimme sie aus ihren Gedanken riss. »Na, was haben wir denn da?«

Überrascht drehte Valerie den Kopf. Was wollte denn ausgerechnet Denise hier in ihrem Büro?

»Ja, bitte?«, fragte sie so freundlich wie möglich.

Normalerweise fiel es Valerie leicht, das Gute in allen Menschen zu sehen. Aber bei Denise war das anders. Schon häufiger hatte Valerie sich selbst vorgeworfen, dass sie netter zu Denise sein sollte, die ihre guten Eigenschaften wahrscheinlich einfach nur ein wenig mehr versteckte als andere. Trotzdem schaffte es Valerie nicht, Denise positiv zu sehen. Und das lag beileibe nicht nur am stets makellosen Äußeren ihrer Kollegin. Für Valerie war Denise jemand, der alles zu seinem Vorteil drehen wollte, egal was es für die anderen bedeutete. Außerdem war Denise hochnäsig. Ja, sie sah großartig aus mit ihren wallenden blonden Haaren und der mehr als schlanken Figur. Aber das änderte nichts daran, dass ihre Oberlippe schmal und ihre Nase spitz wirkten, als sie jetzt auf Valerie herabsah.

Genervt unterdrückte Valerie ein Murren.

»Also? Was machst du da?« Denise liebte es, Witze auf anderer Leute Kosten zu machen. Daher zählte Valerie die Sekunden, bis Denise sich über ihr bekleckertes Aussehen lustig machen würde. Aber als nichts kam, erklärte sie: »Ich färbe Blumen. Und was machst du hier?« Schließlich lag Denises Büro ganz woanders.

»Ich dachte, ich komme mal vorbei und spreche mit dir. Allerdings solltest du dir die Farbe aus dem Gesicht wischen.«

»Wieso?« Irritiert blickte Valerie auf.

»Nun ja, deine Kleidung, deine Hände, die seltsamen Flecken in deinem Gesicht… Du siehst aus wie das hässliche Entlein – ein orange bekleckertes Entlein, um genau zu sein.« Denise kicherte. »Dabei hättest du es so viel leichter haben können, wenn du es so gemacht hättest wie ich.«

»Wovon sprichst du?« Valerie sah zu ihrer Kollegin und musste feststellen, dass Denise eine neue Brille trug. Und nicht irgendeine, sondern eine mit orange getönten Gläsern genau wie Amanda Modefürst.

»Krass!«, murmelte Valerie unwillkürlich.

»Du sagst es«, erwiderte Denise zufrieden. »Ich bin also mit meinen zweihundert Rosen schon fertig, denn durch die Brille sehen die weißen Rosen lachsfarben aus. So habe ich Zeit, mich aufs Wochenende zu freuen.« Sie klang so selbstzufrieden wie immer.

»Wie?« Valerie hatte das Gefühl, komplett auf dem Schlauch zu stehen. Getönte Brillengläser, Wochenende…? »Du solltest auch zweihundert lachsfarbene Rosen besorgen?«, fragte sie dann.

Denise nickte, wobei sie wieder den hochmütigen Gesichtsausdruck aufsetzte, den Valerie so grässlich fand. »Ich denke, dass es so eine Art Contest zwischen uns ist.«

»Ein Wettbewerb?« Valerie brauchte all ihre Beherrschung, um nicht mit den Augen zu rollen. »Vielleicht braucht Amanda einfach vierhundert Rosen und wollte die Arbeit gerecht zwischen uns aufteilen?«

»Bist du bescheuert? Ich sitze in der Personalabteilung, warum sollte ich mich um Blumen kümmern? Außerdem, wenn schon einer von uns Rosen besorgen soll, kann er doch auch gleich die ganze Bestellung übernehmen. Na ja, außer man macht dafür so ein komisches Geplemper wie du, dann kann man wahrscheinlich vierhundert Stück wirklich nicht schaffen.« Denise Stimme bekam einen mitleidigen Unterton, der Valerie so wütend machte, dass sie am liebsten auf den Tisch gehauen hätte. Aber Denise flötete einfach weiter. »Wenn es also ein Wettbewerb ist, habe ich ihn schon gewonnen, denn deine Rosen werden durch die Brille falsch aussehen. Aber sag jetzt nicht, ich hätte dich nicht gewarnt.«

Neben dem hochkochenden Ärger in der Brust spürte Valerie einen beginnenden Druck im Magen. Stimmte das wirklich? Keinesfalls wollte sie noch einmal bei einer Farbe komplett danebenliegen.

»Aber deine Rosen *sind* ja gar nicht lachsfarben«, hielt sie vorsichtig dagegen.

Denise tat Valeries Einwand mit einem Schulterzucken ab. »Durch die Brille schon.«

»Aber was ist, wenn Amanda ihre Brille abnimmt?« Valerie empfand Denises Vorgehen irgendwie betrügerisch.

»Ja, genau, was passiert dann?«, fragte eine tiefe, volltönende Stimme hinter Denise, die sofort herumfuhr, während auch Valerie aufsprang.

Im Flur vor dem Büro stand Amanda Modefürst und schaute nacheinander Denise und Valerie an. Die Chefin war eine ausgesprochen eindrucksvolle Erscheinung: groß, wuchtig, resolut und schwer. Sie liebte Ketten und Armbänder und trug stets so reichlich davon, dass sie Valerie manchmal an einen überschmückten Weihnachtsbaum erinnerte.

»Also, was passiert dann?«, hakte die Chefin mit ihrer Baritonstimme nach.

Valerie bemerkte, dass Amanda tatsächlich ihre orangegetönte Brille wieder durch die mit den normalen Gläsern ersetzt hatte. Rasch schaute sie auf die Blumen und bildete sich ein, dass sich schon der erste lachsfarbene Schimmer in den weißen Blüten breitmachte.

Denise blieb erstaunlich cool. »Was man dann macht? Man gibt seiner Kollegin schnell noch die übrigen Blumen, damit sie sie auch so schön färbt.«

Wider Willen war Valerie beeindruckte. Sie selbst wäre nie auf so eine schlagfertige Antwort gekommen (nicht in einer Million Jahren), ganz abgesehen davon, dass sie nie versucht hätte, ihre Chefin so übers Ohr zu hauen (weshalb sie wahrscheinlich immer noch ihr Dasein als einfache Mitarbeiterin fristete).

Amanda brach in ein schallendes Lachen aus, das sich ehrlich amüsiert anhörte. »So wie ich unsere liebe Valerie kenne, würde sie sogar das Färben aller Rosen getreulich übernehmen.«

Valerie, die auf ihre orangefarbenen Hände geschaut hatte, blickte auf. Sie sollte noch weitere zweihundert Rosen färben? Alles nur, weil Denise dachte, sie wäre superschlau? Valeries Ärger nahm schlagartig zu, doch Amanda wiegte ihren Kopf langsam hin und her. »Denise, freuen Sie sich nicht zu früh über Ihr scheinbar cleveres Spiel. Valeries Kompetenz zusammen mit ihrer angenehmen Art sind nämlich der Grund, warum sie ab sofort meine erste Assistentin wird.«

Valerie und Denise blickten ruckartig zur Chefin, während Valerie ihr Herz schneller schlagen fühlte. *Sie* würde tatsächlich Amandas rechte Hand?

»Nur wegen der Rosen?« Denises unangenehme Stimme schnitt durch Valeries Glücksgefühl.

»Natürlich nicht nur deshalb«, gab Amanda unbeeindruckt zurück. »Ich werde Sie auch befördern, Denise, aber alles zu seiner Zeit. Valerie, kümmern Sie sich bitte um alle Rosen, bevor Sie in mein Vorzimmer umziehen. Aber sagen Sie mal, jetzt wo ich Sie so sehe…« Durch ihre Brille musterte Amanda Valerie eindringlich. »Sie haben so orangefarbene Flecken im Gesicht, die irgendwie ungesund aussehen. Sind Sie krank?«

2. Kapitel

Nach der Beförderung lief Valerie fast wie auf Wolken.

Vierhundert Rosen färben – ein Kinderspiel.

Lachsfarbe aus dem Bürofußboden zu bekommen – etwas schwerer, aber mit der Hilfe der Kolleginnen aus der Kreativabteilung ebenfalls zu meistern.

Das Fotoshooting mit den lachsfarbenen Rosen – eine echte Herausforderung, da der Fotograf allergisch gegen Rosen war, Amanda aber auf die Blumen bestand. Doch auch das managte Valerie. Ununterbrochen war sie auf ihren schwindelerregend hohen Stilettos im Einsatz und fühlte sich trotzdem energiegeladen und beschwingt. Ihre Beförderung war ein Grund zum Feiern!

Ihre Freude nahm sogar noch zu, als sie abends endlich in ihrem neuen Büro im obersten Stockwerk am Schreibtisch saß und durch die Glasfront hinunter auf das abendliche München schaute.

Ich bin da angekommen, wo ich schon so lange hinwollte, dachte sie glücklich. Dafür akzeptierte sie auch klaglos die zwei Seiten Anweisungen, die Amanda ihr ausgehändigt hatte.

Wasser wünschte die Chefin täglich frisch hingestellt zu bekommen, aber nur solches, das in der richtigen Mondphase abgefüllt worden war; der Kaffee durfte ausschließlich aus hell gerösteten Kaffeebohnen zubereitet werden; spezielle Kundenanfragen sollte Valerie nur in geraden Stunden, also von 10 bis 11 Uhr oder von 12 bis 13 Uhr und so weiter vorlegen, wohingegen die Zeit für betriebliche Besprechungen immer in den ungeraden Stunden lag. Als erste Assistentin hatte Valerie zu jedem Zeitpunkt Zutritt zum Atelier der Chefin, nur nicht, wenn Amanda Yoga machte. Valerie, die bis dahin nicht einmal geahnt hatte, dass sich ihre Chefin neuerdings für Yoga interessierte, prägte sich auch das ein.

Alles ist die Sache wert, entschied sie, während sie die Zettel an die Wand neben ihrem Schreibtisch pinnte, um dann weiter die wirklich spektakuläre Aussicht aus ihrem neuen Bürofenster zu genießen. Jetzt war es schon dunkel, aber im Hellen würde sie über die Häuser hinweg bis zu den Isarauen schauen und vielleicht in der Entfernung sogar den Schatten der Berge ausmachen können, zumindest wenn sie ganz fest daran glaubte. Aber auch jetzt nach Sonnenuntergang wirkte München mit seinem abendlichen Lichtermeer bezaubernd.

Perfekt, dachte Valerie zufrieden und streifte ihre Stilettos unter dem Schreibtisch ab.

Doch dann fiel ihr Blick auf die Uhr, und sie fuhr hoch. Es war schon nach acht! Der Umzug hatte viel länger gedauert, als sie geplant hatte. Gleich fand das Familienabendessen statt, und sie musste sich beeilen, wenn sie nicht zu spät eintreffen wollte. Und zu spät zu kommen war einfach keine Option – zumindest nicht, wenn sie kein Familiendrama heraufbeschwören wollte.

Außerdem würde auch Claas kommen. Claas, von dem

sie träumte, seit sie ihn das erste Mal gesehen hatte. Vielleicht, ganz vielleicht könnte Valerie irgendwann darauf zurückblicken, dass sie heute nicht nur befördert, sondern auch Claas' offizielle Freundin geworden war?

Aber jetzt konnte sie nicht in Fantasien schwelgen, jetzt musste sie schnellstmöglich aufbrechen. Rasch fuhr Valerie sich durch die dunklen Locken, warf einen prüfenden Blick auf ihren verfärbten Rock, die ehemals helle Bluse und ihre Hände, von denen sie die Farbe im Gegensatz zum Fußboden nicht komplett abbekommen hatte. Sicherlich wäre es besser, zuerst nach Hause zu gehen, sich umzuziehen und das Make-up aufzufrischen. Aber dafür war es jetzt zu spät. Also schminkte sich Valerie schnell mit den Sachen, die sie in ihrer Handtasche fand, krempelte die Blusenärmel hoch und hoffte, dass der Rest niemandem auffallen würde. Dann stieg Valerie wieder in ihre Stilettos, was viel schwerer ging, als sie zuvor abzustreifen. Aber immerhin würden ihre Beine toll darin aussehen. Die Beine, für die Claas so schwärmte.

Valerie schmolz fast dahin, wenn sie nur an ihn dachte. Claas sah phänomenal gut aus und konnte unglaublich liebenswürdig sein. Seit ihre Mutter damit begonnen hatte die Kandidaten für die Position des CFO in ihrer Firma einen nach dem anderen zu den Familienabendessen mitzubringen, hatte Valerie eine Menge sehr erfolgreicher Frauen und Männer kennengelernt. Aber keiner davon war auch nur im Entferntesten so großartig wie Claas. Offenkundig war er im Auswahlprozess eine Runde weitergekommen und war daher abermals mit von der Partie. In Valeries persönlichem Auswahlverfahren hatte er schon längst gesiegt, und sie konnte es kaum erwarten, vor aller Welt seine

Freundin zu sein. Sie lächelte bei dem Gedanken. Zwar konnte Clara Claas nicht ausstehen, obwohl sich ihre Namen so ähnlich waren. Und auch Berenike hatte sich seltsam verhalten geäußert, als Valerie ihr bei ihrem letzten Telefonat von Claas vorgeschwärmt hatte. Doch schließlich konnten sich auch ihre farbbegeisterte Freundin und ihre herzallerliebste Tante mal irren, denn Valeries Gefühl stand eindeutig auf Treffer. Gut gelaunt warf Valerie ihre Schminksachen zurück in die Tasche auf den Umschlag mit dem geänderten Arbeitsvertrag, den Amanda ihr ebenfalls gegeben hatte, bevor sie die Schreibtischlampe ausstellte.

Was bedeuteten im Übrigen verfärbte Hände und Kleider im Vergleich zu einem gewaltigen Schritt nach oben auf der Karriereleiter? Ihre überehrgeizige Mutter würde endlich mal zufrieden sein, und auch ihr erfolgreicher Vater würde sich mit ihr freuen. Schnell stibitzte Valerie sich noch eine Praline aus der Schachtel von Tante Berenike und schob sie sich in den Mund.

Berenike muss ich unbedingt gleich von meiner Beförderung erzählen, überlegte sie, während sich das Aroma von Maracuja vor dem Hintergrund heller Schokolade in ihrem Mund ausbreitete. Mit dem köstlichen Schokoladengeschmack im Mund griff Valerie nach ihrem halblangen goldenen Designermantel, für den sie ewig gespart hatte, nahm ihre Tasche, ehe sie auch noch das Hauptlicht im Büro ausschaltete. Trotz ihrer unfassbar hohen Absätze lief sie schnell die Treppe hinunter, um bloß nicht noch mehr Zeit zu verlieren. In den Augen ihrer Mutter war Unpünktlichkeit eine Todsünde, und Valerie wollte den Abend lieber als glückliche Verliebte und nicht als böse Sünderin verbringen.

Eilig verließ sie das Gebäude und ging in Richtung des Restaurants, in dem sie sich immer trafen. Mit jedem Schritt, den sie machte, wurde sie beschwingter. Es war einfach herrlich, sich den abendlichen Wind um die Nase wehen zu lassen. Alles roch nach Frühling. Die Blätter an den Bäumen hatten sich in den letzten Tagen lindgrün entfaltet, und überall reckten die Blumen ihre Köpfe aus der Erde.

Valerie zog ihr Handy aus der Tasche und wählte Tante Berenikes Nummer. Jetzt war genau der richtige Moment, um ihrer Großtante die großartigen Neuigkeiten mitzuteilen. Doch obwohl Valerie es lange klingeln ließ, ging niemand ans Telefon.

Merkwürdig, dachte sie, schließlich war Berenike eigentlich immer zu erreichen. Valerie probierte es abermals, aber wieder ohne Erfolg. Daher nahm sie sich vor, es später noch einmal zu versuchen.

Während sie weiterging, kehrten ihre Gedanken wie von selbst zu Claas zurück, und nichts anderes hatte daneben noch Bestand. Valerie war selbst überrascht, dass sie den ganzen Tag so viel hatte schaffen können und nicht nur mit verliebt verdrehten Augen vor sich hin geträumt hatte.

Amanda Modefürsts Firma lag herrlich zentral, sodass Valerie weder Bus noch U-Bahn nehmen musste, sondern direkt durch den Hofgarten laufen konnte. Sie fühlte, wie der Wind ihre Locken zerzauste und ihr immer wieder einzelne Haarsträhnen ins Gesicht blies. Obwohl es dunkel war, schien die Welt trotzdem noch so wach, als hätte sie den letzten Hauch von Winterschlaf erfolgreich abgeschüttelt. Irgendwo erklang ein lautes, frohes Lachen, das Valerie wissen ließ, dass jetzt auch für die Menschen der Frühling einzog.

Sie musste an Claas' Lächeln denken und die Art, mit der er ihr in den letzten Wochen das Gefühl vermittelt hatte, die tollste Frau der Welt für ihn zu sein. Wenn er doch nur nicht immerzu beruflich unterwegs wäre! Aber das kannte Valerie nur zu gut von ihrer Mutter. Seit Valerie denken konnte, war ihre Mutter mehr abwesend als zu Hause gewesen, etwas, das sich anscheinend auch auf ihre Mitarbeiter übertrug. Besonders auf so ehrgeizige wie Claas.

Valerie kreuzte den Odeonsplatz und ging weiter in Richtung Brienner Straße. Die Geschäfte hier waren exklusiv, die Preise fürstlich, und alles erschien königlich und nobel. Es war genau das Umfeld, das ihre Mutter liebte. Beim Gedanken an den Perfektionismus ihrer Mutter und ihre eigene orange verfärbte Kleidung stockte Valerie kurz in der Bewegung. Sollte sie sich nicht doch besser umziehen? Doch ihre Uhr verriet ihr, dass sie jetzt schon fünf Minuten zu spät dran war, mehr ging keinesfalls. Daher machte Valerie hastig die letzten Schritte, fuhr sich noch einmal durch die vom Wind durchgepusteten Haare, bevor sie die Tür des Restaurants öffnete und hineinging.

Der Maître d'hôtel erkannte sie augenblicklich.

»Guten Abend, Frau Küster«, begrüßte er sie. »Bis auf Ihren Vater sind alle schon da.«

Valerie fühlte einen kleinen Stich, dass Claas nicht draußen auf sie gewartet, sondern sich lieber schon mit ihrer Mutter an den Tisch gesetzt hatte. Jetzt sprachen die beiden bestimmt über irgendwelche Investments, Fonds und den DAX, und sie konnte ihn gar nicht mehr so herzlich begrüßen, wie sie es eigentlich vorgehabt hatte.

»Sie sitzen wieder am üblichen Tisch.« Der Maître

d’hôtel wies diskret durch den eleganten Raum zu einem Tisch am Fenster. »Darf ich Sie dorthin begleiten?«

»Danke, das ist nicht nötig«, erwiderte Valerie freundlich, schließlich hatte sie schon unzählige Male genau an diesem Platz gesessen.

»Darf ich Ihnen wenigstens den Mantel abnehmen?« Falls der Maître d’hôtel ihre orange verfärbte Kleidung bemerkte, ließ er es sich nicht anmerken.

»Nein, danke, ich nehme ihn besser mit.« Valerie lächelte ihm zu, bevor sie rasch durch den schlicht, aber teuer eingerichteten Raum ging.

Das Restaurant war gut besucht, es lief leise Hintergrundmusik, nur überlagert von gelegentlichem Gläserklirren, Tellerklappern und dem Gemurmel einer Vielzahl von Gesprächen. Es war ein schönes Ambiente, aber Valerie hätte zu gern mal etwas Neues ausprobiert. Doch das war mit ihrer Mutter nicht zu machen, und so trafen sie sich jeden zweiten Freitag immer in diesem Lokal, immer an diesem Tisch, immer um halb neun Uhr abends.

»Was ist dir denn zugestoßen?«, fragte Valeries Mutter scharf, kaum dass Valerie in Sicht kam. »Du siehst ja ganz orange aus!«

Valerie schaute zu ihrer Mutter, die in ihrem obligatorischen dunkelblauen Kostüm mit einer breiten Perlenkette um den Hals am Tisch thronte. Ihre glatten kinnlangen dunklen Haare waren tadellos frisiert, ihr Make-up saß perfekt, und alles an ihr strahlte Kontrolle und Effizienz aus. Dazu passte, dass sie gleichzeitig Speisekarte und Handy in Händen hielt und wahrscheinlich beidem gerade ihre volle Aufmerksamkeit geschenkt hatte.

Valerie errötete, denn jetzt schaute auch Claas auf, der

sich bis dahin über sein Smartphone gebeugt hatte. Er lächelte sie so an, dass ihr ganz warm ums Herz wurde. Seine dunklen Haare waren genauso akkurat gekämmt wie die ihrer Mutter, aber er strahlte viel mehr Lässigkeit aus. Sie bewunderte seine dunklen Augen in dem perfekt geformten Gesicht und erinnerte sich genau, wie es gewesen war, als sie ihn zum ersten Mal getroffen hatte. Damals hatte sie prompt weiche Knie bekommen. Ihre Mundwinkel wanderten unwillkürlich nach oben, und ihr Herz schlug ein wenig schneller.

»Hallo«, grüßte sie in die Runde, meinte aber eigentlich nur ihn. Dann wandte sie sich an ihre Mutter. »Das mit der Farbe ist nicht schlimm, es war nur ein kleiner Arbeitsunfall. Aber es gibt großartige Neuigkeiten: Ich bin befördert worden!«

»Bravo, Valerie!« Claas sagte es in einem Tonfall, dass sich Valerie ihm am liebsten direkt hier und jetzt an den Hals geworfen hätte.

»Na endlich, das wurde ja auch Zeit«, kommentierte ihre Mutter deutlich weniger herzlich, legte sowohl Smartphone als auch Karte beiseite und schob ihre Lesebrille nach oben.

Valerie sah, dass sich das Paar am Nachbartisch interessiert zu ihnen umdrehte. Entschuldigend lächelte sie, während sich ein seltsames Gefühl der Ernüchterung in ihr ausbreitete. Das war alles, was ihre Mutter zu sagen hatte? Kein Glückwunsch, kein Lob, dass sie es endlich geschafft hatte? Valerie hatte endlich die Position bekommen, auf die sie ihr Augenmerk gerichtet hatte, seit sie sich für die Arbeit bei Amanda Modefürst entschieden hatte. Aber anscheinend bedeutete das für ihre Mutter nichts.

Claas stand auf, kam um den Tisch herum und half Valerie aus ihrem Mantel. Sie spürte, wie er ihr dabei sanft über den unteren Rücken strich, was sie wieder mit der Welt versöhnte. Solange solche Männer wie Claas herumliefen, konnte das Leben einfach nicht schlecht sein, da mochte sich ihre Mutter verhalten, wie sie wollte. Valerie blickte auf, um Claas telepathisch ihre Gefühle zu übermitteln, aber da fuhr die Stimme ihrer Mutter quer durch ihre rosigen Gedanken. »Himmel, wie sehen denn deine Hände aus!« Der Ausruf klang so entsetzt, dass am Nachbartisch für einen Augenblick das Gemurmel verstummte. »Du siehst aus, als hättest du eure Stoffe mit den Händen färben müssen.«

»Nein, nein, das musste ich natürlich nicht. Jetzt noch weniger als je zuvor, denn ab sofort bin ich die erste Assistentin der Chefin«, versuchte Valerie, das Gespräch in seichteres Fahrwasser zu lenken. Abermals strich Claas ihr so über den Rücken, dass sich Valerie zusammenreißen musste, ihn nicht einfach hier und jetzt zu küssen.

»Wollt ihr euch nicht mal setzen? Es ist kein Stehempfang«, ließ sich ihre Mutter jedoch vorwurfsvoll hören.

»Natürlich, Frau Küster.« Claas nahm so hastig Platz, als spielten sie *Reise nach Jerusalem*.

Valeries Rücken fühlte sich seltsam kühl ohne seine Hand an, also setzte sie sich auch schnell auf ihren gewohnten Platz. Dabei fragte sie sich, warum ihre Mutter sich nicht einfach für sie freuen konnte. Aber Freude und Ausgelassenheit waren keine Talente ihrer Mutter; Ehrgeiz, Erfolg und Karriere schon eher.

Unter dem Tisch griff Claas nach Valeries Hand und streichelte sie sanft.

»Befördert – das ist ja sehr schön«, meinte er mit seiner tiefen Stimme, die Valerie einen wohligen Schauer über den Rücken laufen ließ. Vielleicht würde Claas jetzt erzählen, dass er sich in sie verguckt hatte, nur ihretwegen und nicht um seiner Karriere willen hier war. Vielleicht würde er auch noch hinzufügen, dass er sich ein Leben ohne sie an seiner Seite nicht mehr vorstellen könnte. Dann würden sie sich küssen, und dann würden Tauben auffliegen …

Doch es war nicht Claas' Liebesgeständnis, sondern die wenig melodische Stimme ihrer Mutter, die Valerie aus ihren Tagträumen riss. »Wo bleibt denn nur dein Vater? Ich habe ihm extra geschrieben, dass er heute unbedingt pünktlich sein muss. Aber diesbezüglich wiederhole ich mich erfolglos seit fünfunddreißig Jahren. Wahrscheinlich brütet er wieder über einem Entwurf oder ist in die falsche Richtung gefahren.«

Valerie unterdrückte einen Seufzer. Das mussten sie doch wirklich nicht vor Claas besprechen, auch wenn ihre Mutter nicht ganz unrecht hatte. Ihr Vater stellte die Arbeit über alles andere. Beim letzten Familienessen war er erst aufgetaucht, als ihre Mutter die Rechnung schon beglichen hatte. Überhaupt entsprachen ihre Eltern nicht gerade dem, was man sich als Kind so wünschte.

Die Leute am Nachbartisch schauten mittlerweile so interessiert herüber, dass Valerie sich bildlich vorstellen konnte, wie sie am liebsten noch Popcorn dazu geordert hätten. Sie überlegte, wie man die Szene zusätzlich für sie aufpeppen könnte. Fliegende Teller? Aber dafür müssten sie erst einmal etwas zu essen bekommen, und das konnte in diesem Restaurant dauern. Heulkrämpfe? Aber wer sollte die haben? Ihre Mutter bestimmt nicht. Vielleicht lieber wilde Küsse zwischen ihr und Claas? Valerie spürte, wie ihre Wangen warm wurden. Das klang schon besser.

»Ich brauche jetzt etwas zu trinken.« Valeries Mutter hob die Hand und winkte dem Kellner.

Als der Ober kam, bestellte die Mutter kurzerhand vier Bellinis, obwohl Valerie genau wusste, dass ihr Vater kein in Alkohol eingelegtes Obst mochte. Anscheinend hatte Valeries Mutter auch gerade an ihn gedacht, denn sie wandte sich an ihre Tochter, als der Kellner gegangen war. »Ich warne dich, Valerie, such dir bloß nicht so einen unpünktlichen Partner in deinem Leben, du wirst nur unglücklich. Nimm dir an mir ein Beispiel.«

»Du bist unglücklich?« Valerie sah ihre Mutter überrascht an.

Selbst Claas schaute verblüfft. »Aber Sie haben doch den absoluten Traumjob! Ich würde alles geben, um es beruflich so weit zu bringen.« In seiner Stimme schwang mehr Herzblut mit, als Valerie es bisher je bei ihm gehört hatte, was sie aus dem Konzept brachte. Schließlich hatten der Job und das wahre Glück im Leben ihrer Meinung nach nur bedingt etwas miteinander zu tun. Für eine Millisekunde durchzuckte Valerie ein komisches Gefühl, aber dann streichelte Claas unter dem Tisch ihren Oberschenkel, sodass allein das ihre Körpertemperatur um ein Zehntelgrad hob.

»Hallo, hallo.« Zur allgemeinen Überraschung war es nun doch ihr Vater, der im Eilschritt durch das Restaurant gelaufen kam. Wie immer schien er hektisch und unter Strom. Er trug sein Hemd falsch geknöpft, und aus den Taschen seines Jacketts ragten eine Vielzahl Papiere, auf denen er alles skizzierte, was ihm gerade einfiel. Seine dunklen Locken, die er mit seiner Tochter gemein hatte, waren zu lang, und er machte einen so chaotischen Eindruck wie ihre Mutter einen sortierten. Kreativ nannte das ihr Vater, undiszipliniert ihre Mutter. Einen entspannten, harmonischen Abend zu verleben, wenn ihr Vater mit von der Partie war, schien unmöglich.

»Guten Abend«, erklärte er, als er am Tisch ankam. »Schön, euch alle zu sehen!«

Er sprach schnell, dachte schnell und war fast immer in Gedanken irgendwo, meist bei seiner Arbeit als Architekt – aber fast nie bei der Familie. Manchmal fragte sich Valerie, ob er überhaupt wirklich wusste, wer sie war.

»Du bist elf Minuten und siebenunddreißig Sekunden zu spät«, rügte ihn Valeries Mutter streng, ohne seinen Gruß zu erwidern.

»Das ist doch noch ziemlich gut für mich.« Valeries Vater setzte sich, wirkte aber so, als wollte er sofort wieder aufspringen. »Bei unserer Hochzeit war ich siebzehn Minuten zu spät. Zu unserer Goldenen Hochzeit komme ich dann vielleicht pünktlich.«

Valeries Mutter schnaubte. »Lass die albernen Kommentare. Zu spät ist zu spät.«

Interessiert musterte Claas ihre Mutter, genau wie es im Übrigen das Paar am Nachbartisch tat, stellte Valerie bei einem Seitenblick fest.

Vielleicht, wenn sie und Claas sich jetzt küssen würden …

»Hallo«, erklang eine hohe Stimme hinter Valerie, und sie fuhr herum. Denise? Was machte die denn hier? Ihre Kollegin hatte die Haare kunstvoll hochgetürmt und steckte in etwas, das Valerie nach einem Augenblick als schwarzen hautengen Catsuit identifizierte.

Das Paar am Nachbartisch schien vollkommen fasziniert, denn Valerie sah, wie die Frau den Mann am Ellbogen anstupste.

Valerie konnte es nicht glauben. Was wollte Denise ausgerechnet in diesem Restaurant?

Neben Valerie schien auch Claas fast erschüttert. Wie sonst sollte Valerie es sich erklären, dass er augenblicklich ihren Oberschenkel losließ und seine Hände so schnell auf den Tisch legte, als wollte er beweisen, dass er gerade nichts Unrechtes tat?

Sie drehte sich zu ihm und sah, dass er blass geworden war und die Lippen fest aufeinander gepresst hielt. Er starrte Denise förmlich an.

»Was machst *du* denn hier?«, fragte Denise, während Valerie überlegte, dass sie sie gut und gern dasselbe fragen könnte. Dann bemerkte sie jedoch, dass sich Denise nicht an sie, sondern an Claas gewandt hatte.

»Ihr kennt euch?«, fragte Valerie.

»Aber natürlich, Claas ist der Mann meiner Cousine.« Aus Denise' Mund klang es wie das Natürlichste der Welt.

Trotzdem nahm Valeries Verstand nur langsam auf, was ihre Kollegin da gerade von sich gegeben hatte: Claas, der Mann von Denise' Cousine?

»Ich werde ihr gleich erzählen, dass ich dich hier getroffen habe, Claas«, versprach Denise, die nichts von Valeries Schock mitzubekommen schien.

Das kann nicht sein, es muss sich um eine Verwechslung handeln, wollte Valerie protestieren, aber kein Ton kam aus ihrem Mund.

»Was für eine nette Koinzidenz«, erklärte nun Valeries Vater. »Ein Grund, Champagner zu trinken.« Hektisch winkte er dem Kellner und bestellte dann quer durch den Raum eine Flasche.

Claas ist verheiratet, wiederholte Valerie stumm, während sie fand, dass die Welt auf einen Schlag farbloser geworden war. Sie schaute zu ihm, aber er hielt seinen Blick gesenkt und starrte auf sein Handydisplay.

Unwillkürlich schlang Valerie die Arme um sich. Sie fühlte sich wie unter der Dusche, nur dass plötzlich statt angenehm warmen Wassers eiskaltes herunterrieselte.

»Und wer sind Sie?«, wandte sich Valeries Mutter nun an Denise.

Denise schürzte die Lippen. »Ich bin die Kollegin von Valerie, die sie karrieretechnisch schon noch überholen wird.«

Karrieretechnisch überholen. Der Mann von Denise' Cousine. Was habe ich nur verpasst?, fragte sich Valerie. Sie schaute erst zu Claas, dann zu Denise und schließlich wieder zurück. Warum sagte Claas nichts? Jetzt drehte er sich auf seinem Stuhl auch noch weg von ihr. Valerie fühlte sich, als habe sie einen Schlag auf den Hinterkopf erhalten. Vielleicht halluzinierte sie ja?

»Ich schreibe gleich an meine Cousine.« Denise nahm ihr Smartphone zur Hand und tippte mit fliegenden Fingern. »Wie klein die Welt doch ist.«

»In der Tat«, antwortete Valeries Vater. »Trinken Sie ein Glas Champagner mit uns?«

Auch noch Champagner mit Denise? Valerie hatte das Gefühl, dass sich alles in ihrem Kopf zu drehen begann.

»Nein, danke, ich bin hier verabredet«, erwiderte Denise mit ihrer quietschenden Stimme.

In diesem Moment klingelte Claas' Handy.

»Das ist bestimmt meine Cousine«, zirpte Denise. »Sag ihr schöne Grüße und einen schönen Abend noch.« Sie zeigte ihr unsympathisches Lächeln, bevor sie von dannen stolzierte.

Valerie schaute zu Claas, der auf einmal ungesund rot im Gesicht wurde. »Ich bin noch in der Arbeit«, hörte sie ihn ins Telefon sagen.

In der Arbeit, echote es in Valeries Kopf.

Der Kellner trat mit einer Flasche Champagner und fünf Sektflöten auf seinem Tablett an den Tisch.

»Nein, Schatz, du brauchst nicht herzukommen«, protestierte Claas nun lauter, während alle am Tisch inklusive des Kellners ihn anschauten. »Aber nein, nein…, jetzt warte doch mal, bitte komm nicht…« Claas sprang auf, machte einen Schritt zur Seite und stieß dabei mit dem lauschenden Ober zusammen. Der Mann rettete sich mit einem Ausfallschritt nach hinten, aber der Champagner und die Gläser gingen trotzdem zu Boden, wo sie mit einem enormen Geklirr zerschellten. Champagner spritzte in alle Richtungen. Valerie bekam etwas ab, ihr Vater auch, selbst ihre Mutter, die so geistesgegenwärtig gewesen war, die Serviette hochzureißen.

»Um Himmels willen«, rief der Kellner so laut, dass jede einzelne Person im Raum, die sich noch nicht umgedreht hatte, es jetzt nachholte.

Valerie spürte, wie ihr der Champagner aus den Haaren auf den orangeverfärbten Rock tropfte.

»Entschuldigung«, sagte Claas zu niemandem im Speziellen. »Ich glaube, ich muss jetzt gehen.«

»Papperlapapp«, erklärte Valeries Mutter. »Setzen Sie sich wieder hin.«

Claas hielt das Handy in der Hand, aus dem man seine Frau sprechen hörte, und rührte sich einen Moment lang nicht. Dann setzte er sich tatsächlich wieder.

»Dann gehe ich jetzt.« Valerie stand auf.

»Wegen der paar Spritzer Champagner?« Valeries Mutter klang gewohnt verständnislos.

»Ja«, murmelte Valerie. Mochten ihre Eltern denken, was sie wollten, aber sie würde nicht noch eine Sekunde länger hier neben Claas sitzen bleiben.

***

Wie auf Autopilot lief Valerie nach Hause. Es war eigentlich viel zu weit, um zu Fuß zu gehen, zumal auf den hohen Stilettos, aber das war ihr im Moment vollkommen egal. Die Gedanken kreiselten wie wild durch ihren Kopf, und sie hoffte, dass alles irgendwie klarer wurde, wenn sie nur lange genug durch den kühlen Abend marschierte. Doch anders als zuvor kam ihr die Frühlingsluft nicht frisch und vielversprechend vor, sondern kalt und abweisend. Außerdem drückten die Schuhe unangenehm. Irgendwann blieb Valerie stehen und zog sie aus. Auf Strumpfhosen ging sie weiter.

Als ein eisiger Hauch durch ihren Mantel fuhr, fröstelte sie. Wie hatte sie nur so dumm sein können? Da hatte sie wirklich angenommen, dass sich Claas Hals über Kopf in sie verliebt hatte, obwohl er wahrscheinlich viel mehr an einem Karrierekick durch ihre Mutter als an ihr interessiert gewesen war. Mit einem Schaudern zog sie ihren Mantel enger um sich.

Du mieser Kerl, dachte sie mit einem wütenden und

einem schmerzenden Herzensanteil. Sie hatte geglaubt, in Claas ihren Traummann gefunden zu haben, aber jetzt erkannte sie, dass sie die dümmste Kuh aller Zeiten gewesen war. Wie hatte sie sich nur so einlullen lassen können? Valerie spürte einen frischen Schwung Verzweiflung zusammen mit einer ordentlichen Portion Wut.

Verheiratet! Und nicht nur das, er hatte eben nichts mehr in ihre Richtung gesagt. Gar nichts. Wie konnte sie sich nur so getäuscht haben? Valerie wurde so wütend auf sich, auf Claas, auf die ganze Welt, dass sie schneller ging und nach einem Augenblick fast ins Laufen verfiel. Anders als in ihrer Arbeit hatte sie in der Liebe alles auf die falsche Karte gesetzt. Sie war so dämlich.

Oh, verdammt!

In Valeries Tasche begann das Handy zu klingeln. Nach einem Augenblick des Zögerns kramte sie es hervor. Vielleicht war es Claas mit einer wirklich guten Erklärung? Vielleicht war alles ein Missverständnis gewesen? Aber es war nicht Claas' Bild, das auf ihrem Display angezeigt wurde, sondern eine Handynummer, die Valerie nicht kannte.

Soll ich drangehen?, fragte sie sich. Doch bevor sie sich noch entschieden hatte, hörte das Klingeln wieder auf. Unzufrieden mit sich und der Welt stopfte Valerie das Handy zurück in die Tasche. Dann beschloss sie, noch schneller zu laufen. Irgendwie musste sie die blöden Gefühle loswerden, die sich gerade in ihrer Brust ausbreiteten. Und das schnellstmöglich.

3. Kapitel

Hamburg

Mit Anlauf sprang Niklas in einem einzigen großen Satz auf die halbhohe Mauer vor sich. Wenn ihm jemand zugesehen hätte, wäre er vielleicht überrascht gewesen, mit welcher Leichtigkeit und Eleganz der großgewachsene blonde Mann das Hindernis bewältigte. Aber Niklas war sich sicher, dass ihn niemand beobachtete. Schließlich war es erst kurz nach sechs am ersten Samstagmorgen im März, und alle hier in Hamburg-Winterhude schienen noch fest zu schlafen. Außerdem hatte er sich gründlich umgesehen. Nirgends brannte Licht, und kein Vorhang und keine Jalousie hatten sich bewegt.

Auf der Mauer hielt Niklas inne, um sein Gleichgewicht auszubalancieren, bevor er mit einem weiteren gewaltigen Satz hinüber auf das Fahrradhäuschen sprang, das von den Anwohnern liebevoll »Tigerkäfig« genannt wurde. Dabei kam es ihm besonders auf die Landung an, die ihm tatsächlich geschmeidig und praktisch geräuschlos gelang.

Ganz langsam wurden die ersten Vorboten des Sonnenaufgangs am Himmel sichtbar, und es würde jetzt schnell Tag werden, aber das beunruhigte Niklas nicht. Bis es so hell war, dass man ihn ausmachen konnte, wäre er schon längst am Ziel. In der Dämmerung war er außerdem perfekt getarnt, denn nicht umsonst trug er dunkle enganliegende Funktionskleidung, einen dunklen Klettergurt, dunkle Handschuhe und einen anthrazitfarbenen Rucksack auf dem Rücken. Es war genau die richtige Uhrzeit für das, was er vorhatte.

Abermals tarierte er sein Gewicht aus und überprüfte dann noch einmal den Sitz des Klettergurts und des Rucksacks auf seinem Rücken. Doch alles saß so fest, dass nichts rutschen konnte, außerdem konnte er sein Werkzeug gut erreichen. Das war entscheidend für Niklas' Plan. Für einen Augenblick schaute er sich noch einmal in aller Ruhe um, maß mit den Augen die Abstände. Er betrachtete die beiden parallelen Reihen von Balkonen vom ersten bis zum dritten Stock und dann das große Dachfenster im vierten Stock, das er anpeilte.

Für einen Moment schloss er die Augen und ging im Kopf die geplante Route durch, dann drückte er auf einen Knopf an seiner Uhr, ging in die Hocke, schnellte hoch und machte einen riesigen Satz wie ein Frosch. Einen Moment später hatte er mit den Füßen die Hauswand und mit den Händen den unteren Rand des Balkons im ersten Stock erreicht. Geübt zog sich Niklas sofort hoch, denn er wusste, dass er mit jeder Sekunde Untätigkeit wertvolle Energie vergeudete, die ihm dann später fehlen würde. Geräuschlos kletterte er am Eisengitter des Balkons hoch und setzte sich dann auf dessen Rand, bevor er sich ganz aufrichtete. Sein rechter Fuß machte einen kratzenden Laut.

Zu dumm, dachte Niklas unzufrieden. Es sollte perfekt klappen, und das war ein Fehler gewesen – ein kleiner

Fehler, aber trotzdem. Er lauschte in das Morgengrauen, doch alles blieb still. Rasch bewegte er sich daraufhin in Richtung der Hauswand, bis er wie ein Schatten mit ihr verschmolz. Mit einer routinierten Bewegung zog er aus dem seitlichen Fach seines Rucksacks ein aufgespultes Seil mit innenliegender Metallverstärkung, das an einem Ende mit einem Ring beschichteter Widerhaken ausgestattet war. Rasch und sehr gezielt warf Niklas es hoch, bis es sich im Gitter des nächsthöheren Balkons auf der Gegenseite verhakte. Das gab ein kleines, klirrendes Geräusch, das aber nicht zu vermeiden war. Doch um ihn herum stimmten jetzt die Singvögel so richtig ihr fröhliches Morgenkonzert an und überdeckten damit alle Geräusche. Er zog am Seil, um sich zu überzeugen, dass es sicher festhing. Die Uhr an seinem Handgelenk piepte leise. Eine Minute war vergangen. Wie ärgerlich, er kam zu langsam voran.

Aus seinen Handschuhen ließ Niklas Widerhaken ausklappen, dann kletterte er behände mithilfe des rechten Beins, das er um das Seil schlang, und mit den Widerhaken an seinen Handschuhen nach oben. Zwischen zweitem und drittem Stock wiederholte er die Prozedur und befand sich dann direkt unterhalb des Dachfensters. In der ganzen Zeit hatte seine Uhr zwei weitere Male gepiept, aber Niklas hatte sich nicht davon aus dem Konzept bringen lassen. Dazu war er schon zu weit oben, und jede überstürzte Handlung konnte fatale Folgen nach sich ziehen. Im dritten Stock löste er sein Seil aus dem Gitter, warf es ein letztes Mal hoch, sodass es sich am Dachfirst verfing, dann hakte er seinen Klettergurt ein, klappte die Widerhaken an seinen Handschuhen zurück und wechselte vom

Balkon an die Hauswand. Jeden Vorsprung und jede Unebenheit, die er im Mauerwerk fand, nutzte er. Seine Uhr piepte erneut und dann ein letztes Mal, als er sich seitlich des großen schrägen Fensters im vierten Stock auf das Dach hinaufzog. Lautlos atmete er dort oben einmal tief durch, bevor er sich wieder Stückchen für Stückchen herabließ, bis er direkt oberhalb des Fensters Halt fand. Die Muskeln in seinen Oberarmen zitterten vor Anstrengung, und seine Finger waren so beansprucht, dass er zunächst kaum seine Stoppuhr ausschalten konnte. Behutsam tastete Niklas das Fenster ab, bis er im Rahmen einen kleinen Vorsprung fühlte. Er drückte drauf, und es gab ein leises knackendes Geräusch, als das Fenster nach innen aufschwang.

Geschafft! Zwar hatte er eindeutig zu lange für die Strecke gebraucht, aber es hatte geklappt. Er war drin.

Nach dem waghalsigen Aufstieg bis zum Dach war es ein Leichtes für Niklas, unbemerkt durch das Dachfenster in die darunter liegende Küche einzusteigen. Mit einer einzigen fließenden Bewegung, die sein ganzes athletisches Können zeigte, wand er sich durch das Fenster und sprang auf den Küchenfußboden, der unter seinem Aufprall ganz leicht knackte. Rasch schloss Niklas das Fenster hinter sich, um bloß keine verräterischen Hinweise über seinen Zugangsweg zu hinterlassen. Draußen wurde es von Minute zu Minute heller, und die ersten Sonnenstrahlen am Horizont versprachen einen schönen Tag. Geräuschlos schlüpfte Niklas aus seinem Klettergurt und setzte den Rucksack ab. Ohne auch nur eine Sekunde innezuhalten, öffnete er mit geübten Bewegungen den Rucksack und verstaute seinen Gurt und die Handschuhe darin, nachdem er eine gut gefüllte, weiße, leise raschelnde Papiertüte herausgenommen hatte. Die Tüte legte er auf einen rechteckigen Küchentisch aus Holz, der mit Farbresten verziert war. Dann schlüpfte er aus seinen Spezialschuhen, bevor er mit Rucksack und Schuhen in der Hand zwei Schritte in Richtung Tür machte. Plötzlich setzte ein lautes, schrilles Pfeifen ein, das wie eine billige Alarmanlage klang. Was war das?

Überrascht machte Niklas einen Schritt rückwärts, wandte sich dann zur Seite, versteckte seinen Rucksack hinten oben auf dem Küchenschrank und schob eilig seine Schuhe unter den Schrank. Er war gerade damit fertig, als zwei Jungen in die Küche gestürmt kamen.

»Haben wir dich, Papa«, rief der kleinere entzückt, während der größere energisch auf einer selbstgebastelten Fernbedienung herumdrückte. Das ohrenbetäubende Pfeifen verstummte.

»Was war das?« Niklas dröhnten noch die Ohren von dem unerwarteten Krach.

»Jakobs Alarmanlage.« Der kleinere Junge lächelte spitzbübisch und zeigte dabei seine neueste Zahnlücke.

»Woher hast du eine Alarmanlage?«, wandte sich Niklas an seinen älteren Sohn, der immer noch mit der Fernbedienung beschäftigt war.

»Die habe ich mit Johnny gebaut«, erwiderte Jakob. »Aus dem Baukasten von Weihnachten.«

Der kleinere, Johnny, begann, vergnügt um seinen Vater herumzuhüpfen. »Viel wichtiger ist, dass wir dich ertappt haben!«

Niklas wischte sich jede Regung aus dem Gesicht. »Wobei denn erwischt?«, bluffte er dann. »Ich war doch nur beim Joggen und Brötchenholen beim Frühaufsteherbäcker.« Er wies auf die weiße Papiertüte auf dem Küchentisch. »Milchbrötchen und Rundstücke, wie ihr sie liebt. Eine Überraschung zum Ferienbeginn. Kommt, wir …«

»Aber du bist nicht durch die Wohnungstür hereingekommen«, stellte Jakob fest, und Johnny strahlte förmlich über diese Erkenntnis.

Niklas zuckte die Achseln. »Ach nein? Wie hätte ich das denn sonst machen sollen? Immerhin wohnen wir im vierten Stock ohne Balkon.« Er tat unbeeindruckt, aber sein Herz schlug schnell – einerseits noch von der körperlichen Anstrengung und andererseits von dem Gefühl, tatsächlich fast erwischt worden zu sein. Dabei war er sich so sicher gewesen, dass seine Jungen noch tief und fest schliefen, schließlich hatte er nachgesehen, bevor er gegangen war. Anscheinend hatte er jedoch ihren Erfindergeist unterschätzt und die Hartnäckigkeit, mit der sie einer Sache nachgingen, über die sie unbedingt mehr wissen wollten. Nämlich der Frage, wer er wirklich war …

»Wie wär's, wir machen uns einen schönen Smoothie zu den Brötchen?«, schlug er als Ablenkungsmanöver vor. »Mit Apfel und leckerer Mango.«

»Ich dachte schon, du schlägst wieder Rote Beete vor«, sagte Jakob. »So wie beim letzten Mal.«

»Oder dieses grüne Spirodingsto, das so supergesund sein soll.« Johnny schüttelte sich. »Das war so grässlich, dass mir prompt zwei Zähne ausgefallen sind.«

Mit einer hochgezogenen Augenbraue schaute Niklas zu seinem jüngeren Sohn. »So schlimm?«

Sofort nickte Johnny, der eigentlich Johann hieß, mit Nachdruck.

Und auch Jakob war noch nicht fertig. »Am schlimmsten war es, als du gesunde Marmelade kochen wolltest. Was sollte da rein? Karotte?«

»Genau, mit Kürbis!« Johnny bemühte sich, auch eine Augenbraue hochzuziehen, was ihm aber nicht richtig glückte.

»Ich gebe ja zu, dass das nicht so eine gute Idee war«, sagte Niklas. »Aber zumindest ist das wenigstens halbwegs gesund …«

»In anderen Familien essen die Kinder zum Frühstück Schokocreme«, klärte ihn Johnny nun auf. Er sprach besonders langsam und deutlich, als hielte er seinen Vater in diesem Punkt für ein wenig schwer von Kapee.

»Andere Kinder bekommen sogar Kakao *und* Schokocreme«, ergänzte sein großer Bruder und verschränkte die Arme.

»Und sag jetzt bloß nicht …« Johnny versuchte mit seiner hohen Stimme Niklas' tiefe nachzuahmen: »Wir sind nicht wie andere Familien.«

»Nein, das sind wir nicht«, gab Niklas zu. Das waren sie in der Tat überhaupt nicht. Schließlich hatte er bis vor Kurzem als der »Gentlemandieb« seinen Lebensunterhalt verdient, während er gleichzeitig versuchte, der beste alleinerziehende Vater zu sein, der er sein konnte. Im letzten Jahr war erstmalig beruflich etwas bei ihm gründlich schiefgegangen, und die Jungs und er hatten daraufhin eine schwierige Zeit durchgemacht, in der seine Söhne einige Wochen in Unsicherheit bei seinem Zwillingsbruder Felix hatten leben müssen. Doch seit sie zu dritt nach Hause zurückgekehrt waren, hatte Niklas fälschlicherweise angenommen, dass die Jungen die offenen Fragen nach seiner Tätigkeit vergessen oder verdrängt hatten. Aber wenn sie ihm jetzt nachspionierten, war das eindeutig nicht der Fall. Vorausgesetzt, sie wollten wirklich wissen, wie er in die Wohnung gekommen war, und nicht nur einfach die selbstgebastelte Alarmanlage ausprobieren.

»Also, was ist jetzt mit dem Süßkram?« Jakob, der Nachgiebige, klang ungewohnt bestimmt, und Johnny, der sich neben seinen Bruder gestellt und auch die Arme vor der Brust verschränkt hatte, nickte zu Jakobs Worten.

Niklas musste schmunzeln. Seine Tätigkeit zum Gelderwerb und die damit verbundenen Katastrophen waren das eine, aber Schokocreme und Kakao zum Frühstück waren eindeutig etwas anderes. Vor ihm standen seine Söhne, wobei besonders der jüngere wie ein Abbild von ihm und seinem Zwillingsbruder als Kinder aussah, und versuchten, ihn dazu zu bekommen, beides herauszurücken.

»Aber das ist nicht gesund«, versuchte Niklas dagegenzuhalten. Sein ewiges Mantra. Manchmal konnte er sich selbst kaum mehr hören.

»Papa.« Jakob runzelte die Stirn. »Ach, komm schon.« Auch Johnny versuchte ein Stirnrunzeln.

»Also gut, weil heute der erste Tag der Frühlingsferien ist«, gab Niklas nach. »Schokocreme *oder* Kakao.«

Johnny und Jakob sahen ihn an, dann wechselten sie einen Blick.

»Besser das als nichts«, entschied Jakob dann für beide.

»Ich nehme den Kakao und du das Brötchen mit Schoko, und dann teilen wir«, schlug Johnny vor.

»Einverstanden.« Dann tuschelten sie miteinander, und Niklas konnte nur etwas von »viel Schokocreme ... abklatschen ... zwei Brötchen ... gute Idee ...« verstehen.

Belustigt holte er die Schokocreme aus dem Küchenschrank und stellte sie zusammen mit drei Tellern auf den Tisch. Dann nahm er ein Glas der »gesunden« Marmelade, die seine Söhne so verschmähten, aus dem Kühlschrank und stellte sie neben den Obstteller. In der Zwischenzeit goss Jakob Milch in einen Topf und stellte ihn auf den Herd, während Johnny versuchte, an die Packung mit dem Kakao auf dem Bord über der Arbeitsplatte zu kommen.

Im Flur klingelte das Telefon.

»Ich gehe schon«, erklärte Jakob hilfsbereit.

Aber Niklas hatte auf einmal das Gefühl, dass er besser selbst drangehen sollte. Wer rief schließlich zu so einer Zeit am Samstagmorgen an? Er überholte Jakob auf dem Weg und hob im Flur den Hörer des altmodischen Telefons ab.

»Ja?«

»Niklas Wengler?« Er kannte die Stimme des Anrufers nicht, er konnte nicht einmal sicher sagen, ob es sich um einen Mann oder eine Frau handelte. Vielleicht eine Frau mit einer tiefen Stimme? Hatte sie einen englischen Akzent?

»Ja«, erwiderte er vorsichtig, während er das Telefon hochhob und zwei Schritte weg von der Küche und seinen Söhnen machte.

»Schauen Sie vor Ihrer Tür nach.« Nach diesem einen Satz war die Leitung tot.

Im ersten Moment dachte Niklas, er habe sich verhört.

»Hallo?«

»Wer war das?«, fragte Jakob hinter ihm.

Niklas drehte sich zu seinem großen Sohn um. Scheinbar gelassen zuckte er die Schultern. »Sicher verwählt«, meinte er und legte auf. »Komm, lass uns frühstücken, ich habe einen Bärenhunger.« Bereitwillig ging Jakob zurück in die Küche, während Niklas kurz mithilfe der Videoüberwachung auf den Bereich vor seiner Wohnungstür schaute. Auf dem Fußabstreifer lag ein schmaler dunkler Gegenstand.

Verdammt, dachte Niklas, definitiv hatte sich der Anrufer oder die Anruferin nicht verwählt. Doch um die Neugierde seiner Söhne nicht weiter anzustacheln, ging er direkt zurück in die Küche und wusch sich am Waschbecken gründlich die Hände. Währenddessen löffelte Johnny reichlich Kakao in einen Becher, und Jakob goss allen drei Milch ein.

Liebevoll betrachtete Niklas seine Söhne, bevor er noch Besteck holte. Jakob, der mit seinen zehn Lebensjahren ruhig und nachdenklich war, und der zwei Jahre jüngere Johnny, der seit seinem ersten Atemzug vor Energie und Lebensfreude schier sprudelte. Wie konnte er, Niklas, nur so ein Glück haben? Wie konnten diese Prachtjungs sich auch noch so großartig entwickeln, obschon sie doch die meiste Zeit ihres Lebens nur mit ihm verbracht hatten, und er – besonders als frischgebackener Vater – überhaupt keine Ahnung gehabt hatte, wie man das richtig anstellt?

Am liebsten hätte er die beiden an sich gedrückt und nie mehr losgelassen. Aber das ging nicht, da jetzt mit großem Hallo das Glas der Schokocreme aufgeschraubt wurde und das Frühstück begann.

»Du weißt wirklich nicht, wer da angerufen hat?«, erkundigte sich Jakob, während er wahre Massen von cremiger Schokolade auf sein Brötchen klatschte.

»Hm, nee, ich glaube nicht«, antwortete Niklas, was zwar nicht hundertprozentig der Wahrheit entsprach, aber keinesfalls gelogen war. Bei allem, was er in seinem Leben falsch angegangen oder sogar richtig versemmelt hatte, waren Lügen seinen Söhnen gegenüber nicht dabei gewesen. Er sagte ihnen vielleicht nicht immer die volle Wahrheit, aber er log sie niemals vorsätzlich an.

»Schau mal, was ist denn da?«, fragte Johnny plötzlich, als er sein Brötchen aufgeschnitten hatte, und wies auf das Dachfenster hinter Niklas.

Wie von der Tarantel gestochen drehte Niklas sich um. Aber da war nichts. Weißer Fensterrahmen, blauer Himmel mit vereinzelten Wolken davor. Alles sah aus wie immer.

»Was meinst du denn?«, fragte er und drehte sich langsam wieder zurück. Dabei sah er gerade noch, wie Johnny sein aufgeschnittenes Brötchen gegen das von Jakob drückte, der ein halbes Glas Schokocreme auf seinem verteilt hatte. Dann klappte Johnny sein Brötchen zu und schaute seinen Vater mit einem Engelsgesicht an. »Ich dachte, da wäre ein Adler vorbeigeflogen.«

»Ein Adler? In Hamburg. Soso.« Niklas gab sich betont streng.

»Vielleicht von Hagenbeck entflogen?«, eilte Jakob Johnny zu Hilfe.

»Bestimmt.« Niklas zog eine Augenbraue hoch.

»Außerdem sagst du doch immer, dass wir teilen sollen«, argumentierte Jakob, den das Gewissen schon ein bisschen zu drücken schien.

»Ja, das sage ich.« Niklas spürte die Vaterliebe warm durch sich hindurchgehen. »Gut, dass ihr so großzügig seid. Dann lasst es euch mal schmecken.«

Mit Schwung bissen Johnny und Jakob in ihre Ferienbrötchen und lächelten ihn an, als er auch noch in Jakobs Milch einen Löffel Kakao gab. Während sie erzählten, was sie in den Ferien gern machen würde, wusste Niklas, dass der unbekannte Anrufer wohl vergessen war, er sich aber den ungewöhnlichen Heimweg in Zukunft definitiv abschminken konnte. Abgelenkt fuhr er sich durch die blonden Haare. Außerdem musste er herausbekommen, was da vor der Tür lag – unbeobachtet.

Er überlegte, wie er das am besten anfangen sollte, während er sich selbst ein wenig von der gesunden Marmelade nahm.

4. Kapitel

München

Unsanft wurde Valerie von einem seltsamen Geräusch aus dem Schlaf gerissen. Für einen Augenblick wusste sie nicht genau, wo sie war, bis ihre kuschelige dunkelblaue Bettwäsche und das Bett um sie herum ihrem Gedächtnis auf die Sprünge halfen. Das schnarrende Geräusch wiederholte sich rhythmisch, doch es dauerte etwas, bis Valerie klar wurde, dass es der Vibrationsalarm ihres Handys sein musste, das neben einem Kleiderberg auf dem Holzfußboden lag.

Mit einem Seufzer kniff Valerie die Augen zu und versuchte, das Brummen auszublenden. Doch als es nicht aufhörte, schlug sie die Augen wieder auf und schaute auf den Wecker auf ihrem Nachttisch. Wer um alles in der Welt wollte sie vor sieben Uhr an einem Samstag sprechen? Sie hatte doch frei!

Irgendwann verstummte das Geräusch, was Valerie zu der Annahme verleitete, dass jetzt die Mailbox drangegangen sein musste. Mit einem Seufzen drehte sie sich auf die andere Seite, zog ihre kuschelige Decke höher und versuchte, wieder einzuschlafen. Doch die Erinnerung an den vergangenen Abend war schneller und vertrieb jede mögliche Entspannung. Zwar hatte der Nachtschlaf Valerie für eine kurze Zeit vor der Enttäuschung über Claas' Verhalten und vor der Peinlichkeit, dass sie sich so hatte täuschen lassen, bewahrt, doch jetzt kamen die unangenehmen Gefühle mit Karacho zurück und brachten auch noch eine Hoffnungslosigkeit mit, die es am Vorabend noch nicht an die Oberfläche geschafft hatte.

Gestern hatte Valerie noch geglaubt, an der Schwelle zu einem neuen, glücklichen Leben zu stehen. Nun, das war nichts als ein Trugschluss gewesen, und jetzt lag sie hier, dreißig Jahre alt, mit dunkelbraunen Locken, blauen Augen, einem netten, aber nicht bemerkenswerten Äußeren, und grämte sich fürchterlich. Selbst die Stelle als Amandas erste Assistentin kam ihr im trüben Morgenlicht nicht mehr so grandios vor, und Valerie verspürte den dringenden Wunsch, die Decke ganz über den Kopf zu ziehen.

Am Boden begann das Handy erneut zu klingeln, und wieder machte es den komisch schrubbenden Laut auf dem Fußboden. Das war so nervig, dass Valerie schließlich die Decke beiseiteschob und aus dem Bett stieg. Der Boden fühlte sich kalt unter ihren Füßen an auf dem Weg zum Schmutzwäscheberg. Genervt hob Valerie ihr Handy auf. Die Nummer, die angezeigt wurde, war ihr unbekannt, doch bevor sie sich noch entscheiden konnte, ob sie trotzdem drangehen wollte, übernahm die Mailbox.

Mit dem Handy in der Hand sprang Valerie zurück ins Bett, wo es wenigstens warm und gemütlich war. Durch die halb offenen Vorhänge, die mit großen farbenfrohen Mustern bedruckt waren, fiel das erste Tageslicht ins Zimmer. Aber es sah nicht aufmunternd und sonnig, sondern grau und wenig einladend aus. Valerie zog die Decke bis zur Nasenspitze hoch, dann blickte sie sich in ihrem Zimmer um. Inspiriert von ihrer Arbeit bei der legendären Innendesignerin Amanda Modefürst war es ziemlich extravagant eingerichtet mit viel Farbe und einer Kombination ungewöhnlicher Möbel. Wie Valerie fand, passte das Interieur auch perfekt zu ihrem Kleidungsstil und ihrer Persönlichkeit. Nur leider herrschte ein entsetzliches Chaos in ihrer Wohnung. In den letzten Tagen und Wochen hatte sie ständig bis zum Umfallen gearbeitet und war anschließend abends einfach nur ins Bett gekippt.

Das Telefon in ihrer Hand begann abermals zu klingeln. Valerie schaute auf das Display. Zum vierten Mal seit gestern Abend rief diese Handynummer an, die sie nicht kannte. Aber diesmal ging sie dran.

»Hallo?« Ihre Stimme klang leicht heiser. Valerie räusperte sich.

»Frau Küster? Hier ist Joachim Mettling von der Kanzlei Kräutling, Benson und Partner. Gut, dass ich Sie erreiche.«

Joachim Mettling von Kräutling, Benson und Partner? Valerie kannte weder die Kanzlei noch jemanden, der so hieß. Unwillkürlich runzelte sie die Stirn. »Es ist sieben Uhr früh am Samstag.« Definitiv zu früh für Umfragen oder Telefonscherze.

»Es ist 6 Uhr 49, um genau zu sein.« Joachim Mettling klang pedantisch, was Valerie zu der Frage verleitete, ob ihr Anrufer wohl verrückt war. Wer klingelte um diese Zeit bei Fremden an, meldete sich dann mit einem absurd langen Namen, nur um den Angerufenen über die Uhrzeit zu belehren? Valerie überlegte, ob sie vielleicht noch schlief und das alles träumte, aber zumindest ihre Füße fühlten sich kalt und wach an.

Herr Mettlings Stimme klang allerdings gar nicht verrückt, sondern nur sehr sachlich, als er weitersprach. »Es tut mir leid, Sie so früh zu stören, aber ich konnte Sie gestern Abend nicht mehr erreichen, und es ist ausgesprochen dringend.«

»Was denn?« Valerie erinnerte sich an die Warnung vor Telefonbetrügern, die unter dem Vorwand der Eile die Angerufenen um irgendwelche Zahlungen baten. Nur dass es bei ihr wirklich nichts zu holen gab, außer man stand auf luxuriöse Daunenbettdecken, von denen sie genau eine besaß.

»Vielleicht sollte ich damit beginnen, Ihnen zu sagen, dass Frau Alma Küster, geboren am 3. Juli 1943, wohnhaft in Berlin-Charlottenburg, mich mit der Vertretung ihrer rechtlichen Interessen beauftragt hat.«

»Wer? Wen?« Valerie verstand immer noch nicht. Dann fiel bei ihr der Groschen. Alma war der erste Name ihrer Tante Berenike, den diese jedoch nicht verwendete. Was war mit Berenike? Alarmiert setzte sich Valerie auf und lehnte sich an das Kopfteil des Bettes.

»Verzeihen Sie, wenn ich mich zu undeutlich ausgedrückt habe. Ich rufe als Anwalt Ihrer Großtante an. Sie sind doch Valerie Küster, geboren am 3. Juli 1991?«

Aus einer Laune des Schicksals heraus hatte Valerie am selben Tag Geburtstag wie Berenike.

»Ja«, erwiderte Valerie langsam, die immer noch nicht wusste, wohin dieses Telefonat führen würde.

»Nun, natürlich bedarf alles Grundlegende der Schriftform, aber ich kenne Frau Küster schon sehr lange und weiß daher, was meiner Mandantin wichtig ist. Daher wollte ich Sie so schnell wie möglich darüber informieren, dass Frau Küster einen schweren Herzinfarkt erlitten hat und im Koma liegt.«

Valerie spürte eine eisige Hand, die sich um ihren Brustkorb schloss. Berenike, die charmanteste, exzentrischste und liebenswerteste ihrer Verwandten lag im Koma? Seit wann? Wieso genau? Was war nur passiert? Entsetzt biss Valerie sich auf die Unterlippe, doch bevor sie nachfragen konnte, sprach Herr Mettling schon in seiner unaufgeregten, nüchternen Art weiter.

»Während Frau Küster mich als Betreuer in ihren medizinischen Angelegenheiten eingesetzt hat, war es ihr ein Anliegen, dass alle sonstigen Rechte und Verpflichtungen im Falle, dass sie nicht mehr selbst entscheiden könnte, direkt auf Sie übertragen werden. Wissen Sie darüber Bescheid?«

Valerie schüttelte den Kopf, bevor ihr klar wurde, dass der Anwalt es ja nicht sehen konnte.

»Nein«, schob sie daher rasch hinterher.

»Nun, meine Mandantin hat Sie für den Fall ihres Todes als Alleinerbin eingesetzt, außerdem mehrfach den Wunsch geäußert und auch schriftlich dokumentiert, dass Sie sich um ihr Café kümmern möchten, sollte sie nicht mehr dazu in der Lage sein. Ich habe hier eine Bankvollmacht vorliegen, die auf Ihren Namen ausgestellt ist, dazu die Schlüssel zu Frau Küsters Wohnung und zu ihrem Café.«

Das Café, dachte Valerie. Es war Berenikes Ein und Alles, auch wenn Valerie nie so ganz verstanden hatte, warum ihre Tante diesen Ort so liebte. Es war eher klein und wenig anheimelnd, und an Kundschaft konnte sich

Valerie überhaupt nicht erinnern. Doch dann musste sie sich eingestehen, dass sie schon seit Jahren nicht mehr dort gewesen war, denn Berenike fühlte stets ein unaufhaltsames Fernweh. Daher hatte sie Valerie immer mit auf Reisen genommen, anstatt sie in ihre Wahlheimat Berlin einzuladen.

»Wird … Wird es ihr denn bald wieder besser gehen?«, stotterte Valerie. Die arme Berenike, sie hasste es doch so, krank zu sein! Außerdem war sie stark und unverwüstlich, wie konnte ausgerechnet sie einen Herzinfarkt erlitten haben?

»Nun, ich hoffe sehr, dass sich meine Mandantin rasch erholen wird. Aber die Ärzte haben mir bisher keine große Hoffnung gemacht.« Joachim Mettling klang einfach nur sachlich, aber Valerie spürte, wie sich ein Kloß in ihrem Hals bildete. Sie liebte Berenike, und allein die Vorstellung, dass ihre Tante vielleicht nie mehr aus dem Koma erwachen würde, war einfach zu schrecklich. Schneller, als sie blinzeln konnte, sammelten sich die Tränen in ihren Augen, und Valerie wischte sie ungeduldig fort.

Sie schniefte leise, aber Herr Mettling sprach schon weiter. »Meine Mandantin, Ihre Großtante, zeichnet sich unter anderem durch einen überragenden Sinn für Praktisches und eine bewundernswerte Gradlinigkeit aus. Bitte verzeihen Sie, wenn ich mit dieser Einschätzung von meinem eigentlichen Zuständigkeitsbereich abweiche«, unterbrach er sich dann selbst.

»Das ist kein Problem, reden Sie bitte weiter.« Valerie hatte immerzu das Bild von Berenikes liebenswürdigem Gesicht vor Augen.

»Ihre Tante hat mehrfach ihre Hoffnung betont, dass Sie

kommen und das Café weiterführen würden, sollte es ihr schlecht gehen.«

Valerie dachte an Berenikes wilde silberne Locken, ihre Energie, ihre Entschlossenheit und ihren Witz. Jetzt ließen sich die Tränen nicht mehr aufhalten.

»Kommen Sie?« Die Stimme des Anwalts klang weiter so nüchtern, dass Valerie es kaum fassen konnte. Sie dachte an Berenikes strahlendes Lächeln, ihr verschmitztes Schmunzeln und das Funkeln ihrer Augen.

»Ja, natürlich«, hörte sie sich selbst sagen. Wenn Berenike es so wollte, würde sie das selbstverständlich tun.

»Ich bin sehr erfreut, das zu hören. Auch wenn Frau Küster es Ihnen nicht selbst sagen kann, so wäre sie bestimmt beruhigt zu wissen, dass Sie ihr diese Bitte erfüllen. Meine Telefonnummer haben Sie ja jetzt. Melden Sie sich, sobald Sie in Berlin eingetroffen sind, dann gebe ich Ihnen die Schlüssel und die Vollmachten.«

»Danke«, antwortete Valerie, doch es klang nasal und verheult.

Erst als sie schon aufgelegt hatte, fragte sie sich auf einmal, in welchem Krankenhaus Berenike lag und wann sich der Herzinfarkt genau ereignet hatte. Aber das konnte sie immer noch herausfinden, wenn sie in Berlin war. Jetzt musste sie erst einmal schnellstmöglich dorthin kommen.

Ganz undamenhaft wischte Valerie sich mit dem Handrücken über die Augen und die Nase, dann schaute sie auf ihre Hände. Unbedingt musste sie vorher noch irgendwie die orangen Flecken von ihrer Haut abbekommen. Sie düste ins Badezimmer, wobei sie sorgsam darauf achtete, die Badtür hinter sich nicht ins Schloss fallen zu lassen. Erst vor Kurzem war der Türgriff auf der Innenseite abgegangen, und man bekam die Tür sonst nicht mehr auf. Auch so eine Sache, um die zu kümmern sie noch keine Zeit gehabt hatte. Das würde sie irgendwann nachholen müssen. Valerie griff nach Peeling und Rückenbürste und sprang in fliegender Hast unter die Dusche.

5. Kapitel

Hamburg

»Geht ihr doch schon mal Lego spielen, ich räume noch schnell auf«, sagte Niklas am Ende des Frühstücks, als alle gesättigt waren und besonders Johnnys Gesicht von oben bis unten mit Schokocreme verschmiert war. »Allerdings erst nachdem ihr euch Hände und Gesicht gewaschen habt.«

»Dieses ganze Waschen kann doch gar nicht gut für die Haut sein«, protestierte Johnny halbherzig.

»Du meinst, Schokocreme im Gesicht ist gesünder?«

»Bestimmt.« Johnny nickte mit Nachdruck.

»Können wir Oma W anrufen?«, lenkte Jakob ab, offenkundig nicht erpicht auf eine Diskussion zu diesem Thema. »Sie hat versprochen, dass wir im Flur ihrer neuen Wohnung inlineskaten dürfen.«

»Sie hat euch *was* versprochen?« Niklas konnte es immer noch nicht fassen, dass sich ausgerechnet seine Mutter, Sylvia Wengler, die sich ihr Lebtag lang nie um seinen Bruder oder ihn gekümmert hatte, in so eine zugewandte, fantasievolle Großmutter verwandelt hatte. Aber irgendwie war sie aus den Ereignissen des letzten Jahres, die nicht nur Niklas betroffen hatten, geläutert hervorgegangen. Vielleicht war es auch die Scheidung von seinem despotischen Vater, die sie ihr Leben zum ersten Mal selbst in die Hand nehmen ließ. Auf alle Fälle entpuppte sie sich als unerwartet resolute Ansprechpartnerin in allen Lebenslagen und großartige Spielgefährtin für die Jungen, die ihre Oma schlicht vergötterten. Dass sie jetzt auch noch als persönliche Assistentin für Niklas' Zwillingsbruder Felix arbeitete und dort mit Verve und Energie den Laden schmiss, war sozusagen das Sahnehäubchen auf der Verwandlung der Sylvia Wengler, die von allen, selbst ihren Söhnen, nur noch Oma W genannt wurde.

»Und Felix rufen wir auch an«, rief Johnny vom Flur aus. »Vielleicht sind er und Lila ja gerade in Hamburg …«

»… und haben nichts Besseres vor, als mit uns Eis essen zu gehen«, beendete Jakob den Satz seines kleinen Bruders.

»Genau, Schokoladeneis.« Johnny, der mit seinem verschmierten Gesicht schon wie eine wandelnde Schokoladenreklame aussah, kicherte.

»Lasst Felix schlafen.« Niklas wusste, wie viel sein um drei Minuten jüngerer Zwilling arbeitete. »Aber das mit Oma W geht klar. Ihr sprecht mit ihr, ich komme gleich nach.«

Die Jungs trollten sich, und Niklas ging in den Flur und linste abermals mithilfe der von ihm installierten Kamera hinaus. Der Gegenstand auf dem Fußabstreifer entpuppte sich bei näherer Betrachtung als Umschlag eines Kurierdienstes. Das allein war kein Grund zur Beunruhigung, aber wie war er dorthin gekommen? Als Niklas morgens zum Bäcker aufgebrochen war, hatte er noch nicht dort gelegen. Hatte irgendwer während seiner Abwesenheit geklingelt? Doch das hätten ihm die Jungen sicherlich erzählt.

In seiner Magengegend spürte Niklas ein seltsames Gefühl. Er war eigentlich ziemlich angstfrei, sonst hätte er auch nicht jahrelang als berüchtigter Kunstdieb überleben können. Aber seit er beschlossen hatte, Ja zu Recht und Ordnung zu sagen, war er deutlich vorsichtiger geworden. Sein Gefühl sagte ihm, dass der Umschlag nicht zufällig hier gelandet war, und es ihm deutlich lieber wäre, wenn er erst gar nicht auf der Fußmatte liegen würde. In seiner ganzen Zeit als Gentlemandieb hatte er immer streng darauf geachtet, Privates und »Berufliches« strikt zu trennen. Und das hier war seine private Wohnung, nichts, was mit seiner früheren beruflichen Tätigkeit in irgendeiner Verbindung stand. Aber niemand aus seiner Familie oder von seinen Freunden, der diese Adresse kannte, würde ihm etwas per Kurier schicken und ihn noch dazu so seltsam am Telefon darauf hinweisen.

Aus dem Bad hörte Niklas tropfende Geräusche, als hätte Johnny den Wasserhahn nur einen Millimeter weit aufgedreht und würde jetzt versuchen, die Schokolade praktisch ohne Wasserkontakt aus seinem Gesicht zu bekommen.

Rasch holte Niklas aus der Küche ein Paar Haushaltshandschuhe, die er überstreifte, bevor er vorsichtig die Wohnungstür öffnete und nach der Sendung griff. Zurück in der Küche hielt er den Umschlag in das inzwischen taghelle Licht unter dem Dachfenster.

Die Sendung war schmucklos, trug nur Niklas' Anschrift und eine Absenderadresse, die es – da brauchte Niklas gar nicht nachzuforschen – höchstwahrscheinlich nicht gab. Sorgfältig tastete Niklas den Umschlag ab und war sich anschließend sicher, dass darin höchstens ein kleineres Kuvert oder etwas Ähnliches enthalten sein könnte, für alles andere war der Umschlag zu flach. An dem perforierten Falz riss Niklas ihn auf und entnahm den Inhalt. Wie er geahnt hatte, war es nur ein einzelner weißer Briefumschlag. Niklas betrachtete ihn von allen Seiten und hielt ihn ebenfalls gegen das Licht, um ihn genauer studieren zu können, aber er war rundherum undurchsichtig. Also tastete Niklas sorgfältig jeden Millimeter ab. Er hatte einen guten Instinkt für Gefahren, aber der Umschlag selbst löste keine Besorgnis in ihm aus. Er war so gleichmäßig fest, leicht und schmal, dass er nur etwas wie ein gefaltetes Blatt Papier enthalten konnte.

Briefe waren in den letzten Jahren und Jahrzehnten in seinem Betätigungsfeld aus der Mode gekommen, außer natürlich, man wollte keine elektronischen Spuren hinterlassen. Oder aber der Absender oder die Absenderin war zu alt, um ein elektronisches Medium zu verwenden. Bis vor knapp zwanzig Jahren hatte es noch Telegramme für diesen Fall gegeben, aber die waren in ihrer ursprünglichen Form schon längst abgeschafft und durch E-Mail und diverse Messenger-Dienste ersetzt worden.

Niklas hörte, wie Jakob im Wohnzimmer die Legokiste auskippte; Johnny lachte dazu. Unwillkürlich lächelte Niklas auch, dann konzentrierte er sich wieder auf das Schreiben in seinen Händen. Sorgfältig tastete er das Kuvert ein zweites Mal ab. Feinstes Büttenpapier mit Wasserzeichen, das schränkte den Kreis der möglichen Absender ein. Ja, es konnte eigentlich nur eine einzige Person sein, die ihm das geschickt hatte. Niklas hatte das Gefühl des handgeschöpften Papiers zwischen seinen Fingern fast vergessen, doch anscheinend hatte die Briefeschreiberin *ihn* wiederum nicht vergessen. Schließlich hatten sie beide noch eine Rechnung offen. Eine Rechnung, die Niklas längst verdrängt hatte. Eine Rechnung, die den Anfang seiner Karriere als Gentlemandieb betraf.

Ohne weiteres Zögern riss er den Umschlag auf. Er enthielt eine Postkarte mit einem Gemälde Monets als Motiv – *Weg im Garten des Künstlers*, ein wunderschönes Bild, dessen Original im Wiener Belvedere hing. Auf der Rückseite stand in einer altmodischen, großen, aber ausgesprochen eleganten Handschrift:

> *Komm, es wird Zeit. Aber beeile dich, denn diesmal ist es eine Frage von Leben und Tod.*

Darunter war eine Adresse in Berlin angegeben. Niklas schloss für einen Augenblick die Augen, während ihn die Erinnerung mit aller Macht in die Vergangenheit sog.

***

2004

»Sie können etwas, das von größtem Interesse für mich ist.«

Niklas bibberte. Mittlerweile hasste er das kleine Laubenhäuschen in der Schrebergartenkolonie, in dem er Unterschlupf gefunden hatte. Seine Hände waren so eiskalt, dass er sie fast nicht mehr bewegen konnte, aber er durfte nicht schon wieder heizen, um nicht die Aufmerksamkeit der neugierigen Nachbarn auf sich zu ziehen.

»Und was ist es?«, fragte er die Anruferin ungeduldig,

die mit unterdrückter Nummer anrief und der Stimme nach jemand war, der mitten im Winter seinen Keller ausmisten und ihm für einen Hungerlohn ein paar Stunden Arbeit anbieten wollte.

»Nun, es wäre ein größerer Auftrag. Ich habe von dem Gerhard-Richter-Bild gehört und möchte ...«

Niklas verdrehte die Augen. Wahrscheinlich war die Anruferin die Mutter eines ehemaligen Klassenkameraden, die sich gern ihre einsamen Stunden mit der Schilderung seines Abenteuers vertreiben lassen wollte. Oder schlimmer noch, sie war von der Zeitung. Keine Ahnung, woher die schon wieder seine Nummer hatten. Er brauchte eine neue SIM-Karte mit einer neuen Nummer, aber im Moment hatte er kein Geld dafür, wie für überhaupt fast gar nichts.

»Darüber sage ich nichts«, erwiderte er ungeduldig.

Sie lachte ein unerwartet dunkles, amüsiertes Lachen. »Weder erwarte ich das, noch wünsche ich es. Was wissen Sie über Monet?« Bei dem letzten Satz veränderte sich ihre Stimme und klang jetzt sachlich und konzentriert.

»Französischer Maler, geboren 1840, der dem Impressionismus zugerechnet wird. Eines seiner bekanntesten Bilder sind die Seerosen.« Gelangweilt leierte Niklas das Wissen aus seinem Kunstleistungskurs in der Schule herunter. Seine blonden Haare waren zu lang und hingen ihm ins Gesicht, weshalb er sie sich ungeduldig mit seiner kalten Hand aus den Augen wischte.

»Ist das alles?«

»Hören Sie, ich habe nicht den ganzen Tag Zeit, um mich mit Ihnen über Claude Monet zu unterhalten ...«, begann er.

»Das ist keine Unterhaltung, denn Sie wissen nichts«,

unterbrach ihn die Frauenstimme energisch. »Im Kunstgeschichtlichen Seminar der Universität Hamburg findet im Flügelbau West neben dem alten Universitätsgebäude heute um 14 Uhr ein Vortrag über Monet statt. Setzen Sie sich rechts außen in die letzte Reihe und hören Sie sich an, was da gesagt wird.«

»Aber warum sollte ich …«, protestierte Niklas, doch da hatte die Anruferin schon aufgelegt.

»Was 'nen Schrott«, murmelte Niklas, war aber irgendwie auch neugierig geworden. Er liebte Kunst, und wenn er sich ein Studienfach hätte aussuchen können, wäre seine Wahl sicherlich auf etwas Künstlerisches gefallen. Doch anders als sein Zwillingsbruder, der gerade mit Maschinenbau begonnen hatte, fehlten Niklas die finanziellen Möglichkeiten für ein Studium. Direkt nach seinem Abitur vor wenigen Monaten war der Kontakt zu seiner wohlhabenden Familie vollständig abgebrochen. Daher bekam er weder von ihr noch vom Staat etwas, der darauf pochte, dass er erstmal seinen Vater anzapfen musste, was für Niklas aber unmöglich war. Eine Weile hatte er noch gedacht, dass es sich mit der Familie wieder einrenken würde, aber er hatte die Wut seines Vaters über das, was er getan hatte, gründlich unterschätzt. Jetzt schlug er sich mit Gelegenheitsjobs durch und lebte in einem kleinen, im Winter nicht bewohnten Laubenhäuschen. Aber das war keine dauerhafte Option – nur war ihm gerade zu kalt, um nach einer besseren Lösung zu suchen.

Fünf vor zwei betrat Niklas den Seminarraum, in dem der Vortrag stattfinden sollte. Davor hatte er Sorge gehabt, dass man ihm irgendwie anmerken würde, dass er kein

Student der Kunstgeschichte war, aber es war niemand da. Fiel der Vortrag etwa aus? Niklas wollte sich sofort wieder umdrehen, aber hier war so gut geheizt, dass er beschloss, sich zumindest für einen Moment zu setzen und aufzuwärmen. Was hatte die Anruferin gesagt? Letzte Reihe, ganz rechts außen. Niklas ging dorthin und nahm Platz. Fast aus Gewohnheit musterte er den kleinen Tisch vor sich. Das Holz war angekratzt und an einzelnen Stellen gesplittert, und verschiedene Studenten hatten Nachrichten darauf hinterlassen, wobei es sich meistens nur um verzierte Farbklekse handelte. Niklas legte seine Arme auf der schmalen Tischplatte ab. Würde es sich so anfühlen, wenn er hier studierte? Jetzt war es genau 14 Uhr, aber es kam immer noch niemand. Niklas schlug die Beine übereinander und stieß dabei mit dem oberen Knie von unten gegen etwas am Tisch.

Aua, dachte er, schaute drunter und stellte überrascht fest, dass jemand von unten mit Tesafilm einen Schlüssel an die Tischplatte geklebt hatte. Kein besonders auffälliger Schlüssel, nur ein ganz normaler Haustürschlüssel.

Einem plötzlichen Impuls folgend sah sich Niklas gründlich um, ob es hier irgendwo eine Überwachungskamera gab, doch natürlich war da keine. Also zog er den Tesastreifen ab und ließ den Schlüssel in seine Hosentasche gleiten. Er war gerade damit fertig, als die Tür aufging und zwei Studentinnen den Raum betraten, die sich laut über ihre Seminararbeiten unterhielten. Die eine nickte Niklas zu, während die andere sich sofort an einen Tisch in der Mitte der ersten Reihe setzte.

Nach und nach füllte sich der Raum, und Niklas erinnerte sich auf einmal daran, dass es vor Ewigkeiten in der Schule mal um die akademische Viertelstunde gegangen war. Das hier war ein entsprechendes Umfeld, also würde der Vortrag wahrscheinlich erst um Viertel nach beginnen. Niklas unterdrückte einen Seufzer, sein Leben war echt in die falsche Richtung gegangen, sein Zwillingsbruder Felix hatte so etwas wie *cum tempore* sicherlich auf dem Schirm.

Die Dozentin, eine silberhaarige Frau in einem ungewöhnlichen dunkelroten Wickelkleid, begann pünktlich wie ein Uhrwerk um 14.15 Uhr mit ihrem Vortrag.

»Claude Monet, auf dessen Wirken der Name ›Impressionismus‹ zurückzuführen ist, war alles, nur kein Impressionist«, lautete ihr erster Satz, womit sie Niklas' ungeteilte Aufmerksamkeit gewann. In den folgenden anderthalb Stunden ging es um Strichführung, Farbwahl und Verknüpfung von Aussage und Maltechnik. Niklas merkte gar nicht, wie die Zeit verging, und er war überrascht, als die Dozentin ebenso pünktlich, wie sie begonnen hatte, ihre Ausführungen beendete.

»Nächste Woche um die gleiche Zeit«, meinte sie, bevor sie von den beiden eifrigen Studentinnen aus der ersten Reihe belagert und mit Fragen eingedeckt wurde.

Niklas stand auf und verließ mit etlichen anderen zusammen den Seminarraum. Den Schlüssel trug er in der Tasche. Aber das war nicht alles. Das Seminar war ganz anders gewesen als der langweilige Kunstunterricht, bei dem Niklas immer wieder eingeschlafen war. Bisher hatte er sich mehr mit der Frage beschäftigt, wie man ein Bild stehlen konnte, als mit der Malerei selbst, aber das änderte sich in diesem Moment.

Zwei Studenten, die sich ebenfalls den Vortrag angehört

hatte, verabredeten hinter ihm, noch in die Bibliothek zu gehen, und Niklas beschloss, ihnen zu folgen.

Die Bibliothek entpuppte sich als wahre Entdeckung für Niklas. Nicht nur gab es Nachschlagewerke über zahllose Maler, es gab auch Bücher zu fast jedem Thema der Kunstgeschichte. Niklas griff nach dem ersten Titel, der ihn interessierte, und las einfach drauflos. Er ging erst, als die Bibliothek abends ihre Pforten schloss. In der Zeit hatte er nichts gegessen, nur einen Kaffee aus dem Automaten getrunken, aber es ging ihm trotzdem so gut wie seit Tagen nicht mehr. Er beschloss, zurück in die Laubenkolonie zu laufen, während er sich die Bilder, die ihm besonders gefallen hatten, in seiner Erinnerung wieder und wieder ansah.

Am nächsten Morgen war er wieder in der Bibliothek, am Tag darauf auch. Zwei Tage später bekam er einen Aushilfsjob in der Firma des Vaters eines Freundes. Vormittags arbeitete Niklas dort in der Fertigung und ging nachmittags und abends weiter in die Bibliothek. Er hatte keinen Ausweis und konnte nichts ausleihen, aber das störte ihn nicht. Außerdem war es warm, und die anderen hielten ihn für einen Studenten, das gefiel ihm.

Bei der nächsten Seminarstunde fand er nicht nur einen zweiten Schlüssel vor, sondern stellte auch fest, dass er schon viel mehr wusste als zuvor. So war ihm nicht mehr alles, was die Dozentin erzählte, neu, aber sie hatte eine tolle Art, Zusammenhänge herzustellen, und er hörte ihr gern zu. In der dritten Woche passierten zwei Dinge. Zum einen fand er einen Zettel unter dem Tisch, auf dem mit einer Schreibmaschine eine unvollständige Adresse notiert worden war: eine Straßenangabe, aber keine Hausnummer. Zum anderen sprach ihn nach dem Seminar eine Studentin an. Sie hatte lange blonde Locken und trug einen roten Pulli mit Schneeflockenmuster.

»Ich habe dich hier schon häufiger gesehen, auch in der Bib, hättest du vielleicht Lust, mal was trinken zu gehen?« Sie stotterte mehr, als dass sie sprach, und errötete, während Niklas heiß wurde. Nicht wegen des Angebots, sondern weil er immer bemüht war, nicht aufzufallen. Er wollte nicht gesehen oder zumindest nicht wahrgenommen werden.

»Hm«, machte er daher unbestimmt und spürte wieder den Fluchtreflex, der ihn seit der Sache im vergangenen Sommer begleitete.

»Möchtest du mir deine Nummer geben?« Die Studentin interpretierte seine Unruhe offenkundig anders.

Niklas, der am liebsten weggerannt wäre, beherrschte sich. »Hast du einen Stift und einen Zettel?«

»Ja, klar.« Sie wurde wieder rot und kramte in ihrem Rucksack.

Niklas wartete scheinbar ruhig, aber innerlich überlegte er hektisch, was er tun sollte. Klar war, dass er nicht zu den Seminaren zurückkehren konnte, und auch in die Bibliothek wollte er nicht mehr gehen. Für einen Augenblick kam er sich wie ein Betrüger vor, bevor er sich sagte, so zu tun, als studiere man Kunstgeschichte, war nun wirklich kein schlimmes Vergehen. Und er konnte auch nicht wirklich etwas dafür, von einem reichen Unternehmersohn zu einem Mann geworden zu sein, der in der Gartenlaube von Fremden wohnte. Immerhin hatte er den Job in der Fertigung, und so wie es aussah, konnte er dort auch erstmal bleiben.

Als die Studentin ihm mit roten Wangen einen Stift und

einen aus ihrem Collegeblock gerissenen Zettel reichte, teilte er das Papier unauffällig in zwei Stücke. Auf das größere schrieb er eine Nummer, die er sich ausdachte, und auf das andere, deutlich kleinere einen einzigen Satz. *Ich bin fertig*. Dann gab er der Studentin die falsche Nummer mit einem Lächeln.

»Bis demnächst«, meinte er. Im Hinausgehen schlenderte er noch ein letztes Mal an dem Tisch ganz außen rechts vorbei. Unauffällig steckte er den Zettel in die Verschraubung von Tischbeinen und Tischplatte.

Am nächsten Tag erhielt er einen weiteren Anruf, wieder mit unterdrückter Nummer. Die Frauenstimme nannte Niklas eine Hausnummer. Mehr nicht.

***

»Papa!«

»Wo bleibst du denn?« Jakobs und Johnnys Stimmen rissen Niklas aus seinen Erinnerungen.

»Wir haben Oma W erreicht, und sie hat uns versprochen, dass wir mit ihr inlineskaten und Eis essen können. Ist das nicht super?« Johnny strahlte bis über beide Ohren.

»Und sie hat versprochen, mittags Pizza mit uns zu backen.« Auch Jakob schien mehr als zufrieden mit den Vorschlägen seiner Großmutter.

Niklas, der nicht einmal geahnt hatte, dass seine Mutter wusste, was ein Ofen war, lächelte. »Das nenne ich Ferien.«

»Wenn wir schon nicht wegfahren wie alle anderen aus meiner Klasse…«, meinte Jakob.

»Bringst du uns rüber?« Johnny hüpfte von einem Bein

auf das andere. Ihn schien es nicht zu stören, dass sie die Ferien zu Hause verbrachten.

»Wenn wir bei Oma W sind, kannst du auch etwas anderes machen«, erklärte Jakob großzügig. »Mal ein bisschen Zeit nur für dich. Oder du kannst dein wichtiges Buch schreiben.«

»Danke!« Niklas dachte an sein Buchprojekt über Kunstdiebstahl, das zu verfassen allerdings bei Weitem nicht so spannend war, wie Kunst zu stehlen. Aber irgendetwas musste er nun einmal tun, jetzt wo er kein Dieb mehr sein wollte.

»Also gut«, stimmte er seinen Söhnen zu. »Ich hole nur noch kurz meine Sachen.«

Johnny lief schon zur Tür. »Wer als Erster unten ist …«

Niklas hörte, wie Johnny und Jakob die Treppe hinuntertrampelten, während er einen schwarzen Rucksack aus seinem Zimmer holte und den Umschlag einsteckte. Aus einem Fach in der Kommode im Flur nahm er sein Smartphone, das er privat selten benutzte. Er steckte es ebenfalls in den Rucksack und folgte dann den Jungen.

Komm, es wird Zeit, hatte auf der Karte gestanden. *Aber beeile dich, denn diesmal ist es eine Frage von Leben und Tod.* Er musste also zu der Berliner Adresse fahren, die daruntergestanden hatte. Gut, dass seine Mutter heute auf die Jungen aufpasste. Niklas schloss die Wohnungstür sorgfältig hinter sich ab, bevor er Johnny und Jakob folgte und im Rekordtempo die Treppe hinunterlief.

6. Kapitel

Berlin

Als Valerie in Berlin ankam, fühlte es sich aufregend und stressig zugleich an. Sie machte sich große Sorgen wegen Berenike, und ihre Befürchtungen hatten während der Reise noch weiter zugenommen. Sie musste ihre Tante einfach schnellstmöglich sehen. Auf der anderen Seite war es auch ein Abenteuer, ein Wochenende lang Berenikes Café in Berlin zu führen. Schließlich war Berlin groß, laut und bunt, dazu schräg, unangepasst und wild. Alles Dinge, die Valerie faszinierten.

Neugierig blickte Valerie aus den Fenstern der S-Bahn, während der Zug durch die Stadt fuhr. Er hielt an großartigen altmodischen Bahnhöfen wie Bellevue mit seinen eleganten roten Klinkersteinbögen. Valerie blickte sich um in dem Gefühl, mitten in einem Historienfilm gelandet zu sein. Genauso wie jetzt musste der Bahnhof schon ausgesehen haben, als er mit seinen geschwungenen Dachträgern 1882 erbaut worden war. Aber zur Vergangenheit passte weder die laute, fast schon schrille Musik aus den Kopfhörern von Valeries Sitznachbarn noch die schwarzen Latexoutfits des Paares ihr gegenüber.

Als die S-Bahn hielt, erinnerte sich Valerie daran, dass sie ja Herrn Mettling anrufen musste. Rasch kramte sie ihr Handy hervor. Dabei fiel ihr Amandas Umschlag mit dem geänderten Arbeitsvertrag wieder in die Hände, den sie gestern in ihre Tasche gesteckt und dann dort vergessen hatte. Aber dafür war später Zeit. Sie wählte die Nummer des Anwalts, und als er abhob, piepte es laut im Hintergrund vom Schließen der Zugtüren.

»Sind Sie in der S-Bahn?«, fragte Herr Mettling prompt.

»Ja.« Es ruckte scharf, als die S-Bahn anfuhr. Eine Gruppe Touristen war eingestiegen, die sich quer durch den Waggon laut unterhielt. Valerie hielt sich das andere Ohr zu, um den Anwalt noch verstehen zu können.

»Könnten Sie zu mir in die Kanzlei kommen? Das Büro ist direkt am Kurfürstendamm, ganz in der Nähe vom Café Ihrer Tante.« Er nannte Valerie eine Adresse, bevor er sich rasch verabschiedete. Valerie suchte heraus, wo sie genau hinmusste, dann schaute sie wieder aus dem Fenster.

Was sie wohl erwartete? Berenike hatte ihr kleines Café erst nach ihrer Pensionierung eröffnet, und es war der Mittelpunkt ihres Lebens geworden. Doch beim Gedanken an ihre Tante und den schlechten Zustand, in dem sie sich befand, wurde es Valerie sofort schwer ums Herz. Um sich abzulenken, dachte sie an ihre unzähligen gemeinsamen Unternehmungen mit Berenike. Zusammen waren sie nach Florenz, Paris und Rom gereist, hatten in London die Tate Gallery of Modern Art besucht und waren zweimal nach Washington, D.C., geflogen. Dort hatte Valerie das National Museum of Natural History mit seinen ausgestopften Tieren genauso geliebt wie das National Air and Space Museum, in dem sie entschieden hatte, Pilotin zu werden. Daraus war zwar nichts geworden, aber Valerie erinnerte sich noch immer mit Vergnügen an die Zeit in der amerikanischen Hauptstadt an der Seite ihrer unternehmungslustigen Tante. Überall kannte Berenike jemanden und hatte ständig Verabredungen, während Valerie entweder im Hotelzimmer vor dem Fernseher gelümmelt oder ihre Tante manchmal auch begleitet hatte. Zu ihren gemeinsamen Städtereisen waren Strandurlaube in Biarritz, auf Korfu und in Key West gekommen. Denn seitdem ihre Tante entschieden hatte, dass Valeries Eltern sich zu schlecht um ihre einzige Tochter kümmerten und sie das ausgleichen würde, war sie so etwas wie die gute Fee in Valeries Leben geworden. Zwar hatte es am Anfang einen Riesenkrach zwischen Berenike und Valeries Eltern gegeben, die sich mit deutlichen Worten eine Einmischung in ihr Leben verbaten. Aber als Valeries Mutter und ihr Vater mitbekamen, dass Berenikes Engagement vor allem dazu führte, dass sie selbst deutlich mehr Zeit für ihre Arbeit und ihre Karrieren hatten, waren sie doch einverstanden. Seitdem machten Valeries Eltern zwar einen großen Bogen um Berenike, und die Tante wurde in der Familie praktisch nie erwähnt, aber das war Valerie egal, Hauptsache, Berenike stand am Anfang der Ferien am Bahnhof oder Flughafen und entführte sie auf eine weitere Reise.

Das letzte Mal waren sie im Winter zusammen in die Berge nach Sankt Moritz gefahren, das Berenike noch nie besucht hatte, aber in ihrem Leben nicht verpassen wollte. Das hatte sie zumindest gesagt, war dort aber so rüstig und lebendig aufgetreten, dass Valerie es unvorstellbar fand, dass Berenike je sterben könnte. Und jetzt war sie so krank.

Ich muss sie unbedingt sehen, dachte Valerie und schniefte unwillkürlich ein wenig. *Vielleicht hilft es ihr ja, wenn sie weiß, dass ich mich um ihr Café kümmere.*

Die S-Bahn fuhr in den Bahnhof Savignyplatz ein. Noch so ein altmodisches Kleinod, fand Valerie, entdeckte dann aber, dass der Bahnhof auch das Zuhause eines modernen Kunstprojekts war, das den Titel *Weltenbaum II* trug. Dafür waren Bilder von Künstlern wie Joseph Beuys als Mahnung vor Umweltzerstörung an der Brandmauer hinter den Gleisen angebracht worden.

Nachdem Valerie sich umgesehen hatte, nahm sie ihren Trolley und ging in Richtung Treppe. Die Sonne war hervorgekommen und erhellte alles. Ein leichter Wind wehte, der sich auf Valeries geschrubbter und nicht mehr oranger Haut weich und angenehm anfühlte. Sie verließ die S-Bahn am Ausgang Else-Ury-Bogen und ging dann weiter die Bleibtreustraße hinunter in Richtung Kurfürstendamm. Zu beiden Seiten der Straße lagen wunderschöne Altbauten mit Erkern und Balkonen über mit Weinranken bewachsenen Fassaden. Doch die Galerien mit Kunstwerken des vorherigen Jahrhunderts und die unkonventionellen Modegeschäfte ließen alles zeitgemäß und gar nicht verstaubt wirken. Kurz ehe Valerie der Wegbeschreibung nach abbiegen musste, entdeckte sie einen kleinen Blumenladen mit einer außergewöhnlich schönen Auslage. Valerie erinnerte sich, dass Berenike häufig Blumen einkaufte. Vielleicht tat sie das hier? Kurzentschlossen betrat Valerie den Laden und wählte einen eleganten, aber dennoch peppig gebundenen Blumenstrauß mit pinken Rosen, einer lila Hortensie und himmelblauen Glockenblumen. In diesem Arrangement sah es wunderbar aus. Die Blumen würde sie Berenike ins Krankenhaus bringen, dazu Schokolade, die ihre Tante so liebte, und vielleicht ein Flacon Chanel No. 5.

Mit dem eingewickelten Blumenstrauß in der einen und dem Griff des Trolleys in der anderen Hand ging Valerie weiter bis zum Kurfürstendamm. Dort lag das wirklich imposante Gebäude mit Kuppel auf dem Dach, in dem die Kanzlei untergebracht war. Valerie studierte das Schild neben dem Eingang. Offenkundig arbeiteten zahllose Partner bei Kräutling, Benson und Partner, und Valerie brauchte eine Weile, bis sie in der langen Liste Dr. jur. Joachim Mettling fand. Zu ihrer Überraschung entdeckte sie dabei, dass das Spezialgebiet der Kanzlei das Gesellschafts-, Bank- und Kapitalmarktrecht war. Nun, das war sicherlich nicht unbedingt das, was Berenike benötigte, aber Valerie konnte sich vorstellen, dass ihre für Schönheit leicht zu begeisternde Tante diese Kanzlei gewählt hatte, weil sie in einem so formschönen Altbau untergebracht war. Valerie klingelte, und mit einem Surren öffnete sich die Eingangstür, offenkundig arbeitete man hier auch an einem Samstag.

Automatisch musste Valerie an Claas denken, der ebenfalls sieben Tage die Woche mit der Arbeit beschäftigt gewesen war. Kurz wurde ihr ein wenig flau, aber dann schritt sie energisch durch die Eingangstür. Claas war Vergangenheit, und jetzt musste sie sich hier um die Zukunft von Berenike und Berenikes Café kümmern.

Der Eingangsbereich des Kanzleigebäudes war imposant, der Aufzug, offenkundig sehr viel später eingebaut, jedoch weniger. Dennoch wollte Valerie gerade einsteigen, um bequem mit Trolley und Blumen in den vierten Stock zum Empfang von Kräutling, Benson und Partner zu fahren, als ein Mann mit einer Aktentasche in der Hand die Marmortreppe herunterkam und sie ansprach.

»Frau Küster?«

Valerie drehte sich zu ihm um.

»Guten Tag. Mein Name ist Joachim Mettling. Ich dachte, wir könnten bei dem schönen Wetter vielleicht ein paar Schritte gehen? Natürlich können wir auch oben in meinem Büro sprechen, wenn Ihnen das lieber ist.« Der Anwalt machte eine Geste in den Sonnenschein hinaus.

Valerie nickte dankbar. An der frischen Luft ließ sich das Gespräch bestimmt leichter führen.

Herr Mettling schritt an ihr vorbei und hielt ihr dann die Tür auf. Im Vorbeigehen musterte Valerie ihn. Er war älter, als sie seiner Stimme am Telefon nach angenommen hatte, aber durchaus gutaussehend, wirkte sehr seriös, was durch seinen perfekt sitzenden Anzug noch zusätzlich unterstrichen wurde. Sein Gesichtsausdruck erschien ernst, aber die vielen kleinen Fältchen um seine Augen verrieten, dass er sicherlich auch häufig lachte.

Draußen atmete Valerie erst einmal durch. In der Sonne wirkte alles lebendiger als in dem protzigen, aber irgendwie leblosen Eingangsbereich. Auf dem Kurfürstendamm tummelten sich am späten Samstagvormittag Touristen und Einheimische gleichermaßen. Valerie ging ein paar Schritte, bevor sie stehen blieb und sich zu Joachim Mettling umwandte. »Wie geht es meiner Tante? Haben Sie schon etwas gehört, seitdem wir vorhin telefoniert haben?«

Der Anwalt schüttelte den Kopf. »Bedaure. Aber sobald ich etwas erfahre, werde ich Sie gleich informieren. Wollen wir hier entlanggehen?« Er wies in eine Richtung, woraufhin sie nebeneinander den Weg einschlugen.

»Meine Mandantin hält sehr große Stücke auf Sie«, begann er. Das Wort »Mandantin« klang distanziert, aber Valerie hatte aufgrund seiner Tonlage das Gefühl, dass er Berenike sehr gut kennen musste.

»Ich habe meine Tante auch sehr gern.«

»Das freut mich zu hören. Nun, Ihre Tante war der Ansicht, dass nur Sie geeignet wären, sie zu beerben, da ausschließlich Sie verstehen würden, was ihr wichtig ist.«

Valerie blieb schockiert stehen. Beerben – das hörte sich ja grauenvoll an!

»Aber ans Erben möchte ich gar nicht denken«, protestierte sie mit wackeliger Stimme, während sie spürte, wie sich ihre Augen mit Tränen füllten. Fast ein wenig überstürzt hastete sie weiter.

»Das ehrt Sie. Aber wenn sich jemand klar mit dem Sterben auseinandergesetzt hat, dann war es Ihre Tante. Es war ihr sehr wichtig, alles zu regeln. Ich habe Ihnen noch nicht gesagt, dass der Herzinfarkt im Rahmen einer Routineoperation aufgetreten ist, auf die sich Frau Küster in jeder Hinsicht vorbereitet hatte.«

»Sie meinen, Tante Berenike wusste, dass sie vielleicht einen Herzinfarkt bekommen würde?« Valerie konnte es kaum glauben.

»Dass sie es wusste, so weit würde ich mit meiner Behauptung nicht gehen, aber ich denke, Ihre Tante war sich ihrer Sterblichkeit voll bewusst.«

Valerie fand nicht, dass sich das besser anhörte, und sie fand ebenfalls nicht, dass es nach der lebenslustigen Berenike klang. »Was wurde denn operiert?«, erkundigte sie sich nach einer Pause.

»Wie Sie sicher wissen, hat sich Ihre Tante vor einem

Jahr bei einem Sturz den Fuß gebrochen. Nun machte das Fremdmaterial Probleme, das damals zur Stabilisierung eingebracht worden war, und sollte entfernt werden. Bei dem Eingriff erlitt Ihre Tante den Herzinfarkt und musste in der Folge nach einer Herzkatheteruntersuchung auf die Intensivstation verlegt werden.«

Auf Valeries Stirn erschien eine steile Falte. Ja, ihre Tante hatte von Beschwerden im Fuß gesprochen, aber warum hatte sie ihr nicht gesagt, dass sie deswegen operiert werden musste? Normalerweise erzählte ihr Berenike doch alles. Aber Valerie kam nicht dazu nachzufragen, denn der Anwalt sprach schon weiter.

»Nun, niemand konnte es vorhersehen, aber meine Mandantin wollte auf Nummer sicher gehen und hatte daher im Vorfeld ihre Verfügung noch einmal überprüft und aktualisiert. Es war ihr wichtig, dass Sie geordnete Verhältnisse vorfinden. Ich gebe Ihnen jetzt alle Schlüssel und die Vollmachten, die Sie benötigen. Frau Küster wollte sicher sein, dass Sie das Café weiterführen und dafür auch die notwendigen finanziellen Mittel zur Verfügung haben.«

Valerie schwirrte der Kopf. Meinte Berenike, dass sie jetzt ihr Leben nach Berlin verlagern und das kleine Café führen würde? Aber das ging doch nicht. Ihr Lebensmittelpunkt war München. Irgendwie musste Valerie mit ihrer Tante sprechen. Wie konnte es sein, dass Berenike ihr gegenüber nie etwas von alldem erwähnt hatte?

»Ich muss meine Tante besuchen und mit ihr reden.« In einer hilflosen Geste hob Valerie den Blumenstrauß in ihrer Hand.

»Leider ist das unmöglich.« Herr Mettling sah plötzlich furchtbar streng aus, zumindest kam es Valerie so vor.

»Vor zwei Tagen gab es auf der Intensivstation, auf der Ihre Tante liegt, einen Ausbruch von 4MRGN-Keimen, genauer gesagt ein Ausbruch mit Acinetobacter baumannii. Niemand, der nicht unbedingt auf der Station gebraucht wird, darf die Räume betreten. Daher darf auch keiner der Patienten Besuch erhalten.«

»Wie bitte?« Fassungslos sah Valerie den Anwalt an. »Ich kann Tante Berenike nicht sehen?«

»Nein, das geht nicht.«

Valerie spürte, wie alle ihre Gefühle durcheinanderwirbelten. Sie blieb stehen. »Aber das ist doch der Grund, warum ich nach Berlin gekommen bin. Ich will sie sehen, ich *muss* sie sehen!« Beim Aussprechen des Satzes wurde Valeries Stimme immer lauter.

Joachim Mettlings Antwort klang beherrscht, aber trotzdem mitfühlend. »Ich weiß, dass das alles ein Schock für Sie sein muss, Frau Küster. Aber leider war der diensthabende Oberarzt mehr als deutlich mit seinen Anweisungen am Telefon. Es geht absolut nicht.«

Valerie fühlte, wie Kummer und Entsetzen, die sie seit dem frühen Morgen begleiteten, über ihr zusammenschlugen. Ihre geliebte Berenike war sterbenskrank, und sie war nicht in der Lage, ihre Tante auch nur zu sehen, geschweige denn in den Arm zu nehmen. Das war schrecklich! Die Tränen, bis dahin mühsam in Schach gehalten, kullerten über Valeries Wangen, und sie musste sich zusammenreißen, um nicht laut loszuschluchzen.

»Ich kann sehr gut verstehen, dass Sie das jetzt unglücklich macht. Ich hoffe selbst, dass man das Infektionsgeschehen schnell in den Griff bekommen wird. Aber man sagte mir, dass eine Infektion mit 4MRGN so ziemlich das Schlimmste sei, was einem im Krankenhaus passieren kann. Komplette Resistenz gegen alles, keine Therapieoptionen. Alle Patienten müssen strengstens voneinander isoliert werden, und absolut nichts darf das Risiko erhöhen, dass dieser Keim weitergetragen wird.«

»Das hört sich ja furchtbar an.« Valerie versuchte krampfhaft, ihre Gefühle und die Tränen in den Griff zu bekommen. Aus seiner Aktentasche holte Joachim Mettling eine Packung Taschentücher und reichte ihr eins.

Nachdem Valerie sich die Nase geputzt hatte, meinte sie vorsichtig: »Aber glauben Sie nicht, dass es Berenike vielleicht besser ginge, wenn jemand da wäre und ihre Hand hielte? Jemand, der sie so liebt wie ich?«

Herr Mettling nahm erst einen Umschlag aus seiner Tasche, bevor er Valerie wieder ansah. »Wahrscheinlich schon, ich denke nur, dass wir da an den Hygienebestimmungen nicht vorbeikommen.«

»Und könnte Berenike vielleicht verlegt werden? Heraus aus der Gefahrenzone, gewissermaßen?« Valerie wollte ihre Tante so gern sehen und ihr sagen, wie sehr sie sie liebte und wie wichtig es war, dass sie sich wieder erholte.

»Meiner Mandantin geht es zu schlecht für eine Verlegung; außerdem, wenn ich das richtig verstanden habe, wird kein anderes Krankenhaus Patienten übernehmen, die eventuell mit diesem Keim infiziert sind.« Herr Mettling sah auf den Umschlag in seiner Hand, bevor er fortfuhr: »Doch zurück zu den Wünschen meiner Mandantin. Wichtig war ihr vor allem, dass Sie sich um das Café kümmern. ›Damit es eine Zukunft hat, wenn Valerie das möchte‹, so waren ihre Worte.«

Valerie spürte, wie in ihr schon wieder die Tränen hochstiegen. »Aber Berenike wird doch wieder gesund, oder?«, stammelte sie. »Ich helfe gern, aber es ist doch nur auf Zeit?«

Joachim Mettling sah Valerie an – nachdenklich, wie ihr schien. »Das kann keiner vorhersagen. Ich weiß nur, dass meine Mandantin derzeit nicht ansprechbar im Koma liegt. Es tut mir leid, ich würde Ihnen lieber etwas anderes übermitteln.«

Valerie nickte, aber in ihrem Hals steckte ein dicker Kloß, und sie wusste langsam überhaupt nicht mehr, was sie denken und fühlen sollte.

»Ihre Tante meinte, dass Sie auf alle Fälle klarkommen würden.«

Der Anwalt klang zuversichtlicher, als Valerie sich fühlte. Wenn sie ehrlich war, hatte sie nicht die geringste Ahnung, wie sie mit der Situation umgehen sollte. Es fiel ihr unendlich schwer zu akzeptieren, ja sich nur vorzustellen, dass sie Berenike nur wiedersehen würde, wenn sie sich erholte. Eine weitere Träne tropfte über Valeries Lidkante, und sie wischte sie rasch ab.

Der Anwalt neben ihr wies in die schmale, von wunderschönen alten Bäumen gesäumte Straße, in der das Café ihrer Tante lag. »Da drüben ist es, aber das muss ich Ihnen ja nicht sagen. Hier sind die Unterlagen, die mir für Sie anvertraut wurden.« Aus seiner Aktentasche holte er noch zwei Schlüsselbunde. Zusammen mit dem dicken, verschlossen Umschlag hielt er sie Valerie hin. Valerie stopfte das benutzte Taschentuch in ihre Manteltasche, legte die Blumen auf dem Trolley ab und nahm alles entgegen.

»Das sind die Schlüssel für das Café und für die Wohnung Ihrer Tante.«

Valerie nickte, steckte die Schlüssel in ihre Tasche und griff nach dem Umschlag. Er war weiß, dick und recht schwer.

Für Valerie stand in Berenikes Handschrift darauf. Nicht mehr und nicht weniger. Aber Valerie konnte trotzdem nicht anders, als ihn ganz fest an ihre Brust zu drücken. Sie verabschiedete sich von dem Anwalt und ging dann allein weiter.

7. Kapitel

Auf der Fahrt von Hamburg nach Berlin flog vor den Fenstern des ICEs die Landschaft vorbei, und Niklas' Gedanken bewegten sich mindestens genauso schnell in seinem Kopf. Was sollte er jetzt tun? Natürlich war er irgendwie verpflichtet, sein Versprechen einzuhalten und die offene Rechnung zu begleichen, auch wenn sie schon ewig alt war. Zumal in dem Brief gestanden hatte, dass es eine Frage von Leben oder Tod wäre.

Auf der anderen Seite hatte er sich letztes Jahr geschworen, keine krummen Dinger mehr zu drehen. Er hatte in Untersuchungshaft gesessen, und nichts und niemand würde ihn noch einmal dorthin bekommen. Außerdem trug er allein die Verantwortung für seine Söhne. Ein weiterer Kontakt mit den Strafverfolgungsbehörden konnte ihn das Sorgerecht kosten, und seine Söhne zu verlieren wäre das Schrecklichste, was er sich vorstellen konnte. Nein, jetzt befand er sich auf der sicheren Seite und lebte eine bürgerliche Existenz. Nichts würde ihn aus der Reserve locken. Am Ende bekam die Presse Wind von der ganzen Sache. Das kannte er schon – im letzten Jahr war es wie eine Fuchsjagd gewesen, nur dass man ihm und seiner Familie das Fell über die Ohren ziehen wollte. Niemals würde er das Risiko einer Wiederholung eingehen, das alles war viel zu gefährlich.

Vielleicht gab es die Möglichkeit, sich von seinem Versprechen freizukaufen? Vielleicht konnte er die alte Rechnung mit Geld begleichen? So wie er damals sein Versprechen gegen eine Wohnung und eine Zukunft gegeben hatte? Die meisten Kunstobjekte waren käuflich, wenn auch für sehr viel Geld. Nun, Geld war nicht das Problem, er hatte mehr als genug verdient in den letzten Jahren. Niklas schloss die Augen und dachte daran, wie es sich angefühlt hatte, als er so pleite gewesen war, dass er weder aus noch ein wusste.

***

2004

Die Schlüssel, die unter dem Tisch im Kunsthistorischen Seminar geklebt hatten, gehörten zu einer Wohnung in einem mehrstöckigen Mietshaus in Barmbek, zu dem wiederum die Adresse und die Hausnummer passten. Niklas schloss die Tür auf, ging hinein und blickte sich um.

Das Apartment war klein, ein kombiniertes Wohn- und Schlafzimmer, dazu ein schmales Bad und eine winzige Küche. Aber es war hundertmal besser als seine Unterkunft in dem Laubenhäuschen.

Es gab ein Bett, ein Sofa und einen Tisch, auf dem ein Buch über Monet neben einem blütenweißen Bogen dicken Papiers lag. Darauf standen mit Schreibmaschine getippt ein Name, *Horst Janik*, eine Adresse und die Angabe: *Morgen, acht Uhr*. Das war alles. Wer auch immer mit ihm kommunizierte, liebte keine ausschweifenden Formulierungen. Niklas beschloss, diese Person, von der er nur wusste, dass sie der Stimme nach eine ältere Frau sein musste, XX zu nennen. Das passte genauso zu Frau wie zu unbekannt.

Also, wer war XX genau, und was wollte sie von ihm? War das hier ein Spiel, das Vergnügen einer reichen, gelangweilten Frau, oder steckte etwas anderes dahinter? Und wichtiger noch, wie sollte er sich verhalten? Sollte er in das Spiel einsteigen oder besser verschwinden?

Niklas überlegte einen Augenblick, während er aus dem Fenster im Wohnzimmer des Apartments blickte. Er konnte auf die Straße vor dem Haus und die grün-braune, matschige Grasfläche eines schmalen Vorgartens schauen. Es war nicht gerade das Ambiente, von dem er träumte, aber es war viel besser als alles andere, das er zurzeit in Aussicht hatte. Außerdem musste er keine hohe Kaution hinterlegen, woran bisher jeder Mietvertrag von vornherein gescheitert war. Allerdings zweifelte Niklas nicht daran, dass er auf die eine oder andere Weise für die Wohnung würde bezahlen müssen, und er erinnerte sich sehr klar an den ersten Satz der geheimnisvollen XX, die »Sie können etwas, das von größtem Interesse für mich ist« zu ihm gesagt hatte.

Also, sollte er die Wohnung nehmen? Mit der Hand fuhr er sich durch die zu langen blonden Haare, die ihn im Nacken kitzelten. Die erste Möglichkeit bedeutete, den Schlüssel auf den Tisch zu legen und zu gehen. Er hatte einen Halbtagsjob in der Fertigung, der ihn ernährte, ihn aber jetzt schon fürchterlich langweilte. Die zweite Möglichkeit war, hierzubleiben und zu tun, was »von größtem Interesse« für seine Anruferin war.

Niklas brauchte nicht lange abzuwägen. Er ging ins Badezimmer und drehte den Wasserhahn auf. Jede Menge heißes Wasser. Was gab es da noch zu überlegen?

Horst Janik war ein seltsamer Kauz, der gern mit sich selbst und ausgesprochen ungern mit anderen redete. Er war Restaurator von Beruf, einer der besten, so viel war Niklas nach kürzester Zeit klar, aber von so unleidlichem Charakter, dass ihn auch seine überragende Kompetenz nicht davor bewahrte, einen Platz am Rande der Gesellschaft einzunehmen. Jegliche Teamfähigkeit war ihm fremd, er schaffte es sogar, den Postboten zu vergraulen.

Niklas hatte keine Ahnung, warum Horst ihn in seiner Nähe tolerierte, aber er machte es und ließ ihn bei allem zusehen, was er tat. Seine Werkstatt wirkte auf Niklas geradezu paradiesisch. Es gab jede Menge Bücher über Kunst, zimmerhohe Regale von unten bis oben angefüllt mit Pigmenten in allen Farben und Qualitätsgraden, dazu jede Menge Pinsel, Werkzeuge, Gips, aber auch ein Bad, um Pergamente herzustellen und Leinwände zu reparieren. Ganz hinten in der Werkstatt stand ein großer, alter, aber äußerst stabiler Safe, in dem die Kunstwerke verwahrt wurden, wenn Horst nicht daran arbeitete.

Alles in der Werkstatt wirkte uralt, wurde aber in Horsts Händen lebendig, und Niklas beobachtete ihn unablässig, während sich manchmal seine Hände wie von selbst synchron zu Horsts bewegten. Dann und wann tat Niklas etwas, worum Horst ihn bat, ging einkaufen oder kochte Essen, wofür ihn Horst meist – unzufrieden mit allem und jedem – beschimpfte. Aber das kümmerte Niklas wenig. Seine ganze Jugendzeit lang hatte er unter einem despotischen, unberechenbaren und egozentrischen Vater gelitten, dagegen war Horsts Geschimpfe ein Kindergeburtstag.

Horst hingegen schien es erstaunlich zu finden, dass der Blonde, dessen Namen sich zu merken er sich nicht die Mühe machte, jeden Tag aufs Neue erschien, egal wie der Vortag gewesen war. Mit der Zeit spielte sich so etwas wie Routine zwischen den beiden ein, und Niklas erlebte, wie Horst ihm grummelnd und schlecht gelaunt doch etwas Besonderes zeigte, wie etwa das Anrühren eines Pigments, das Flicken einer jahrhundertealten Leinwand oder das vorsichtige Herauslösen des Kunstwerks aus seinem Rahmen. Horsts Auge war scharf, seine Hand zitterte nicht im Mindesten, wenn er eines der Gemälde in Händen hatte, das die Kenner aus aller Welt zu ihm brachten.

Mehr aus Zufall begann Niklas auch, nach und nach die Kundenkommunikation zu übernehmen, nachdem er mitbekommen hatte, wie Horst die Kuratorin eines großen Museums in Grund und Boden gebrüllt hatte.

»Darf ich mal?«, fragte er. Er rief in Köln an und ließ sich mit der empörten Kuratorin verbinden.

»Ich möchte mich im Namen von Herrn Janik entschuldigen.« Niklas' Stimme klang tief, charmant und sehr lebendig dabei. »Natürlich möchte er gern Ihren Auftrag übernehmen.«

»Gut, wann kann er kommen?« Die Kuratorin klopfte so ungeduldig mit ihren Fingern auf die Tischplatte, dass Niklas es noch durchs Telefon hören konnte. Er zog daraus seine Schlüsse. Die Frau stand also unter Druck. Das war gut, denn es verbesserte seine Verhandlungsposition.

»Nun, wie Sie vielleicht wissen, macht Herr Janik keine Hausbesuche. Können Sie das Gemälde herbringen lassen?« Dabei überlegte Niklas fieberhaft, dass er den Auftrag unbedingt sichern musste. Gestern hatte er versehentlich einen Blick auf ein Mahnschreiben von der Bank an Horst geworfen und festgestellt, dass Horst jeden Cent brauchte, wenn er nicht bankrottgehen wollte.

Abermals schnaubte die Kuratorin. »Wie soll denn das gehen? Ich kann das Bild nicht einfach durch die Weltgeschichte karriolen lassen.«

»Wenn Sie das Gemälde versichern lassen, kann ich es abholen und nach der Restaurierung zurückbringen«, schlug Niklas vor.

Die Kuratorin machte ein komisches Geräusch, das sich anhörte, als wollte sie scharf ablehnen, sich aber gleichzeitig auf die Zunge biss.

»Einverstanden«, meinte sie dann. »Ich werde sehen, was ich tun kann.«

Sie konnte es regeln, sodass einige Tage später Niklas nach Köln fuhr, das Bild holte und nach Hamburg brachte, wo sich Horst grummelnd und protestierend an die Arbeit machte.

Als Niklas an diesem Abend nach Hause kam, lagen ein Klettergurt, Schuhe und Funktionskleidung für ihn in seiner Wohnung bereit. Außerdem war eine nicht unerhebliche Summe Bargeld dabei.

Es wird Zeit zu üben, stand auf einem Zettel, der obenauf lag, natürlich wieder mit Schreibmaschine getippt.

Vorsichtig strich Niklas mit der Hand über die Trainingskleidung, dann fuhr er sich in seiner typischen Geste durch die zu langen Haare, die er sich immer noch nicht hatte schneiden lassen. Kurz überlegte er, was die Alternativen waren. Er konnte das Angebot von XX annehmen oder es bleiben lassen. Aber was blieb ihm dann? Keine Aussicht auf ein spannendes Leben. Nein, das war keine Option.

Niklas zögerte nur kurz, bevor er die Hand ausstreckte und das Geld nahm. Sein Schicksal war sowieso besiegelt, dann konnte er wenigstens das Leben genießen. Sein erster Weg führte zum Friseur, dann ging er klettern.

8. Kapitel

Berlin

»Oh«, machte Valerie, als sie Berenikes kleines, schmales Café betrat. Es sah noch älter, vergilbter und langweiliger aus als in ihrer Erinnerung. Nach dem frühlingshaften Sonnenschein draußen wirkte es geradezu winterlich kalt, sodass Valerie hinter sich die Tür offen stehen ließ, um wenigstens etwas laue Luft hereinzulassen. Dann stellte sie ihren Trolley ab, legte die Blumen darauf und packte Berenikes Umschlag auf den nächsten Stuhl, bevor sie sich daranmachte, alles genauer in Augenschein zu nehmen. Aber mit jedem weiteren Blick wurde ihr das Herz schwer und schwerer. Irgendwie hatte Valerie erwartet, kurzzeitig ein Café im laufenden Betrieb zu übernehmen, aber es wirkte eher so, als müsste es zunächst wiederbelebt werden.

Die üppigen Vorhänge an den Fenstern auf beiden Seiten der Eingangstür waren so staubig, dass Valerie zweimal niesen musste, als sie daran vorbeikam. Ihre Farbe war ausgeblichen und von einem undefinierbaren Beige, von dem Valerie sich kaum vorstellen konnte, wie es ursprünglich ausgesehen hatte. Außerdem hielten die Stoffmassen das meiste Licht draußen und gaben dem ganzen Raum den Anschein eines vergessenen Zimmers in einem Altenheim. Valerie nieste abermals.

Himmel, gegen den Staub muss man etwas tun, bevor Berenike wiederkommt, überlegte sie, während sie sich weiter umsah.

Die Bestuhlung war zu eng, was das Café noch ungemütlicher erscheinen ließ, und das alte Grammofon mit Trichter, das vergessen in einer Ecke neben der schmalen WC-Tür stand, gab dem Ganzen endgültig einen Touch von längst Vergangenem.

Der Tresen war schon eine Weile nicht mehr poliert worden und hatte einen breiten Riss, der Spiegel dahinter an der Wand war blind – das war er bei Valeries letztem Besuch noch nicht gewesen. Die riesige Kaffeemaschine war fast vollständig mit einem Tuch abgedeckt, und die Registrierkasse schien so eingestaubt, dass Valerie sich fragte, ob sie überhaupt noch funktionierte.

Zunehmend mutlos ging Valerie weiter und musste erneut niesen. Sie versuchte sich zu erinnern, wie das Café früher ausgesehen hatte, aber irgendwie war da in ihrer Erinnerung ein weitgehend blinder Fleck. Sie schaute hierhin und dorthin, bemüht, etwas Schönes zu entdecken, und bemerkte die hübsche Stuckbordüre, die einmal um den Raum lief. Auch sah sie beim Näherkommen, dass das Grammofon eigentlich sehr apart aussah, wenn man über die Schicht staubiger Vernachlässigung hinwegsah.

Unwillkürlich seufzte Valerie. Hinter dem eigentlichen Gastraum befand sich die Küche. Interessanterweise sah sie nicht ganz so altmodisch aus, und ihre Ausstattung erschien deutlich moderner als der ganze Rest; neben allen möglichen anderen Küchengeräten gab es sogar eine Küchenmaschine mit Planetenrührwerk – etwas, wovon Valerie schon lange träumte. Sie liebte es zu kochen und zu backen. Wäre es ihr Café, würde sie ihren eigenen Kuchen anbieten, aber das hatte Berenike garantiert nicht getan, schließlich stand sie Küchendingen eher kritisch gegenüber. Und sie hatte auch nie erwähnt, dass jemand vor Ort für sie backte. Während Valerie sich weiter in der Küche umschaute, wuchs ihre Verwunderung. Alles sah makellos, unbenutzt und neu aus. In der fensterlosen Vorratskammer neben der Küche gab es einen großen Kühlschrank und mehrere Regale, auf denen sich Packungen italienischer Kaffeebohnen und Backzutaten unterschiedlichster Art stapelten. Es gab Mehl und Stärke, Rübenzucker, Vollrohrzucker, Muscovado-Zucker, Puderzucker, dazu Vanillezucker, Salz, Backpulver, Trockenhefe, Vanillepudding, Schokoladenpudding, Haselnüsse, Mandeln und Walnüsse, Orangeat, Zitronat, Mohn und reichlich Tafeln verschiedenster Schokoladensorten. Außerdem standen mehrere Packungen H-Milch im Regal, während Valerie im Kühlschrank vier Paletten Eier und drei Kilogramm Butter neben einem Liter Sahne entdeckte. Alles war noch haltbar. Die kritische Falte zwischen Valeries Augenbrauen wurde tiefer, während sie alles in sich aufnahm. Warum besaß Berenike eine so perfekt ausgestattete Küche in ihrem Café und jede Menge Zutaten? Irgendwie passte das nicht. Valerie entdeckte noch eine weitere Tür an der Seite der Küche, die in einen kleinen Raum führte, der bis auf eine Werkbank mit mehreren Lampen, eine Klappleiter, ein paar Putzutensilien und einige Wasserkästen leer war. Valerie konnte überhaupt nicht ausmachen, wofür er benutzt worden war. Aber wehte hier nicht noch ein Hauch von Berenikes Parfüm durch die Luft?

Valerie ging zurück in den Hauptraum. Was ihre Tante wohl im Café angeboten hatte? Aber Valerie fand keine Karte, sondern entdeckte hinter dem Tresen nur wunderhübsches Geschirr, das neben Besteck und Gläsern dort aufbewahrt wurde. Das Geschirr war mit kleinen Rosen verziert, sah aber nicht so aus, als sei es je benutzt worden. Merkwürdig. Valerie hob das Tuch von der Kaffeemaschine und nieste abermals. Die Kaffeemaschine war schon immer ein Prachtstück gewesen. Verrückterweise erinnerte sich Valerie ausgerechnet an sie und an das Fauchen, das sie hören ließ, wenn man die Düsen reinigte. Funkelnd und spiegelnd schien sie vom äußeren Design ein Kind der Sechzigerjahre zu sein, war aber gleichzeitig so riesig und beeindruckend, als könne sie im Alleingang gut und gern eine italienische Kleinstadt mit Espresso versorgen. Sie bildete einen scharfen Kontrast zu der modernen Kaffeemühle mit integrierter Waage, die daneben stand. Beides schien aus unterschiedlichen Jahrhunderten zu stammen, war aber eindeutig das Edelste, das es gab, und Valerie konnte sich immer weniger einen Reim darauf machen, wie Berenike ihr Café geführt hatte. Sie beendete ihren Rundgang mit einem Blick in die Toilette, die schlicht und schmal war, aber immerhin ein Fenster zum Hof hatte.

Unschlüssig ging Valerie an ihrem Trolley, den Blumen und dem Umschlag vorbei nach draußen. Wie hatte Berenike dem Ganzen Leben eingehaucht? Wo war die Kundschaft, und wie konnte Berenikes Café gegenüber der modernen, schicken und eleganten Konkurrenz in der Umgebung bestehen?

Hat es schon immer so nichtssagend ausgesehen?, fragte Valerie sich mit einem Blick auf die dicken Vorhänge, die von außen durch die Fenster eher abweisend als einladend aussahen.

Hatte Berenike irgendetwas erwähnt, dass es nicht mehr so lief? Valerie zermarterte sich den Kopf, aber sosehr sie sich auch bemühte, ihr fiel nichts ein. Nein, ganz im Gegenteil, Berenike hatte immer voller Freude von ihrer spät gefundenen Passion gesprochen. Gab es jemanden, den Valerie fragen könnte? Ihre Eltern? Mit Sicherheit nicht. Seit dem großen Streit damals herrschte Eiszeit zwischen ihnen und Berenike, und Valerie nahm an, dass ihre Eltern nicht einmal etwas von Berenikes Herzinfarkt wussten. Sollte sie Joachim Mettling anrufen? Aber irgendwie zögerte Valerie. Schließlich war er der juristische Berater ihrer Tante, nicht ihr Barista.

Unschlüssig stieg Valerie von einem Fuß auf den anderen. Sie fühlte die zarte Frühlingswärme auf dem Rücken, während sie überlegte, was sie jetzt am besten tun sollte.

Berenikes Umschlag kam ihr in den Sinn. Vielleicht hatte ihre Tante etwas aufgeschrieben, das alles klarer werden ließ. Also ging Valerie in das kühle Café zurück und griff nach dem dicken Kuvert, das sie vorhin auf einem der Stühle abgelegt hatte. Für einen Augenblick hielt sie den großen Umschlag nur in Händen und strich mit dem Zeigefinger über Berenikes Handschrift. *Für Valerie*.

Dann drehte sie ihn um und öffnete ihn. Darin befand sich ein Stapel offiziell aussehender Unterlagen und ein weiterer, kleinerer Briefumschlag, der ebenfalls handschriftlich mit *Für Valerie* beschriftet war. Langsam setzte sich Valerie und legte den großen Umschlag neben sich, bevor sie den kleinen aufriss.

Darin lag ein einzelnes gefaltetes Blatt. Es war eng mit

Berenikes ausladender Handschrift beschrieben. Erst langsam, dann immer schneller begann Valerie zu lesen.

Meine liebe, liebe Valerie,
für mich bist Du ein ganz besonderer Mensch! Daher möchte ich Dir alles, was mir wichtig ist, anvertrauen. Unser Zusammensein und unsere Reisen haben mir immer sehr viel bedeutet, und ich bin glücklich, wie Du Dich entwickelt hast, und stolz darauf, was Du schon alles geschafft hast. Nimm Dein Leben nur fest in Deine Hände, meine liebe Valerie!

Wenn Du diese Zeilen liest, sieht es schlecht für mich aus, aber keine Sorge, ich habe keine Angst vor der Zukunft oder dem Tod.

Du kannst mit dem, was ich Dir geben möchte, tun, was Du willst. Du kannst Dir das Geld von der Bank auszahlen lassen, meine Wohnung und das Café verkaufen. Du bist frei, alles gehört Dir, Du brauchst nicht zu zögern. Ich danke Dir für die Liebe, die Du mir geschenkt hast! Das, was Du mir zu Lebzeiten gegeben hast, wiegt alles, was ich Dir geben könnte, mehr als auf.

Ich hatte ein gutes, ungewöhnliches Leben, habe meine große Liebe gefunden, vielleicht sogar noch eine zweite, hatte seit meinem vierzigsten Lebensjahr keinen einzigen Tag Langeweile mehr und konnte meinerseits ein paar Menschen in schwierigen Situationen helfen.

Liebe Valerie, Du hast jetzt zwei Möglichkeiten. Du kannst Dich von mir auf das Innigste umarmt fühlen und mich so in Erinnerung behalten, wie Du mich gekannt hast. Nimm das Geld und werde glücklich.

Oder Du machst Dich auf die Suche. Der März ist schön, der Oktober noch schöner, doch Weihnachten lässt mein Herz unendlich hüpfen.
Ich liebe Dich.
Deine (Groß-)Tante
Alma Berenike

Valerie spürte, wie ihr die Tränen kamen. Erst eine, dann noch eine, schließlich liefen sie ihr in Strömen die Wangen hinunter. Sie wollte sich einfach nicht vorstellen, dass ihre heißgeliebte Berenike sterben könnte. Fast hektisch legte sie den Brief zu den restlichen Unterlagen zurück und verschloss den großen Umschlag wieder.

Berenike lebt, sagte sie sich, während sie die Tränen wegwischte. *Sie wird – sie muss einfach wieder aufwachen. Und dann muss es hier schön sein. Ich werde aufräumen, alles abstauben und das Café auf Vordermann bringen.* Doch für einen Augenblick fühlte Valerie sich zu verzagt, um loslegen zu können. Sie dachte an ihre elegante Tante, die immer Schwarz trug, was ihre Locken silbrig strahlen ließ. Die an keiner Schokolade vorbeigehen konnte, ohne zu kosten, und die sich von Valerie bei jeder Gelegenheit einen Schokoladenkuchen mitbringen ließ.

Ich werde einen Schokoladenkuchen à la Valerie backen, beschloss Valerie. Vielleicht konnte sie Berenike morgen besuchen, und dann brächte sie ihr den Kuchen mit. Bei dem Duft würde Berenike sich zumindest geborgener fühlen, wenn Valerie schon sonst nichts für sie tun konnte.

»Das mache ich«, sagte Valerie laut, ein wenig getröstet von ihrem Plan, und drehte sich um. Dabei fiel ihr Blick auf die Blumen, die immer noch in ihrem Einwickelpapier auf dem Koffer lagen. Sie mussten erst ins Wasser. Valerie nahm sie mit in die Küche, wo sie einen großen gläsernen Krug in einem der Küchenschränke fand. Sie füllte ihn mit Wasser, bevor sie die Blumen so arrangierte, dass sie optimal zur Geltung kamen. Den Krug stellte sie auf den Tresen.

Besser, entschied Valerie, während sie die Blumen bewunderte. Sie musste an die lachsfarbenen Rosen denken, die dem Shooting der laufenden Kollektion von Amanda Modefürst gestern den letzten Schliff gegeben hatten.

Das war erst gestern, wurde Valerie sich bewusst, denn München und ihre Arbeit schienen Lichtjahre entfernt. Einem plötzlichen Impuls folgend holte sie den Umschlag von Amanda aus ihrer Tasche und nahm den geänderten Arbeitsvertrag heraus. Rasch überflog sie ihn und blieb prompt an der ersten geänderten Klausel hängen. Amanda erhöhte ihre Wochenarbeitsstunden? Ungläubig las Valerie weiter. Außerdem stand da, dass mit der Gehaltserhöhung zehn Überstunden pro Woche abgegolten waren. Zehn – das waren ja zwei pro Tag. Und die Gehaltserhöhung fiel absolut lächerlich aus. Valerie schnappte nach Luft. Das konnte unmöglich Amandas Ernst sein! Da hatte sie freiwillig so viel gearbeitet, um Amandas erste Assistentin zu werden, und jetzt das? Irgendwie war Valerie fest davon ausgegangen, dass die gehobene Position auch mit einer adäquaten Bezahlung verbunden wäre. Aber da hatte sie sich eindeutig getäuscht. Ernüchtert ließ Valerie sich auf einen der altmodischen Stühle mit geschwungener Lehne fallen, die hier überall herumstanden. Es knarrte leise. So viel Arbeit für dieses lumpige Gehalt? Sie musste verrückt sein. Stoßartig atmete Valerie aus. Normalerweise würde sie jetzt Tante Berenike anrufen und um Rat bitten, aber das ging ja nicht, denn die lag im Koma und durfte nicht einmal Besuch bekommen. Valerie fühlte ihre Augen schon wieder feucht werden, aber dieses Mal riss sie sich zusammen. Mit Heulen half sie weder Tante Berenike noch sich selbst. Stattdessen würde sie das tun, was sie sich vorgenommen hatte. Nämlich einen Schokoladenkuchen für ihre Tante backen und das Café in ihrer kurzen Zeit hier in Berlin aufhübschen. Energisch stopfte Valerie den Arbeitsvertrag zurück in seinen Umschlag und dann in die Tasche, bevor sie in die Küche marschierte.

Zum Glück kannte sie das Rezept auswendig und konnte sich direkt an die Arbeit machen. Zuerst suchte sie die Zutaten zusammen und stellte sie auf die Arbeitsplatte.

Routiniert rührte sie dann einen cremig-lockeren Schokoladenteig zusammen, füllte ihn in eine Backform, von der sie noch das Preisetikett entfernen musste, und stellte ihn in den Ofen. Summend stellte Valerie ihren Handywecker, dann schaute sie sich um. Im Gegensatz zu vorhin sah die Küche jetzt eindeutig benutzt aus. Die Küchenschränke standen offen, die Arbeitsplatte war mit Mehl bestäubt, und Valerie hatte in der kurzen Zeit ganz schön viel Chaos angerichtet. Aber das erschreckte sie nicht, ganz im Gegenteil. Seltsamerweise fühlte sie sich auf einmal fast ein wenig wie zu Hause.

Mit raschen Handgriffen schaffte sie Ordnung. Dann lief sie summend zurück in den Hauptraum, um einen Teller zu holen. In einem der Fächer unter dem Tresen fand sie sogar eine altmodische Kuchenplatte mit Goldrand. Sie nahm sie mit, während sie im Vorbeigehen noch einmal die Kaffeemaschine bewunderte. Das war wirklich ein Prachtstück.

Der köstliche Geruch des Schokoladenkuchens breitete sich innerhalb kürzester Zeit aus, was Valerie das Wasser im Mund zusammenlaufen ließ und gleichzeitig ihre Kreativität anregte. Es war vielleicht ein sehr biederes, muffiges Café, aber an sich ein schöner Raum – hoch und mit einer hübschen Stuckverzierung an der Decke. Eigentlich waren auch die altmodischen Stühle mit ihren gebogenen Lehnen und die kleinen runden Tische nicht ganz falsch, es waren nur einfach viel zu viele.

Wenn man ein paar verschwinden ließe, könnte es schon viel besser aussehen, erwog Valerie. Das war außerdem keine Veränderung, die sie nicht im Nullkommanichts wieder rückgängig machen konnte, wenn Berenike erst zurück war und alles so haben wollte, wie sie es hinterlassen hatte. Zusammen mit der Kuchenplatte nahm Valerie noch ihren Trolley mit in die Küche, damit er aus dem Weg war. Bei der Gelegenheit warf sie einen prüfenden Blick in den Ofen. Der Kuchen war gut aufgegangen und sah schon sehr vielversprechend aus. Wenn sie sich beeilte, konnte sie gerade noch mit ihrer Umräumaktion fertig werden, bevor sie ihn herausnehmen musste. Motiviert düste Valerie in den Hauptraum zurück und griff nach dem ersten Stuhl, der ihr unter die Finger kam. Es war just der, auf den sie den Umschlag von Berenike gelegt hatte. Also nahm sie den Umschlag in die eine und den Stuhl in die andere Hand und trug beides in die Küche.

So schnell sie konnte, schleppte sie Tische und Stühle nach hinten und deponierte sie in dem kleinen Zimmer neben der Küche. Mit jedem Möbelstück, das aus dem Hauptraum verschwand, wirkte das Café größer und hübscher.

Ein Klecks Farbe an der Wand könnte zusätzlich Wunder bewirken, schätzte Valerie, als sie einen weiteren Stuhl hochhob. Dazu Blumen auf dem Tresen wie jetzt und vielleicht eine neue Lampe.

Mit der gesammelten Erfahrung bei Amanda Modefürst entschied Valerie, dass ein ausladender Kristallleuchter optisch optimal wäre, da er den hohen Raum betonen würde. Damit könnte alles auf einen Schlag eleganter und nobler erscheinen.

Dann bräuchte man vielleicht noch nicht einmal Farbe an der Wand, entschied Valerie, als sie mit der Klappleiter in der Hand wieder nach vorn kam, um die Vorhänge abzunehmen. Die würde sie in die Reinigung bringen, und wenn es das Letzte war, was sie tat. Schließlich konnte sie ihrer Tante kaum zumuten, in so einen Staubpalast zurückzukehren. Und es musste einfach Berenike besser gehen, mit Schokokuchen und allem. Valerie verbat sich jeden Gedanken daran, dass es auch anders ausgehen konnte.

Rasch stellte sie die Leiter neben dem rechten Fenster auf. Gerade als sie hinaufsteigen wollte, klingelte ihr Smartphone-Wecker. Sofort sauste sie zurück in die Küche. Der Schokoladenduft dort war jetzt so betörend, dass sie sich beeilte, mit einem Messer eine Garprobe zu machen. Fertig! Valerie sah sich nach Topflappen um, entdeckte aber nur gebügelte Geschirrtücher und eine Schürze, also nahm sie mit Geschirrtüchern vorlieb. Sie stürzte den Kuchen auf die Platte mit dem Goldrand. Eigentlich hatte sie ihn für Berenike gebacken, aber als sie ihn so da stehen sah, musste sie ihn einfach kosten. Schließlich sollte sie wissen, ob ein Kuchen aus Berenikes bisher seltsam unbenutzter Küche schmeckte. Sie konnte ja problemlos auch noch einen backen, Vorräte waren schließlich genug da.

Valerie schnitt sich ein winziges Stückchen ab und verbrannte sich prompt die Finger.

»Autsch«, murmelte sie. Er war einfach noch zu heiß. Also hieß es erst die Vorhänge abnehmen. Valerie lief wieder nach vorn. Die Tür vom Café stand noch offen, und eine frühlingshafte Brise zog zu ihr herein. Beherzt kletterte Valerie auf die Leiter. Jetzt die Vorhänge, dann den Kuchen, und schon würde die Welt ganz anders aussehen.

9. Kapitel

Der ICE bewältigte die Strecke von Hamburg nach Berlin so schnell, dass Niklas schon via Hauptbahnhof am Zoo angekommen war, bevor er sich entschieden hatte, wie er genau vorgehen wollte.

Eigentlich war er sich nur sicher, dass er sich entschieden hatte, sich nicht mehr überzeugen lassen zu wollen, sich auf gar keinen Fall ködern zu lassen, dass er vielmehr … also, dass er … besser gesagt, dass er nicht …

Niklas schüttelte über sich selbst den Kopf.

Nein, sagte er sich dann fest, *ich werde nicht mehr in das Geschäft einsteigen. Schließlich habe ich es mir geschworen, schon allein meiner Jungs wegen, und ein Schwur wiegt doch schwerer als ein Versprechen und eine offene Rechnung. Oder?*

Auf der anderen Seite … Auch wenn er es sich eigentlich nicht eingestehen wollte, war er doch neugierig. Was konnte XX dazu bewogen haben, ausgerechnet jetzt die Begleichung der offenen Rechnung zu fordern? Es musste ein dicker Fisch sein, den sie da an der Angel hatte. Oder sie wollte es nochmal wagen und den zweiten Teil holen lassen?

Niklas blieb kurz stehen, bevor er die Joachimsthalerstraße hinunterging. An den zweiten Teil hatte er schon seit Ewigkeiten nicht mehr gedacht, aber vergessen hatte er ihn nicht. Wie auch, er gehörte schließlich zu seinem ersten richtigen Coup.

Niklas bog auf den Kurfürstendamm in Richtung Uhlandstraße ab. Überall präsentierten sich elegante Geschäfte und einladende Cafés, in denen lichthungrige Menschen, glücklich den Winter hinter sich zu haben, in der Sonne saßen. Doch obwohl Niklas Lust gehabt hätte, sich dazuzusetzen, hielt er doch nicht inne. XX hatte ihn gerufen, und jetzt musste er sehen, was es mit ihrem Ruf auf sich hatte und wie er sich freikaufen konnte.

Die Straße, in der die Adresse lag, die ihm XX geschickt hatte, war von wunderschönen, hohen, alten Bäumen gesäumt, und Niklas blieb einen Moment stehen, um sie zu bewundern. Wie nebenbei maß er mit den Augen die Abstände und berechnete einen möglichen Fluchtweg. Bisher hatte XX ihn noch nie über den Tisch gezogen, und er schätzte sie als faire Geschäftspartnerin. Im Grunde genommen hätte er den Begriff »ehrlich« für sie bevorzugt, aber das Attribut war irgendwie unpassend, schließlich arbeitete sie in derselben Branche wie er.

Außerdem war Niklas zu lange im Geschäft, um zu vergessen, dass man immer eine Exit-Strategie brauchte, selbst in Momenten, in denen man absolut nicht damit rechnete.

In dieser Straße gab es mindestens zwei Optionen. Das war gut. Zielstrebig ging er weiter, vorbei an einem großen Café mit Terrasse im Grünen, zwei Galerien und einem kleinen Museum. Auf der anderen Straßenseite entdeckte er ein Antiquitätengeschäft, das heute eine große Auktion seiner schönsten Stücke bewarb. Niklas bewegte sich locker, aber er war zu hundert Prozent aufmerksam. Die ganze Zeit suchte sein Blick nach irgendwelchen Auffälligkeiten, aber er fand keine. Es war einfach nur eine wunderschöne Straße in einer der schönsten Gegenden Berlins, nicht mehr und nicht weniger.

Da vorn musste es sein. Er hielt Ausschau nach einem besonderen Ort, denn extravagant war XX immer gewesen, aber er entdeckte nur einen kleinen, farblosen, unattraktiven Laden, der so gar nicht zu dem eleganten Altbau passte, in dem er untergebracht war. Niklas trat vorsichtig näher und erkannte sofort, warum der Laden so trüb wirkte. Seltsam beige Vorhänge hingen vor den Fenstern und gaben dem Ganzen den Anschein eines Beerdigungsinstituts. Aber eine Frau auf einer Leiter war offenkundig gerade bemüht, den einen Vorhang abzunehmen. Der größte Teil hing schon herunter, und sie schien den Rest von der Stange abbekommen zu wollen. Gerade als Niklas dicht genug herangekommen war, um ihre Gesichtszüge auszumachen, sah er, wie sie sich mit dem Fuß oben auf der Leiter in der herunterhängenden Gardine verhedderte. Ohne nachzudenken, sprang er nach vorn durch die offene Tür, während er noch in der Bewegung die Arme ausbreitete. Seine Reflexe waren fantastisch, und er war bereits an Ort und Stelle, als sie – begleitet von dem Geräusch reißenden Stoffes – von der Leiter stürzte. Mitsamt dem Vorhang fing er sie auf, wobei auch noch die Gardinenstange, die der Vorhang mit sich gezogen hatte, aus der Halterung fiel. Mit einem metallischen Klirren schlug sie auf dem Boden auf.

»Halleluja«, sagte die Frau und riss die Augen auf.

Niklas sah, dass sie vor Schreck blass geworden war, ihre Augen aber ganz blau leuchteten wie der Sonnenhimmel draußen vor dem Café. Oder blau wie das Meer in der Mittagshitze oder wie …

»Hallo«, sagte er unwillkürlich. Dann bemerkte er, dass die Frau in seinen Armen ganz wunderbar nach Schokolade duftete.

»Oh, hallo«, erwiderte sie, und er hörte das Lächeln in ihrer Stimme schon, bevor es in ihrem Gesicht auftauchte. »Du hast mich gerettet, vielen Dank.« Sie versuchte, sich aus dem Vorhang zu befreien, wodurch sie sich jedoch nur noch schlimmer verfing.

»Vielleicht sollte ich dich erstmal absetzen«, schlug er möglichst neutral vor, bevor er sie mitsamt der Gardine, die sie fast wie eine Toga umhüllte, auf die Beine stellte.

»Das ist in der Tat viel besser«, erwiderte sie fröhlich und begann, sich aus den Stoffmengen zu schälen. Dabei sah sie ihn wieder an, und erneut fiel ihm das leuchtende Blau ihrer Augen auf. Es wirkte glasklar und lebendig. Wenn er nicht gewusst hätte, dass es vom Alter her nicht passte, hätte er angenommen, sie müsse XX sein.

»Ich weiß gar nicht, wie ich dir danken soll«, sagte sie jetzt jedoch nur, und er bemerkte, dass ihre Wangen wieder Farbe angenommen hatten. »Ohne dich hätte ich mir mindestens den Fuß gebroch…« Sie verstummte abrupt, als wäre ihr bei diesen Worten etwas Schreckliches eingefallen, und er sah, wie sich ihre Wangen noch mehr röteten.

»So ein gebrochener Fuß ist gefährlich«, stammelte sie bestürzt. »Er kann den Anfang vom Ende bedeuten.«

»Aber es ist ja nichts passiert. Im Übrigen ist so ein Fuß deutlich stabiler, als man meint. Ich bin schon aus größeren Höhen gesprungen, ohne dass mir je etwas zugestoßen wäre.« *Was rede ich denn da?*, fragte sich Niklas entsetzt.

Ich bin hier an der Adresse, die XX mir gegeben hat, und erzähle so etwas? Einer Fremden, die nur zufällig wunderschöne Augen hat?

Sie schien jedoch nichts von seinem inneren Zurückzucken mitzubekommen. Stattdessen sah sie ihn nur erleichtert an, und ein vergnügter Ausdruck breitete sich auf ihrem Gesicht aus.

»Du hast recht, man sollte nicht zu viel nachgrübeln, das ist einfach nur ungesund.« Sie strich mit der Hand ihr Kleid glatt. Es sah wie ein Vintagestück aus den Sechzigern aus, mit großen bunten Kreisen auf fliederfarbenem Grund.

»Zumal du gerade etwas sehr Positives getan hast, indem du den Vorhang abgenommen hast.« Niklas schaute auf den hässlichen Stoffberg zu ihrer beider Füße. Wer hatte nur dieses fürchterliche Beige ausgewählt? Bisher hatte er XX immer für ungeheuer kunstsinnig gehalten… Und die Frau ihm gegenüber liebte offenkundig auch kräftige Farben.

»Findest du auch, dass es so eine Verbesserung ist? Ich war mir erst nicht ganz sicher, aber ich finde den Raum jetzt viel schöner.«

»Und heller«, ergänzte er, woraufhin sie ihn erneut anlächelte.

»Fein, dann war es ja die richtige Entscheidung.«

Die richtige Entscheidung wäre es, jetzt sofort wieder zu verschwinden, schoss es durch Niklas' Kopf, aber er rührte sich nicht vom Fleck. Stattdessen hörte er sich selbst anbieten: »Soll ich dir mit dem zweiten Vorhang helfen?«

»Du meinst, damit du mich nicht noch ein zweites Mal retten musst, wie der Prinz aus dem Märchen?« Ihre Augen begannen zu funkeln.

»Ich bin schon als vieles bezeichnet worden, aber Prinz war noch nicht dabei«, antwortete Niklas ernsthaft. »Und als der aus dem Märchen schon gar nicht.«

Sie lachte, und ihr Lachen klang so fröhlich und warm, dass Niklas gar nicht anders konnte, als sich davon anstecken zu lassen.

»Also, lieber Märchenprinz, das wäre unglaublich nett von dir. Im Austausch für deine Mühen biete ich dir gern ein Stück frischgebackenen Schokoladenkuchen an.«

Deshalb roch es hier so gut – es gab frischgebackenen Kuchen.

»Ja, gern«, sagte Niklas, bevor er das Für und Wider abgewogen hatte. Er spürte, wie er heiße Ohren bekam. Was machte er denn nur? Er konnte unmöglich auch noch etwas essen. Er musste herausbekommen, wo XX war, mit ihr sprechen und dann nichts wie weg.

»Ich würde dir auch einen Kaffee dazu anbieten, aber ich bin mir nicht ganz sicher, ob ich mit der Kaffeemaschine zurechtkomme. Sie sieht eher kompliziert aus.«

»Für alles gibt es eine Bedienungsanleitung im Internet.« Niklas hatte schon ganze Alarmanlagen nach Bauplänen aus dem Netz auseinandergenommen und wieder zusammengesetzt.

Die Dunkelhaarige zwinkerte ihm zu. »Stimmt, aber ich bin mir nicht sicher, ob eine Anleitung allein mich retten würde.« Mit diesen Worten ging sie hinter den Tresen, wo sie mit einer schwungvollen Bewegung auf die Kaffeemaschine zeigte.

»Ah ja, ich verstehe, was du meinst«, antwortete Niklas. In Rom hatte er genau so eine Maschine schon mal gesehen, als er dort gewesen war, um … *Nicht ablenken lassen*, ermahnte er sich. »Aber sag mal, warum kennst du denn deine eigene Kaffeemaschine nicht?«

Irritiert blickte sie ihn an, bevor wieder ihr Lächeln aufblitzte. »Nein, nein, das ist nicht meine. Ich helfe hier nur aus.«

Aushilfe?, fragte sich Niklas. Wie das wohl zu XX passte?

Vorsichtig strich sie mit der Hand über das polierte Chrom.

Niklas dachte an den Coup in Rom und wie er dort wie in einem Actionfilm über die Dächer klettern musste, weil nichts so funktioniert hatte wie geplant. Das war eine gefährliche Gratwanderung gewesen, so etwas wollte er nie mehr erleben. Am besten sagte er jetzt, dass er nicht mehr zur Verfügung stand und alle alten Rechnungen mit einer großzügigen Zahlung begleichen würde. Aber wem sollte er das sagen? Der Aushilfe?

In seine Gedanken hinein drückte die Dunkelhaarige auf einen Schalter, und die Kaffeemaschine erwachte mit einer Vielzahl von Geräuschen zum Leben. Es fauchte und zischte und gluckerte zwischendurch, aber alles klang dennoch so, wie es sollte.

»Das hört sich doch super an«, meinte sie erfreut, »ich hole nur schnell frische Kaffeebohnen und den Kuchen.« Sie verschwand nach hinten in Richtung Küche.

Ich könnte jetzt einfach wieder gehen, überlegte Niklas und fragte sich, was ihn davon abhielt, es zu tun. Schließlich hatte er kommen sollen, voilà, hier war er. Wenn XX nicht dafür sorgte, dass er sein Briefing bekam, war das ihr Problem und nicht seins.

In der Küche klimperte es.

Jetzt, dachte Niklas und schob die Leiter zur Seite. Doch

dann dachte er, dass eine Flucht sein Versprechen von damals ja nicht ungeschehen machen würde, und zögerte. XX hatte nie etwas ohne Hintergedanken gemacht, sodass er nicht glauben konnte, dass diese Frau mit den himmelblauen Augen nur aus Zufall da war. Aber sie wirkte tatsächlich ahnungslos. Doch was bedeutete das schon? Fast automatisch stieg Niklas die Leiter hinauf. Gleichzeitig spürte er ein warnendes Gefühl. Aus Prinzip arbeitete er immer allein; zwar gab es Kunden und Auftraggeber, aber nie einen direkten Partner. Niklas übernahm nur Aufträge, die er allein erledigen konnte. Was war, wenn diese Frau irgendwie mit in den Auftrag eingebunden war? Er hörte, wie sie in der Küche leise vor sich hin summte.

Ohne hinzusehen, begann Niklas, die Gardine abzufädeln. *Ich muss mehr herausbekommen, und das möglichst schnell*, entschied er. Dann ließ er den Vorhang auf den Boden fallen, und das Sonnenlicht strömte jetzt ungehindert in das kleine Café.

Locker sprang Niklas von der Leiter und drehte sich gerade um, als die Dunkelhaarige mit einem Teller in der Hand aus der Küche kam. Der Sonnenschein überflutete sie und ließ sie für einen Augenblick wie eine Sagengestalt aussehen. Fasziniert schaute Niklas sie einfach nur an, dann riss ihre warme, fröhliche Stimme ihn aus seiner Starre. »Möchtest du dich raussetzen? Es ist doch so schönes Wetter.«

»Ja«, antwortete er leise, interessiert und besorgt zugleich. Er arbeitete im Schatten, aber diese Frau stand eindeutig im Licht. Während er ihr nach draußen folgte, hoffte er, dass er gerade nicht den größten Fehler seines Lebens machte.

10. Kapitel

Valerie lächelte im Sonnenschein. Was für ein Glück, dass nach dem schwierigen Vormittag mit all den schlechten Nachrichten ihr erster Kunde im Café ein so netter Typ war. Er hatte sie nicht nur gerettet *und* den Vorhang heruntergenommen, er wirkte auch zugewandt und liebenswürdig. Niemand, der nur in sein Handy oder auf den Börsenticker starrte, so wie Claas. Es war das reine Vergnügen, ihm Kaffee und Kuchen zu servieren und zwei Takte mit ihm in der lauwarmen Sonne zu plaudern.

»Noch einen Kaffee?«, schlug sie vor. Zwar hatte sie allen Bemühungen zum Trotz erst so halb verstanden, wie die Kaffeemaschine funktionierte, von der Bedienung der Düse zum Milchaufschäumen ganz zu schweigen, aber immerhin konnte sie ein Getränk anbieten, das zumindest an das berühmte koffeinhaltige Heißgetränk erinnerte.

»Nein, danke.«

»Vielleicht noch ein Stück Kuchen?«

Für eine Sekunde schien er zu zögern. »Da würde ich nicht nein sagen«, meinte er dann. Seine Stimme klang angenehm ruhig und tief. »Er ist wirklich köstlich. Hast du den gebacken?«

»Ja, es ist mein Schokoladenkuchen, à la Valerie.«

Rasch ging sie in die Küche, um den versprochenen Nachschub zu holen. Unterwegs dachte sie an Tante Berenike. Ob sie auch bei gutem Wetter Stühle und Tische in den Sonnenschein gestellt hatte? Berenike liebte die Sonne, daher konnte Valerie es sich gar nicht anders vorstellen. Beim Gedanken daran, dass ihre Tante gerade einsam und verlassen auf einer trostlosen Intensivstation lag, wurde Valerie jedoch so traurig, dass sie fast laut aufgeschluchzt hätte. Aber dann dachte sie, dass Berenike das nicht wollen würde. Sie hatte den Wunsch geäußert, dass Valerie sich um ihr Café kümmern sollte. Und das machte sie jetzt. Schnell schnitt Valerie eine großzügige Scheibe Kuchen ab und legte sie auf den Teller. Dann nahm sie sich selbst ein Eckchen und schob es in den Mund. Während sich der leckere Schokogeschmack ausbreitete, beschloss Valerie, darauf zu vertrauen, dass Berenike wieder aufwachen würde. Berenike war schließlich unverwüstlich. Und dann könnten sie über das Café sprechen, und Berenike würde ihr erzählen, wie sie es hier mit allem hielt. Warum das Café so verstaubt war, wofür sie die neue Küche und die Werkbank im Zimmer nebenan brauchte und warum das Geschirr auch nach Jahren so unbenutzt aussah. Und Valerie könnte ihr vorschlagen, dass man in der Küche wunderbaren Schokokuchen, Aprikosenkuchen, Apfelstrudel, Käsekuchen und Brownies in allen Variationen backen könnte, die toll zu dem Kaffee aus der Maschine passen würden.

Hoffentlich wacht Tante Berenike schnell wieder auf, dachte Valerie, als sie nach dem Teller griff.

Unter den grünen Bäumen in dieser hübschen Straße war es so schön, und beim Hinausgehen stellte sich Valerie für einen Moment vor, Berenike würde jetzt dort sitzen und sie mit ihrem unnachahmlich humorvollen Lächeln ansehen.

Wenn Berenike erst wieder gesund ist, wird alles gut, dachte Valerie und trat dann mit energischen Schritten an den kleinen Tisch, um den immer noch lauwarmen Schokoladenkuchen zu servieren.

***

Niklas schaute die Straße hinunter. Er fühlte sich unter Strom. Valeries Kuchen war wirklich köstlich, aber gleichzeitig wartete er, dass es endlich losging.

Doch nichts passierte.

Gegenüber in dem eleganten Antiquitätenladen endete die beworbene Auktion offenkundig gerade. Teuer gekleidete Menschen strömten heraus und verteilten sich. Automatisch griff Niklas nach seinem Rucksack. Zeit zu gehen. Wenn so viele Personen auftauchten, würde XX ihm nie im Leben irgendwelche Informationen zukommen lassen. Das bedeutete, dass er umsonst hergekommen war.

»Hier ist der Kuchen«, unterbrach Valerie seinen Gedankengang und stellte den Teller vor ihm ab. »Vielleicht doch noch einen Kaffee?«

»Nein, hast du sonst irgendetwas für mich?« Niklas beschloss, nicht länger um den heißen Brei herumzureden.

Valerie schien zu überlegen. »Du meinst so etwas wie ein Sandwich? Leider haben wir das im Moment nicht.«

Interessiert kamen einige Auktionsgäste näher.

»Und etwas anderes?«, erkundigte Niklas sich schnell.

»Bedaure.« Valerie schüttelte ihren Kopf, was ihre dunklen Locken fliegen ließ.

»Sicher?« Niklas konnte das nicht einfach so auf sich beruhen lassen, das ging einfach nicht. Schließlich war er extra dafür hergefahren.

Doch bevor Valerie noch antworten konnte, mischte sich eine Frau im karierten Kostüm mit passendem Hut ins Gespräch.

»Kaffee und Kuchen in der Sonne, das würde mir auch gefallen. Haben Sie noch einen Tisch frei?«

»Aber natürlich, nur einen Augenblick.« Valerie verschwand im Café.

»Entschuldigung, das ist Ihnen heruntergefallen.« Eine andere Frau mit Pagenfrisur hielt Niklas ein Päckchen Taschentücher hin.

Niklas schüttelte den Kopf. »Das sind nicht meine.«

»Ach so.« Mit einem Schulterzucken wandte sie sich ab.

»Hier wäre schon mal der Tisch.« Valerie schleppte einen kleinen runden Tisch herbei, woraufhin Niklas sofort hinzusprang, um ihr zu helfen.

»Danke, lieber Prinz«, sagte sie mit einem Lächeln, das ihre Mundwinkel so wunderhübsch nach oben zog, dass Niklas seinen Blick nicht abwenden konnte.

»Oh, ein Prinz«, murmelte die Frau im karierten Kostüm hinter ihnen verzückt, und das Lächeln auf Valeries Gesicht verwandelte sich in ein amüsiertes Schmunzeln. Sie zwinkerte Niklas zu, und er zwinkerte zurück. Und auf einmal lag da mitten im Frühlingssonnenschein ein Gefühl der Kameraderie zwischen ihnen in der Luft. Für einen Moment taten sie nichts, außer die gemeinsame Belustigung zu teilen, dann erkundigte sich noch jemand nach einem freien Tisch, und die Verbindung zwischen ihnen verflog.

»Sofort«, versprach Valerie. Rasch holte sie weitere Tische und Stühle, bevor sie das nächste Mal in einer klassisch weißen Schürze und mit Zettel und Stift auftauchte. Die Bestellungen trudelten so schnell ein, dass Niklas kaum mitkam. Auch Valerie schien sich ziemlich beeilen zu müssen.

»Entschuldigung«, sagte sie im Vorbeigehen zu Niklas, der nach seinem Rucksack griff.

»Kein Problem, ich muss nur jetzt los«, erwiderte er, wobei er ihr Gesicht genau musterte.

Aber ihre Mimik blieb vollkommen unverdächtig. »Das ist schade, aber vielen Dank für die Hilfe, lieber Prinz.«

»Ich heiße Niklas«, erklärte Niklas wahrheitsgemäß und hätte sich dafür ohrfeigen können. »Ich würde gern noch meine offene Rechnung begleichen.« Wieder starrte er unverhohlen in ihr Gesicht, aber sie zeigte im Gegenzug nur ihr schönstes Lächeln. »Das geht aufs Haus, Prinz Niklas.«

Da rief schon wieder jemand nach der Bedienung. Kurz war Niklas versucht, sie am Arm festzuhalten, doch dann ließ er es sein. Sie hatte weder auf seinen Namen noch auf seine Aussage über die offene Rechnung reagiert. Die einzig plausible Erklärung war, dass sie wirklich nur die Aushilfe war und von nichts wusste.

Prinz Niklas, dachte Niklas mit einem Kopfschütteln, als er in seinem gewohnt hohen Tempo das Café hinter sich ließ. Das hatten ja noch nicht einmal seine Söhne bisher im Spaß zu ihm gesagt.

An der Straßenecke drehte er sich noch einmal um. In der Entfernung sah er eine Gestalt mit weißer Schürze hin- und hereilen.

Valerie, dachte Niklas, bevor er seine Schritte beschleunigte, um den nächsten Zug zurück nach Hamburg noch zu erreichen. Eigentlich müsste er enttäuscht sein, dass er umsonst nach Berlin gefahren war. Aber irgendwie war er das nicht. Stattdessen fühlte er sich fast beruhigt. Da hatte XX von Leben und Tod gesprochen, ihm dann aber keine weitere Botschaft zukommen lassen. Da konnte es ja so dringend auch nicht sein.

***

Valerie rotierte, aber es war ein guter Stress und nicht einer der Art, wie sie ihn oft in ihrer Arbeit verspürte. Innerhalb kürzester Zeit hatte sie den ganzen Kuchen verkauft, ja sie bereute schon, selbst ein Stück gegessen zu haben. Dafür trug sie jetzt Tasse um Tasse heißer Getränke nach draußen. Drinnen hinter dem Tresen stand eine Frau, die sich bei ihr kurz als Holly vorgestellt und die Zubereitung des Kaffees übernommen hatte. Offenkundig gehörte sie zum Café, denn sie wusste nicht nur, wie man die exzentrische Kaffeemaschine bediente, sondern auch, wo ein Tablett war und wie die Registrierkasse bedient wurde. Sie zauberte sogar von irgendwoher einen Geldbeutel hervor, der zwar kaum Wechselgeld enthielt, den Valerie aber sofort benutzten konnte.

»Ich bin übrigens Valerie, Berenikes Nichte«, stellte sich Valerie bei ihr vor, als sie die nächste Fuhre abholte.

»Das habe ich mir gedacht«, antwortete Holly, ohne aufzusehen. Sie hatte einen charmanten englischen Akzent, der ihre Worte besonders warm klingen ließ. Sorgfältig zeichnete sie ein Herz mit Milchschaum auf einen von zwei Cappuccini.

»Ehrlich? Hat Berenike schon mal von mir erzählt?« Valerie nahm den Cappuccino entgegen und stellte ihn auf das Tablett.

Holly antwortete nicht. Stattdessen griff sie nach der nächsten Tasse.

»Arbeitest du schon lange hier?«, fragte Valerie.

»Hm«, machte Holly vage, während sie diesmal einen Stern in den Milchschaum malte. Valerie musterte sie. Holly hatte glatte dunkle Haare, die ganz akkurat geschnitten waren und die die herzförmige Struktur ihres Gesichtes betonten. Sie war schlank und nicht sehr groß, mit ausgesprochen schönen, filigranen Händen, die unablässig in Bewegung waren. Im Kontrast zu ihren dunklen Haaren trug sie ein helles Top und einen schlichten gelben Sommerrock.

»Hier.« Sie stellte den zweiten Cappuccino vor Valerie auf das Tablett. Dabei sah sie Valerie kurz an, und Valerie bemerkte, dass Hollys Augen ganz dunkel leuchteten.

»Es ist auf alle Fälle gut, dass du da bist«, sagte Valerie, als draußen schon wieder ein Gast rief, dass er zahlen wolle.

Wortlos legte Holly eine Quittung aus der Registrierkasse auf das Tablett und reichte Valerie den Geldbeutel.

Während sie nach draußen lief, entschied Valerie, dass Berenikes Mitarbeiterin nun wirklich alles andere als besonders gesprächsfreudig war. Sie servierte die Cappuccini und räumte dann das leere Geschirr am Nachbartisch ab.

»Das war wirklich sehr gut.« Der karierte Hut nickte zu den Worten seiner Trägerin. »Ein angenehmer Abschluss für einen erfolgreichen Nachmittag.« Mit der Hand klopfte die Frau auf den Ausstellungskatalog, der neben ihr auf dem kleinen runden Tisch lag.

»Das freut mich zu hören.« Valerie lächelte. Dann legte sie die Quittung für Kaffee und Kuchen, die Holly ausgedruckt hatte, neben den Katalog, woraufhin sie das erste Trinkgeld ihres Lebens erhielt.

»Danke!« Valerie beschloss, es mit Holly zu teilen.

Die Frau stand auf und ging, doch zu Valeries Überraschung beanspruchte gleich ein anderes Paar den Platz. »Ich hole sofort noch einen Stuhl«, sagte Valerie. »Was darf ich Ihnen anbiet…?«

»Haben Sie auch veganen Kuchen?«, unterbrach der Mann sie und sah Valerie dabei gleichzeitig ernst und streng an.

»Bedaure, der Kuchen…«

»Oder zumindest frei von Kristallzucker?«, wollte seine Begleitung wissen.

»Leider ist der Kuchen…«, versuchte Valerie zu erklären.

»Wenn schon nicht der Kuchen, was können Sie mir sonst anbieten, was laktosefrei ist?« Der Mann sah Valerie nun fast vorwurfsvoll an. »Sojamilch? Hafermilch?«

»Ein Wasser«, antwortete Valerie vorsichtig. »Oder Kaffee, schwarz.« Im Vorratsraum hatte sie keine laktosefreie Milch gesehen, aber vielleicht hortete Berenike die irgendwo anders? Allerdings konnte sie sich das beim besten Willen nicht vorstellen. Berenike hatte es nicht so mit speziellen Essensvorlieben, aber vielleicht war sie in ihrem Café in diesem Punkt großzügiger?

»Ich kann gern nachsehen, was es noch gibt«, versprach Valerie und nahm im Vorbeigehen zwei leere Teller vom Nachbartisch mit.

Drinnen tippte Holly gerade etwas in die Kasse.

»Haben wir laktosefreie Milch?«

»Nein«, antwortete Holly, ohne aufzusehen.

»Mandelmilch?«

»Nein.«

»Hafermilch?«

»Nein.«

»Tee?« Valerie fragte es kaum noch ernsthaft, schließlich wusste sie nur zu genau, dass Berenike Tee gern als »gefärbtes Wasser« bezeichnete.

»Nein«, sagte Holly. »Bedauerlicherweise.« Bei diesem Wort trat ihr englischer Akzent stärker hervor.

»Wir sollten welchen besorgen«, schlug Valerie vor, bevor sie wieder nach draußen lief. »Leider ...« Doch das Paar mit den besonderen Wünschen war schon wieder gegangen, dafür hatte jemand anders Platz genommen

Valerie empfahl den Cappuccino, erklärte, dass der Kuchen leider aus war, und verschwand dann sofort nach drinnen, wo sie Holly die Bestellungen hinlegte.

»Hier ist ja richtig was los.« Valerie kam nicht umhin, sich darüber zu wundern, denn der dicken Staubschicht im Café nach musste es in letzter Zeit eher ruhig zugegangen sein. Oder war Berenike, ohne dass sie ihr etwas gesagt hatte, länger ausgefallen?

»Ging es Berenike irgendwie in letzter Zeit nicht gut?«, wandte sich Valerie an Holly, doch die betätigte, statt zu antworten, nur die Kaffeemühle. Die war nicht gerade geräuscharm, aber im Vergleich zur Kaffeemaschine verhielt sie sich wie ein Elektroauto zu einem Lamborghini. Trotzdem antwortete Holly nicht.

»Weißt du etwas?«, hakte Valerie nach, als die Mühle verstummte.

»Nein«, antwortete Holly.

So wird das nichts, entschied Valerie, *ich muss es nachher, wenn der Ansturm vorbei ist, anders versuchen.*

Doch dann wandte sie sich wieder dem aktuellen Geschehen zu. »Ich überlege, ob ich noch einen Kuchen backen soll. Es dauert nicht so lange, doch du müsstest in der Zeit nach den Gästen schauen.«

Aber Holly schüttelte nur den Kopf, dass ihre glatten kinnlangen Haare hin- und herschwangen. »Nicht meine Aufgabe.«

»Gut, dann nicht.« Valerie sauste wieder nach draußen.

Für morgen muss ich mehr vorbereiten, entschied sie dabei. Mindestens zwei Schokoladenkuchen, dazu einen Apfelkuchen und einen Mohnzopf. Oder …

»Ich hätte gern einen Kaffee«, meinte ein Mann mit Zeitung, der sich auf den einzigen freien Platz gesetzt hatte.

Jemand anders bestellte noch einen Milchkaffee. Obwohl es nicht gerade warm war, fühlte es sich trotzdem angenehm in den letzten Sonnenstrahlen des Tages an.

»Holly, haben wir Decken für draußen?«, fragte Valerie beim nächsten Gang nach drinnen.

Holly antwortete nicht gleich, da sie gerade die Düse vom Milchaufschäumer durchpusten ließ, was ziemlich laut war. Als sie fertig damit war, wiederholte Valerie ihre Frage.

»Nein«, antwortete Holly.

»Irgendwas zum Wärmen?«

»Nein.«

Valerie fragte sich, wie Tante Berenike dann Umsatz gemacht hatte. Hier drinnen war es eindeutig nicht gewesen.

Draußen rief jemand nach der Bedienung. Valerie lief hinaus, nahm eine Bestellung auf, kassierte und legte einen

Zettel auf den Tresen. Das schmutzige Geschirr stapelte sich schon. Immerhin ließ der große Andrang nach, und es wurde langsam ruhiger.

Valerie ging in die Küche, wo sie eine große Menge Geschirr in den Industriegeschirrspüler neben dem Waschbecken packte und ihn anstellte. Dann nahm sie sich ein Glas, hielt es kurz unter den Wasserhahn und trank es in großen Schlucken leer, bevor sie wieder nach draußen lief. Die Arbeit hier war wie ein Fitnesstraining, aber Valerie konnte nicht behaupten, dass es ihr keinen Spaß machte.

Zwei weitere Geschirrspüldurchgänge später war sie praktisch fertig. Die meisten Gäste waren gegangen, nur der Mann mit der Zeitung saß noch da. Valerie fröstelte in ihrer Schürze, als sie nach ihm sah.

»Kann ich noch etwas für Sie tun?«, erkundigte sie sich höflich.

»Ja, in der Tat.« Sorgfältig legte er seine Zeitung zusammen. »Ich habe Sie empfohlen bekommen. Sie sind sozusagen meine einzige Hoffnung.« Die beiden Worte »einzige Hoffnung« betonte er dermaßen, dass Valerie stutzte.

Warum denn einzige Hoffnung? Aber vielleicht war das einfach nur eine typische Berliner Ausdrucksweise? Schließlich hatte Berenike mehr als einmal erwähnt, dass ein ganz eigener Umgangston in der Hauptstadt herrschte.

»Das freut mich«, erwiderte Valerie daher. »Waren Sie denn mit Ihrem Kaffee und Kuchen zufrieden?«

Der Mann sah sie an – fast ungläubig, wie es ihr vorkam –, während auf seiner Stirn zahlreiche Falten erschienen. »Ja, schon, aber … Sollen wir vielleicht reingehen?«

»Reingehen? Nein, bedaure, wir schließen gleich.« Valerie legte ihm die Quittung hin.

Für einen Augenblick wirkte der Mann ganz perplex, dann schaute er an Valerie vorbei auf die Nummer des Hauses, in dem das Café untergebracht war.

»Aber das ist hier schon die 41?«, fragte er.

Valerie folgte seinem Blick. »Ich denke schon.«

»Ach so. Nicht reingehen, gleich schließen ... Ja, dann.« Er stand auf und griff nach seiner Zeitung. »Ach, die Rechnung.« Umständlich zog er sein Portemonnaie hervor. »Bitte, stimmt so.« Er gab Valerie ein äußerst großzügiges Trinkgeld.

»Danke«, sagte sie.

Abermals sah er sie prüfend an, dann eilte er mit wiegenden Schritten und seiner Zeitung unter dem Arm davon.

Für einen Moment blickte Valerie ihm hinterher.

Ich frage Holly, ob das hier häufiger vorkommt, entschied sie. Schließlich schien sich die wortkarge Angestellte von Tante Berenike mit allem auszukennen. Das Café war praktisch leer, da alle Tische, die Valerie nicht nach hinten geräumt hatte, draußen standen.

»Sag mal ...«, begann Valerie, dann fiel ihr Blick auf den Tresen. Die Kaffeemaschine war ausgeschaltet und mit einem Tuch abgedeckt, alles andere daneben war aufgeräumt.

»Holly?«, fragte Valerie laut. Aber Holly antwortete nicht, und sie war auch nirgends zu finden. Offenkundig war sie gegangen, ohne sich zu verabschieden.

Absurd, dachte Valerie, aber dann grübelte sie nicht lange darüber nach, sondern machte sich daran, die Stühle und Tische wieder reinzutragen.

Dabei kam sie an dem alten Grammofon vorbei. Was Tante Berenike dort wohl aufgelegt hatte?

11. Kapitel

Hamburg

Niklas saß im Zug auf dem Weg nach Hamburg und wurde zunehmend nervös. Irgendwie war er zuerst von der netten Begegnung mit der Fremden namens Valerie noch milde gestimmt gewesen, aber jetzt dachte er, dass XX ihn allem leckeren Schokokuchen zum Trotz unnötigerweise nach Berlin beordert hatte. Sie hätte sich auch wirklich mal an die neue Zeit gewöhnen und ihm eine Mail schicken können. Aber sie hatte ja schon von jeher auf Papier bestanden, und er musste daran denken, wie er seinen ersten Auftrag von ihr erhalten hatte.

***

2005

Bei Horst Janik lernte Niklas jede Menge Kniffe für das Restaurieren von beschädigten Bildern. Mit der Zeit spielte sich das Verhältnis der beiden Männer weiter ein. Niklas ging ans Telefon, sprach mit den Kuratorinnen und Kuratoren und klärte die Auftragsdetails mit den Museen.

Dann wurde das Bild versichert und zu ihnen gebracht, oder Niklas holte es ab. Dafür kam er überall in Europa herum, was ihm großen Spaß machte. Überhaupt gefiel ihm sein Leben. Er hatte eine Wohnung, er hatte einen Job, zwar ohne Vertrag und Jobbeschreibung, dafür mit einem pöbelnden, im Grunde genommen unerträglichen Chef. Aber Niklas fand es trotzdem grandios, in der Nähe von so viel Schönheit zu sein.

In seiner Freizeit ging er klettern oder lief Parkour, etwas, das er liebte und ausgezeichnet beherrschte. Vor Jahren hatte er diesen Sport zusammen mit seinem Zwillingsbruder Felix für sich entdeckt, nun war er allein unterwegs, aber nach kurzer Zeit hatte er sich daran gewöhnt. Außerdem war Felix immer etwas langsamer und nicht ganz so geschickt gewesen wie er selbst; jetzt hatte er niemanden mehr, der ihn bremste. Niklas steckte voller Kraft und Energie. In seiner Wohnung fand er wöchentlich gutes Essen und gesunde Lebensmittel vor. XX wollte anscheinend, dass es ihm gut ging und er noch fitter wurde.

Vor sich selbst bezeichnete Niklas XXs Tun als »auf ihn achten«, aber er wusste natürlich auch, dass es gleichzeitig ein Beobachten war. Er las nach, was es über Alarmanlagen und Überwachungskameras zu finden gab, und besorgte sich eine einfache. Er installierte sie, um herauszubekommen, wer da sein Apartment betrat. Doch das nächste Mal, als er nach Hause kam und das Essen vorfand, war die Überwachungskamera verschwunden, stattdessen lag der Schaltplan einer komplizierten Alarmanlage von Welkman Sicherungssysteme auf dem Tisch.

Das war nicht das, was Niklas erwartet hatte. Deshalb

hinterließ er am nächsten Morgen, als er aus dem Haus ging, einen Zettel auf den Tisch.

XX, was wollen Sie von mir?

Er rechnete nicht wirklich damit, eine Antwort zu bekommen, aber zwei Tage später lag sie da.

Ich möchte, dass Sie etwas für mich abholen.

Was ist es?, fragte Niklas via Zettel.

Etwas, das mir wichtig ist. Lernen Sie den Plan der Alarmanlage auswendig. Wenn Sie jedes Detail beherrschen, sagen Sie mir Bescheid. Ich werde Ihr Wissen überprüfen.

Niklas zog die Augenbrauen hoch. *Warum sollte ich das holen, was Sie wollen?*, schrieb er zurück, ohne XX seine Kooperation zuzusichern. Den Schaltplan der Alarmanlage legte er in einen Küchenschrank.

Weil Sie es können, war die lapidare Antwort. *Es gibt nicht viele Menschen auf der Welt, die beherrschen, was Sie können (Hamburger Kunsthalle).*

Woher wissen Sie das?, fragte Niklas. Er war sich sicher, damals keine Spuren hinterlassen zu haben, man hatte ihm schließlich auch nichts anhängen können.

Ich bin auch gut bei dem, was ich tue, war die Antwort. *Ich weiß alles, was ich wissen muss. Aber keine Angst, Sie und ich stehen auf derselben Seite. Sie dürfen nur nie versuchen herauszubekommen, wer ich bin. Das ist meine einzige Bedingung.*

Und was bekomme ich dafür, wenn ich mitmache?, fragte Niklas auf einem weiteren Zettel.

Statt einer kurzen Antwort lag am nächsten Abend der Grundriss einer Wohnung in der Maria-Louisen-Straße in Hamburg-Winterhude auf seinem Tisch. Er sah, dass der

Plan das oberste Stockwerk und das darüberliegende ausgebaute Dachgeschoss eines schmalen Altbaus darstellte. *Die Wohnung gehört Ihnen, wenn Sie Erfolg haben*, war handschriftlich unten auf dem Grundriss notiert.

Länger noch als den Plan studierte Niklas die Handschrift darauf.

XX, Sie haben einen Fehler gemacht, indem Sie mir handschriftlich geschrieben haben, notierte er. *Jetzt weiß ich so manches über Sie.*

Das war nicht meine Handschrift, war die knappe Antwort. *Vertun Sie nicht Ihre Zeit mit Spekulationen. Alles, was Sie über mich in Erfahrung bringen können, ist das, was ich Sie wissen lassen möchte. Beantworten Sie lieber meine Fragen zur Alarmanlage.* Es folgte eine lange Liste komplizierter Fragestellungen zu so ziemlich jedem Detail des Schaltplans.

Zwei Tage lang, in denen Horst besonders unleidlich war, knobelte Niklas bis in die Nacht über dem Schaltplan, bevor er seine Antworten auf dem Tisch hinterließ. Als er nach Hause kam, lag eine weitere Nachricht auf seinem Tisch.

Das war ausreichend, aber nicht gut. Sie müssen den gesamten Plan auswendig im Kopf haben, besonders auch die Lageverhältnisse. Ich gebe Ihnen noch eine Woche.

Nach sieben Tagen folgten weitere Fragen, dann begann die Fernschulung im Öffnen von Fenstern und Türen. Niklas hatte gedacht, dass er viel wusste, schließlich hatte er seinen ersten und bisher einzigen Einbruch hervorragend vorbereitet, aber jetzt stellte er fest, dass er noch viel zu lernen hatte. Aber das schien XX weitaus weniger zu stören als ihn selbst. Er fand Lehrstunde um Lehrstunde in Schriftform auf seinem Tisch, dazu reichlich Anschauungsmaterial, das kam und wieder entfernt wurde, wenn er gelernt hatte, dieses oder jenes Modell zu überlisten. Niklas merkte, wie er immer tiefer in die Materie eingesaugt wurde, aber er wehrte sich nicht mehr dagegen, denn der »Lehrstoff« war spannend und fiel ihm leicht. Er hatte ein ausgezeichnetes Gedächtnis und einen fantastischen räumlichen Orientierungssinn. Problemlos konnte er sich in Plänen und auf Karten zurechtzufinden und umgekehrt auch präzise Skizzen von Orten anfertigen, die er nur kurz gemustert hatte oder deren Dimensionen er aus anderen Informationen ableiten musste. XX ließ ihn Pläne von Kirchen und anderen öffentlichen Gebäuden anfertigen, bevor das Training im Öffnen von Tresoren und Safes begann.

Währenddessen ging Niklas tagsüber weiter zu Horst, mit dem es ein einziges Auf und Ab war. Aber Niklas ertrug geduldig die schlechten Seiten und lernte, Horsts Geschimpfe einfach auszublenden. Manchmal steckte er sich auch Kopfhörer in die Ohren und hörte Musik von seinem Handy, wenn das Geschrei zu schlimm wurde.

Und dann kam der Tag des Rubens.

Horst Janik war gebucht worden, weil der Kurator niemand anderem die Reparatur eines Gemäldes des berühmten Malers zutraute, das ärgerlicherweise von einem Museumsbesucher beschädigt worden war. Den Rubens holte Niklas nicht ab, er wurde in Begleitung zweier Sicherheitsmänner vom Kurator höchstpersönlich geliefert. Mit großem Bohei wurde das Bild ausgepackt, bevor Horst Janik es mit auf dem Rücken verschränkten Händen und zusammengekniffenen Augen studierte. Der Schaden war offensichtlich, aber Niklas bemerkte, dass das nicht der Bereich war, den Horst musterte. Die Zeit verstrich, und einer der Sicherheitsmänner begann, etwas ungeduldig mit den Füßen zu scharren.

»Ruhe!«, brüllte Horst in seiner lautesten und unangenehmsten Manier.

Der Sicherheitsmann sah so aus, als wäre er irgendwo zwischen erschrocken und wütend, aber Horst beachtete ihn gar nicht. Stattdessen starrte er einfach nur weiter auf das Gemälde.

»Ein wunderbares Bild«, ließ sich der Kurator irgendwann vernehmen.

»Eine wunderbare Fälschung«, erwiderte Horst, ohne seinen Blick von der Leinwand zu lösen.

Eine Welle ging durch den ganzen Raum. Die Sicherheitsleute standen gerader, der Kurator wurde blass, und Niklas beugte sich vor. Das war das erste Mal, dass er eine Fälschung sah – und sich dessen bewusst war.

»Aber …«, protestierte der Kurator.

Statt einer sachlichen Antwort schrie Horst ihn nur an. »Gehen Sie, vergeuden Sie nicht meine Zeit!« Damit drehte er sich brüsk zur Seite, als hätte der Kurator ihn tödlich beleidigt. Dem armen Mann blieb nichts anderes übrig, als das Gemälde wieder zu verpacken. Niklas sah, dass er vor Wut zitterte, vielleicht aber war es auch Entsetzen, so genau konnte er es nicht beurteilen. Er wusste nur, dass er unbedingt herausbekommen musste, wie Horst erkannt hatte, dass es sich um eine Fälschung handelte. Er selbst hätte das nie gesehen.

Am Nachmittag fasste er sich ein Herz.

»Woher …?« Mehr musste er nicht sagen.

Zu seiner Überraschung gab Horst ihm eine Antwort.

»Die Art, wie das rote Pigment aufgebracht wurde, war zu Rubens Zeiten unüblich. Ein Flüchtigkeitsfehler, ansonsten war das Bild gut gemacht.« Damit war das Thema für Horst erledigt, aber für Niklas nicht. Tagelang grübelte er darüber nach. Dann schrieb er an seine Auftraggeberin. *Woher weiß Horst so gut über Fälschungen Bescheid?*

Weil er der größte Spezialist dafür war, antwortete sie. *Fragen Sie ihn nach Lilia, aber machen Sie sich auf etwas gefasst.*

Zwar hatten die vergangenen Wochen in der Werkstatt mit Horst Niklas abgehärtet, aber er war dennoch erstaunt, was passierte, als er sich nach besagter Lilia erkundigte. Horst drehte komplett durch. Für einen Augenblick befürchtete Niklas, dass der Restaurator einen Anfall bekommen könnte, von dem er sich nicht mehr erholen würde, so sehr tobte und schrie er. Immer wieder hieb er mit der Faust auf den Holztisch vor sich, bis sogar seine Knöchel bluteten. Er verfluchte Niklas und wünschte ihn zum Teufel, aber Niklas ging nur zu dem alten Verbandskasten in der Kammer und holte ein Pflaster, das er vor Horst hinlegte. Daraufhin verstummte das Geschrei. Dann ging Niklas auch noch in die kleine Küche hinüber und kam mit einem Glas Wasser zurück. Horst trank es in einem Zug aus, abgekämpft, ermattet, geschlagen.

»Lilia war meine Frau. Ist meine Frau.« Seine Stimme war heiser vom Schreien, vielleicht auch noch von etwas anderem, das wusste Niklas nicht. Er vermied es, Horst anzusehen, sondern starrte nur auf die Pigmente im Regal.

»Als sie da war, schien noch die Sonne.« Niklas, der Horst niemals so viel Poesie zugetraut hätte, blickte überrascht von den Rot- zu den Blautönen.

»Das war noch eine andere Zeit…« Und dann begann Horst zu erzählen. Zum ersten Mal, seit Niklas ihn kannte, sprach er in ganzen Sätzen, einem nach dem anderen, und zeichnete so ein Bild seines Lebens. Er berichtete von seiner Ausbildung zum Restaurator und seinem anschließenden Studium der Kunstgeschichte. Er erzählte Niklas, dass er sich schon immer für Fälschungen und ihre Hintergründe interessiert hätte. In seiner Ausbildung hatte er das Handwerkszeug erworben, um Gemälde zu analysieren, aber an der Uni blieb alles nur theoretischer Natur.

Es gäbe zwar viele Fälscher, erklärte Horst, aber nicht so viele, die eine Fälschung erkennen könnten. Manche waren zu gut gemacht, oder man musste das Original wahnsinnig gut kennen, um die Unterschiede zu finden, oder man brauchte eine Menge Equipment. Vieles davon gab es an der Universität nicht, sodass Horst das Gefühl nicht loswurde, immer einen Schritt hinterherzuhinken. Er wollte nicht zu einem Spezialisten für nur einen bestimmten Maler und seine Strichtechnik werden, er wollte imstande sein, alle Fälschungen zu erkennen, und zwar ausnahmslos. Seine Kollegen nannten ihn vermessen und verrückt, aber er war sich seiner Sache sicher.

In dieser Zeit lernte er Arthur von Haltbach kennen. Arthur, der eigentlich Graf von Haltbach hieß, arbeitete bei einer Versicherung.

»Man nannte ihn den Bildgeldjäger«, erzählte Horst, während fast so etwas wie ein winziges Lächeln bei der Erinnerung auf seinem faltendurchfurchten Gesicht erschien. »Er war so etwas wie ein Kopfgeldjäger – nur für Bilder.« Horst schüttelte leicht den Kopf. »Arthurs Aufgabe war es, verschwundene, aber versicherte Kunstgegenstände zurückzuholen. Ohne Polizei, ohne Öffentlichkeit. Wie er es machte, war der Versicherung egal, nur dass am Ende der Wertgegenstand auf die richtige Weise zurückgebracht wurde, war von Bedeutung. Und die richtige Weise bedeutete in diesem Fall, dass es die Versicherung weniger kostete als die Auszahlung der Versicherungssumme.« Horst zog die Nase hoch, aber das zarte Lächeln lag noch immer in seiner Stimme. »Dafür hatte Arthur einen riesigen Etat zur Verfügung, denn die Summen, um die es da manchmal ging, lagen im mehrfachen Millionenbereich. Arthurs Spesenkonto war legendär, aber das war nicht das Einzige, was ihn aus der Menge heraushob. Arthur wollte verstehen, und das unterschied ihn von seinen Kollegen bei den anderen Großversicherern. Arthur wollte wissen, warum ein Kunstgegenstand gestohlen worden war, welches Motiv dahintersteckte und warum es gerade um dieses Stück ging. Er war Psychologe, Analytiker und Zauberer in einem. Und er war unglaublich großzügig. So war er bereit, mich anzustellen und mir alle Geräte zu besorgen, die ich nur irgendwie brauchen konnte, während ich noch alles über Fälschungen lernte. Auch machte er mich mit Spezialisten auf der ganzen Welt bekannt. ›Es wird sich lohnen‹, erklärte er nur, wenn seine hohen Ausgaben von der Verwaltung gerügt wurden. Es ging um das Ergebnis, alles andere war Arthur egal, und alles andere war wiederum seinen Bossen in der Versicherung egal.«

Nun warf Niklas doch einen Seitenblick auf Horst, der viel ruhiger und weicher wirkte, als er es je zuvor getan hatte.

»Arthur hatte eine Assistentin, und die war das Beste an

der ganzen Sache«, fuhr Horst fort. Niklas brauchte nicht zu fragen, um zu verstehen, dass es um Lilia gehen musste.

»Nun ja, unter Arthurs großzügiger Leitung wurde ich gut im Erkennen von Fälschungen, sogar richtig gut. Nein, das ist falsch: Ich war der Beste.« In Horsts heisere, abgekämpfte Stimme trat etwas von Stolz und Selbstrespekt, den Niklas noch nicht bei ihm bemerkt hatte. »Irgendwann kamen sie auch von anderen Versicherungen für meine Expertise, und sogar an der Uni wollte man meine Vorträge hören. Es war eine tolle Zeit. Ich hatte so viel zu tun, dass ich eine eigene Assistentin brauchte. Arthur hat Lilia gehen lassen.«

Das hört sich richtig gut an, hätte Niklas am liebsten gesagt, aber er schwieg. Horst wollte sicher nicht wissen, was er darüber dachte.

»Tolle Zeit, die beste in meinem Leben. Dann …« Da flackerten sie wieder auf, die Härte und der Selbsthass in Horsts Stimme, und Niklas hätte ihn am liebsten gebeten, an dieser Stelle aufzuhören, aber er wusste, dass das nicht ging. Er hatte gefragt, und jetzt musste er sich alles anhören. Die Wahrheit war grausam und ließ nicht lange auf sich warten.

»Am 15. Mai 1991 … Lilia … Autounfall … Ein Laster … ihren kleinen Wagen … übersehen … sofort tot. Ich hatte … das andere Auto … « Offenkundig war es für Horst unmöglich, in ganzen Sätzen darüber zu sprechen, doch Niklas hörte auch so seine ganze Verzweiflung und den Kummer heraus, der größer gewesen war, als Horst es hatte ertragen können. Niklas schloss die Augen. Er musste nicht mehr hören, um genau zu wissen, was jetzt kommen würde. Alkohol, Absturz, Kündigung, ein Leben in Scherben, ein Mensch am Rande des Abgrundes, vielleicht schon darüber hinaus.

Niklas blickte auf und sah Horst in die Augen. Er war bereit, alles zu hören, aber Horst sprach nicht weiter. Er wischte sich nur ein einziges Mal über das Gesicht. »Sie war die Richtige«, stammelte er dann. »So was gibt's nur einmal im Leben und für viele auch gar nicht. Aber ohne sie … Es ist einfach nicht dasselbe.« Er drehte sich weg, schaute irgendwohin, vielleicht ins Leere. »Was willst du hier, Junge?«, fragte er dann plötzlich.

»Alles über Fälschungen lernen«, erwiderte Niklas.

»Aber ich habe dir doch gesagt, dass ich das nicht mehr mache«, erwiderte Horst wieder auf seine typisch polternde, grobe Art.

»Vorhin schon.« Niklas ließ sich nicht beirren.

Horst schnaubte so laut, dass es sich fast wie bei einem Dampfkochtopf anhörte.

»Idiot«, sagte er, aber Niklas war sich nicht ganz sicher, ob er sich oder ihn meinte. Ohne weitere Worte stand Horst auf und ging zurück an die Arbeit. Aber er begann, dabei seine Schritte zu erklären, und Niklas hörte genau zu.

Ein Jahr verging, und es wurde wieder Frühling, dann Sommer, und langsam neigte sich auch der dem Ende zu. Vor über zwei Jahren hatte Niklas sein Abitur gemacht, und seit mehr als eineinhalb Jahren war er nun bei Horst. Das war alles andere, als er ursprünglich geplant hatte, aber er war zufrieden. Felix fehlte ihm, denn es herrschte immer noch absolute Funkstille zwischen den Brüdern, aber immerhin hatte er wieder regelmäßig Kontakt zu seinem besten Freund Paule, der mittlerweile nach Berlin gezogen war, um dort an der Universität der Künste Komposition zu studieren.

Doch dann kam der Tag, an dem sich erneut alles änderte. Wie immer kam Niklas morgens in die Werkstatt, kochte Kaffee und räumte auf, was Horst am vergangenen Abend hatte liegenlassen. Dann machte er sich an seine eigene Arbeit, die Restauration eines unbedeutenden Bildes, die Horst ihm überantwortet hatte. Doch anders als sonst kam Horst nicht aus seiner kleinen Wohnung, die über der Werkstatt lag. Um die Mittagszeit ging Niklas hinauf, um nachzusehen. Horst war nicht in seiner Küche und auch nicht im Bad. Vorsichtig öffnete Niklas die Tür zum Schlafzimmer, nachdem er zweimal angeklopft hatte. Horst lag in seinem Bett. Auf den ersten Blick erkannte Niklas, dass Horst nie mehr herumschreien würde, nie mehr poltern und nie mehr eine Fälschung erkennen würde. Er war tot, aber er sah dabei ungewohnt friedlich aus. Er hatte sich ganz am Rand des Bettes auf die Seite gelegt, als habe er als Letztes vor dem Einschlafen die kleine Fotografie einer Frau betrachten wollen, die neben ihm auf dem Nachttisch stand. Niklas musste nicht rätseln, wer das sein konnte, und so friedlich wie Horst jetzt aussah, hatte Lilia ihn zumindest in seinen Gedanken und Träumen auf dem letzten Weg begleitet.

Niklas weinte nicht. Er stand nur sehr, sehr lange vor der Wand mit den Pigmenten, schaute auf die verschiedenen Farben und dankte Horst stumm für alles, was dieser alte Krachmacher ihm gegeben hatte. Denn es war viel mehr als das Wissen über Pigmente, Lösungsmittel und Leinwände. Horst hatte ihm die Augen für die Kunst geöffnet, für die Schönheit und das Können, das verborgen hinter dem vordergründig eindrucksvollen Objekt lag.

Am nächsten Tag lag ein Brief von XX in Niklas' Wohnung mit zwei Adressen darin. Damit wusste Niklas, dass es jetzt wirklich losgehen würde. Seine Schonzeit war vorbei.

***

Kurz vor Hamburg tauchte Niklas aus seinen Erinnerungen wieder auf. Er beschloss, seine Mutter anzurufen und ihr anzukündigen, dass er seine Söhne gleich bei ihr abholen würde. Um sein Handy herauszuholen, öffnete Niklas das vordere Fach seines Rucksacks und prallte fast zurück. Darin lag ein brauner Umschlag, der garantiert zuvor noch nicht dagewesen war.

Automatisch setzte Niklas sich aufrecht hin, während er in Gedanken alle Ereignisse seit seiner Ankunft in Berlin rekapitulierte. Vom Hauptbahnhof war er zum Bahnhof Zoo gefahren und von dort aus direkt zu der von XX angegebenen Adresse gelaufen. Im Café hatte er Valerie vor einem Leitersturz bewahrt, ihr anschließend geholfen, den zweiten Vorhang abzunehmen, und dann einen Kaffee getrunken und zwei Stücke von ihrem Kuchen gegessen. Währenddessen hatte er den Rucksack die ganze Zeit auf dem Rücken gehabt, nur in der Zeit, in der er draußen gesessen hatte, war es ihm zu unbequem geworden, und er hatte ihn abgelegt. Aber er hatte ihn garantiert die ganze Zeit im Blick behalten, schließlich war er Profi. Außerdem war Valerie beim Hineingehen nie auf der Seite seines Rucksacks vorbeigekommen, sondern immer auf der anderen geblieben. Also konnte sie es eigentlich nicht gewesen sein, die den Umschlag dort deponiert hatte. Aber wer dann?

Niklas schaute sich im Zug um, ob auch niemand in seine Richtung blickte, dann riss er den Umschlag auf und holte den Inhalt heraus. Es waren einige Papiere und ein Schlüsselbund. Zuoberst lag ein Grundriss von einem Haus, dazu die Fotografie einer Zeichnung von Degas. Sie war klein und selbst in ihrem Rahmen, der mit abgebildet war, so handlich, dass man sie problemlos transportieren konnte. Das war also nicht das Problem. Aber Niklas kannte das Gemälde und wusste, dass die Schwierigkeit woanders lag. Außerdem war der mitgelieferte Grundriss *alt*, wie ein handschriftlicher Vermerk darauf besagte. Das war nicht gut, er brauchte aktuelle Informationen, alles andere war zu riskant. Niklas legte das Foto und den Grundriss zurück in den Umschlag. In Händen hatte er jetzt noch die Fotokopie eines zweiten Grundrisses. Sie zeigte ein Apartment, überschlagsweise hundertvierzig Quadratmeter, Vorderhaus, zweiter Stock. Eine Adresse war nicht mit angegeben, aber eine Auflistung aller Bewohner und Geschäfte im Objekt. Niklas studierte die Liste, dann musste er wider Willen lächeln.

In diesem Punkt war XX noch so gut wie eh und je, denn das Gebäude auf dem Plan war nichts anderes als das Haus gegenüber dem kleinen Café, in dem er gerade gewesen war.

Alles Weitere hier, stand auf einem mit Schreibmaschine verfassten Zettel. Niklas schüttelte unwillkürlich den Kopf. So spannend es vielleicht war, er würde es nicht mehr machen. Seine Leben drehte sich jetzt um seine Söhne und um nichts sonst. Sie zu verlieren würde er nicht in

Kauf nehmen, auch wenn er sich manchmal fragte, ob er sie nicht noch mehr vermissen würde als sie ihn.

Es tut mir leid, XX. Es geht nicht. Ich bin nicht mehr der Gentlemandieb, das ist vorbei, dachte Niklas. Er würde XX Bescheid geben, dass er sie auszahlen würde, egal wie viel Geld sie verlangte. Das war er seinen Söhnen und sich selbst schuldig.

Entschieden packte er die Unterlagen zurück, wobei ihm der mit der Schreibmaschine geschriebene Zettel hinunterfiel. Als er ihn aufhob, bemerkte er, dass auch auf der Rückseite etwas stand, das er übersehen hatte.

Nur für den Fall, dass du zauderst: Es tut mir leid, dir das sagen zu müssen, aber ich weiß sehr viel. Genug, um dich in ernsthafte Schwierigkeiten zu bringen. Also tu es. Nur noch dieses eine Mal, dann bist du frei.

Niklas sah aus dem Zugfenster in die vorbeirasende Landschaft. Er hatte immer gefürchtet, dass das irgendwann kommen würde, aber er hätte nie gedacht, dass es ausgerechnet XX sein würde, die die Erpresserkarte ihm gegenüber ausspielen würde.

So wie es aussah, musste er noch einmal nach Berlin. Denn egal wie er es drehte und wendete oder was er selbst wollte, XX hatte ihn durch ihr Wissen tatsächlich in der Hand.

12. Kapitel

Berlin

Valerie war müde und beschwingt zugleich, als sie den letzten Rest Staub hinter dem Tresen zusammenfegte. Bei ihrer Ankunft mittags im kleinen Café hatte sie zunächst Sorge gehabt, seine Zeit wäre endgültig vorbei. Aber der Nachmittag war so ein Erfolg gewesen, dass sie einfach nur glücklich sein konnte. Jetzt musste sie nur noch heute und morgen etwas putzen und die Gardinen in die Reinigung bringen, dann konnte Berenike bei ihrer Rückkehr wieder in ein glänzendes kleines Café kommen.

Wenn Berenike überhau…, ging es Valerie durch den Kopf, aber sofort verbot sie sich jeden weiteren trüben Gedanken in diese Richtung. Natürlich würde Berenike gesund werden! Hier an diesem Ort fühlte Valerie sich ihrer Tante so verbunden, dass es sich gar nicht anderes entwickeln konnte. Und dieses Café würde sich wieder in das süße, kleine, schnuckelige Plätzchen verwandeln, das es sicherlich einmal gewesen war, auch wenn Valerie sich nicht daran erinnern konnte. Berenikes Café. Mit ihrer großartigen Tante, wunderbaren Gästen – nicht gerade mit so seltsamen Typen wie dem mit der Zeitung, sondern eher mit so liebenswürdigen Kunden wie Niklas, vielleicht einem köstlichen Sortiment an Kuchen und Torten und wieder neuem Schwung. Falls Berenike das zu viel werden sollte, hatte sie ja auch hervorragende Unterstützung in Holly, deren plötzliches Auftauchen und Verschwinden vielleicht etwas mysteriös war, die aber ansonsten rundum kompetent wirkte. Kurzum, es musste einfach alles gut werden.

Morgen gehe ich Berenike besuchen, nahm sich Valerie fest vor. Aber vorher musste sie noch diese Staubschleudern von Gardinen weggebringen. Valerie hatte herausgefunden, dass man in Berlin zwar eine Polsterreinigung rund um die Uhr vor Ort bekommen konnte, aber leider schien die Nachfrage nach Gardinenreinigungssofortdiensten nicht ganz so groß, sodass ihr nichts anderes übrig blieb, als die Gardinen selbst in die Reinigung zu schleppen. Immerhin gab es ein Geschäft, das am frühen Samstagabend noch geöffnet hatte. Mühsam versuchte Valerie, die Stoffbahnen aufzuheben und musste prompt niesen, gleich zweimal nacheinander.

Himmel, ich glaub, ich entwickle hier noch eine Staubunverträglichkeit, dachte sie und schniefte. Dann nahm sie einen weiteren Anlauf. Doch wieder gelang es ihr nur, einen Vorhang aufzuheben. Der Stoff war so beschaffen, dass der zweite Vorhang prompt vom ersten herunterrutschte, bevor sie noch beide auf dem Arm hatte. Außerdem war das Ganze unerwartet schwer. Je länger Valerie sich mit den Gardinen abmühte, desto desto rätselhafter erschien es ihr, wie Niklas den Vorhang *und* sie hatte auffangen können. Schließlich war sie nicht gerade eine Elfe.

Er muss heldenhaft stark sein, schätzte Valerie. Leider war er jetzt nicht da, um ihr auch noch beim Verpacken der Gardinen zu helfen. Nach zwei weiteren Versuchen war Valerie bereit aufzugeben. So ging das nicht. Und die zwei Kilometer bis zur Reinigung schaffte sie bei diesem Gewicht nie im Leben zu Fuß.

Ihr Handy klingelte. Valerie ließ die Vorhänge Vorhänge sein, ging zu ihrer Tasche und holte es heraus. Clara war am Apparat, und ihr Stimmungstief nach dem Umschwung zu »Sonnenwelten« war offenkundig passé.

Fröhlich begrüßte sie Valerie. »Hallo, Süße, Färbeabenteuer gut überstanden? Ich dachte, wir könnten heute Abend deine Beförderung feiern. Wie wär's, du lädst die Mädels und mich von deinem Erste-Assistentinnen-Gehalt auf eine Runde Drinks ein?«

»Oh, Clara, du wirst es nicht glauben, aber ich bin in Berlin«, erwiderte Valerie, die sich gerade nichts Besseres vorstellen konnte, als mit Clara zu sprechen. In der ganzen Hektik des Tages hatte sie schlicht und ergreifend vergessen, ihre Freundin anzurufen und ihr alles zu erzählen.

»In Berlin? Aber doch nicht mit diesem CFO-Fritzen, oder? Wie heißt der doch gleich? Kalle? Lars?« Clara machte einen scharfen Atemzug, bevor sie weitersprach. »Ich sag dir, den brauchst du nicht, auch wenn er jetzt groß Karriere macht. Die machst du ja schließlich auch. Erste Assistentin, Glückwunsch!«

»Danke. Ja, ich kann es selbst noch gar nicht glauben. Und nein, ich bin nicht mit Claas in Berlin. Ich bin hier, weil es meiner Tante nicht gut …« Valerie kam ins Stocken. Es laut auszusprechen war viel schwieriger, als sie gedacht hätte. »Weil meine Tante einen Herzinfarkt hatte, und ich ihr helfen möchte.«

»Berenike?«

»Ja, genau.« Valerie fiel auf, dass sich Clara nie die Mühe gemacht hatte, sich Claas' Namen einzuprägen, aber mit Berenikes eher ungewöhnlichem keinerlei Schwierigkeiten hatte. Das hätte ihr mal zu denken geben sollen! Sie erzählte Clara, was passiert war.

»Der Mann von Denise' Cousine? Verrückt. Sei froh, dass du den los bist. Und wann feiern wir?« Clara war eindeutig in Samstagabendausgehstimmung.

»Wenn ich wieder da bin«, schlug Valerie vor. »Dann holen wir alles nach.«

Plötzlich musste sie an die mickrige Gehaltserhöhung denken, die Amanda ihr in Aussicht gestellt hatte. »Sag mal, als du in der Kreativabteilung befördert wurdest, hast du da auch nur so eine kleine Gehaltserhöhung bekommen?«

»Nein«, erwiderte Clara, »die war echt super. Amanda zahlt jedem, was er wert ist, zumindest sagt sie das. Aber jetzt erstmal gute Besserung für deine Tante. Und ruf an, wenn ich dir irgendwie helfen kann.«

»Danke«, sagte Valerie. »Und danke für die Glückwünsche zur Beförderung.«

»Tschüss, Süße, viel Spaß trotz allem in Berlin!«

Einen Moment blieb Valerie einfach stehen, während sie sich vorstellte, wie Clara jetzt losziehen würde.

Amanda zahlt jedem, was er wert ist, echote es in ihrem Kopf, als sie wieder nach den staubigen Vorhängen griff. Demnach war sie für Amanda nicht viel wert. Da hatten sie und ihr Kuchen heute an dem Nachmittag in Berenikes Café mehr positive Rückmeldung bekommen.

Valerie schüttelte über sich selbst den Kopf. Das war doch nicht zu vergleichen. Als die Vorhänge abermals abglitten, beschloss sie kurzerhand, sich ein Taxi zu rufen. Diese Vorhangmassen würde sie sonst nirgends hinbekommen.

***

Hamburg

Niklas konnte immer noch nicht glauben, in was für eine dumme Situation ihn XX mit ihrer Drohung brachte. Jetzt musste er ihren Auftrag ausführen, ob er wollte oder nicht, und ein Risiko eingehen, das er eigentlich vermeiden wollte. Mit raschen Schritten lief Niklas in der Dunkelheit, die trotz Frühlingsbeginn immer noch früh hereinbrach, die Maria-Louisen-Straße hinunter auf sein Haus zu. Es ärgerte ihn, dass er nicht wusste, wann und wie der Umschlag in seinem Rucksack gelandet war. Für einen kleinen Moment dachte er an Valerie in dem kleinen Café und fragte sich abermals, ob sie es nicht doch gewesen sein könnte. Aber irgendwie glaubte er das nicht. Zum einen wusste er nicht, wie sie das bewerkstelligt haben sollte, ohne dass er es mitbekommen hatte, und zum anderen hatte sie so harmlos auf ihn gewirkt mit ihren schönen blauen Augen und dem noch schöneren Lächeln. Aber was hieß das schon? Nur – wer war es sonst gewesen?

Plötzlich fiel Niklas die Frau wieder ein, die ihm Taschentücher zurückgeben wollte, die ihm gar nicht gehört hatten. In dem Moment war er sicherlich abgelenkt gewesen. Niklas versuchte, sich an das Äußere der Frau zu erinnern, aber es gelang ihm nicht.

Wie ärgerlich, dachte er. Aber es passte – XX war gut,

und sie schaffte es immer wieder, gute Mitarbeiter zu gewinnen.

Niklas wollte gerade seine Haustüre öffnen, als ihn ein Mann in dunkler Kleidung ansprach. »Herr Wengler?«

Niklas antwortete nicht gleich.

»Herr Niklas Wengler?« Nun kam der Mann noch näher, und Niklas musterte ihn rasch aus den Augenwinkeln. Polizist in Zivil? Wer sonst konnte hier etwas von ihm wollen? Das war schließlich seine Privatadresse.

»Herr Wengler?«, hakte der Mann noch ein drittes Mal nach.

Mit schnellen Blicken sah Niklas sich um. Neben ihm stand ein Schrank von Mann. Am Straßenrand wartete eine dunkle Limousine mit laufendem Motor – das sah nicht nach Zivilbullen aus. Warum hätten sie im Übrigen auch vor seiner Haustür auftauchen sollen, er hatte doch nichts verbrochen.

»Wer sind Sie?«, stellte er eine Gegenfrage.

Spätestens jetzt würde sich ein Polizist in Zivil zu erkennen geben, davon ging Niklas fest aus.

»Mein Boss würde sich gern mit Ihnen unterhalten«, erklärte der Mann jedoch nur.

»Ihr *Boss*? Sich mit mir unterhalten?« Niklas spürte ein Engegefühl in der Brust. Das war nicht, wie er sich seinen Samstagabend vorgestellt hatte. Und das hörte sich auch nicht nach XX an. Sie arbeitete nicht mit solchen Methoden. Fieberhaft überlegte er. Kräftemäßig war ihm der Typ sicherlich weit überlegen, aber er war schnell und kannte sich hier sehr gut aus.

»Warum?«, fragte er daher in der Absicht, etwas Zeit zu schinden.

Der große Typ neben ihm zuckte die Achseln. »Ich soll Sie nur abholen, mehr weiß ich nicht.«

»Und wer hat Ihnen das aufgetragen?« Niklas schaute interessiert, aber in Wirklichkeit rechnete er. Wenn er es am Leinpfad über die Brüstung in Richtung Alster schaffte und von dort aus bis unter die Streekbrücke weiterlief, hatte er ziemlich gute Chancen zu entkommen. Er kannte die Böschung dort genau und wusste, wie er seine Schritte setzen musste. Da unten würde er einfach von der Dunkelheit verschluckt werden. Die meisten sehr großen Menschen waren – selbst in trainiertem Zustand – nicht so schnell wie er. Das war seine Chance, denn wenn er auf offener Straße weglief, war er dem Mann neben sich sicherlich hoffnungslos unterlegen, zumal der einen Wagen hatte.

»Dauert es lange?« Niklas ging in die Knie, als wolle er sich seine Turnschuhe zubinden.

»Denke nicht«, kam die gemurmelte Antwort. »Soll wohl nur ein kurzes Meeting sein.«

Drei, zwei, eins, jetzt. Erst stand Niklas langsam wieder auf, dann sprintete er plötzlich los. So schnell er konnte, rannte er zur nächsten Kreuzung, sprang über die Uferbrüstung und lief in schnellen Schritten die schmale Uferböschung zur Alster hinunter.

»Herr Wengler«, rief ihm der Mann hinterher. Hörte er sich schockiert an oder wütend oder so, als käme er näher? Für einen winzigen Moment hielt Niklas inne, dann lief er, so schnell er konnte, weiter an der Böschung entlang. An der Brücke versteckte er sich wie geplant. Abermals lauschte er, aber außer dem lauten Klopfen seines Herzens hörte er nichts. Keine Verfolgung, kein einhundert Kilogramm schwerer Hüne, der versuchte, ihm hinterherzuklettern, sondern nur das Geräusch fahrender Autos auf der Brücke über ihm.

Niklas versuchte, sich zu beruhigen, aber sein Herz schlug wie wild. Das war noch nie passiert, dass jemand auf der Suche nach ihm direkt vor seiner Tür aufgetaucht war.

Ruhig durchatmen, befahl er sich, *dafür gibt es bestimmt eine gute Erklärung*. Aber ihm fiel keine ein. Bisher war er in Ruhe gelassen worden, nie bis in die Maria-Louisen-Straße verfolgt worden, aber jetzt, als er eigentlich aus dem Business ausgestiegen war, tauchte so ein Typ auf.

Nachdem Niklas einige Minuten gewartet hatte, kletterte er langsam die Böschung wieder hinauf. Er war äußerst konzentriert und lauschte im gleichen Maße, wie er sich umsah. Doch vor seinem Haus war niemand mehr zu sehen, und der Wagen stand nicht mehr am Straßenrand. Niklas überlegte, was er tun sollte. Sicher war nur, dass er seine Söhne wegbringen musste. Wenn solche Sachen direkt vor seinem Zuhause passierten – wer wusste schon, was als Nächstes geschah? Nein, er konnte sie nicht hierlassen. Ihm fielen der Schlüssel und der Wohnungsplan von XX in seinem Rucksack ein. Nun gut, dann würde er beides eben schneller benutzen, als er eigentlich geplant hatte. Mit seinem Code öffnete er die Haustür und rannte bis in den vierten Stock. Dort in der Wohnung packte er in fliegender Hast seine Sachen und die von seinen Söhnen. Zwischendurch rief er kurz bei seiner Mutter an und eröffnete ihr, dass er jetzt sofort mit seinen Söhnen in den Urlaub fahren würde. Zum Glück gab es keinen Protest, sondern nur ein großes Hallo.

Schließlich öffnete Niklas seinen Safe und entnahm ihm

ein großes Bündel Bargeld. Das Geld stopfte er in seinen Rucksack und nahm dafür den braunen Umschlag heraus. Im Wohnzimmer im Kamin verbrannte er XXs Unterlagen, nachdem er sich den Plan genauestens eingeprägt hatte. Sein Bruder Felix mochte vielleicht darüber schmunzeln, aber Niklas hinterließ am liebsten so wenig Spuren wie möglich. Er aktivierte die Zeitschaltuhr, die das Licht in der Wohnung nach einem komplizierten Raster an- und ausschaltete und so den Anschein erweckte, es halte sich jemand darin auf. Dann programmierte er die Kamera, die auffällige Bewegungen auf dem Treppenabsatz vor ihrer Wohnungstür aufzeichnen würde, bevor er die Tür selbst gut verschloss. Seine Wohnung war wie eine Festung. Hier würde kein Einbrecher ohne massive Gewalt eindringen können. Aber was vor der Haustür passierte, war etwas anderes. Niklas rief ein Taxi, dann trug er das ganze Gepäck nach unten.

Eigentlich hatte er sich auf zwei Wochen Frühlingsferien zu Hause gefreut, aber daran war jetzt nicht mehr zu denken. Stattdessen hatte er seit heute zwei große Probleme am Hals. Das eine, von dem er wusste, wie er es lösen konnte, nämlich indem er für XX das holte, was sie wollte. Das andere betraf den Unbekannten gerade eben, und da hatte er keine Lösung. Schließlich konnte er nicht einmal sagen, wie hier das Problem lautete.

***

Neugierig schaute Valerie auf dem Heimweg von der Reinigung in die Schaufenster am Kurfürstendamm. Es gab spektakuläre Geschäfte wie das KaDeWe mit seiner prächtigen Auslage. Valerie bewunderte die wunderschönen Schrankkoffer, die dort als Accessoires das Schaufensterbild bereichern sollten. Und das taten sie in der Tat. Zwar wirkten sie im Vergleich zu der minimalistischen Mode, die auf den Schaufensterpuppen davor gezeigt wurde, geradezu bombastisch und völlig aus der Zeit gefallen, aber Valerie gefielen sie trotzdem wahnsinnig gut. Wie es wohl gewesen war, in Begleitung solcher Riesen zu verreisen? Überhaupt, wie das Leben in den Zwanzigerjahren hier in Berlin wohl genau ausgesehen hatte? Was für ein Job damals wohl ihrer gewesen wäre? Und was hätte Berenike gemacht? Auch ein Café betrieben? Valerie war sich sicher, dass Berenike in jeder Zeit ihren Platz gefunden hätte. Schließlich war sie die patenteste Person, die Valerie kannte. Es gab kein Problem, das sie nicht lösen oder zumindest angehen konnte. Aber jetzt hatte ausgerechnet sie einen Herzinfarkt erlitten. Warum das wohl passiert war? Valerie gegenüber hatte sie nie über Herzbeschwerden geklagt. Überhaupt hatte sie eigentlich nie gejammert, und Valerie fragte sich, was ihrer Tante wohl Kummer bereitet hatte.

Während sie weiterging, verspürte Valerie auf einmal das seltsame Gefühl, dass sie Berenike vielleicht doch nicht ganz so gut kannte, wie sie immer gedacht hatte.

Ich muss mit ihr sprechen, dachte Valerie plötzlich

selbst mit einem leichten Druck auf der Brust. Schnell lief sie weiter.

Ihr Handy klingelte. Ohne auf das Display zu schauen, ging sie dran.

»Das ist vielleicht nicht ganz optimal gelaufen.« Claas' Stimme klang so tief und männlich wie eh und je, und Valerie hörte unwillkürlich in sich hinein, ob sie davon noch weiche Knie bekam. Sie hatte nicht damit gerechnet, jemals noch von ihm zu hören.

»Rufst du an, um mir das zu sagen?« Sie bemühte sich, cool und sachlich zu klingen – niemals sollte er erfahren, wie sehr die ganze Sache sie getroffen hatte.

»Weißt du, ich habe gemerkt, dass ich dich einfach nicht vergessen kann.«

Valerie musste sich auf die Zunge beißen, um nicht zu erwidern: *Wenn du mich innerhalb von vierundzwanzig Stunden vergessen hättest, wäre das auch echt bitter für mich gewesen.*

Zielstrebig ging sie weiter und hätte um ein Haar zwei Touristen mit großen Einkaufstüten umgerannt.

»In meiner Ehe läuft es nicht so gut, das ist ja überhaupt der Grund, warum …« Claas' Stimme verebbte, während Valerie auf einmal einen Hauch von Wut anfluten spürte. Erzählte Claas ihr jetzt etwa noch, dass sie deshalb die Zweitfrau hätte spielen sollen?

»Ach so, und weil deine Ehe auch heute immer noch schlecht läuft, hast du gedacht, dass du mich jetzt nochmal kurz anrufst? Aber vielleicht auch, weil ich die Tochter meiner Mutter bin?« Valerie zwang sich, ihre Stimme eisig klingen zu lassen. Berenike wäre bei so etwas sicherlich niemals ausgeflippt. Allerdings musste Valerie sich eingestehen, nicht viel über das Liebesleben ihrer Tante zu wissen, oder genau genommen sogar rein gar nichts.

»Aber Valerie!« Claas protestierte heftig, doch leider eine Millisekunde zu spät, was Valerie sofort registrierte. Sie ging schneller. Heute Morgen hätte sie sich noch furchtbar gefühlt, aber jetzt kochte nur Wut in ihr hoch.

»Vielleicht sollten wir es einfach dabei belassen. Ich werde bei meiner Mutter garantiert kein Loblied über dich singen, und du rufst mich nicht mehr an.«

»Aber …« Claas stockte, und auf einmal dachte Valerie, dass er jetzt im übertragenen Sinne vor ihr auf die Knie gehen und sie um ewige Verzeihung bitten würde. Doch wollte sie das überhaupt? Sie wünschte sich eine richtige Beziehung, eine glückliche Zweisamkeit, und definitiv keine Rolle als Ersatzfrau im Schatten.

»… vielleicht könntest du es dir noch einmal überlegen?« Claas' Stimme drang in ihr Bewusstsein, aber Valerie war sich augenblicklich sicher, dass sie das nicht tun würde. Warum auch? Er war doch der Verheiratete.

Nein, das würde sie sich garantiert nicht noch einmal überlegen. »Tschüss da…«, sagte sie.

»Valerie, könntest du es dir nicht doch noch einmal durch den Kopf gehen lassen?« Nun bekam Claas' Tonfall etwas Flehendes. »Ich meine, nicht mit uns, sondern …«

»Sondern?« Valerie atmete scharf ein.

»Dass du bei deiner Mutter ein gutes Wort für mich einlegst?«

Er sprach es tatsächlich aus!

Jetzt wurde Valerie so richtig wütend. »Nein. Wozu auch? Meine Mutter mag nur ehrliche Mitarbeiter.« Mit diesen Worten legte sie auf.

Sekunden später rief er sie erneut an, aber sie ging nicht dran, stattdessen sperrte sie ihr Smartphone für seine Anrufe. Auf so etwas konnte sie gut und gern verzichten!

Mit großen Schritten ging sie weiter.

Das hat sich erledigt, sagte sie sich fest und war mit einem Mal froh, in Berlin zu sein. In München hätte sie die ganze Sache vielleicht umgehauen, aber hier war alles anders. Mit Blick auf die Kaiser-Wilhelm-Gedächtniskirche versuchte Valerie, sich zu beruhigen. Dann beschloss sie, ihre Wut und Enttäuschung durch Bewegung abzubauen und jetzt sofort den Rest des Cafés zu putzen.

13. Kapitel

»Ich finde Berlin toll«, erklärte Johnny, während er seine kleine Nase an das Fenster des Taxis presste, das sie durch die Stadt kutschierte.

»Ich auch«, stimmte ihm Jakob zu. »Vielleicht wäre ich noch ein bisschen lieber nach New York geflogen wie Mark aus meiner Klasse, aber Berlin ist auch okay. Können wir Felix und Lila sehen?«

»Und Lilas Bonbons?« Johnny betonte das letzte Wort, damit keine Zweifel aufkamen, was er am wichtigsten an Berlin fand.

»Natürlich können wir Felix besuchen und Lila in ihrem Bonbonladen«, hörte Niklas seine Mutter antworten und drehte sich zu den dreien um. Oma W saß zwischen ihren beiden Enkeln auf der Rückbank und sah in ihrer aufrechten Haltung wahrhaft königlich aus. Ihre ehemals blonden Haare waren fast weiß, aber lagen immer noch in eleganten Wellen um ihre Schultern. Die Kostümchen, die Sylvia Wengler an der Seite von Niklas' Vater getragen hatte, waren verschwunden, genauso wie die endlosen Falten- und Schönheitsbehandlungen. Stattdessen arbeitete sie jetzt energisch und effizient als Felix' persönliche Assistentin. Der Effekt war ausgesprochen überzeugend. Zwar sah Oma W nicht mehr zehn Jahre jünger, aber dafür zehn Jahre glücklicher aus, und das trotz der unschönen Scheidung von ihrem Mann, Niklas' und Felix' Vater, die sie gerade hinter sich gebracht hatte.

»Ich freue mich, dass ihr mitgekommen seid.« Niklas meinte mit diesen Worten vor allem seine Mutter, die zu seiner Überraschung spontan ihren Koffer gepackt hatte, als er sie mit der Neuigkeit seiner Urlaubsreise nach Berlin überrascht hatte.

Sie lächelte ihm zu, während Johnny gnädig nickte. »Ich finde es auch sehr nett von mir, dass ich mitgekommen bin, Papa.«

Niklas schmunzelte. »Das ist in der Tat sehr großzügig von dir. Aber du hast ja auch keine neue Wohnung einzurichten wie deine Großmutter.«

Sofort drehte sich Johnny zu Oma W und legte ihr eine Hand auf den Arm. »Bloß nix einrichten. Jetzt kann man so toll bei dir inlineskaten. Das hast du selbst gesagt.«

»Du bist auch gefahren?«, erkundigte sich Niklas verblüfft. Seine Mutter überraschte ihn immer wieder.

»Nun ja, zumindest, bis sich der Nachbar von unten beschwert hat.«

Jakob lächelte seine Oma von der Seite an. »Aber nachdem du ihm diesen Kaffee gegeben hast, hat er gesagt, dass er unter der Woche nicht da ist und wir dann fahren können.«

»Es war Kaffee mit Karamelllikör«, klärte Oma W Niklas auf.

»Auf alle Fälle war das ein erfolgreicher Kaffee«, entschied Jakob. »Den solltest du mal Frau Lüttich geben, vielleicht wird sie dann ein wenig netter zu Johnny.«

»Du meinst Johnnys Klassenlehrerin?«, erkundigte sich Oma W bei ihren Enkeln. Beide nickten, und Johnny zog die Nase kraus. »Sie ist echt ekelig.«

»Wahrscheinlich reicht da nicht nur ein Kaffee«, unkte Jakob. »Ich hatte sie schließlich auch, und die Frau ist eine Pest.«

»Jakob«, ermahnte Niklas seinen Sohn.

»Stimmt aber«, protestierten Johnny und Jakob unisono.

»Und wenn es dir zu leer in der Wohnung ist, malen wir die Möbel an die Wände«, schlug Jakob seiner Großmutter vor. »Hauptsache, du lässt die Inlineskate-Bahn.«

Oma W lachte. »Ich werde es mir überlegen.«

In diesem Moment fuhren sie an einer Currywurstbude vorbei.

»Cu…rry…wurst«, las Johnny und wurde prompt ganz aufgeregt.

»Papa, da gibt es Currywurst zu essen, und ich habe so einen Riesenhunger. In meinem Bauch gibt es überhaupt kein Platz für irgendetwas anderes mehr. Können wir bitte halten?« In seine kleine Stimme kroch etwas geradezu Flehendes.

»Sind sowieso fast da«, mischte sich der Taxifahrer ins Gespräch. »Da könn' Se mit den Kindern noch was schnabulieren. Ist lecker dort.«

Niklas hatte eigentlich andere Pläne gehabt, aber der Jubel auf der Rückbank zeigte ihm, dass es mit einem gesunden Abendessen wohl nichts werden würde.

***

Valeries Rücken schmerzte, und sie hatte das Gefühl, für den restlichen Abend kein einziges Staubkorn mehr sehen zu wollen.

Das reicht, sagte sie sich und wrang den Putzlappen ein letztes Mal aus. Jetzt würde sie in Berenikes Wohnung hochgehen, sich duschen und dann nichts wie ab ins Bett. Erstens war sie hundemüde, obwohl es noch gar nicht so spät war, zweitens wollte sie morgen unbedingt fit sein. Gleich in der Früh würde sie sich bei Joachim Mettling erkundigen, ob sie Berenike jetzt besuchen konnte.

Mit langsamen Bewegungen räumte Valerie das Putzzeug weg. Dabei hörte sie ihren Magen knurren. Zu essen brauchte sie auch noch etwas. Zwar hatte sie sich eine Stärkung in Form von Schokolade aus der Vorratskammer gegönnt, aber das reichte nicht. Wie zur Bestätigung knurrte ihr Magen gleich noch einmal. Auf dem Handy ließ Valerie sich anzeigen, wo sie in der Nähe unkompliziert etwas zu essen bekommen würde.

Hm, Currywurst, dachte sie. Das war genau das, was sie jetzt gebrauchen konnte.

Sie wusch sich die Hände, fuhr sich einmal durch die dunklen Locken, bevor sie ihre Tasche nahm, das Café zusperrte und losging.

Die Straße mit ihren großen Bäumen sah auch im abendlichen Licht der Gaslaternen elegant und einladend aus. Heute Mittag hatte Valerie kaum einen Blick dafür gehabt, aber jetzt musterte sie interessiert die Schaufenster der noblen Geschäfte in der Nachbarschaft von Berenikes Café. Fast noch mehr als die ausgestellten Waren beeindruckte sie jedoch die Architektur der prächtigen Jahrhundertwendehäuser mit ihren Kuppeln, Vestibülen und ausladenden Balkonen ringsherum. Sie zeugten von einer prächtigen Zeit und einem ganz anderen Kunstverständnis, aber hatten dennoch nichts von ihrer mächtigen Schönheit verloren.

Valerie wechselte die Straßenseite und bog dann in eine kleine Seitenstraße ab. Dort, unweit des eleganten Kurfürstendamms, entdeckte sie die Currywurstbude.

Kurzerhand ging sie hinüber und reihte sich in die Schlange der Wartenden ein. Der Geruch nach Wurst und Pommes war verlockend, und sie hörte ihren Magen schon wieder knurren.

»Papa, schau, hier gibt's die Currywurst«, rief eine Jungenstimme direkt hinter ihr.

»Und Pommes«, erklärte eine zweite nicht minder begeistert. »Können wir beides haben? Es sind doch Ferien!«

»Wenn es dir recht ist, Niklas, lade ich euch alle ein. Einverstanden?« Nun sprach eine Frau.

Bei der Erwähnung des Namens Niklas drehte sich Valerie halb um. Es war eine unabsichtliche Bewegung, aber zu ihrer Überraschung sah sie, dass es tatsächlich ihr »Prinz« war, der hinter ihr auftauchte.

»Hallo«, sagte sie verblüfft. Er war in Begleitung von zwei blonden Jungen und einer Frau mit silberblonden Haaren, die aufgrund der familiären Ähnlichkeit mit den Kindern eindeutig die Großmutter der Jungen sein musste.

»Oh, hallo«, erwiderte Niklas, wohl ebenfalls überrascht, sie hier zu sehen. »Die Welt ist klein.«

»Wieso klein? Ich finde sie riesengroß.« Der kleinere Junge machte eine ausufernde Geste mit beiden Armen.

»Johnny, da hast du recht.« Die Großmutter wuschelte ihm durch die Haare. »Die Welt ist riesig.«

»Genauso groß wie die Currywurst, die ich essen möchte«, erklärte der größere Junge. Er hatte ein schmal geschnittenes Gesicht mit ernsten Gesichtszügen, aber einem fröhlichen Strahlen in den Augen.

»Und dazu riesengroße Pommes.« Johnnys Stimme konnte garantiert Steine erweichen. Valerie wäre auf alle Fälle sofort bereit gewesen, ihm welche zu spendieren.

»Ketchup!« Der Große schien sich ebenfalls immer weiter für die verschiedenen Optionen zu erwärmen.

»Genau. Und Mayo!« Johnny war nicht mehr zu bremsen. »Das ist der perfekte Start für unsere Ferien in Berlin.«

»So viel zum Thema Salat und Gemüse«, protestierte Niklas, aber die ältere Frau an seiner Seite lachte nur vergnügt. »Einmal Currywurst wird schon nicht schaden.«

»Und dazu Eiscreme und Pizza«, zählte Johnny auf, woraufhin sein Bruder und die Großmutter gleichzeitig »Psst, Johnny!« machten.

»Aber das ist doch toll!«, widersprach Johnny.

Valerie lächelte. Ein echtes Kind. Die Schlange rückte vor, und Valerie machte einen Schritt. Der Currywurstgeruch wurde stärker, sodass ihr das Wasser im Mund zusammenlief.

»Ich finde auch, dass sich das alles lecker anhört, was du aufgezählt hast«, sagte sie zu Johnny.

»Ja, findest du? Erwachsene sind doch sonst so komisch. Die wollen, dass man solche Sachen wie Spinat isst und mehr Gemüse, als man ertragen kann.«

»Das ist in der Tat fürchterlich. Was ist denn mehr Gemüse, als man ertragen kann?«

Johnny überlegte eine Weile. »Eigentlich jedes«, antwortete er dann, worüber Valerie herzlich lachen musste.

»Ich arbeite hier in einem Café ganz in der Nähe, da gibt es Schokoladenkuchen und überhaupt kein Gemüse, vielleicht solltest du dort mal hinkommen«, schlug sie vor.

»Mache ich. Jetzt gleich? Nach der Currywurst?«

»Also heute Abend nicht mehr, da ist schon geschlossen, aber vielleicht morgen?« Doch dann blickte Valerie schnell zu Niklas. »Ich hoffe, das ist okay, wegen gesunder Ernährung und so?«

Sie sah, dass er sie genau musterte, aber nicht unhöflich, sondern nur sehr aufmerksam, als wollte er bis in ihr Herz schauen.

»Natürlich ist das in Ordnung. Ich habe schon festgestellt, dass ich hier in meinem Kampf für Vitamine und Ballaststoffe auf verlorenem Posten stehe. Wenn mir jetzt sogar meine Mutter in den Rücken fällt …«

Aber die Angesprochene lachte nur.

»Gibt es auch Frühstück in deinem Café?«, wollte der größere der beiden Jungs jetzt von Valerie wissen.

»Jakob, was für eine gute Idee«, lobte die Großmutter. »Frühstück werden wir morgen auf alle Fälle brauchen, Currywurst hin oder her.«

Eigentlich wollte Valerie den Kopf schütteln, aber dann dachte sie, dass Frühstück anzubieten doch eine Überlegung wert war.

»Es klingt vielleicht komisch, aber ich bin nur die Aushilfe und weiß noch nicht alles über das Café. Aber ein kleines Frühstück mit Eierspeise könnte ich schon hinbekommen.«

Die Schlange rückte abermals vor.

»Das wäre wirklich toll.« Die Großmutter nickte. »Niklas, weißt du, wo das Café ist?«

»Ja.« Er schaute Valerie an, wobei er leicht lächelte, und sie fand sein Lächeln ausgesprochen einnehmend.

»Wunderbar, ein Problem weniger. Darf ich Sie denn dann wenigstens zu einer Currywurst einladen, wenn Sie sich schon morgen für uns die Mühe machen?«, bot die Großmutter an.

»Aber es ist nur ein kleines Frühstück«, schränkte Valerie sofort ein, doch die Großmutter lächelte nur. »Es ist auch nur eine kleine Currywurst.« Woraufhin sich sofort Protestgeheul von den Jungen erhob.

»Ich möchte mich nicht aufdrängen«, sagte Valerie höflich.

»Das tun Sie nicht. Ich bin übrigens Sylvia Wengler.« Sie lächelte so routiniert bei ihren Worten, als hätte sie sich schon Hunderte von Malen vorgestellt.

»Valerie Küster.«

»Ich bin Johnny«, rief Johnny laut.

»Und ich Jakob«, sagte Jakob etwas leiser.

»Tja, jetzt kennst du alle.« In Niklas' Gesicht schlich sich wieder das kleine Lächeln. Bisher war Valerie so beschäftigt gewesen, erst mit Vorhang, Kuchen und Café, jetzt mit Hunger, Currywurst und Frühstück, dass sie ihm nicht genügend Aufmerksamkeit gewidmet hatte. Aber nun stellte sie fest, dass ihn sein Lächeln zu einem attraktiven Mann machte. Er war kein Schönling wie Claas, aber von dessen Schönheit hatte Valerie sowieso die Nase voll. Niklas sah eher auf eine versteckte, sympathische Art gut aus. Zumal er sich dessen überhaupt nicht bewusst zu sein schien. Er wirkte vollkommen natürlich, als er jetzt über etwas lachte, das Johnny sagte. Aber das Lachen gab seinem Gesicht etwas Jungenhaftes, charmant Unbeschwertes.

»Der Nächste!«, bellte der Currywurstverkäufer.

Valerie war an der Reihe. Sie bestellte sich eine Currywurst mit Pommes rot-weiß, wonach Jakob eine sehr große Currywurst mit Pommes orderte.

»Ham wa nich«, sagte der Verkäufer auf typisch Berliner bärbeißige Art. »Jibt nur zweie.«

Jakob sah zu seinem Vater auf, aber der schüttelte den Kopf. »Eine tut es auch, und das Ganze noch dreimal.«

Der Verkäufer brummte: »Scharf?«

»Nein, danke.« Valerie wollte nach ihrem Portemonnaie greifen, aber Sylvia Wengler hielt sie ab. »Lassen Sie ruhig, ich bezahle das, wie versprochen.«

»Danke schön.« Zufällig blickte Valerie zu Niklas und sah wieder diesen intensiven Blick, mit dem er sie betrachtete, aber als sie vorsichtig lächelte, lächelte er zurück.

Sie aßen ihre Currywurst von Papptellern, und Valerie fand, dass es jetzt genau das Richtige am Abend nach ihrem ersten Tag in Berenikes Café war. Bei einer besonders knusprigen Pommes frites überlegte Valerie, ob ihre Tante manchmal nach einem langen Tag in ihrem Café auch hierhergekommen war. Noch eine Frage, die sie ihr unbedingt stellen sollte.

Ach Berenike, dachte Valerie. Ihre Tante war für sie der Ausgleich für die fehlende liebevolle Großmutter und die zugewandten Eltern gewesen. Auch sie hätte sich garantiert über einen guten Witz amüsiert, so wie Sylvia Wengler jetzt herzlich mit ihren Enkelsöhnen lachte.

***

»Ich will dieses Zimmer!«, erklärte Jakob.

»Nein, das ist meins«, protestierte Johnny sofort. Er hörte sich vor Müdigkeit schon quengelig an.

»Jungs«, besänftigte Niklas seine Söhne, bevor ein richtiger Streit ausbrechen konnte. »Wie wäre es, ihr schaut euch erstmal die Wohnung komplett an, denn ich glaube, euer Zimmer ist ganz woanders.«

»Und wo?« Sofort schlitterte Johnny auf Strumpfsocken an ihm vorbei über das spiegelnde Parkett, dicht gefolgt von Jakob.

Niklas' Mutter kam auf ihn zu. »Fein, dass du diese Ferienwohnung kurzfristig gefunden hast. Und so dicht bei Felix und Lila. Wirklich schön!«

Mit der Hand fuhr Niklas sich durch die blonden Haare. Er brachte es nicht über sich, seiner Mutter zu sagen, dass das hier nicht einfach eine Ferienwohnung war, sondern mit einem Auftrag zu tun hatte. Wie alle anderen in seiner engeren Umgebung ging sie sicherlich fest davon aus, dass sein Dasein als Gentlemandieb der Vergangenheit angehörte. Ja, er selbst war bis zum Morgen noch davon ausgegangen.

»Ich glaube, wir sollten mal nach den Jungen sehen, es ist so still«, sagte er rasch.

Zusammen gingen sie durch den breiten, fast quadratischen Flur, von dem drei Zimmer, Küche und Bad abgingen. Es war eine schöne, großzügige Altbauwohnung mit hohen Decken, einem Erker im Wohnzimmer und einem großzügigen Balkon vor der Küche.

XX weiß, was gut ist, urteilte Niklas. Aber das war nicht der Grund, warum er hier war. Er wäre ja sowieso gekommen, schließlich hatte sie ihn in der Hand.

Bis auf ein Sofa im Wohnzimmer, ein breites Bett im

Schlafzimmer, einen Tisch mit Stühlen in der Küche und zwei kleinere Betten im Kinderzimmer war die Wohnung leer. Nur im Kinderzimmer lag dazu noch ein Berg an Spielsachen: Lego, Carrerabahn, Bücher und Buntstifte, die irgendwer dort bereitgelegt hatte.

Johnny war schon dabei, aus Legosteinen ein Raumschiff zusammenzubauen, während Jakob alles genauestens musterte.

»Ist das für uns?«, fragte er seinen Vater.

»Ja, bitte, nehmt es euch.« Niklas rätselte dabei, ob XX wohl auf irgendeiner dieser vielen Schachteln und Kartons versehentlich ihren Fingerabdruck hinterlassen hatte. Bisher hatte sie noch nie einen solchen Fehler gemacht, doch irgendwann wurde es immer Zeit für den ersten. Aber wahrscheinlich hatte sie sowieso nur jemanden beauftragt. Die Phase, in der sie alles allein gemacht hatte, war vorbei, genau wie die, in der er seine ersten Einbrüche für sie getätigt hatte.

Sylvia Wengler setzte sich ganz unprätentiös neben Johnny auf den Boden. »Das ist geradezu perfekt für einen Berlinurlaub mit Kindern. Wie hast du das nur gemacht?«

Bei diesen Worten blickte auch Jakob auf, aber Niklas zuckte nur nonchalant die Schultern. »Glück gehabt«, meinte er. »Bei diesen Dingen weiß man ja nie, was man bekommt.« Und das war die reine Wahrheit.

* * *

Valerie betrat Berenikes Wohnung. Aus dem Café hatte sie ihren Trolley und Berenikes Umschlag geholt, bevor sie die Treppen nach oben bis in den dritten Stock gestiegen war.

Als sie jetzt das Licht anstellte und dann vorsichtig die Tür hinter sich ins Schloss fallen ließ, hielt sie unwillkürlich die Luft an. Das war Berenikes Zuhause, und Valerie hatte fast das Gefühl, ihre Tante müsste jeden Augenblick um die Ecke biegen. Aber das tat sie nicht, und bis auf die Geräusche, die Valeries Schuhe auf dem Parkett machten, blieb es still. Langsam ging Valerie Schritt für Schritt weiter, nahm auch hier wie unten im Café einen fast verwehten Hauch von Berenikes Parfüm wahr. Ohne sich groß damit aufzuhalten, ließ Valerie ihre Jacke auf einen Stuhl im Flur fallen und legte den Umschlag und den Schüssel auf das Beistelltischchen an der Seite, bevor sie aus ihren Schuhen schlüpfte.

Berenikes Wohnung war ein einziger lichter Traum. Langsam schritt Valerie von Zimmer zu Zimmer und schaltete überall die Lampen an. Es waren große, helle Räume mit elegantem Fischgrätparkett und kunstvollem Stuck an der Decke. Berenike hatte nur wenige Einrichtungsgegenstände gewählt, diese aber perfekt platziert, sodass sie die Schönheit der einzelnen Zimmer hervorhoben. Im Wohnzimmer gab es ein breites, einladendes Sofa, einen einzelnen Barcelona Chair mit einer eleganten Leselampe daneben und ein halbhohes Bücherregal, das den Eindruck erweckte, als lägen die Bücher nur zufällig dort. An der Decke hing ein Kristallleuchter, breit, aber nicht zu wuchtig, gerade recht. Beeindruckt ging Valerie weiter. Seit sie das letzte Mal hier gewesen war, hatte ihre Großtante unglaublich viel verändert und verbessert, und Valerie war sich sicher, dass niemand in ihrer Familie, nicht einmal ihr Vater als gefeierter Architekt, ahnte, was für eine wunderbare Wohnung Berenike sich eingerichtet hatte.

Neben dem Wohnzimmer lag ein schmales Arbeitszimmer. Valerie trat ans Fenster und sah hinaus. Im Haus gegenüber waren mehrere Wohnungen hell erleuchtet, und zu ihrer Überraschung entdeckte sie im Stock unter ihrem Johnny und Jakob in einem Zimmer vor einem Berg an Spielsachen. Zwar waren sie vorhin nach der Currywurst zusammen losspaziert, aber Valerie hatte sich noch einen Moment umsehen wollen, und so hatte man sich verabschiedet. Offenkundig jedoch wohnte Niklas' Familie direkt gegenüber. Valerie schaute den Jungen noch einen Augenblick zu, dann setzte sie ihren Rundgang durch die Wohnung fort. Es gab ein Esszimmer mit einem riesigen, langen Tisch in der Mitte, dessen Platte aus einem einzigen Baumstamm geschnitzt worden zu sein schien. Eine moderne Lampe, die wie ein Netz mit eingelassenen LEDs aussah, erleuchtete den Raum. Daneben war die Küche, die allerdings nicht so aussah, als wäre sie je zum Kochen benutzt worden. An der Seite befanden sich drei geschlossene Türen. Die erste führte in eine Vorratskammer; die zweite in eine Putz- und Wäschekammer mitsamt Waschmaschine und Trockner sowie einer Auswahl von drei Bügeleisen; und die dritte in ein Zimmer, das von unten bis oben voller Regale stand. Aber bis auf einiges an Werkzeug waren sie leer.

Bei mir sähe das anders aus, ahnte Valerie im Hinblick auf das ausufernde Chaos bei ihr zu Hause. Aber Berenike schien es nicht schwerzufallen, sich von Überflüssigem zu trennen, denn selbst die Putz- und Wäschekammer enthielt nur das Nötigste.

Es gab ein Ankleidezimmer mit großen Spiegeln, ein fürstliches Schlafzimmer mit flauschigem Teppichboden und dem schmalen, hohen Bild einer Distel an der Wand. Hier war über einem Sessel an der Seite der einzige persönliche Gegenstand Berenikes drapiert, den Valerie entdeckte, nämlich ein Morgenmantel.

Vom Schlafzimmer kam man direkt in ein großes, schönes Bad. Die Wohnung verfügte über eine zweite Toilette, aber über kein Gästezimmer, was ja auch irgendwie zu Tante Berenike passte, die immer lieber irgendwo auf der Welt hingereist war, als zu sich nach Berlin einzuladen.

Wo soll ich schlafen?, fragte sich Valerie. Eigentlich konnte sie es sich nicht vorstellen, Berenikes Bett zu benutzen. Aber welche Option blieb ihr sonst, eine weitere Schlafgelegenheit gab es nicht. Auf dem Bett lag außerdem frische Bettwäsche bereit, die sie nur noch aufziehen musste. Hatte Berenike sie für ihre Rückkehr aus dem Krankenhaus vorbereitet? Aber warum hatte sie dann das Bett nicht schon bezogen? Valerie schaute ringsherum, als könne sie so eine Antwort finden. Dabei fiel ihr direkt gegenüber dem Bett ein heller rechteckiger Fleck an der Wand auf, der so aussah, als habe erst vor Kurzem jemand ein Bild abgenommen.

Seltsam, dachte Valerie. Aber sie war mittlerweile so müde, dass sie nicht weiter darüber nachgrübelte. Stattdessen holte sie ihren Trolley, schaltete überall in der Wohnung das Licht aus, wusch sich in dem wunderschönen Bad Hände und Gesicht und putzte sich die Zähne. Dann bezog sie Kopfkissen und Decke, bevor sie in ihrem Nachthemd, das mit riesigen goldenen Kugeln bedruckt war, ins Bett schlüpfte. Die Matratze war so bequem, dass Valerie geradezu augenblicklich in einen tiefen und erquicklichen Schlaf fiel.

14. Kapitel

Es war nicht ganz dunkel im Wohnzimmer. Niklas lag auf der Couch und versuchte zu schlafen. Nach einer großen Runde Legobauen waren die Jungen todmüde ins Bett gefallen und schliefen jetzt den Schlaf der Gerechten, während seine Mutter, der Niklas das Schlafzimmer überlassen hatte, nebenan noch auf den Beinen war. Immer wieder hörte Niklas das Parkett knarzen, aber das war es nicht, was ihn wachhielt. Vielmehr war das die Erinnerung an früher und die drängende Frage, was jetzt werden würde.

Erschöpft von der Schlaflosigkeit stand Niklas wieder auf und trat ans Fenster. Es war ein gefährlicher Mix, der da in seiner Brust brodelte. Er fühlte sich unruhig, nervös, angespannt, aber auch neugierig, aufgeregt und begeistert. Irgendwo einzubrechen, ein Gemälde oder einen anderen Kunstgegenstand zu stehlen und dann spurlos wieder zu verschwinden, erzeugte einen ungeheuren Nervenkitzel. Dazu kam der Reiz des Schwerereichbaren. Es war ein großartiges Gefühl, wenn man einen Coup so elegant geplant und so makellos durchgeführt hatte, dass man keine verwertbaren Spuren hinterlassen hatte. Außerdem handelte XX normalerweise aus noblen Motiven. Vielleicht auch diesmal? Aber Niklas war sich nicht hundertprozentig sicher, denn bei ihr war es noch nie um Leben und Tod gegangen.

Die Zeit ohne Aufträge war gut für ihn gewesen. Ein paar Monate hatte er ohne Anspannung geschlafen, ohne Stress, allerdings hatte er auch keine Höhenflüge erlebt. Sehnte er sich deswegen vielleicht ein klitzekleines bisschen zurück? Niklas versuchte, so ehrlich wie nur möglich zu sich selbst zu sein.

Während er in den dunklen Himmel über dem Haus gegenüber schaute, zog ihn die Erinnerung machtvoll in die Vergangenheit.

***

2005

Niklas erhielt seinen ersten Auftrag von XX auf einem weißen Zettel. Zwei Adressen waren darauf notiert, das war alles.

Ich bin bereit, aber warum sollte ich es tun?, schrieb Niklas auf ein Blatt Papier, das er auf seinen Tisch legte.

Am nächsten Tag fand er die Antwort vor. *Das Motiv ist ausgleichende Gerechtigkeit – nicht mehr und nicht weniger.*

Das war zwar nicht, was Niklas erwartet hatte, aber er konnte damit leben, denn das allererste Mal hatte er schließlich auch gestohlen, um jemand anderem zu helfen.

Die obere Adresse auf dem Zettel führte ihn in die Speicherstadt zu einem alten, innen halb verfallenen Lagerhaus. Offenkundig hatte seit Jahren, wenn nicht sogar Jahrzehnten niemand mehr das Gebäude betreten. Niemand außer

XX. Weit hinten, wo das Tageslicht nur noch trüb durch die Ritzen drang, fand Niklas einen Kletteranzug, einen neuen Gurt, einen Rucksack und Handschuhe sowie ein Stirnband mit integrierter Leuchte. Aber das war nicht alles. Ebenfalls wartete dort eine ultramoderne Transporthülle für Gemälde auf ihn. Niklas streifte die bereitliegenden Handschuhe über, legte das Stirnband um und knipste die Lampe an, bevor er die Hülle öffnete. Drinnen befanden sich zwei sorgfältig verstaute Bilder. Es waren das Fragment eines Seerosenbildes von Monet und eine kleine Tänzerin, gezeichnet von Degas. Beides waren Fälschungen, dessen war sich Niklas sicher, aber er brauchte sehr, sehr lang, bis er die Fehler fand. Bei den Seerosen zeigten einige Pinselstriche auf einem der kleinen Blätter in eine andere Richtung, als Monet sie gemalt hätte, und das Bein der Tänzerin auf dem Degas war ein wenig zu hoch angehoben. Aber abgesehen davon waren es meisterhafte Kopien. Niklas pfiff anerkennend durch die Zähne. Dann öffnete er den Rucksack. Er war fast leer, enthielt nur einige Werkzeuge. Niklas wog sie in den Händen, bevor er sie genau wie die Gemälde sorgfältig wieder verstaute.

Zu der zweiten Adresse nach Blankenese ging er zu Fuß. Er wollte ein Gefühl für die Entfernung und die räumlichen Beziehungen bekommen, denn die Exit-Strategie war ihm noch wichtiger als der Einbruch selbst. Er kam zu einer freistehenden, eleganten Villa, umgeben von einer hohen, efeubewachsenen Mauer, absurderweise nicht weit davon entfernt, wo seine Eltern lebten. Das Gebäude stand an der Kreuzung von zwei kleinen, wenig befahrenen Straßen und war ringsum von Garten umgeben. Der Name auf dem Klingelschild lautete von Haltbach. Er beobachtete das Haus gründlich und stellte fest, dass die Villa von einer älteren, gehbehinderten Dame und einer jüngeren Frau bewohnt wurde. Die beiden Frauen schienen immerzu da zu sein, was Niklas ziemliche Magenschmerzen bereitete. Irgendwo einzusteigen war eine Sache, aber wenn möglicherweise Zeugen vor Ort waren, sah es ganz anders aus. Das gefiel ihm nicht.

Am nächsten Tag klingelte sein Telefon. Es war XX. »Heute zwischen 18 und 20 Uhr ist keiner zu Hause. Die Herausforderung sind die Fälschungen, denn es gibt von jedem Bild schon jetzt mindestens eine Kopie im Haus. Aber Sie dürfen nur das Original nehmen und austauschen. Haben Sie mich verstanden?«

»Ja.«

»Gut.« Das war alles, bevor die Verbindung unterbrochen wurde.

Pünktlich war er an Ort und Stelle. 18.10 Uhr – Zeit loszulegen. Er startete den Timer an seiner Sportuhr. Alle dreißig Minuten würde sie sich bemerkbar machen. Dreimal durfte es ein Signal geben, dann musste Niklas das Weite suchen.

Die Gartenmauer war hoch, aber Niklas hielt sich nicht lange damit auf. Das war etwas, das er konnte, und flugs war er drüber. Auf der anderen Seite duckte er sich in den Schatten. Haus und Garten wurden von einem ausgefeilten Alarmsystem gesichert, dessen Plan er während seiner Vorbereitung stundenlang studiert und sich bis ins Detail eingeprägt hatte.

Doch jede noch so gute Alarmanlage hatte ihre Schwächen. In diesem Fall war es eine Dachluke, die weder an die Alarmanlage angeschlossen noch mit einem zusätzlichen

Riegel geschützt war, da sie anscheinend nicht als Risiko eingestuft worden war.

Mein Glück, dachte Niklas und lief im Schatten der Mauer durch den Garten, bis er unterhalb der Luke auf der Rückseite des Hauses angekommen war. Aus seinem Rucksack holte er einen langen Gurt, den er sich um den Bauch band, dann wischte er die Sohlen seiner Schuhe ab. Er schaute nach oben, wo das Dachfenster wie ein dunkler Fleck in der mondarmen Nacht erschien. Kurz schloss Niklas die Augen, ging den Weg durch, den er ausführlich geplant hatte, und kletterte los. Der Putz des Hauses war alt, rau und bröckelig, aber Niklas war schnell und schob sich mit seinen Beinen kräftig weiter nach oben, bevor der Wandbelag zu stark abbröseln konnte. Niklas kam rasch voran und fand dann Halt auf einem Fensterbrett im zweiten Stock, wo er kurz verschnaufen konnte. Jetzt war er schon dicht unter dem Dachvorsprung, der ihm als letztes Hindernis vor der Dachluke in den Weg ragte. Da bemerkte er, dass das Fenster leicht nachgab, als er daranstieß. Offenkundig war die Fensterdichtung alt und die zusätzliche Sicherung nicht eingerastet. Niklas rief sich den Grundriss ins Gedächtnis. Wenn er sich nicht täuschte, war hier das Zimmer, das auf dem Plan mit AvH bezeichnet gewesen war.

Das ist eine super Abkürzung, entschied er und zog aus der Seitentasche seines Rucksacks eine Art Schraubenzieher, kombiniert mit einer flachen Klinge. Er schob ihn auf Höhe des Fenstergriffs zwischen die Flügel und bewegte ihn erst leicht nach oben, dann nach unten, dann wieder kräftig nach oben. Er brauchte viel Kraft, was gar nicht so einfach war, da er direkt neben der Scheibe auf dem Fensterbrett kauerte und keinesfalls das Gleichgewicht verlieren durfte. Aber schließlich – etliche Schweißtropfen später – gelang es ihm, den Riegel zu bewegen. Der Weg war frei.

Gewandt kletterte Niklas durch das Fenster nach innen und schloss es sofort hinter sich. Sorgfältig wischte er das Fensterbrett sauber, dann orientierte er sich in dem dunklen Zimmer, bevor er seine Stirnlampe einschaltete. Er war in einem seltsam altmodischen Raum gelandet, mit vertäfelten Wänden und einem breiten Sessel mit Blumenmuster in der Ecke. Alles wirkte veraltet und unbenutzt, als wäre seit Ewigkeiten niemand mehr in dieses Zimmer gekommen. Rasch zog Niklas Schuhschoner aus seinem Rucksack und streifte sie über. Abermals rekapitulierte Niklas den Grundriss und wandte sich dann nach links, um durch die Tür in den Flur zu gelangen und von dort zum Schlafzimmer im ersten Stock, wo der Schaltkasten der Alarmanlage untergebracht war. Die Treppe war vom Erdgeschoss bis fast in den zweiten Stock mit Bewegungssensoren ausgestattet, weiter oben aber nicht mehr. Also befestigte Niklas seinen Gurt am Treppengeländer des zweiten Stocks und testete, ob es sein Gewicht hielt; dann seilte er sich flott, aber nicht hektisch mitten durch das Treppenhaus nach unten ab. Oberhalb des ersten Stocks und damit weit entfernt von den Bewegungssensoren auf der Treppe stoppte Niklas. Er richtete seine Lampe auf den Flur, der hier vom Treppenabsatz abging. Bis dorthin musste er es schaffen. Niklas begann zu pendeln, erst schwach, dann etwas stärker, bis er schließlich in einem einzigen fliegenden Satz über die Bewegungsmelder hinweg in den Flur sprang, wo er sich am Boden halb abrollte, ohne jedoch die Transporthülle zu beschädigen.

Geschafft, dachte er außer Atem und lauschte. Aber

alles blieb ruhig. Im Erdgeschoss tickte eine altmodische Uhr. Niklas' Herz schlug erst schnell, kam dann aber aufgrund seines exzellenten Trainingszustands rasch wieder zur Ruhe.

Eilig ging Niklas in das Schlafzimmer, das mit dem Schaltkasten in der Wand genau wie auf dem Plan von XX aussah. Doch hier lauerte die erste wirklich unangenehme Überraschung. Der Kasten sah von innen überhaupt nicht so aus wie auf dem Plan der Alarmanlage. Die Verbindungen verliefen anders, die Schalter stimmten auch nicht überein, außerdem leuchtete ein Lämpchen rot, das auf dem Plan nicht verzeichnet gewesen war.

»Verdammt«, murmelte Niklas tonlos. Alles hing nun davon ab, ob es ihm gelang, die Alarmanlage rechtzeitig aus- und nachher wieder anzustellen. Er bemühte sich, seinen Atem zu beruhigen. Jetzt in Panik zu verfallen würde ihm überhaupt nicht helfen. So gelassen wie möglich studierte er den Kasten und versuchte, ihn mit dem Plan in seiner Erinnerung abzugleichen. So langsam bekam er eine Vorstellung, wie die Verbindungen laufen müssten. Langsam streckte er seine rechte Hand aus. Er musste den Schalter betätigen. Niklas zögerte: Oder doch den hier?

Er spürte, wie ihm heiß wurde.

Nicht verwirren lassen, sagte er sich, bevor er beherzt einen Schalter nach unten drückte. Das Lämpchen sprang auf Grün, und Niklas machte einen Seufzer der Erleichterung. Doch er konnte sich nicht lange freuen, denn seine Uhr am Arm vibrierte. Zu blöd, schon dreißig Minuten vergangen. Er kam viel zu langsam voran!

Schnell, aber gründlich blickte sich Niklas im Schlafzimmer um. Hier gab es keine Bilder, nur gerahmte Fotos, davon aber jede Menge. Niklas ging weiter. Im ersten Stock befanden sich noch ein sehr großes Bad mit separater Toilette, dazu ein Gästezimmer mit eigenem Bad, ein Arbeitszimmer und ein Zimmer, das offenkundig als Aufbewahrungsort für dies und das verwendet wurde. Gemälde aber fanden sich nirgends.

Was war, wenn XX sich getäuscht hatte und die Bilder überhaupt nicht in diesem Haus waren? Niklas schaute auf die Uhr. Für die Durchsuchung des ersten Stocks hatte er ebenfalls zu lange gebraucht. Er musste sich beeilen. Rasch lief er die Treppe hinunter ins Erdgeschoss. Eingangsbereich, Küche, Esszimmer, überall nur Fotos und Bilder, die Kinder gemalt und getuscht hatten. Das Wohnzimmer – groß und eindrucksvoll mit Kamin und breiter Terrassentür. Wenigstens über dem Kamin hing ein Bild. Die Seerosen. Aber Niklas brauchte nicht besonders lange, um zu erkennen, dass es eine Fälschung war.

So ein Elend, dachte er. Er ging weiter und betrat eine altmodische Bibliothek. Hing hier der Degas – oder war es auch eine Kopie? Niklas schwankte innerlich. Was war, wenn er eine Fälschung gegen eine Fälschung austauschte? Nein, er musste sich erst sicher sein. Also machte er weiter und kam in ein Zimmer, das wie eine Vorratskammer eingerichtet war mit zwei Weinkühlschränken, die halb leer standen. Keine Bilder. Ein Musikzimmer mit einem Klavier, wieder keine Bilder. Niklas fühlte einen zunehmenden Druck im Magen.

Schneller, spornte er sich an.

In den Keller. Heizung, Wäscheküche, Kartoffelkeller, Raum für alles Mögliche. Da – ein Degas? Der echte?

Aber wer bewahrte so etwas Wertvolles hier auf, das

war doch eine Katastrophe für das Bild in der kühlen Feuchte! Niklas studierte das Bild, und tatsächlich war es stark gewellt. Nein, kein Original.

Zurück in das Erdgeschoss und von dort aus nach oben in den zweiten Stock. Niklas lief so schnell, dass er außer Atem oben ankam. Er öffnete die erste Tür. Ein Schlafzimmer. Keine Bilder, nur über dem Bett ein Poster von einem Filmstar.

Noch schneller, mahnte er sich zur Eile. Im zweiten Stock gab es außerdem noch zwei weitere Gästezimmer, zwei Badezimmer und das Zimmer AvH, durch das er eingestiegen war. Kein Monet, kein weiterer Degas. War also vielleicht der Degas in der Bibliothek doch der echte?

Zurück nach unten, beschloss Niklas. Er war gerade auf der Treppe zwischen erstem Stock und Erdgeschoss, als er auf einmal etwas Furchtbares hörte. Jemand kam zum Haus. Niklas vernahm von unten Geräusche, als wenn jemand einen Schlüssel ins Schloss schöbe, außerdem hörte er jetzt gedämpfte Stimmen. Für einen Augenblick war er wie gelähmt, dann sprang er die Stufen zum ersten Stock, so schnell er konnte, hoch und rannte ins Schlafzimmer, wo er über eine Teppichkante stolperte. Sofort rappelte er sich wieder auf. Seine Uhr vibrierte, sein Schienbein schmerzte fürchterlich, aber all das blendete er aus. Als Erstes musste er die Alarmanlage wieder scharfstellen, bevor sie unten abgeschaltet wurde, sonst würde automatisch eine Notfallmeldung bei der Polizei eingehen.

Niklas machte einen Satz nach vorn und kippte noch im Sprung mit dem rechten Zeigefinger den Schalter, den er vorhin heruntergedrückt hatte, zurück nach oben. Aber das Lämpchen blieb grün. Panisch schaute Niklas auf den

Kasten. Was sollte er tun? Unten wurde die Haustüre geöffnet. Genau im letzten Moment sprang das Lämpchen zurück auf Rot. Aber Niklas hatte keine Sekunde übrig, sich darüber zu freuen, stattdessen schaute er sich hektisch nach einer Fluchtmöglichkeit um. Über den Balkon? Durch das Nachbarzimmer? Er musste weg, man durfte ihn nicht entdecken, ob er die Bilder nun hatte oder nicht.

Zwei Frauen kamen ins Haus, Niklas hörte ihre Stimmen. Die eine sagte etwas, die andere antwortete. Dann war es kurz still. Aus den Augenwinkeln sah er, wie einen Augenblick später das Lämpchen im Schaltkasten auf Grün sprang. Also hatten sie unten mit ihrem Schlüssel die Alarmanlage deaktiviert. Das hatte immerhin geklappt, aber trotzdem musste er sich so schnell wie irgend möglich in Luft auflösen. Doch dann fiel ihm der Gurt wieder ein, der ja noch im Treppenhaus zwischen erstem und zweitem Stock baumelte. Für einen Augenblick erwog er, den Gurt einfach hängen zu lassen und ohne ihn zu verschwinden, aber er ahnte, dass das keine gute Idee war. Am Gurt waren vielleicht keine Fingerabdrücke, aber sicherlich reichlich DNA von ihm. Aus einem Überlebensinstinkt heraus rannte er also aus dem Schlafzimmer zurück in das Treppenhaus und von dort nach oben. Unten wurde das Licht angeschaltet. Wenn eine der Frauen die Treppe betrat, würde sie ihn oder den Gurt sofort bemerken, das war klar.

Bitte nicht, betete Niklas, während er so leise wie möglich weiterlief.

»Ich gehe kurz nach oben in mein Zimmer«, erklärte die junge Frau.

Er war verloren.

Doch genau in dem Moment, wo sie ins Treppenhaus

kommen und den Gurt entdecken musste, klingelte unten das Telefon.

»Kannst du bitte noch drangehen?«, bat die ältere.

Die jüngere kehrte um.

Niklas schickte einen Stoßseufzer zum Himmel, während er Hals über Kopf in den zweiten Stock raste, dort mit zitternden Händen den Gurt löste und ihn, so schnell er konnte, hochzog. Keine Sekunde zu früh, denn direkt darauf hörte er unten die junge Frau sagen: »War nur verwählt. Ich gehe jetzt rauf.«

Mit dem Gurt in der Hand stürzte Niklas in den Raum von AvH, durch den er gekommen war, und schloss die Tür hinter sich. Das war sicherlich nicht das Zimmer der jungen Frau. Dann wandte er den Kopf – und auf einmal sah er es. Das Bild. Die Seerosen! Sie hingen hinter der Tür gegenüber von dem geblümten Sessel. Niklas spürte das Adrenalin durch seine Adern rauschen. Vorhin musste er das Gemälde irgendwie übersehen haben, weil er sich bei seiner Ankunft mehr auf die Tür konzentriert hatte. Wer hängte außerdem ein so fantastisches Bild an einen so ungewöhnlichen Ort?

Was soll ich jetzt tun?, fragte Niklas sich mit klopfendem Herzen.

Hau ab, sagte sein Instinkt.

Nimm das Bild mit, verlangte sein Verstand. Durch die Tür hörte Niklas, wie die junge Frau den oberen Treppenabsatz betrat. Es klickte, als im Flur des zweiten Stocks das Licht angeschaltet wurde, und es klackte etwas lauter, als einen Augenblick später nebenan die Zimmertür geschlossen wurde. Ein Hauch von Lichtschein fiel jetzt durch das Schlüsselloch bis in AvHs Zimmer. Mit einer lautlosen Bewegung ging Niklas zu den Seerosen. Diesmal musste er nicht lange schauen, er wusste einfach, dass es das Original war. Schnell und leise öffnete er seinen Rucksack und holte das Werkzeug heraus. Gründlich überprüfte er, ob das Gemälde nicht vielleicht noch irgendwie zusätzlich gesichert war, bevor er es mitsamt Rahmen von der Wand nahm. Schnell, aber nicht hastig löste er es aus der Umspannung, bevor er die Fälschung aus der Transporthülle holte und die Bilder austauschte. Wenige Minuten später war er fertig und hängte den Rahmen zurück. Dann wischte er kleine Leinwandpartikel vom Boden mit einem Tuch fort, das er zu diesem Zweck eingepackt hatte, kontrollierte noch einmal alles, setzte den Rucksack mit der Transporthülle wieder auf den Rücken und griff nach seinem Gurt. Er lief zum Fenster und öffnete den Riegel, dann drehte er sich noch einmal um. Das ausgetauschte Bild hing still und nahezu perfekt an der Wand. Geräuschlos löschte Niklas seine Lampe und kletterte auf das Fensterbrett, wo er die Schuhschoner abzog und einsteckte. Aus dem Zimmer nebenan warf das Licht einen rechteckigen Schein bis in den Garten.

Rasch schloss Niklas beide Fensterflügel hinter sich. Dabei verlor er fast das Gleichgewicht, aber es gelang ihm, sich im letzten Moment wieder zu fangen. Er spürte seine Stirn nass von Schweiß. Geschmeidig kletterte er so weit nach unten, bis er springen konnte. Keine Sekunde zu früh landete er im Gras, denn just in diesem Moment ging über ihm im ersten Stock das Licht an.

Im Garten hielt Niklas für eine Millisekunde inne. Dann rannte er über den Rasen, kletterte über die Gartenmauer und verschwand aus dem Umkreis der Villa. Das Blut pulsierte in seinen Adern, und er fühlte sich wacher und lebendiger als je zuvor in seinem Leben. Er hatte es geschafft!

Ein Bild hatte er zumindest geholt, und niemand war dabei zu Schaden gekommen, wenn man mal den finanziellen abzog. Aber ganz ehrlich, was wollte man auch mit einem Monet, wenn man ihn hinter einer Tür aufhängte?

Niklas deponierte das ausgetauschte Bild in dem verfallenen Lagerhaus in der Speicherstadt. Dort wartete ein Handy auf ihn. Bevor er noch danach greifen konnte, begann es zu klingeln. Der Anrufer hatte seine Nummer unterdrückt, aber Niklas wusste trotzdem, wer es sein musste.

»Hallo«, sagte er.

»Gut gemacht«, antwortete XX.

»Aber ich habe nur eines …« Niklas spürte, wie die Aufregung langsam nachließ, und seine Knie sich wackelig und zittrig anfühlten.

»Ich weiß«, antwortete XX ruhig. »Aber Sie haben gut reagiert, als die Frauen zurückgekommen sind.«

»Sie haben es mitbekommen? Verfolgen Sie mich, können Sie mich gerade sehen?« Niklas schaute sich um, aber außerhalb des Lichtkreises seiner Stirnlampe herrschte tiefe Dunkelheit.

»Natürlich. Aber mehr als im Haus anzurufen konnte ich nicht für Sie tun.«

Also war es XX gewesen, die mit ihrem Anruf die junge Frau abgelenkt hatte, damit er verschwinden konnte. In Niklas Kopf begannen sich die Erinnerungen der letzten Minuten und Stunden zu drehen.

»Legen Sie die Transporthülle ab«, forderte XX Niklas auf.

Er tat, wie ihm geheißen. »Und was ist mit dem zweiten Bild?«, fragte er dann.

»Geben Sie mir Ihr Versprechen, dass Sie das zweite auch noch holen – eines Tages.« XX' Stimme verlor zu keinem Zeitpunkt ihren ruhigen, fast einlullenden Tonfall.

»Ich verspreche es.« Er sagte es, gleichzeitig müde und unglaublich wach.

»Ich danke Ihnen. Mit Ihrem Versprechen als Sicherheit halte ich mich an meinen Teil der Abmachung, auch wenn Sie nicht beide Bilder geholt haben. Alle Details finden Sie aufgeschrieben gerade dort, wo Sie die Hülle abgelegt haben.«

Doch Niklas schaute nicht runter, sondern er blickte nach oben. »Wo sind Sie?«

»Vergeuden Sie nicht Ihre Zeit; wie gesagt, ich bin gut bei dem, was ich tue. Auf Wiedersehen, Herr Wengler.« Und mit diesen Worten war die Leitung tot.

Wie vereinbart, bekam Niklas die Wohnung in der Maria-Louisen-Straße. Es war sein Lohn für den Diebstahl – das Salär für seinen ersten Einbruch als Gentlemandieb.

***

Niklas ging zurück zu dem Sofa und legte sich hin. Bis heute erinnerte er sich noch genau an das triumphale Gefühl, das ihn überkommen hatte, als er den Monet in den Händen gehalten hatte. Sein ganzes Leben hatte damals eine andere Abzweigung genommen. Und nun?

Das würde die Zeit zeigen. Er legte sich hin und zog die Decke hoch, dann schlummerte er ein und träumte vom Meer und von der Wüste, aber von nichts, das mit Einbrüchen oder Gemälden zu tun hatte.

15. Kapitel

Valerie schloss die Tür von Berenikes kleinem Café auf und hielt überrascht inne. Die Tische standen immer noch an der Wand, wo sie sie gestern Abend hingestellt hatte, aber irgendwer hatte eine Menge Einkäufe darauf deponiert. Valerie trat näher und stellte fest, dass es sich um laktosefreie Milch, Sojamilch, Mandelmilch und Hafermilch handelte sowie um drei verschiedene Sorten Tee und mehrere Decken in Grau und Pink, die erstaunlich gut zu den braunen Holzstühlen passten und einen netten Farbtupfer abgaben.

Das muss Holly gewesen sein, vermutete Valerie. Positiv überrascht ging sie weiter in die Küche. Hier hatte Holly einen Berg Orangen und Äpfel aufgetürmt.

Super, dachte Valerie. Seit dem Aufwachen hatte sie überlegt, was sie ihren Gästen zum Frühstück servieren könnte. Immerhin war das Berenikes Café, und sie wollte dem Namen ihrer Tante alle Ehre machen. Also würde sie erst einen Kuchen backen, bevor sie Sonntagsbrötchen nach einem einfachen, aber leckeren Rezept zubereitete. Frischer Orangensaft, gebratene Eier und Pancakes würden ihr Angebot abrunden. Das war vielleicht alles keine Riesenauswahl, aber alles frisch und lecker.

Valerie band sich die Schürze um. Sie trug ein Vintage-Rock im Sechzigerjahre-Look mit einem gezackten geometrischen Muster in Hellbraun und Orange und dazu ein orangefarbenes Strickoberteil, das ihre dunkelbraunen Haare leuchten ließ und wie ein Farbklecks in der kleinen Küche wirkte. Valerie wusch sich die Hände, dann holte sie Mehl, Backpulver, Zucker und Eier aus der Vorratskammer; bevor sie loslegte, kam ihr eine Idee. Vielleicht konnte sie auf dem alten Grammofon etwas Musik anstellen?

Sie ging zu dem altmodischen Teil mit dem großen Trichter, das neben einem halbhohen Regal voller alter Schallplatten in der Ecke stand. Neugierig zog Valerie auf gut Glück eine Vinylscheibe heraus und entdeckte zu ihrer Überraschung, dass es eine Platte mit Swing war. Irgendwie hatte sie eher Mozart oder etwas Ähnliches bei Berenike erwartet, die leidenschaftlich gern klassische Musik hörte. Valerie schob die Platte zurück und holte eine andere hervor. Aber es war wieder Swing, diesmal eine alte Aufnahme von Benny Goodman.

Warum nicht?, entschied Valerie und nahm die Vinylscheibe aus ihrer Hülle. Sie klappte den Plexiglasschutz hoch, der über den Plattenteller geklappt war, und stutzte ein zweites Mal. Seit wann hatten so alte Grammofone solche modernen Bestandteile wie Plexiglasdeckel? Aufmerksam sah Valerie sich das Grammofon genauer an und stellte fest, dass der Trichter reine Dekoration war und sich darunter ein moderner Plattenspieler befand, der mit einem soliden Verstärker verbunden war. Sie legte die Scheibe auf und schaltete nacheinander erst den Verstärker und dann den Plattenspieler an. Der Plattenteller begann, sich zu drehen, und eine Sekunde später erfüllte das Schlagzeugintro zu *Sing Sing Sing* den Raum.

Augenblicklich wurde Valerie von dem Beat erfasst. Was für fantastische Musik! Als die Bläser einsetzten, wippte sie schon auf den Füßen und summte mit. Vor Ewigkeiten, noch zu Schulzeiten, hatte sie mit ein paar Klassenkameraden Swing getanzt, und jetzt fiel ihr auch wieder ein, dass es damals Berenike gewesen war, die ihr die Kurse, die passenden Schuhe und ab und zu sogar die passenden Kleider dafür geschenkt hatte.

Daran habe ich schon seit Jahren nicht mehr gedacht, überlegte Valerie, während sie vorsichtig ein paar Schritte ausprobierte. Doch obwohl es so lange her war, fiel es ihr immer noch leicht. Das zweite Schlagzeugsolo begann, und Valerie drehte die Lautstärke auf. Sie hopste einmal quer durchs Café und wieder zurück. Dabei bewegten sich ihre Beine hin und her, und ihre Schultern folgten wie von selbst. Es war großartig, und Valerie fühlte, wie die gute Laune und die Energie in der Musik sich auf sie übertrugen.

Sie war schon fast wieder in der Küche angekommen, als sie auf einmal hörte, wie hinter ihr die Tür geöffnet wurde. Sie drehte sich um und entdeckte, dass Niklas ins Café gekommen war.

»Sorry«, rief er über die Musik hinweg. »Du hast mich nicht klopfen gehört.«

Valerie spürte, wie ihre Wangen heiß wurden. Bestimmt hatte Niklas sie noch herumhüpfen sehen. Doch zu ihrer Überraschung begann er nun ebenfalls auf seinen Füßen hin- und herzuwippen.

»Tolle Musik!« Er streckte zu ihrer noch größeren Überraschung die Hand aus, während Benny Goodmans Klarinette zum Leben erwachte.

Valerie schaute ihn an, sah die angebotene Hand, während die Musik sie einfach mitriss. Es war Swing vom Feinsten, und auf einmal tanzte Valerie tatsächlich direkt auf Niklas zu. Er stieg sofort ein, und obwohl sie sicherlich kein besonders elegantes Paar abgaben, machte es doch einen Riesenspaß. Einmal quer durch das Café und wieder zurück. Valerie ließ sich von Niklas mitziehen, der sich als erstaunlich guter Tänzer erwies. Er wirbelte sie hin und her und bewegte sich dabei um sie herum, als wäre es das Einfachste von der Welt.

Gemeinsam tanzten sie an einem ganz gewöhnlichen Sonntagmorgen, in einem nicht einmal besonders schönen Café, aber für einen Augenblick konnte sich Valerie nichts Großartigeres vorstellen. Sie drehte sich, Niklas drehte sich, und sie lachten sich an, als sie einander wieder an den Händen fassten. Die Musik befeuerte sie, und ihre Füße taten das Ihre.

Die Trompeten wurden lauter, das Ganze noch packender, und Valeries Locken tanzten um ihren Kopf. Egal welche Sorgen sie sich um Berenike machte, egal wie viel Arbeit sie erwartete, eine Weile lebte sie einfach nur in der Musik. Sie hüpfte mit einem Mann herum, den sie eigentlich gar nicht kannte, der sie aber derart anlachte, als wären sie gerade in diesem Augenblick das glücklichste Paar auf der Welt.

Doch irgendwann ging das Lied zu Ende, und Valerie landete etwas außer Atem wieder auf dem Boden der Tatsachen, während Benny Goodman mit seiner Band den nächsten Song anstimmte.

»Das war toll«, sagte sie begeistert zu Niklas.

»In der Tat nicht übel«, erwiderte er mit einem herzerwärmenden Lächeln.

»Das könnte man eigentlich den ganzen Tag tun.« Valerie fühlte, wie froh die Bewegung sie gemacht hatte.

»Der gute Benny hätte sicher seine Freude, wenn er wüsste, wie packend seine Musik immer noch ist.«

»Ja, das stimmt.« Ohne darüber nachzudenken, tippte Valerie den Rhythmus des neuen Liedes auf dem Boden mit. Die Musik hatte tatsächlich allen Blues, den sie nach dem Aufwachen verspürt hatte, vertrieben.

»Auf alle Fälle macht es gute Laune, so in den Tag zu starten«, sagte Niklas.

Sie lächelte ihn an. Seine Augen leuchteten, seine Wangen waren minimal gerötet, und sein ganzes Gesicht strahlte eine Mischung aus Lebensfreude und entspannter Fröhlichkeit aus.

»Eigentlich wollte ich dich nur kurz etwas wegen des Frühstücks fragen. Jetzt hat sich auch noch meine Schwägerin angemeldet, da mein Bruder bis mittags auf Geschäftsreise ist. Wären wir dann zu viele?«

»Nein, das geht schon.« Valerie fühlte sich so »beswingt«, dass nichts sie schreckte. Außerdem sollte das Café doch Erfolg haben, wenn sie Berenike schon vertrat. Da waren mehr Gäste besser als wenige.

»Super! Dann geh ich mal und komme nachher mit der ganzen Truppe wieder.« Doch Niklas bewegte sich nicht, stattdessen sahen sie sich an und sagten beide im gleichen Moment: »Noch eine Runde?«

Valerie lachte, als sie zum Plattenspieler ging und die Nadel auf das erste Lied zurücksetzte. Diesmal brauchten sie keine zwei Sekunden, um den Rhythmus zu finden, und sie tanzten, bis die Tür aufging und Holly hereinkam.

»Oh«, machte sie, und man hörte ihren englischen Akzent deutlich heraus, als sie sagte: »Das ist ja mal eine Überraschung.«

***

Holly war nicht nur *very british*, sondern auch very zupackend, sodass es Valerie mit ihrer Hilfe gelang, ein leckeres Frühstück zu servieren und alle Gäste perfekt zu versorgen. Nicht einmal, als sich auch noch eine größere Gruppe von Passanten vom Anblick fröhlich essender Menschen anstecken ließ und ebenfalls Frühstück bestellte, kamen sie ins Schlingern.

Dabei sprach Holly fast gar nicht, sah aber immer, was getan werden musste, und fasste tatkräftig mit an. Heute trug sie einen dunklen Hosenanzug, hatte ihre glatten dunklen Haare hochgesteckt und ihr Gesicht anders geschminkt. Dadurch sah sie vollkommen verändert aus.

Im Café lief Swing, und die gute Laune, die die Musik transportierte, schien auf alle abzufärben. Keiner moserte, keiner meckerte, alle schienen zufrieden.

Johnny und Jakob waren sogar geradezu bezaubert, als Valerie ihnen anstatt Rührei dicke, fluffige Pancakes unter geschmolzener Schokolade servierte.

»Oh«, machte Johnny mit großen Augen entzückt.

»Ich werde dieses Café weiterempfehlen«, erklärte Jakob todernst, worüber Niklas' Schwägerin Lila so lachte, dass sie ihre Kaffeetasse absetzen musste.

»Deine Empfehlung ist sicherlich Gold wert«, meinte

sie, als sie sich wieder gefangen hatte. »Die Bonbons, die von euch empfohlen werden, verkaufen sich auch besonders gut.«

»Nein, es ist umgekehrt«, versetzte Jakob höflich. »Wir empfehlen die Bonbons nur, *weil* sie so gut sind.«

»Diese Pfannkuchen sind aber auch nicht übel«, versicherte Johnny, was man ihm sofort abnahm, weil er seinen in der kurzen Zeit schon halb verdrückt hatte.

»Oh, ein Swing-Café«, ließ sich ein ausgesprochen korpulenter Mann mit lauter, tiefer Stimme vernehmen, der gerade hereingekommen war. »Genau das hat uns hier noch gefehlt. Ah, Pfannkuchen«, fügte er nach einem Blick auf Johnnys und Jakobs Teller hinzu. »Die nehme ich auch.«

»Gern. Es ist nur leider gerade kein Platz frei.« Valerie überlegte, einen oder zwei Tischchen von hinten zu holen und draußen vor die Tür zu stellen, doch da ging der korpulente Mann schon zielstrebig zu einem Platz in der Ecke.

»Dürfte ich mich zu Ihnen setzen?«, sprach er die spindeldürre Dame an, die dort die Zeitung studierte, während sie unter dem Tisch mit der Fußspitze zur Musik mitwippte.

»Bitte sehr«, erwiderte sie, ohne aufzuschauen.

»Was darf ich Ihnen außer den Pancakes anbieten?«, erkundigte sich Valerie, die ihm gefolgt war.

»Kaffee«, verlangte der Gast mit seiner volltönenden Stimme. »Und die Pfannkuchen mit Marmelade bitte.«

»Gern«, sagte Valerie. Auf dem Weg zur Küche wurde sie von einer weiteren Kundin aufgehalten, die gerade zur Tür reinkam.

»Kann ich einen entkoffeinierten Kaffee mit fettarmer Milch zum Mitnehmen bekommen?«

»Da muss ich erst nachfragen.« Valerie flitzte zum Tresen. »Holly, haben wir Marmelade?"

»Nein.«

»Mist. Und To-go-Becher?«

»Nein.«

»Fettarme Milch?«

»Nein.«

»Entkoffeinierten Kaffee?«

»Nein.«

»Hm.« Valerie ging zurück zu der potenziellen Kundin, um ihr mitzuteilen, dass sie sie leider in allen Punkten enttäuschen musste, bevor sie den korpulenten Mann davon überzeugte, dass sie ihm eine großartige Alternative zur Marmelade anbieten konnte. Dann düste Valerie in die Küche, wo sie den Herd für eine weitere Runde Pancakes anwarf.

Die Swingmusik, die bis zu ihr hinüberdrang, machte sie fröhlich, sodass sie besonders schnell die Eier aufschlug. Dann zauberte sie einen weiteren tellergroßen Pancake, den sie mit Muscovado-Zucker bestreute und mit gedünsteten Apfelscheiben belegte. Damit sauste sie wieder nach vorn, in Eile, aber nicht in Hektik und mit erstaunlich viel Spaß an der Sache. Auf einmal konnte sie verstehen, was Berenike an so einem Café gefunden hatte, auch wenn sie sich wunderte, wie ihre Tante das gemeistert hatte, ohne die Küche überhaupt zu benutzen.

Ich muss Holly fragen, beschloss Valerie.

Aber gerade als sie ihre Frage aussprechen wollte, meinte Holly: »Kann ich kurz in die Pause gehen?«

»Unbedingt, soll ich dir auch einen Pancake machen?« Valerie war gerade richtig in Schwung.

Holly schüttelte den Kopf, in ihren Mundwinkeln erschien jedoch ein winziges Lächeln, kaum mehr als eine Andeutung. Dennoch transportierte es mehr positive Energie, als Valerie es bisher bei Berenikes wortkarger Mitarbeiterin erlebt hatte.

Während Hollys Abwesenheit nahm Valerie zwei weitere Bestellungen auf, bevor sie an ihrem Lieblingstisch vorbeiging.

»Alles gut bei euch?«, fragte sie und griff nach Johnnys und Jakobs bis auf den letzten Krümel leer gegessenen Tellern.

»Wunderbar«, versicherte Frau Wengler.

»Was ist denn mit dem Schokoladenkuchen, von dem du erzählt hast?«, erkundigte sich Jakob.

»Den habe ich leider noch nicht gebacken. Ich wurde vorhin … äh … aufgehalten.« Dabei sah Valerie zu Niklas, der ihr zuzwinkerte.

»Kein Problem«, versicherte Johnny. »Dann kommen wir einfach später noch einmal wieder, schließlich wohnen wir direkt gegenüber.« Er wies zum Fenster.

»Na, das ist ja praktisch.« Valerie schaute automatisch in die Richtung, in die er gezeigt hatte. Kurz glaubte sie, Holly wäre gerade in das Haus hineingegangen. Aber als sie noch einmal genauer hinsah, war da niemand mehr. Wahrscheinlich hatte sie es sich nur eingebildet. Also richtete sie ihre Aufmerksamkeit wieder auf die fröhliche Gruppe am Tisch.

»Was kann ich euch noch bringen?«

16. Kapitel

»Schau mal, der Zitronenkugelfisch sieht ja wirklich wie eine Zitrone aus.« Johnny lachte, als er auf einen Fisch im Aquarium mit runzeligen gelben Schuppen zeigte, die ihm tatsächlich das Aussehen einer Zitrusfrucht verliehen.

Niklas lächelte. »Du hast recht. Eine schwimmende Zitrone.«

»Und der sieht aus wie ein Haken.« Jakob zog ihn zum nächsten Becken. Seine Söhne liebten die maritimen Landschaften des Berliner Aquariums mit seiner farbenfrohen Vielfalt an kleinen und großen Süß- und Salzwasserfischen.

»Können wir auch ein Aquarium haben?«, fragte Jakob bei dem nächsten Becken mit schillernden Salzwasserfischen.

»Oder gleich einen Hund?«, meinte Johnny. »Einen großen, auf dem ich in die Schule reiten kann.«

»Solche Hunde gibt es nicht«, widersprach Jakob, ganz der große, abgeklärte Bruder.

»Sagen wir lieber so, Johnny, *du* bist einfach zu groß dafür geworden«, mischte sich Felix ein, der gerade erst von seiner Geschäftsreise zurückgekommen war und sie direkt ins Aquarium begleitet hatte. »Aber wie wäre es mit einem Vogel Strauß? Auf dem könnte man tatsächlich in die Schule reiten.«

»Dann kannst du ja gleich einen Elefanten vorschlagen«, protestierte Jakob.

»Noch bessere Idee.« Johnny griff die Worte seines großen Bruders sofort auf. »Dann lass ich dich auch mit draufsitzen.«

»Ihr wärt die Attraktion der ganzen Schule«, meinte Felix.

»Genau. Und die blöde Lüttich bekommt einen Schlag, wenn sie uns so sieht, und muss ewig auf Kur.« Diese Vorstellung schien Johnny sehr zu behagen.

»Ist es immer noch so schlimm mit der Lehrerin und Johnny?«, erkundigte sich Felix leise bei Niklas, während sie langsam den Gang hinunter zu den Haien schlenderten.

»Es läuft leider immer noch nicht gut. Sie denkt, dass die Jungs bei einem alleinerziehenden Vater schlecht aufgehoben sind und dass sie das ausgerechnet mit ihnen ausdiskutieren sollte.«

»Was für ein Unsinn, du bist der beste Vater, den es gibt.«

»Danke, auch wenn ich nicht weiß, ob das stimmt.« Mit Magengrimmen dachte Niklas daran, dass er gerade drauf und dran war, einen Auftrag auszuführen, der ihn und seine Söhne um alles bringen konnte.

Wie gut, dass Felix nichts davon weiß, er würde sonst bestimmt ausrasten, überlegte Niklas. Aber sein Bruder ahnte ja auch nicht, wie viel XX gegen ihn in der Hand hatte und ihm deshalb keine Wahl blieb.

»Ich glaube, dass die Jungen es bei dir so gut haben wie nur möglich«, bekräftigte Felix. »Ich würde mir nur wünschen, dass du jemanden findest, der dich in deinem Leben begleitet.«

»Du meinst jemanden wie Lila?« Niklas schaute seinen wenige Minuten jüngeren Zwillingsbruder an, der in der Frau an seiner Seite die Liebe seines Lebens gefunden hatte.

»Ja, genau.«

Niklas unterdrückte einen Seufzer. »Mein Leben ist anders als deins, Felix, ich…«

»Jeder Mensch braucht jemanden, den er lieben kann«, unterbrach ihn sein Bruder.

»Aber ich habe mir die Situation doch so nicht ausgesucht. Meinst du, ich wollte, dass meine Frau an einer schweren Schizophrenie erkrankt?« Niklas fühlte sich von Felix in die Ecke gedrängt und antwortete ungewöhnlich pampig.

»Natürlich nicht«, sagte Felix sofort, klang aber unnachgiebig. »Aber du hast jetzt lang genug darauf gewartet, dass es besser wird, und das tut es nicht. Nicht jetzt und nicht in fünf Jahren. Ich finde, dann darfst du auch wieder glücklich sein.«

Schweigend sah Niklas seinen Bruder an. Was sollte er dazu nur sagen? Dass es kompliziert war? Dass er – ein Kunstdieb, der den Ausstieg geschafft hatte – gerade im Begriff war, rückfällig zu werden? Dass er seit Ewigkeiten niemanden mehr an sich herangelassen hatte?

Aber er sprach nichts davon aus, sondern schaute nur in das Aquarium neben sich.

»Papa, komm mal mit, da vorn sind Quallen. Ein ganzer Haufen glibberiger Quallen!« Johnny kam herangeschossen und griff nach Niklas' Hand. »Die sind noch besser als die Haie.«

Niklas ging mit seinem Sohn mit, aber er spürte Felix' Blick in seinem Rücken. Und er fühlte, dass Felix' Worte etwas in ihm auslösten.

Sich noch einmal verlieben, ja natürlich, das wäre schön. Aber es war unmöglich. Er war ja schon dankbar, wenn er mit heiler Haut aus dieser ganzen Geschichte herauskam.

Glück im Spiel, Pech in der Liebe, urteilte er, als er die weißen schwebenden Quallen betrachtete. Hoffentlich verließ ihn jetzt nicht auch noch das Glück im Spiel.

***

Valerie warf einen Blick auf die Uhr, es war früher Nachmittag. Sie musste jetzt unbedingt Joachim Mettling anrufen. Schließlich stand ganz oben auf ihrer Prioritätenliste, Berenike zu besuchen. Doch bisher war Valerie einfach nicht zum Telefonieren gekommen, denn heute gab es noch mehr als gestern zu tun. Schließlich zog sich Valerie in das kleine Zimmer neben der Küche zurück, um wenigstens einen Augenblick Ruhe zu haben. Sie wählte die Nummer von Herrn Mettling, aber er ging nicht ans Telefon, und so hinterließ sie eine Nachricht auf seiner Mailbox.

»Woher kennst du eigentlich Berenike?«, fragte Valerie Holly, als sie wieder nach vorn kam.

Aber Holly antwortete ihr nicht. Als Valerie das nächste Mal vorbeieilte, wiederholte sie ihre Frage, doch erneut gab Holly keine Antwort. Irritiert blickte Valerie zu ihr, aber dann rief ein anderer Gast nach der Bedienung, und ihr blieb keine Zeit mehr, noch ein drittes Mal zu fragen. Was Valerie allerdings zunehmend beschäftigte, war die Tatsache, dass am Abend ihr Rückflug angesetzt war, es aber hier im Café noch so viel zu tun gab – ganz abgesehen von dem ungelösten Problem, wer sich ab morgen um alles kümmern würde. Die drei Kuchen, die sie gebacken hatte, waren tatsächlich alle verkauft, und sie brauchten Nachschub an Zutaten. Holly allein würde schwerlich alles schaffen.

»Bist du morgen hier allein im Café?«, fragte Valerie.

»Nein«, antwortete Holly gelassen.

»Wer ist denn noch da?«, erkundigte sich Valerie – froh, dass offenkundig noch jemand zur Unterstützung kam.

»Niemand.« Holly ließ wieder den Milchschäumer durchpusten, was eine ihrer Lieblingstätigkeiten zu sein schien.

Valerie runzelte die Stirn. »Aber irgendwer muss sich doch kümmern?«

»*You*«, antwortete Holly, als wäre es das Natürlichste der Welt.

»Aber ich kann nicht, ich fliege heute Abend zurück nach München. Da ist meine Arbeit, meine Wohnung, mein Leben.« Valerie wusste selbst nicht, warum sie das so stark betonte.

»Ah ja«, machte Holly vage, während sie die riesige Kaffeemaschine auf irgendeine andere Weise fauchen ließ.

»Kann ich zahlen?«, rief ein Gast.

»Ja, natürlich.« Valerie ging hinüber. Vormittags hatte Holly ihr gezeigt, wie die Kasse funktionierte, aber Wechselgeld brauchten sie auch wieder. Sie kassierte, bedankte sich herzlich für das großzügige Trinkgeld und wandte sich wieder zum Tresen. Doch Holly war weg.

»Holly?«, fragte Valerie. »Holly?«

Aber Holly blieb verschwunden und kehrte nicht mehr zurück.

***

»Es ist Sonntag, Zeit bei Nini anzurufen«, sagte Niklas laut, aber die Jungen ignorierten ihn. Johnny spielte mit Legos, und Jakob blätterte in einem Buch über Robin Hood.

»Johnny, Jakob«, drängte Niklas.

Doch die Jungen rührten sich immer noch nicht. »Kommt doch, Nini und Mama warten auf euren Anruf.«

Jakob sah nicht einmal auf, als er antwortete. »Nein, das tut Mama nicht.« Er klang gleichzeitig ungewohnt bockig. »Das hat sie noch nie getan. Sie redet nur mit ihren Gesichtern, egal ob wir da sind oder nicht.«

Nun schaute auch Johnny auf, und Niklas entdeckte etwas im Blick seines jüngeren Sohnes, das ihm wehtat. Für Johnny war Ariana eine Fremde. Nach seiner Geburt hatte sich ihr Zustand so rapide verschlechtert, dass Johnny sie gar nicht bewusst erlebt hatte. Und ihre Besuche bei Ariana und deren Mutter Nini konnten den Graben natürlich nicht überbrücken.

»Aber ich würde mich freuen, mit Nini zu sprechen«, mischte sich Sylvia Wengler ein, die gerade ins Zimmer gekommen war. Ihre Stimme klang fröhlich und anpackend. »Ihr nicht auch?«

Jetzt sah Jakob doch von seinem Buch auf. »Ja, ich mich auch. Nini ist toll. Aber Papa will immer, dass wir mit Mama sprechen, und ich mag das nicht. Letztes Mal hat sie auch so etwas Komisches gesagt.«

Sofort spürte Niklas ein Alarmgefühl in seiner Brust. Ariana lebte in ihrer ganz eigenen Welt. Manchmal, wenn es ihr schlecht ging oder wenn sie ihre Medikamente nicht genommen hatte, konnte sie verstörende Sachen von sich geben – besonders für so ein empfindsames Kind wie Jakob.

»Was hat sie denn gesagt?«, erkundigte er sich vorsichtig.

»Dass sie bald ein neues Leben hat und uns nicht mehr braucht«, antwortete Jakob, bevor er wieder in sein Buch starrte.

Niklas setzte sich neben ihn auf den Boden. »Das hat sie sicherlich nicht so gemeint.«

»Doch, Papa, das hat sie. Du tust immer so, als wäre sie unsere normale Mama, aber das ist sie nicht. Wir haben einfach überhaupt keine Mutter.«

Die Sätze waren wie eine Ohrfeige für Niklas, und er zuckte zusammen. Doch dann spürte er, dass er Jakob verstehen konnte. Auch ihm war Ariana vollkommen fremd geworden. Aber anders als seine Söhne fühlte er sich ihr immer noch verbunden und verpflichtet, auch wenn sie seit Johnnys Geburt keinen einzigen normalen Satz mehr miteinander gesprochen hatten. Aber Jakob hatte sich – anders als Niklas die Partnerin – seine Mutter nicht ausgesucht.

»Komm, wir rufen schon mal an. Nini wird sich freuen.« Oma W streckte ihre Hand aus, und Johnny hüpfte zu ihr. Die beiden verließen das Zimmer.

Niklas lehnte sich zurück, bis er seinen Rücken an Johnnys Bett abstützten konnte. »Was möchtest du denn, das wir tun?«, fragte er seinen Sohn.

Jakob antwortete nicht gleich, und Niklas überlegte, ob es überhaupt fair war, ihm diese Frage zu stellen. Schon so oft musste Jakob vernünftig sein, da konnte er ihm doch nicht noch solche Entscheidungen überlassen.

Langsam klappte Jakob sein Buch zu, doch Niklas bemerkte, dass sich seine Gesichtszüge entspannten, je länger er darüber nachdachte. »Ich will, dass wir aufhören, so zu tun, als wäre alles okay.«

Im ersten Moment wollte Niklas protestieren, aber dann biss er sich auf die Zunge. Zumindest er hatte das wirklich getan, und vielleicht hatte Jakob gar nicht so unrecht mit seinem Wunsch.

Niklas spürte ein Kratzen im Hals. All die Jahre hatte er eisern daran festgehalten, dass es irgendwann wieder besser werden würde, während andere um ihn herum – Felix, aber nun auch Jakob – erkannten, dass es sich nicht mehr normalisieren würde. Genau das hatte Felix vorhin auch zu ihm gesagt. Niklas schluckte.

»Ich will, dass wir weiter Bilder für Mama malen und dass Nini uns ihre Bilder schickt. Aber ich möchte Mama nicht mehr anrufen«, fuhr Jakob fort.

Das Kratzen in Niklas' Hals nahm zu, und er schloss für eine Sekunde die Augen. »Einverstanden«, meinte er dann, nachdem er schwer geschluckt hatte. »Wenn du das so willst, machen wir das so.«

Kurz schwiegen beide. Dann lehnte sich Jakob zu Niklas hinüber. »Kannst du nicht auch eine Lila finden?«

Jetzt spürte Niklas das Kratzen in seinem Hals so stark, dass er fast nicht mehr dagegen anschlucken konnte. Er wusste, wie sehr seine Söhne Felix' Frau mochten. Und zu Recht! Sie brachte genau die richtige Portion Weichheit und Humor in das Leben seines Bruders. Felix war wie ein anderer Mensch an ihrer Seite – entspannter, glücklicher. Wie oft hatte er sich nicht auch nach so einer Partnerin gesehnt, jemandem, mit dem er sein Leben teilen konnte, die Freude und Begeisterung über seine Söhne, aber auch seine eigenen Wünsche und Hoffnungen?

»Ich weiß es nicht«, bekannte er leise.

»Kannst du es wenigstens versuchen?« Jakob kuschelte sich an ihn.

Niklas wusste nicht, warum, aber plötzlich musste er an den Lindy Hop mit Valerie heute Morgen in dem kleinen Café gegenüber denken. Das war so normal gewesen. Nein, eigentlich hatte es sich sogar viel besser als normal angefühlt.

»Ich kann es versuchen«, versprach Niklas, auch wenn er nicht die geringste Ahnung hatte, wie er das anfangen sollte. »Aber denk dran, dann habe ich gar nicht mehr so viel Zeit für Johnny und dich.«

»Wenn sie wie Lila ist, geht das schon klar. Wie alt warst du eigentlich, als du zum ersten Mal ein Mädchen gut fandst?«

Niklas sah zu Jakob und bemerkte, dass die Ohren seines Sohnes rot geworden waren. Er dachte daran, wie er sich in Jakobs Alter gefühlt hatte. Damals war Editha neu an ihre Schule gekommen, die er ganz toll und Felix ganz doof gefunden hatte. Es war eine zum Scheitern verurteilte Sache gewesen …

»Da war ich gerade so alt wie du«, antwortete Niklas ehrlich.

17. Kapitel

»Hallo?«

»Guten Tag, Frau Küster. Hier ist Joachim Mettling. Ich hoffe, ich störe Sie gerade nicht?«

»Nein«, sagte Valerie, die wie eine Verrückte gearbeitet hatte, um allein alles zu schaffen. Sie nahm das Telefon in die andere Hand, lehnte sich an die Spüle in der Küche und versuchte durchzuatmen. »Ich möchte meine Tante unbe…«, begann sie.

»Leider habe ich keine guten Nachrichten«, unterbrach Herr Mettling sie sofort.

Unwillkürlich fasste Valerie sich an den Hals. »Was ist denn passiert?«

»Ich muss Ihnen mitteilen, dass Ihre Tante heute Nachmittag einen schweren Re-Infarkt erlitten hat und es ihr dementsprechend schlecht geht.«

Valerie schlug die Hand vor den Mund. Seit sie hier war, im Café, in der Wohnung, im Leben ihrer Tante, fühlte sie sich Berenike noch viel verbundener. Irgendwie hatte sie fest angenommen, dass sie wieder fit werden würde, und jetzt ging es ihr noch schlechter als vorher?

»Das ist schrecklich. Was kann ich denn nur tun? Kann ich sie nicht doch sehen? Vielleicht …« *… kann ich ihr Kraft* *geben*, vollendete Valerie den Satz in ihrem Kopf, sprach ihn aber nicht aus. Schließlich war am anderen Ende der Leitung der Anwalt und kein enger Vertrauter ihrer Tante. Außerdem hatte Joachim Mettling auf sie nicht den Eindruck gemacht, als würde er sich von gefühlsmäßigen Überlegungen leiten lassen.

»Ich fürchte, Frau Küster darf weiterhin keinen Besuch erhalten. Ich habe gerade mit dem Oberarzt der Intensivstation telefoniert, dort ist die Situation unverändert«, antwortete der Anwalt auch prompt.

»Oh.« Valerie spürte, wie eine zunehmende Verzweiflung sich in ihr ausbreitete.

»Hatten Sie schon Gelegenheit, alle Unterlagen zu studieren, die ich Ihnen von Frau Küster gegeben habe?«, wechselte Joachim Mettling nahtlos das Thema.

Valerie ließ ihren Blick durch das Café schweifen. Überall stapelte sich benutztes Geschirr, vereinzelt saßen noch Gäste an den kleinen Tischchen, auch wenn es zum Glück schon deutlich ruhiger geworden war. »Nein, noch nicht. Ich …«

»Vielleicht könnten Sie das als Erstes tun. Ich weiß, dass meiner Mandantin die Unterlagen zutiefst am Herzen lagen.« Herr Mettling klang jetzt so streng wie ein Richter bei der Verkündung des Strafmaßes.

»Ja, natürlich. Ich sehe sie mir gleich an.«

»Das ist gut. Ich bin mir sicher, dass es Frau Küster sehr beruhigen würde, wenn sie es wüsste. Haben Sie denn im Café alles zu Ihrer Zufriedenheit vorgefunden?«

Valerie dachte an die Massen von Staub, die unbenutzte Küche, die wandelbare Holly und die anderen seltsamen Sachen. »Ich …«, begann sie.

»Nun, vielleicht finden Sie die notwendigen Antworten auf mögliche Fragen in den Unterlagen Ihrer Tante. Ich melde mich wieder, sobald ich Neuigkeiten von der Intensivstation habe.«

»Okay«, stimmte Valerie zu.

Bitte nur gute Nachrichten, bat sie im Stillen.

Dann beschloss sie, sich so schnell wie möglich die Unterlagen anzusehen. Sie war erschüttert von den schlechten Neuigkeiten aus dem Krankenhaus, war aber mehr als willens, alles zu tun, was Berenike wünschte. Darüber hatte sie jedoch ganz vergessen, Herrn Mettling zu sagen, dass sie ja heute Abend wieder nach München reisen musste. Wie sollte sie ihm den Schlüssel für das Café zurückgeben? Rasch versuchte sie, ihn zurückzurufen, aber wieder ging er nicht ans Telefon.

Valerie sah sich um. Dann beschloss sie, jetzt das Café zu schließen und schnell das Nötigste aufzuräumen. Oben würde sie die Unterlagen durchsehen und anschließend hier unten noch den Rest in Ordnung bringen. Zum Glück zeigten sich die letzten Gäste aufbruchsbereit. In Windeseile räumte Valerie das Geschirr ab, belud den Geschirrspüler und stellte ihn an. Sie nahm die Schürze ab und hängte sie an einen Haken in der Vorratskammer, bevor sie das kleine Café zuschloss und nach oben lief.

In Berenikes Wohnung war es still. Valerie nahm den Umschlag ihrer Tante mit ins Wohnzimmer und setzte sich dort auf das Sofa. Zuerst las sie noch einmal den Brief, den Berenike ihr geschrieben hatte. Anders als beim ersten Mal, als Valerie vor Kummer über Berenikes Zustand kaum hatte geradeaus schauen können, stutzte sie diesmal. Was hatte es mit diesem seltsamen Poesiealbumspruch am

Ende auf sich? Und wonach sollte sie suchen? Warum um alles in der Welt hatte Berenike die Worte *März, Oktober, Weihnachten* und *unendlich* unterstrichen?

Valerie konnte sich nicht erinnern, dass Berenike nicht mehr ganz fit im Oberstübchen gewesen wäre. Ganz im Gegenteil. Bei ihren letzten Telefonaten hatte sie immer ausgesprochen wach, sortiert und klar gewirkt. Und auch Dr. jur. Mettling hatte zu keinem Zeitpunkt so geklungen, als nähme er die Wünsche seiner Mandantin nicht ernst.

Valeries Augen flogen über die Zeilen und blieben abermals an verschiedenen Stellen hängen. Warum hatte sich Berenike seit ihrem vierzigsten Geburtstag nicht mehr gelangweilt?

Nachdenklich schaute Valerie auf und blickte vom Wohnzimmer durch die offen stehenden Flügeltüren direkt auf den hellen Fleck an der Wand in Berenikes Schlafzimmer. Ihre Tante wollte ihr etwas sagen. Nur was?

Sorgfältig ging Valerie die Unterlagen aus dem Umschlag durch. Aber es waren nur zwei Bankvollmachten, einmal für Berenikes Privatkonto, einmal für das Konto vom Café, dazu zwei Grundbucheinträge – von dieser Wohnung sowie von den Geschäftsräumen im Erdgeschoss –, und ein dicker Stapel Kontoauszüge. Valerie blätterte sie rasch durch und hielt erstaunt inne. Ihre Tante hatte deutlich mehr auf dem Konto, als Valerie je für möglich gehalten hätte. Woher hatte sie so viel Geld? Denn das Café war offenkundig nicht darauf ausgerichtet, Berenike reich zu machen.

Dann dachte Valerie wieder an die geschriebenen Worte ihrer Tante: *Oder Du machst Dich auf die Suche.*

Wie von selbst stand Valerie auf und ging hinüber ins

Schlafzimmer. Obwohl es ihr selbst fast verrückt vorkam, tastete sie den hellen Fleck an der Wand ab. Aber da war nichts.

Ich bilde mir das alles nur ein, schalt sich Valerie. Sie schaute sich um, und ihr Blick fiel auf den Sessel mit Berenikes Morgenmantel und das Gemälde der Distel dahinter. Dabei bemerkte sie, dass der Sessel teilweise einen Spalt verdeckte, der in der Wand von unten nach oben lief. Vielleicht war es aber auch nur eine optische Täuschung?

Valerie trat näher. Aber da war wirklich ein Spalt oder vielmehr eine schmale Ritze, die nur in diesem Licht wie eine Kante aussah. Valerie zog den Sessel zurück, während sie abermals an Berenikes Worte dachte. *Oder Du machst Dich auf die Suche.*

Valerie spürte eine ungewohnte Aufregung. Sie schob den Sessel so weit zur Seite, bis sie dahintertreten konnte. Der Spalt lief vom Boden bis unter das Bild, darüber war nichts mehr davon zu sehen. Valerie suchte nach einer Türklinke oder etwas Ähnlichem und probierte auch, das Bild zur Seite zu schieben, aber es ließ sich nicht bewegen.

»Hm.« Als Nächstes fuhr Valerie mit dem Zeigefinger über den Spalt. Es war wirklich nur eine sehr schmale Lücke, kaum mehr als ein Strich.

Vielleicht bilde ich mir auch nur ein, dass da etwas dahinter sein könnte, sagte sie sich, tastete dann doch noch einmal mit etwas mehr Druck mit beiden Händen links und rechts von der Lücke die Tapete ab. Plötzlich ertönte ein klickendes Geräusch. Sofort ließ Valerie los, aber es war schon passiert. Der Wandteil mit dem Bild war wie eine Tür ein wenig aufgeschwungen. Valerie schob den Sessel noch weiter weg, bis sie die in die Wand eingelassene

Tür etwas weiter öffnen konnte. Dahinter kam ein winziger Raum zum Vorschein, nicht mehr als ein Zimmerchen im Zimmer, gerade groß genug, dass eine Person bequem darin Platz finden konnte. Valerie überlegte. Auf der anderen Seite dieses Zimmerchens musste sich das Ankleidezimmer mit seinen Einbauschränken befinden, aber es bestand keine Verbindung dorthin, und der winzige Raum selbst war komplett leer.

Komisch, dachte Valerie, fast ein wenig enttäuscht. Irgendwie hatte sie spannende Geheimnisse erwartet. Sie wollte gerade die Geheimtür wieder schließen, als sie auf einmal innehielt. Aber warum hatte Berenike dann so eine Kammer? Alles in der Wohnung machte einen überlegten und durchgeplanten Eindruck, da ergab ein leerer Schrank in der Wand, der keinen Zweck erfüllte, einfach keinen Sinn.

Also ging Valerie noch einmal hinein und sah sich genau um. Ringsherum war nur weiße Wand. Sie trat so dicht heran, bis ihre Nasenspitze fast die Farbe berührte. Doch sie sah nichts. Dann, einem plötzlichen Einfall folgend, machte sie das Gleiche, das sie auch mit der äußeren Tapetentür gemacht hatte. Sie strich mit den Fingern über die Oberfläche und drückte mal hier, mal dort ein wenig dagegen. Erst passierte nichts. Als sie jedoch die Hand von der letzten Wand nahm, sprang sie auf. Genau wie die äußere Tür schien sie auch von einem Verschluss gehalten zu werden, der auf Druck reagierte. Valeries Herz klopfte vor Aufregung schneller. Was war das hier? Ihr ganzes Leben lang hatte sie nie etwas besonders Spannendes erlebt, aber jetzt hatte sie das Gefühl, dass sich das gleich ändern würde.

Vorsichtig klappte sie die bewegliche Wand auf. Eine automatische Beleuchtung sprang an.

Valerie schaute sich um. Vor ihr, hinter der aufgeklappten Wand, stand nichts anderes als ein mannshoher Safe mit einem Codepanel. Für was um alles in der Welt hatte Frau Alma Berenike Küster ein so riesiges Teil gebraucht, und fast wichtiger noch, was befand sich da drin?

Magisch angezogen, legte Valerie ihre Finger auf das Codepanel, bevor ihr klar wurde, dass sie ja die Zahlenkombination gar nicht kannte. Aber davon würde sie sich nicht abhalten lassen, die würde sie herausbekommen. Auf einmal war sie felsenfest überzeugt: Berenike hatte sie hierhergeführt, und sie würde dem Weg folgen. Koste es, was es wolle.

18. Kapitel

Irgendwie hatten Johnny und Jakob Oma W dazu bekommen, abermals Currywurst mit ihnen essen zu gehen. Wie sie das gemacht hatten, war Niklas nicht ganz klar, und er hatte auch heftig, aber vergeblich dagegen protestiert. Jetzt waren die drei vergnügt miteinander abgezogen, während er auf den Zettel in seiner Hand schaute, den XX für ihn in der Wohnung deponiert hatte oder hatte deponieren lassen. Diesmal hatte sie einen Intervallcode verwendet, wohl wissend, dass er nicht allein war. Niklas entschlüsselte ihn und entnahm ihrer Nachricht, dass er aus der Villa, in die er damals das erste Mal für XX eingestiegen war, jetzt noch das zweite Bild holen sollte. Den kleine Degas. XX gab ihm maximal eine Woche dafür. Außerdem ließ sie ihn wissen, dass sie im Café hinter dem Grammofon einen weiteren Plan für ihn hinterlegt hatte.

Mein Lieber, schrieb sie noch dazu. *Ich weiß, dass Du andere Pläne hattest, aber dieses eine Mal muss ich noch auf Deine überragenden Fähigkeiten zurückgreifen. Aber Vorsicht: Das Äußere der Villa mag gleich sein, innen ist alles anders.*

Das war alles. Niklas vernichtete den Brief, bevor er sich dazu entschloss, seiner Familie zur Currywurstbude zu folgen. Vielleicht konnte er sie ja überzeugen, hinterher wenigstens noch einen Salat essen zu gehen.

Sein Handy klingelte. »Wengler.«

»Gut, dass ich dich erreiche, Niklas.« Es war Felix, und er klang ungewöhnlich gestresst.

»Ist etwas passiert?« Niklas war sofort beunruhigt. Schließlich war sein Bruder in der Lage, mehr Stress zu ertragen als so ziemlich jeder andere Mensch – er selbst ausgenommen.

»Niklas, ich habe Lilas Geburtstag vergessen. Kannst du dir das vorstellen? Ich habe den Geburtstag meiner Frau einfach verdrängt.« Mit jedem weiteren Wort klang Felix hysterischer.

»Wann ist denn der Geburtstag?« Niklas atmete erleichtert aus. Schließlich lag niemand im Sterben, und es war keine echte Katastrophe passiert – zumindest noch nicht.

»Morgen!«, schrie Felix so laut, dass Niklas das Telefon von seinem Ohr weghalten musste.

»Ich habe kein Geschenk, keinen Kuchen, nicht einmal ein Essen geplant. Stattdessen habe ich von morgens bis abends Meetings in Hamburg.«

Niklas versuchte, seinen Bruder zu beruhigen. »Felix, das bekommen wir doch hin. Aber sag mal, warum hat Oma W dich denn nicht an den Geburtstag erinnert? Ich dachte, persönliche Assistentinnen machen so etwas, besonders wenn sie so persönlich sind?«

»Weil ich es ihr nicht gesagt habe. Ich Hornochse wollte Lilas Geburtstag nicht mit der Arbeit vermischen. Lila findet diesen Tag nicht so wichtig und macht keine große Sache daraus. Aber ich war mir bombensicher, dass ich trotzdem so etwas Wichtiges nie im Leben vergessen würde. Oh, ich bin so ein Trottel. Zum Glück hat gerade Lilas Cousine angerufen, sonst hätte ich morgen schön doof dagestanden.«

Niklas sah förmlich vor sich, wie Felix sich jetzt vor Verzweiflung die blonden Haare raufte.

»Könntest du wenigstens morgens etwas länger bleiben, damit ihr noch zusammen frühstücken könnt?«

»Das ist eine gute Idee. Eigentlich muss ich schon zeitig los, aber vielleicht kann ich wenigstens ein paar Termine verschieben. Außerdem hat das Frühstück heute Morgen in dem kleinen Swing-Café Lila so gut gefallen. Vielleicht könnte man da etwas machen?«

»Du, warte mal, ich gehe rüber zu Valerie und frage sie. Dann ruf ich dich zurück.«

***

Natürlich hatte Valerie viel zu lange über den Code nachgegrübelt, sodass sie erst zu spät losgegangen war und ihre Rückreisemöglichkeit verpasst hatte. Aber ein Teil ihres Herzens pochte sowieso darauf, dass sie nicht wegfahren konnte. Nicht weit von hier kämpfte Berenike auf einer Intensivstation um ihr Leben, da konnte Valerie sie doch nicht alleinlassen, selbst wenn sie sie gerade nicht besuchen durfte. Vielleicht sah im Übrigen die Infektionssituation morgen früh wieder besser aus, und sie konnte ihre Tante doch noch sehen? Natürlich stand morgen Valeries erster Arbeitstag als erste Assistentin an, aber Amanda musste für so einen Notfall Verständnis haben. Außerdem hatte die Chefin mit ihrer mickrigen Gehaltserhöhung und der damit verbundenen geringen Anerkennung Valeries Begeisterung für den neuen Job eine kalte Dusche verpasst. Was hatte Clara gesagt: Amanda zahlt jedem, was er in ihren Augen wert ist. Nun, wenn sie für Amanda so wenig wert war, dann musste Amanda eben einen Tag auf sie verzichten.

Während sie mit ihrem Trolley zurück zu Berenikes Wohnung ging, zog Valerie ihr Handy aus der Tasche und wählte Claras Nummer.

»Hallo, Süße.« Clara war sofort dran.

»Ich wollte mal nach dir hören. Wie war es gestern?«

»Ganz, ganz großartig!« Clara klang geradezu ekstatisch. »Wir waren in diesem neuen Club No Nine, über den gerade alle sprechen. Es war der tollste Abend meines Lebens, denn ich habe jemanden kennengelernt …« Clara machte eine Kunstpause.

»Wirklich? Erzähl!«

»Joseph heißt er und ist so süß. Ich wünschte, du wärst dabei gewesen, denn Josephs Freunde waren auch heiß. Mit ihnen hättest du diesen bescheuerten Klaus sicher für immer vergessen.«

»Claas«, korrigierte Valerie automatisch. »Ehrlich gesagt, habe ich gar nicht mehr an ihn gedacht.«

»Echt nicht? Oh, da bin ich aber erleichtert. Die Vorstellung, dass du wegen dieses Idioten unglücklich sein könntest, hat mir noch schwerer im Magen gelegen als ›Sonnenwelten‹.« Clara lachte vergnügt.

Ich habe auch jemanden kennengelernt, wollte Valerie ihrer Freundin erzählen. Aber dann wusste sie nicht genau, was sie sagen sollte. Kennengelernt war ja auch irgendwie falsch. Niklas hatte sie vor einem fiesen Leitersturz bewahrt, sie hatte heute mit ihm eine Runde Swing getanzt, aber beides fiel doch nicht unter Kennenlernen. Oder? Natürlich hatten sie auch miteinander gesprochen, und er hatte das netteste Lächeln, das sie sich denken konnte. Und tolle blaue Augen. Und ein attraktives Gesicht. Und er ging supernett mit seinen Söhnen um. Aber ansonsten wusste sie nichts über ihn. Nein, das war nicht kennengelernt, sondern … aber irgendwie …

»Ich …«, begann sie vorsichtig, aber Clara schwärmte schon weiter von Joseph. »Morgen treffen wir uns und probieren ein neues Thairestaurant aus. Er lädt mich ein.«

»Das hört sich super an.«

»Dafür holt er mich von der Arbeit ab. Apropos Arbeit, dort können wir morgen gemeinsam die ganzen Fotos angucken, die ich gestern gemacht habe. Es sind Unmengen. Schaust du bei mir in der Kreativabteilung vorbei, oder soll ich zu dir kommen, erste Assistentin?«

»Ich bin morgen nicht da. Ich muss mich hier noch um Berenike kümmern.«

»Oh, wie geht es deiner wunderbaren Tante denn?« Claras Tonfall änderte sich sofort.

»Nicht gut, sie hatte einen weiteren Infarkt.« Valerie spürte prompt, wie ihre Augen feucht wurden, als sie es laut aussprach. Es war, als würde es dadurch auf einmal realer. »Ich hoffe, dass es wieder besser wird und ich sie morgen besuchen kann.«

»Meine Süße, das wünsche ich dir. Und sag, wenn ich irgendetwas für dich tun kann.« Claras Stimme klang so voller Mitgefühl, dass die erste Träne wie von selbst über Valeries Wange kullerte. Rasch wischte sie sie weg.

»Mach ich«, schniefte Valerie. »Viel Spaß mit Joseph.«

»Lass uns morgen noch einmal telefonieren. Und melde dich jederzeit.«

Valerie legte auf und ging dann langsam weiter. Am Sonntagabend waren nicht so viele Menschen auf der Straße unterwegs, und alles wirkte ruhig, so ganz anders als gestern Mittag auf dem rappelvollen Kurfürstendamm. Valerie bog in Berenikes Straße ein. Ihr Handy klingelte erneut.

»Hier ist Joachim Mettling. Frau Küster, es gibt gute Nachrichten. Offenbar ist eine weitere Herzkatheterbehandlung, die gerade bei Ihrer Tante durchgeführt wurde, erfolgreich verlaufen, und die Ärzte hoffen, dass sich ihr Zustand dadurch stabilisiert. Das Telefonat mit dem Oberarzt eben gab mir durchaus Anlass zu Hoffnung.«

»Oh, das ist ja wunderbar.« Valerie spürte, wie ihr nicht nur ein Stein, sondern eine ganze Gerölllawine vom Herzen fiel. »Vielleicht kann ich sie morgen dann besuchen? In welchem Krankenhaus liegt sie denn?«

Doch der Anwalt antwortete nicht, und auf einmal wurde die Verbindung schlechter. Es knackste und rauschte in der Leitung.

»Herr Mettling?«, fragte Valerie, aber kurze Zeit später riss die Verbindung ganz ab.

Mist, jetzt weiß ich immer noch nicht, in welchem Krankenhaus Berenike liegt, dachte Valerie. Aber das war unwichtig im Vergleich dazu, dass es ihr besser ging. Vor Erleichterung fühlte Valerie sich auf einmal fast schwindelig. Vielleicht hatte ihr Gefühl eben doch recht, das besagte, Berenike werde alles überstehen.

Abermals kullerten ein paar Tränen über Valeries Wangen, diesmal vor Freude. Sie wischte sie ab, schrieb Clara eine Nachricht mit den guten Neuigkeiten, dann marschierte sie weiter und zog mit neuem Schwung den Trolley hinter sich her.

***

Niklas spurtete über die Straße und lief direkt auf Valerie zu. Erst im letzten Moment bemerkte er, dass sie einen Rollkoffer bei sich hatte.

»Guten Abend, Valerie.«

»Hallo, Niklas.« Valerie blieb stehen. Sie trug ein goldenes Cape, in dem sie großartig aussah. Niklas starrte sie fast an.

»Fährst du weg?« Er ertappte sich dabei, wie er sich mit der Zwillingsgeste durch die Haare fuhr.

»Das wollte ich eigentlich, aber ich war zu spät dran, also bin ich wieder da.« Valerie lächelte schief.

»Was für ein Glück!« Niklas seufzte von ganzem Herzen, wofür er einen überraschten Blick erntete. »Dann bist du morgen hier und könntest ein Frühstück für Lila machen …« Seine Worte verebbten. Himmel, jetzt klang er schon wie Felix in seiner Hektik und Panik, und das alles nur wegen eines vergessenen Geburtstags. Wenn er jetzt am einundzwanzigsten Stock eines Hochhauses hinge und sich der Karabiner verklemmt hätte, wäre das vielleicht ein Grund für Hysterie. Aber so?

»'tschuldige. Was ich sagen wollte, war Folgendes …« Und er erzählte Valerie die Geschichte seines schusseligen Bruders, der den Geburtstag seiner Frau vergessen hatte und jetzt gerade panisch durch Berlin raste, um zumindest Blumen für sie aufzutreiben. »Lila fand es so schön heute bei dir im Café. Es ist ja auch schön bei dir, besonders mit der Musik…« Niklas hatte das Gefühl, sich schon wieder zu verheddern, aber Valerie lächelte nur, und Niklas fragte sich, warum ihm eigentlich erst jetzt in dieser schwachen Abendbeleuchtung auffiel, wie bezaubernd ihr Lächeln war. Es wirkte so ehrlich, offen und unangestrengt. Wie von selbst lächelte er zurück.

»Und jetzt wolltest du fragen, ob ich morgen für Lila Frühstück machen könnte?«

»Genau. Am liebsten mit einem Geburtstagskuchen. Wenn das ginge.«

Valerie schien zu überlegen. »Ja, das geht«, meinte sie dann.

»Großartig!« Niklas hätte sie am liebsten hochgehoben und durch die Luft gewirbelt. Felix würde so erleichtert sein. »Dafür darfst du dir auch etwas wünschen.«

»Etwas wünschen?« Valerie klang geradezu verblüfft.

»Etwas, das dir eine Freude machen würde. Oder wann hast du Geburtstag? Dann backe ich dir mit Johnny und Jakob einen Kuchen.«

»Am 3. Juli.« Valerie ließ den Griff ihres Trolleys los. »Aber das braucht ihr nicht, ich mache gern ein Frühstück für Lila.«

Sie sahen sich an.

»Valerie?«

»Ja?« Der Rollkoffer suchte sich genau diesen Moment aus, um zur Seite zu kippen, woraufhin Valerie und Niklas sich gleichzeitig bückten, um ihn wieder aufzuheben.

»Das ist wirklich sehr, sehr nett von dir.« Niklas meinte es genauso so herzlich, wie er es aussprach.

»Gern geschehen«, erwiderte sie, während sie sich eine

Locke aus dem Gesicht wischte. Und auch sie klang so, als meinte sie genau, was sie da sagte.

***

Es fühlte sich fast wie Heimkommen an, als Valerie Berenikes Wohnungstür aufschloss und den Trolley über die Schwelle hob. *Vor allem habe ich jetzt noch eine Chance, den Safe zu öffnen*, dachte sie, während sie ihren Mantel auf den Stuhl im Flur legte und den Trolley dagegenlehnte. Doch obwohl Valerie sich am liebsten sofort mit dem Safecode beschäftigt hätte, ging sie doch erst nach unten ins Café. Schließlich musste sie eine Geburtstagstorte vorbereiten. Auf dem Tresen standen drei Gläser Marmelade – Aprikose, Heidelbeere und Kirsch – und ein Stapel To-go-Becher. Woher Holly das alles am Sonntagabend genommen hatte, wusste Valerie nicht, aber es zeigte eindeutig, dass Berenikes eigenwillige Angestellte trotz ihres plötzlichen Verschwindens heute Nachmittag noch an Bord war.

Gut, dachte Valerie erleichtert, während sie in der Küche das Licht anschaltete und ihre Schürze überstreifte. Dann überlegte sie, welchen Geburtstagskuchen sie zubereiten konnte. Auf ihrem Smartphone hatte sie eine ganze Sammlung von Rezepten. Wofür sollte sie sich also entscheiden? Als Erstes kontrollierte sie die Vorräte. Die Eier gingen zur Neige, aber für eine große Torte und eine kleine Eierspeise zum Frühstück an Lilas Geburtstag würde es noch reichen. Valerie studierte die verschiedenen Rezepte, überlegte hin und her und entschied sich schließlich für eine traditionelle Sachertorte. Auch wenn die originale Backanleitung im Hotel Sacher in Wien getreulich unter Verschluss gehalten wurde, verfügte sie doch über ein köstliches Alternativrezept. Dieser Torte würde es guttun, über Nacht durchzuziehen, Aprikosenmarmelade hatte Holly just besorgt, und schön aussehen würde sie mit ihrer glatten Schokoladenoberfläche allemal.

Gesagt, getan. Valerie trug die notwendigen Zutaten zusammen. Butter, Puderzucker, Eier, Schokolade, Mehl, Zucker, Vanillezucker, Salz, Backpulver, Aprikosenmarmelade, Kuvertüre und Wasser. Alles da. Kurz ging Valerie zurück in den Hauptraum und stellte das Grammofon an. Aus dem Regal zog sie einen Swingsampler und legte ihn auf.

Taking a Chance on Love sang eine Frau im ersten Song, und Valerie fragte sich, ob es wahr war, dass man für die Liebe ein Risiko eingehen oder besser gesagt etwas wagen musste. Bisher war das in ihrem Leben noch nicht nötig gewesen, aber bisher war sie ja der großen Liebe auch noch nicht begegnet. Wie es Berenike in diesem Punkt wohl ergangen war? Hatte sie nicht sogar etwas von einer großen Liebe geschrieben?

Und es geht ihr gesundheitlich besser, dachte Valerie froh und summte das Lied mit, als sie sich in der Küche an die Arbeit machte. Sie ließ den Ofen vorheizen und schmolz dann in einer kleinen Kasserolle auf dem Herd die Schokolade. Anschließend trennte sie die Eier in zwei Schüsseln. Das Eiklar schlug sie zu einem festen Eischnee, während die tolle Rührmaschine von Tante Berenike die restlichen Zutaten binnen kürzester Zeit zu einer wunderbar homogenen Masse verarbeitete. Ihr leises Surren glich eher Vergnügen als Arbeit, und Valerie schaute begeistert zu. Dann hob sie den Eischnee vorsichtig unter den Teig.

Sie hatte gerade alles in die eingefettete und mit Mehl bestäubte Form gefüllt und den Ofen geöffnet, als es kräftig an die Tür des Cafés klopfte. Valerie drehte den Kopf und entdeckte Johnny und Jakob, die ihr zusammen mit Niklas fröhlich durch die Scheibe zuwinkten.

Automatisch hob sie die rechte Hand, um zurückzuwinken, wobei ihr aber die zu gut eingefettete Form aus der linken Hand rutschte und mit einem lauten Knall auf dem Fußboden landete. Kuchenteig spritzte in alle Richtungen, während Valerie entsetzt die Hände vor den Mund schlug. Sie schaute erst auf die Form, die jetzt nur noch halb voll war, bevor sie sich zur Cafétür drehte, von wo aus ihr drei entsetzte Augenpaare entgegenblickten. Valerie hob die Kuchenform auf, wischte sie ab und stellte sie kurzentschlossen trotzdem noch in den Backofen, bevor sie sich die Hände abspülte, zur Tür ging und aufschloss.

»Entschuldige bitte, wir hätten dich nicht stören sollen.« Niklas klang geradezu schockiert.

»Das war ganz blöd von uns«, stimmte Jakob ihm zu.

Nur Johnny schien alles nicht so schlimm zu finden. »Das ist mir auch schon passiert«, beruhigte er Valerie. »Einmal mussten wir sogar einen Teil der Küche neu streichen, weil ich vergessen hatte, den Deckel beim Smoothiemachen auf den Mixer zu tun. Ist aber hübsch geworden.«

»Ah ja.« Valerie wusste nicht, ob sie sich davon getröstet oder beunruhigt fühlen sollte.

»Eigentlich sind wir vorbeigekommen, um dir eine Currywurst zu bringen…«, begann Jakob.

»…aber da ist nix draus geworden, denn Papa hat auf einem Salat bestanden.« Jetzt klang Johnny geradezu vorwurfsvoll.

»Von der Currywurstbude?«, erkundigte sich Valerie überrascht.

»Nein, nein, von so einem gesunden Take-away.« Aus Jakobs Mund hörte sich das nur wenig einladend an.

»Mit Tomaten und Gurken und allerhand anderem Zeug. Wir mussten sowas auch essen.« Johnnys mangelnder Enthusiasmus für Gesundes wurde mit jedem weiteren Wort spürbarer, und Valerie merkte, wie sich ihre Mundwinkel hoben.

»Danke, dass ihr an mich gedacht habt, das ist sehr nett von euch.«

»Es ist nur ein kleiner Salat.« Niklas klang auf einmal fast verlegen. »Wo du dir doch so viel Mühe für uns machst… Aber vielleicht hättest du lieber etwas Deftiges gehabt?«

»Natürlich hätte sie das«, antwortete Johnny, bevor Valerie etwas hätte sagen können, während Jakob seinem Vater einen vorwurfsvollen »Hab ich es dir doch gesagt«-Blick zuwarf.

Valeries Mundwinkel hoben sich noch weiter.

»Entschuldige, ich versuche immer, meine Kinder irgendwie gesund zu ernähren, da bin ich wohl über das Ziel hinausgeschossen.« Niklas reichte Valerie den Salat.

»Ja«, sagte Jakob schlicht. »Valerie ist schon groß, die kann so viel Currywurst essen, wie sie nur mag.«

»Das möchte ich auch«, sagte Johnny. »Aber, Papa, du kannst es wiedergutmachen, wenn wir alle jetzt was Süßes essen dürfen.«

Beide Jungen sah zu ihrem Vater, der sofort den Kopf schüttelte.

»Ach, Menno.« Da kam Johnny ein anderer Gedanke.

»Ich schau mal nach, ob du die Küche auch neu streichen musst.« Er zischte an Valerie vorbei.

»Sehr gute Idee«, pflichtete Jakob seinem Bruder bei und sauste hinterher.

»Entschuldige.« Niklas wies auf die Verpackung, aber Valerie schüttelte nur den Kopf. »Ich mag Salat.«

»Hier gibt es jede Menge Schokoteig. Überall.« Johnnys Stimme kam geradezu begeistert aus der Küche. »Das klebt noch viel besser als ein Smoothie. Besonders, wenn man reinsteigt.«

»Johnny!« Niklas stürzte sofort zu seinem Sohn, während Valerie lachen musste. Mit dem Salat in der Hand folgte sie ihm.

»Wir haben übrigens die rosa Salatsoße genommen, weil du ein Mädchen bist«, erklärte Johnny, den Niklas gerade aus der Küche trug.

»Aber nicht alle Mädchen mögen Rosa«, protestierte Jakob.

»Hä?«, machte sein kleiner Bruder. »Klar mögen alle das, es sind doch Mädchen!«

»Und seit wann weißt du so etwas, Mr. Neunmalklug?«, fuhr Jakob Johnny an.

»Ich bin nicht Mr. Neunmalklug«, schoss Johnny sofort zurück.

»Jungs, das reicht jetzt«, meinte Niklas, aber Johnny und Jakob beachteten ihn gar nicht.

»Also Matilda aus meiner Klasse mag kei…«, begann Jakob.

»Ha!«, unterbrach Johnny ihn triumphierend und hüpfte von Niklas' Arm. »Sie ist es also.« Er lachte vergnügt, während Jakob über und über rot wurde.

»Aber nein, das ist sie nicht«, erklang der Widerspruch sofort, was allerdings auch in Valeries Ohren nicht besonders glaubwürdig klang.

»Jetzt weiß ich es. Oh, Matilda, Matilda.« Johnny klimperte mit seinen langen Wimpern und machte ein verzücktes Gesicht, während Jakob so aussah, als überlege er noch, ob er sich lieber verkriechen oder seinem Bruder eine reinhauen sollte.

Nun warf sich Niklas entschieden für seinen großen Sohn in die Bresche. »Ich finde Matilda auch sehr nett. Und ihre Mutter auch.«

Valerie bemerkte, wie Johnny und Jakob sich daraufhin ansahen, bevor sie sich gemeinsam an Niklas wandten.

»Wenn sie so nett ist…«, begann Johnny.

»…könntest du dich ja vielleicht mal mit ihr treffen«, beendete Jakob den Satz seines kleinen Bruders.

»Dafür ertrage ich auch Matilda«, fügte Johnny großmütig hinzu.

Nun war es an Niklas, rot zu werden. Vielleicht nicht flammend rot, aber er bekam genau wie sein älterer Sohn rote Ohren, was Valerie irgendwie süß fand.

»Aber ich… also ich… nun ich möchte…«, murmelte Niklas.

»Denk dran, was wir besprochen haben«, erinnerte ihn Jakob und klang nun so streng, als wäre er der Vater.

»Kinder brauchen eine Mutter«, ließ sich Johnny vernehmen. »Das sagt Frau Lüttich auch immer.«

»Es tut mir leid, dass du armer Junge einfach die dümmste Lehrerin der Welt hast«, erklärte Niklas daraufhin in festem Ton.

Johnny und Jakob wechselten einen Blick.

»Hast du das gehört?«, fragte Jakob.

»Jetzt hat er es endlich zugegeben.« Johnny klang entzückt, und beide Jungen stimmten ein gewaltiges Freudengeheul an.

»So viel zum Thema ›elterliche Autorität‹«, sagte Niklas entschuldigend zu Valerie, aber er lächelte dabei. »Können wir dir noch etwas helfen – aufräumen oder so?«

Aber Valerie winkte nur ab. »Das mache ich schon, ist nicht so viel.«

Aber Niklas warf einen kritischen Blick an Valerie vorbei in die Küche. »Nach wenig sieht das nicht gerade aus, der Teig ist überall verteilt, und glaube mir, mit verteiltem Teig in Küchen kenne ich mich hervorragend aus. Wenn du willst, bringe ich die Kinder schnell rüber zu meiner Mutter, dann komme ich zurück und helfe dir. Zu zweit geht es doch viel schneller.«

»Das ist sehr freundlich…«, begann Valerie, während Johnny Jakob am Arm packte. »Nichts wie weg, sonst müssen wir am Ende auch mit aufräumen.«

Ein kurzes »Tschüss« in Valeries Richtung, dann waren sie schon aus der Tür.

»Bin gleich wieder da«, versprach Niklas, ehe er ihnen folgte.

Valerie sah den dreien hinterher. Dann lächelte sie, während sie sich mit dem Salat an einen der Tische setzte und genüsslich zu essen begann.

19. Kapitel

Als Valerie fertig war, ging sie hinüber in die Küche. Hier sah es wirklich schlimm aus, aber dafür entwickelte sich die halbhohe Torte im Ofen ausgesprochen gut. Valerie kontrollierte den Backfortschritt, strich sich die Locken hinters Ohr und bemühte sich dann aufzuräumen. Das war gar nicht so einfach, weil der fluffige Sachertortenteig gemäß den physikalischen Gesetzen so ziemlich überall hingespritzt war. Also streckte sich Valerie nach dem Schwammtuch in der Spüle und wäre prompt fast auf einem Schokoteigfleck ausgerutscht. Da wurde sie plötzlich am Arm festgehalten, worüber sie noch mehr erschrak als über das Wegrutschen. Es war Niklas, der, ohne ein Geräusch zu machen, zurückgekommen war.

»Puh, hast du mich jetzt erschreckt.« Valeries Stimme klang für einen Moment ganz schwach.

»Ich wollte nur nicht, dass du stürzt.« Niklas' Stimme hörte sich im Gegensatz zu ihrer vollkommen gelassen an.

»Das bedeutet, dass du ab jetzt mein Schutzengel wirst? Erst rettest du mich von der Leiter und jetzt hier im gefährlichen Reich des Schokoladenteigs?« Valeries Lebensgeister kehrten flott zurück.

Niklas neigte den Kopf zur Seite. »Ich bin sehr gern dein

Schutzengel, obwohl ich zugeben muss, dass du auf mich gar nicht so einen rettungsbedürftigen Eindruck machst. Es ist ja im Gegenteil eher so, dass du mich oder besser gesagt Felix rettest.«

Valerie bemerkte das Funkeln in seinen Augen, und sie lächelte unwillkürlich. Niklas hatte etwas Unverkrampftes an sich, das sie einfach großartig fand. Vielleicht war seine Anwesenheit auch so angenehm, weil er uneitel schien und seine eigenen Fähigkeiten nicht an die große Glocke hängte.

»Das soll ich dir übrigens von den Jungs noch geben. Zur moralischen Unterstützung bei der Entfernung des Chaos.« Niklas reichte Valerie eine Packung Brausepulver. »Aus den heiligen Ferienvorräten.«

Amüsiert nahm Valerie das Päckchen entgegen. »Sehr großzügig von deinen Söhnen.« Dann besah sie es sich von allen Seiten. »Brausepulver, das habe ich ja schon ewig nicht mehr gegessen, aber es klingt irgendwie nach Sommer, Ferien und einem blubbernden Gefühl im Mund.«

Niklas nickte. »Genau, besonders stark wird dieses Gefühl, wenn man zu viel auf einmal erwischt hat.«

Sie lachte. »Möchtest du gleich probieren? Es gibt Zitrone, Himbeere, Orange oder Waldmeister.«

»Vielleicht später. Wenn du mir einen Lappen gibst, helfe ich dir erst einmal putzen.«

»Das musst du nicht.«

»Dafür bin ich schließlich hier.« Niklas' Stimme klang freundlich. »Allerdings – wenn du nichts dagegen hast, stelle ich erstmal das Grammofon wieder an.«

Valerie hatte das merkwürdige Gefühl, dass er ihr bei dieser Frage eindringlich in die Augen schaute. Aber als sie erwiderte: »Das ist eine gute Idee, mach nur«, verschwand Niklas' prüfender Blick, und seine Miene entspannte sich.

Er ging zum Grammofon hinüber, während Valerie ein Tütchen Zitronenbrause in ein Glas leerte und Wasser dazugab. Augenblicklich fing es an zu sprudeln, und die Limo schmeckte noch besser, als Valerie es in Erinnerung hatte.

Als Benny Goodmans unverwechselbare Klarinettentöne erklangen, spürte Valerie, wie fröhlich sie das machte. Tante Berenike war auf dem Weg der Besserung, dazu gab es Brause und Swingjazz, eine unschlagbare Dreierkombination. Und ganz, ganz vielleicht hatte ihre Fröhlichkeit ja auch etwas mit ihrem netten Besuch hier in der Küche zu tun?

»Was hast du aufgelegt?«, erkundigte sie sich, als Niklas zurückkam.

»*Benny Goodman Verve Jazz Masters 33*. Eine großartige Platte«, antwortete er und griff nach dem Küchenpapier, um dem Chaos auf dem Fußboden zu Leibe zu rücken.

Valerie stürzte sich ebenfalls in den Kampf gegen den Schokoteig, der – wie Johnny richtig bemerkt hatte – sehr klebrig war und dazu stellenweise schon ziemlich eingetrocknet.

»Mit Swing fällt sogar das Aufräumen leichter.« Niklas wischte flott über den Boden.

»Absolut«, stimmte ihm Valerie zu und fragte sich dabei, warum sie in all den Jahren diese Art von Musik nicht mehr gehört hatte. Eigentlich war sie geradezu beflügelnd. Wie viel leichter wäre es ihr zum Beispiel gefallen, die endlos vielen weißen Rosen zu färben, wenn sie dabei *That's a Plenty* im Ohr gehabt hätte wie jetzt. Und hieß es nicht auch, dass Pflanzen unter Musikberieselung besser gediehen?

»Woran denkst du gerade?«, erkundigte sich Niklas. »Bitte entschuldige, dass ich das frage, aber du hast gerade so amüsiert ausgesehen.«

Während sie die Küchenschränke abwischte, erzählte Valerie ihm von ihrer grenzwertig verrückten Chefin mit den getönten Brillengläsern und den zweihundert lachsfarbenen Rosen.

»Du hast sie gefärbt?« Niklas lachte. »Aber klar, warum auch nicht, mit Farben und Pigmenten kann man ja so einiges machen.« Dieser Satz klang auf einmal ungewohnt ernst, während Valerie erneut den Eindruck bekam, dass Niklas sie forschend ansah. Er tat es nicht auf eine unangenehme Art, doch der Blick seiner blauen Augen war konzentriert, und in einer Bewegung, die sie bei ihm schon häufiger gesehen hatte, wischte er sich die blonden Haare aus dem Gesicht.

»Wo haben denn all diese Rosen hingepasst?«, fragte er dann und schaute hinüber in das kleine Café.

»Aber nein, das war doch nicht hier. Das war in München, hier helfe ich doch nur aus.«

»Ach so. Stimmt, du hast so etwas schon mal erwähnt.« Niklas nickte.

»Eigentlich arbeite ich in einer Firma für Innendesign bei Amanda Modefürst, falls du schon mal von ihr gehört hast.«

»Deshalb hast du auch die hässlichen beigen Vorhänge abgenommen?« Nun klang Niklas' Tonfall belustigt.

»Eigentlich habe ich das gemacht, weil sie zu staubig waren. Aber ohne sieht es wirklich besser aus, findest du nicht?« Valerie entfernte eine letzte Schokoschliere von der Backofentür. Zwar wären die Gardinen in einer Woche zur

Abholung bereit, aber vielleicht sollte man sie trotzdem nicht wieder aufhängen, überlegte sie dabei.

Die Musik wechselte, und ein weiteres gut gelauntes Stück setzte ein.

»Die Küche sieht auch wieder besser aus«, stellte Niklas fest, als er den letzten Rest des Bodens schrubbte.

»Und das in Rekordzeit. Vielen Dank für deine Hilfe! Jetzt nur noch die Ersatztorte backen, und dann ist alles wieder paletti.« Valerie schaute in den Ofen, in dem ihr Werk zwar deutlich dünner aussah als geplant, aber immerhin perfekt gleichmäßig aufgegangen war.

»Soll ich dir noch bei dem zweiten Kuchendurchgang helfen, oder gehörst du zu den Menschen, die niemanden in der Küche gebrauchen können, wenn sie arbeiten?« Niklas schob sich wieder die Haare aus dem Gesicht, und Valerie bemerkte seinen trainierten und muskulösen Unterarm. Niklas war wirklich stark. Was er wohl beruflich machte?

»Nein, nein, das ist in Ordnung. Ich mag so nette Gesellschaft wie deine. Sag mal, was arbeit…?«, begann sie. Doch in diesem Moment klingelte ihr Handywecker, und Valerie angelte schnell nach einem Geschirrtuch. Vorsichtig hob sie die Form aus dem Ofen und stellte sie auf der Arbeitsplatte ab. Gemeinsam mit Niklas bewunderte sie die Torte, die wie aus der Konditorei wirkte.

»Es sieht wirklich fantastisch aus und riecht köstlich«, lobte Niklas.

Valerie hantierte noch mit dem Handtuch. »Du auch«, antwortete sie leicht abgelenkt. Dann schaute sie auf und begegnete Niklas' Blick. »Habe ich das wirklich gerade gesagt?«, fragte sie halb belustigt, halb erschüttert.

Niklas nickte, und Valerie musste über sich selbst lachen. »Wow, das war ja wohl mal ein Versprecher. Freud hätte seine Freude gehabt.« Erneut hielt sie inne. »Habe ich das auch gesagt?«, fragte sie dann.

»Äh, ja«, antwortete Niklas.

Valerie spürte, wie ihr jetzt doch die Wangen warm wurden. Sie schaute erst auf die Torte und dann wieder hoch.

»Ich finde aber auch, dass du fantastisch aussiehst und gut riechst«, sagte Niklas.

Mit einem Lächeln sah sie ihn an und bemerkte dabei, dass in seinen Augen etwas aufglomm, das zuvor noch nicht dagewesen war. Flirtete er etwa? Oder sie? Valeries Wangen fingen an zu glühen. »Die zweite Torte, die wird erst duften«, versprach sie, woraufhin beide gleichzeitig nach der Rührschüssel griffen.

***

Niklas war in der Absicht hergekommen, den Plan beim Grammofon zu holen und zu versuchen, mehr über XX und dieses Café herauszubekommen.

Das mit dem Plan hatte sich als vollkommen unkompliziert herausgestellt. Entweder wusste Valerie nichts von der ganzen Sache, oder sie war damit einverstanden.

Je länger Niklas sich mit ihr unterhielt, desto überzeugter war er jedoch davon, dass sie keine Ahnung hatte. Er war ziemlich gut darin, Menschen zu beobachten, und entweder war Valerie mit allen Wassern gewaschen oder wirklich ahnungslos. Niklas tippte auf Letzteres, was sie auch als Informationsquelle weitgehend ausschloss. Dennoch ging er nicht, obwohl mittlerweile die zweite Torte im

Ofen und die letzte Unordnung beseitigt war. Stattdessen stand er neben Valerie in der Küche, naschte vom Brausepulver und lachte mehr, als er es in einer sehr langen Zeit getan hatte.

»Vielleicht noch etwas Brause mit einem anderen Geschmack?«, bot Valerie an, die, was Brause anging, einen Magen aus Stahl zu haben schien.

»Nein, danke.«

Valerie sah ihn an. »Dabei knistert sie doch so wunderbar.« Sie lächelte, und ihre dunkelblauen Augen leuchteten.

»Ich knistere auch schon, oder zumindest fühle ich mich so«, erwiderte er, worüber sie lachte.

Dann hob er eine Hand. »Aber verrate Johnny und Jakob bloß nicht, dass wir die ganze Brause gegessen haben; sie wollten eigentlich, dass ein Teil davon auf die Torte kommt.«

»Keine Sorge, einen Teil habe ich schon beiseitegelegt. Meine Idee war, die zuerst gebackene, dünnere Torte in eine Herzform zu bringen, und dieses Herz dann auf die zweite Torte zu legen. So wird daraus eine doppelstöckige Sachertorte, in deren Schokoladenüberzug die Zitronenbrause gestreut wird.«

»Und das schmeckt?«, erkundigte sich Niklas, nicht ganz überzeugt. Brausepulver in allen Ehren, aber das ging vielleicht doch zu weit.

»Warum denn nicht? Aber wir sollten es zur Sicherheit vorher ausprobieren.«

Valerie ging in die Vorratskammer und kam mit Schokolade und Zucker zurück. Entschlossen machte sie sich ans Werk, während Niklas sie beobachtete. Wie der Mastermind hinter zahlreichen Kunstdiebstählen sah sie nun wirklich nicht aus, außerdem war er felsenfest davon ausgegangen, dass er es bei XX mit einer älteren Dame zu tun hatte. Allerdings hatte er in seiner spannenden Laufbahn mehr als eine Überraschung erlebt.

»Wie alt bist du?«, fragte er Valerie, während er mit der Hand gedankenverloren über die ebenmäßige Arbeitsplatte fuhr.

»Dreißig«, antwortete sie, ohne von der Waage aufzusehen, auf der sie gerade die Zuckermenge bemaß. »Wieso? Denkst du, dass ich zu alt für Brausepulver bin?«

»Nein, überhaupt nicht.« Er überschlug es in seinem Kopf. Als er das erste Mal für XX unterwegs gewesen war, musste Valerie ein Teenager gewesen sein…

»Und du?«, unterbrach sie seine Gedanken. Im ersten Moment dachte er, sie wolle wissen, ob er schon mal irgendwo eingebrochen war. Dann wurde ihm klar, dass sie ihn nur nach seinem Alter fragte.

»Oder ist das eine zu indiskrete Frage?«, schob sie hinterher, wobei sich ihre Mundwinkel in einer ungeheuer charmanten Art nach oben bogen.

»Nein, gar nicht zu indiskret. Ich glaube nicht, dass du mir in deiner liebenswürdigen Art überhaupt eine zu indiskrete Frage stellen könntest«, entgegnete er etwas steif. Himmel, wie machte man denn nur ein gutes Kompliment?

»Danke für die Blumen, aber das kann ich mir beim besten Willen nicht vorstellen«, gab sie locker zurück, während sie auf dem Herd Zucker mit Wasser aufkochen ließ.

Sie schaute zu ihm, und auf einmal flirrte etwas zwischen ihnen in der Luft. Es war nur eine kleine veränderte Schwingung, aber Niklas fühlte sie ganz deutlich. Und er spürte, wie er automatisch anbiss. Wie lange hatte er schon davon geträumt, endlich mal wieder zu flirten. Aber konnte er das überhaupt noch?

»Sollen wir es ausprobieren?« Ihr schien es leichtzufallen, einen Hauch Koketterie in ihre Worte einzuweben, und er bewunderte ihre bezaubernde Art, die perfekt zu den wunderschönen Locken um ihr Gesicht passte.

Bleib ganz entspannt, ermahnte er sich im Stillen. »Warum nicht. Was ist der Einsatz?«

»Hm.« Valerie rührte im Topf. »Keine Ahnung, schlag du was vor.«

»Vielleicht einen Tanz?« Das war das Erste, was ihm einfiel. Nicht gerade originell, aber auf alle Fälle nicht fürchterlich falsch.

»Ein Lindy Hop quer durchs Café, wenn du eine meiner Fragen zu indiskret findest?« Valerie überlegte. »Nee, das ist entschieden zu harmlos.« Noch mehr koketter Tonfall aus ihrem Mund und dazu dieses bezaubernde Lächeln.

Niklas wurde wärmer. Das war die Leichtigkeit, die er so vermisst hatte.

»Was denn dann?«, fragte er. Er sah zu Valerie und spürte dabei noch mehr vergessene Gefühle. Erst nach einer Sekunde verstand er, dass es zum einen Aufregung war – und zum anderen etwas, das er so lange nicht mehr gespürt hatte. Vielleicht das wunderbar kribbelnde Gefühl des Verliebens?

»Was tue ich hier eigentlich, ich muss verrückt sein«, dachte Niklas und merkte erst nach einem Augenblick, dass er den Satz halblaut ausgesprochen hatte.

»Wieso?« Valerie sah auf einmal geradezu alarmiert aus. »Bist du verheiratet oder so?«

»Ja«, antwortete Niklas ehrlich, bevor er noch überlegt hatte, was diese Antwort wohl für Valerie bedeutete.

Er konnte förmlich dabei zuschauen, wie sich Valeries Gesicht von jetzt auf gleich komplett verschloss. Verschwunden war das Lächeln, verschwunden war das Funkeln in ihren Augen und der ausgesprochen attraktive Blick, mit dem sie ihn gerade bedacht hatte.

»Es wäre mir lieber, wenn du gehen würdest.« Ihre Stimme klang auf einmal streng und abweisend.

Warum das jetzt?, fragte er sich unwillkürlich. *Nur weil ich verheiratet bin?*

»Natürlich gehe ich«, erwiderte er in seiner höflichen und zurückhaltenden Art. »Aber es ist nicht so, wie es sich vielleicht anhört.«

»Nicht?« Zum ersten Mal, seit er sie kennengelernt hatte, klang sie geradezu bitter.

»Nein, wirklich nicht. Hast du schlechte Erfahrungen in dieser Richtung gemacht?«

»Das ist eine zu indiskrete Frage«, schoss sie zurück, und er konnte nicht anders, als sie für diese schlagfertige Antwort noch toller zu finden.

»Also gut, dann ziehe ich die Frage zurück, auch wenn ich damit unser kleines Spiel gewonnen hätte. Allerdings weiß ich nicht, was der Preis gewesen wäre.«

»Ich hätte einen Kuss vorgeschlagen«, gab Valerie trotzig zurück, »aber verheiratete Männer küsst man nicht.«

Niklas spürte, wie sich sein Magen zusammenzog. Ein Kuss von Valerie – augenblicklich wusste er, dass er sich nichts Besseres hätte ausdenken können. Ein Kuss fühlte sich so leicht an, wie damals, als er im Teenageralter mit Felix und Paule Swing tanzen gegangen war und sich dort

Hals über Kopf verliebt hatte. Doch seitdem war einfach zu viel Wasser die Elbe oder auch die Spree hinuntergeflossen, und er war nicht mehr der Junge von damals, unerschrocken und frei. Jetzt war er verheiratet – wenn auch nur auf dem Papier –, doch wenn er ehrlich sein wollte, gab es keine andere Antwort auf diese Frage.

»Es tut mir leid.« Er wandte sich zum Gehen.

»Dass du verheiratet bist?« Nun hörte sich Valerie fast verächtlich an.

Niklas spürte eine ungeheure Ernüchterung, die ihm fast körperlich wehtat.

Nein, dass es dir so viel ausmacht und ich dir nicht einmal die Wahrheit sagen darf, dachte er. Zerplatzt war die kleine Luftblase der Freiheit, die er für einen kleinen Augenblick um sich herum gehabt hatte. Eine Freiheit, die nur ihm gegolten hatte. Eine Freiheit, in der er sich für eine Moment wieder so unbeschwert gefühlt hatte wie vor einer Ewigkeit.

Wortlos drehte er sich um und verließ das Café.

***

Valerie ärgerte sich über Niklas und über sich selbst. Über ihn, weil er das ja mal gleich hätte sagen können. Über sich, weil sie sich das auch hätte denken können, schließlich hatte Niklas zwei Söhne. Warum hatte sie nur so ein unfassbar blödes Spiel vorgeschlagen und sich vollkommen blamiert?

Bin ich eigentlich von allen guten Geistern verlassen?

Valerie stiefelte in den Hauptraum und wechselte dort die Schallplatte. *Besser ein fetziger Lindy Hop als etwas mit zu viel Gefühl*, entschied sie.

Dann ging sie zurück in die Küche, wo sie energischer

als unbedingt nötig die geschmolzene Schokolade in das aufgekochte Zuckerwasser rührte. Doch irgendwann hielt sie inne. Sie brauchte sich überhaupt nicht so doof zu fühlen wie bei der Sache mit Claas, schließlich hatte Niklas ihr nicht vorgegaukelt, er wäre *nicht* verheiratet. Und was das Spiel gerade eben anging, so hatte er freiwillig mitgespielt.

Immerhin ist er ehrlich, was seinen Ehestatus angeht, dachte Valerie, während sie aus dem flachen Kuchen ein Herz ausschnitt.

Im Übrigen war es sicher nur die Musik von Benny Goodman, die mich in diese Flirtstimmung versetzt hat, urteilte sie dann, während sie die angerührte Glasur auf die schmalen Kanten pinselte, die beim Ausschneiden des Herzens aus dem Kuchen übrig geblieben waren.

Es ist ja auch nix passiert, was mir peinlich sein muss, sagte sie sich mit Nachdruck.

Vorsichtig riss sie ein Päckchen Brausepulver auf und streute die Brause auf die Glasur. Es gab einen hübschen Kontrast zwischen der dunklen Schokolade und dem hellen Brausepulver, zumindest bis das Pulver in der noch zu flüssigen Glasur einsank. Valerie betrachtete ihr Probestück von allen Seiten.

Zwar passte Brause kaum zur altehrwürdigen Sachertorte, aber zumindest sah es nicht übel aus, besonders, wenn sie die Brause erst auf den schon erkalteten Guss streuen würde.

Das wird hübsch, entschied Valerie zufrieden und biss in das noch warme Probestück. Die noch flüssige Glasur lief ihr in den Mund, aber die Zitronenbrause verlieh der Schokolade jetzt schon eine interessante Geschmacksnote.

Zusammen mit der Aprikosenmarmelade wird das rich-

tig gut. Also machte Valerie sich daran, beide Torten mit Marmelade zu füllen und mit einem Schokoladenüberzug zu versehen.

Es klopfte an die Cafétür. Es war Niklas. »Darf ich nochmal reinkommen?«

»Ja, natürlich darfst du das. Das ist kein Ort, der für Verheiratete verboten ist.«

»Danke.« Er kam in die Küche mit einem Lächeln, das den Raum sofort aufhellte. »Ich habe mir überlegt ... also, ich wollte dich fragen ... um genau zu sein ...« Er sah sie an und hob dann die Hände, was ihn bei aller Unsicherheit, die er ausstrahlte, ziemlich attraktiv aussehen ließ.

»Ja?«, fragte Valerie, schaute aber wieder zurück auf ihre Arbeit.

»Also, eigentlich bin ich nicht wirklich verheiratet, aber irgendwie schon, und ich wollte dich fragen, ob du bereit wärst, dir die ganze Geschichte anzuhören.« Niklas sprach so leise, dass Valerie für einen Augenblick kaum folgen konnte. Als sie nicht gleich antwortete, redete er hastig weiter: »Ich habe überhaupt keine Übung mehr im Flirten, aber dann kamst du und ...«

Jetzt blickte Valerie doch auf und schaute direkt auf den rötesten Satz Ohren, den sie je gesehen hatte.

»Und deine Idee mit dem Kuss ...«, begann Niklas.

»... fandst du total albern und doof«, vollendete Valerie seinen Satz.

»Nein! Überhaupt nicht. Ich fand sie super! Am liebsten hätte ich sofort angefangen ... also, mit dem Spiel.« Nun lief Niklas auch noch im Gesicht rot an. »Mensch, ich weiß nicht, also, dass ich total ... Oh Mann.« Er ließ die Schultern hängen.

»Eigentlich hast du das Spiel gekonnt gespielt, denn deine erste Frage fand ich gleich zu indiskret zum Beantworten.« Valerie lächelte.

»Aber das wollte ich doch gar nicht. Du wirktest nur so betroffen, und da wollte ich …«

Sie sahen sich an.

»Nochmal zurück auf Los?«, bat er.

»Einverstanden. Und wir stellen abwechselnd Fragen? Keine indiskreten, sondern ganz normale?« Sie griff nach der Schokoladenglasur.

»Aber wenn sie doch indiskret sind, was machen wir denn dann?« Auf einmal war da wieder dieses Leuchten in seinen Augen.

»Und du sagst, dass du nicht flirten kannst?« Valerie drehte die Torte auf dem Teller. Niklas war aber mal wirklich ein attraktiver Mann, und wenn sie ehrlich war, gefiel ihr seine Unbeholfenheit viel besser als Claas' eingeübter Charme. Überhaupt Claas – was hatte sie nur an dem Lackaffen finden können?

»Also, bitte deine erste Frage, und sag mir, wenn ich helfen kann.« Niklas lehnte sich an einen der Küchenschränke.

»Was ist deine Lieblingsfarbe?« Valerie beschloss, die erste Runde vorsichtig anzugehen.

»Dunkelblau. Ganz, ganz dunkel, fast Nachtblau.«

Valerie lachte. »Na, das hätte ich mir denken können.« Mit ihren schokoladig verschmierten Fingern wies sie auf seinen dunkelblauen Pulli zu seinen dunkelblauen Jeans.

»Ertappt. Deine liebste Süßigkeit?«

»Schokolade«, antwortete Valerie prompt.

»Wenn ich mir die Küche hier so ansehe und an deinen Schokokuchen denke, liegt das auf der Hand. Aber sag mal, ist das wirklich Brause da auf dem Kuchenstück?«

»Ja, super, nicht wahr?« Valerie fand die Idee nach wie vor großartig. »Möchtest du mal probieren?«

Sie reichte ihm ein Stück ihrer Versuchsportion.

Niklas kostete. »Toll! Johnny und Jakob werden wirklich begeistert sein. Schade, dass sie nicht Geburtstag haben.«

»Dafür können wir ja noch einmal backen.«

»Ist das ein Versprechen?«, erkundigte sich Niklas, woraufhin Valerie mit einem tiefen Wohlbefinden registrierte, dass da wieder diese Schwingung im Raum war, die ihr vorhin so gut gefallen hatte. *Vorsicht, verheiratet*, ermahnte sie sich dann aber schnell.

»Wie kommt man eigentlich zu dem Namen Johnny?«, fragte sie, während sie die Schokolade schnell und geschickt glattstrich.

»Das war Johnnys Idee. Eigentlich heißt er Johann wie Felix. Darf ich helfen?« Niklas nahm Valerie ein schokoladenverschmiertes Tuch ab. Dabei kamen sie sich ziemlich nahe, und Valerie atmete langsam und tief ein. Dieser Mann hier in Berenikes Küche war ganz eindeutig ein Hauptgewinn.

Aber verheiratet, bremste sie sich sofort. Wieder nüchterner strich sie ein letztes Mal über die geschmolzene Schokolade.

»Johann wie Felix?«, fragte sie dann.

Niklas lachte ein entspanntes, fröhliches Lachen. »Mein Bruder heißt Felix Johann Jakob. Die Jungs sind nach ihm benannt.«

»Dann musst du deinen Bruder sehr lieben.« Valerie blickte auf und schaute direkt in Niklas' blaue Augen.

»Ja, das tue ich. Und du? Wen liebst du?«

»Meine Tante Berenike«, antwortete Valerie, während sie die Torte zur Seite schob, um die Schokoladenschicht trocknen zu lassen.

»Kein Mann … in deinem Leben?« Die Frage schien von selbst zu kommen, hätte Valerie nicht die winzig kleine Pause zwischen »Mann« und »in deinem Leben« gehört. Sie blickte auf und erkannte, dass Niklas hin- und hergerissen war zwischen Flirten und Unsicherheit.

Genau wie sie.

Valerie schüttelte den Kopf. »Das wäre doch sonst ziemlich bigott von mir, findest du nicht?«

»Absolut.« Niklas lächelte. »Ich fände dich trotzdem wahrscheinlich ziemlich …«

»Was?« Valerie blickte auf.

»Gut?«, probierte Niklas.

Valerie lachte. »Und ich dachte, du sagst jetzt bigott.«

»Nein, eher schokoladenverliebt«, erwiderte Niklas, und seine tiefe Stimme bei der Erwähnung von Valeries Lieblingsnascherei ließ ihr einen winzigen Schauer über den Rücken laufen.

»Schokoladenverliebt?« Valerie zog die Augenbrauen hoch.

»Eindeutig.« Er machte einen Schritt auf sie zu. »Schau mal, hier ist ein Riesenklecks Schoko auf deiner Wange.« Mit der Hand strich er ganz leicht darüber.

»Und du sagst, du kannst nicht flirten?« Valeries Herz pochte immer schneller. Was machte sie hier nur? Sie kannte diesen Mann kaum, sie wusste lediglich, dass er verheiratet war und zwei Söhne hatte! Doch anders als die Male davor sorgte ihre lautlos gemurmelte Ermahnung zu seinem Familienstand nicht für Ernüchterung bei ihr. Stattdessen blieb sie genau da stehen, wo sie war, ganz dicht neben Niklas.

»Ich weiß auch nicht, warum das mit dem Flirten gerade so gut geht«, gab er zurück. »Ehrlich gesagt, habe ich einen Mordsbammel, alles falsch zu machen.«

Sie blickte auf und schaute ihm direkt in die Augen. Und auf einmal schien es ganz leicht. Er legte ihr die zweite Hand auf die andere Wange, beugte sich zu ihr hinunter …

»Super, dass ihr hier seid!«

Valerie konnte sich nicht erinnern, jemals so schnell von jemandem weggewichen zu sein wie von Niklas in diesem Moment. Schlagartig drehte sie sich um und fand sich einem zweiten Mann gegenüber, der genau wie Niklas aussah.

»Oh«, meinte sie überrascht. »Der Zwilling.«

»Felix, der jüngere.« Felix streckte seine Hand aus. »Und du bist die zaubernde Fee, die mich rettet?«

»›Fee‹ ist übertrieben und ›retten‹ auch, aber ich backe den Kuchen.« Valerie spürte, dass ihre Wangen warm waren, und sah aus den Augenwinkeln, dass Niklas' Ohren förmlich glühten. Sie ergriff Felix' dargebotene Hand und schüttelte sie.

»Nein, meine rettende Fee trifft es genau.« Felix lächelte sie an, wobei er gleichzeitig wie sein Bruder und doch ganz anders aussah – viel selbstsicherer und entschiedener. »Ich habe draußen im Auto Blumen, kann ich sie reinbringen?«

»Ja, natürlich. Ich räume nur schnell die Schokoladenreste weg, dann kann ich mit anpacken.« Valerie griff nach dem Topf und stellte ihn in die Spüle.

»Mach in Ruhe, ich helfe Felix«, sagte Niklas.

»Ich schaffe das auch allein«, protestierte Felix, aber Niklas war schon losgegangen, und Felix spurtete hinterher.

Valerie schaute den beiden Männern nach, die gerade gleich groß, gleich blond, mit den gleichen breiten Schultern das Café verließen.

Dann betrachtete Valerie ihre Hände.

Was war denn das gerade?, fragte sie sich, aber der Nachhall der Kribbelns in ihrem Bauch ließ sich nicht verleugnen.

Nein, sagte sie sich streng und räumte die schokoladenverschmierten Kochutensilien in den Geschirrspüler.

Dann entschied sie, als Erstes eine andere Platte aufzulegen. Bei dieser Musik verlor sie noch ihren Verstand oder, schlimmer noch, ihr Herz.

***

»Boah, entschuldige Niklas, dass ich gerade gestört habe.« Geradezu zerknirscht legte Felix seinem Bruder eine Hand auf die Schulter. »Ich hatte ja keine Ahnung, dass du und die Caféfee …«

»Sie heißt Valerie«, unterbrach Niklas ihn. Sein Tonfall war harsch, aber nicht, weil ihn Felix' Wortwahl ärgerte, sondern aus Unsicherheit über seine eigenen Gefühle. Sein Puls ging immer noch schnell, was wirklich ungewöhnlich war, konnte er doch sonst in den dritten Stock rennen, ohne aus der Puste zu sein.

»Natürlich, bitte entschuldige. Also, dass du und Valerie …«

»Es ist nicht so, wie du denkst«, unterbrach Niklas

seinen Bruder abermals. Aber wie sollte er Felix erklären, was er ja selbst nicht einmal verstand? Gerade eben hatte er sich für einen Augenblick einfach nur gut gefühlt, hatte die schwebende Leichtigkeit in der Nähe dieser schönen Frau genossen. Für einen Augenblick war er verzaubert gewesen und hatte wie von selbst gewusst, was er sagen und tun sollte.

Felix blieb neben ihm mitten auf dem Gehweg stehen. »Ehrlich gesagt, wünschte ich, es wäre genau so, wie es aussah! Du bist der beste Papa für Johnny und Jakob, aber du musst doch auch mal …«

Niklas unterdrückte ein Seufzen. Er wusste nur zu gut, wie Felix hierüber dachte. Aber sein Leben war kompliziert …

Sein Bruder öffnete die hintere Tür seines Autos, das vor dem Café schräg in einer Einfahrt parkte. »Ich finde wirklich, es wird Zeit, dass du dir ein Leben nach Ariana erlaubst.«

»Du sprichst von ihr, als wäre sie tot.«

»Bruderherz, es geht nicht darum, wie ich darüber spreche. Fakt ist, dass sie nicht mehr deine Frau ist, auch wenn sie deine Frau ist.«

Niklas senkte den Kopf. Natürlich war es so, aber … Er schaute wieder auf und sah im Licht der Straßenlaterne Felix' goldenen Ehering aufblitzen.

»Für dich war es bestimmt ganz leicht«, mutmaßte er, während er zusah, wie Felix einen riesigen Strauß roter Rosen aus dem Fond hob.

»Was war leicht? Lilas Herz zu erobern?« Felix drehte den Kopf und schaute ihn verblüfft an. »Nein, das war ganz und gar nicht leicht, es war sogar die schwierigste

Phase in meinem Leben – und die aufregendste und spannendste und gefährlichste zugleich. Mir wird heute noch ganz anders, wenn ich daran denke, wie ich sie beinahe wieder verloren hätte.«

»Das wusste ich ja gar nicht.«

Felix reichte Niklas den Strauß und griff nach zwei kleinen Blumengebinden. »Das Einzige, was du tun musst, ist jetzt wieder reinzugehen und da weiterzumachen, wo ich euch dummerweise gestört habe.«

Aber Niklas wusste, dass er das nicht konnte. Seine Chance auf die große Liebe hatte er mit Anfang zwanzig gehabt, jetzt fehlte ihm der Mut dafür.

***

Valerie blätterte durch die Schallplattensammlung. Ihr Herz schlug ruhig, und sie hatte sich wieder vollkommen im Griff.

Keine Ahnung, was da gerade in mich gefahren ist, rätselte sie, ertappte sich aber dabei, wie sie doch wieder zu Niklas hinüberschielte, der einen riesigen Strauß roter Rosen hereinbrachte. Seine Haare waren leicht verwuschelt und seine blauen Augen …

Schluss jetzt, ermahnte sich Valerie. Felix war genau im richtigen Moment gekommen, denn sie sollte sich hier um Berenikes Café kümmern und nicht Flirten für Fortgeschrittene üben. Wobei sie nicht leugnen konnte, dass es ihr wirklich Spaß gemacht hatte.

Glen Miller, Benny Goodman, Ella Fitzgerald – Valerie schaute die Platten durch. Berenike hatte wirklich eine große Sammlung aus der Swing-Ära. Doch plötzlich entdeckte Valerie dazwischen ein Album von Roberta Flack und Donny Hathaway aus den Siebzigern, was einen Zeitsprung von fast vierzig Jahren zu der restlichen Musik bedeutete.

Valerie nahm die Schallplatte aus der Hülle, um sie aufzulegen. Dabei fiel ein Zettel hinunter, der neben der Platte in der Hülle gesteckt hatte. Valerie legte die Platte auf den Plattenteller, bevor sie den Zettel aufhob, auf dem stand:

> *Geliebte B. –* Where is the Love *zur Erinnerung an einen wunderbaren Abend und eine unglaubliche Nacht. A.*

Verblüfft drehte Valerie das Papier um, doch die Rückseite war nicht beschriftet. Also betrachtete Valerie die Vorderseite genauer. Der Verfasser hatte mit Kugelschreiber in einer runden, schnell fließenden Handschrift geschrieben – klare und eindeutige Worte. Die Botschaft war an Berenike gerichtet, keine Frage. War »A.« die große Liebe in ihrem Leben gewesen? Auf einmal spürte Valerie wieder dieselbe prickelnde Neugierde wie vorhin, als sie den Safe entdeckt hatte. Sie musste unbedingt mehr herausbekommen. Rasch suchte sie aus der Titelliste *Where is the Love* heraus. Sie startete den Plattenteller und setzte die Nadel an die richtige Stelle.

Es ruckelte kurz, dann setzte ein Schlagzeug ein. Eine Sekunde später begann Roberta Flack gefolgt von Donny Hathaway zu singen. Das Lied hatte eine wunderschöne, weiche Melodie, die zum Träumen einlud.

Mit dem Zettel in der Hand erhob sich Valerie. Niklas war in der Zwischenzeit mit zwei kleinen Blumengebinden abermals hereingekommen, die er behutsam auf einem der kleinen Tischchen abstellte.

Dann drehte er sich um und hörte offenbar auch einfach nur zu, bis – mitten hinein in die Musik – sein Handy piepte.

Niklas holte es aus der Tasche und blickte darauf. Sein ganzer Gesichtsausdruck veränderte sich, er verschloss sich förmlich.

»Ich muss leider gehen«, murmelte er, während Valerie es auf einmal ganz klar vor sich sah, dass es bestimmt die Ehefrau war, die ihn da nach Hause beorderte. Unwillkürlich wandte sie sich halb ab.

»Valerie.« Niklas' Stimme ließ sie aufschauen. Langsam drehte sie sich um und blickte ihm direkt in die Augen.

»Du bist verheiratet.« Es klang wie das, was es war. Eine unabänderliche Tatsache.

Niklas schüttelte ganz leicht den Kopf. »Ja und nein. Ich würde dir so gern die ganze Geschichte erzählen, aber ich muss jetzt sofort gehen.« Er machte einen Schritt auf sie zu und dann noch einen. »Können wir uns nochmal treffen?«

Valerie, die trotz der wunderschönen Melodie sehr wohl herausgehört hatte, dass das Duo Flack/Hathaway von enttäuschter Liebe sang, zögerte.

»Ja, gern«, sagte sie dann zu ihrer eigenen Überraschung. *Himmel, bin ich inkonsequent*, dachte sie.

»Danke.« In einer einzigen fließenden Bewegung kam Niklas die wenigen Schritte zu ihr hinüber. Ohne auch nur einmal innezuhalten, beugte er sich zu ihr hinunter und küsste sie auf den Mund. Es war nicht mehr als eine hauchzarte Berührung, kaum fühlbar und doch erstaunlich eindrücklich. Unwillkürlich schloss Valerie die Augen. Aber als sie sie einen Augenblick später wieder öffnete, war Niklas schon an der Tür.

Sie schaute ihm hinterher und sah ihn über die Straße laufen. Nachdenklich strich sie sich mit dem Zeigefinger über die Lippen.

Ich sollte das nicht tun, es wird mich nur unglücklich machen. Erneut blickte sie auf den Zettel in ihrer Hand. *Geliebte B....*

Während Valerie zurück in die Küche ging, grübelte sie über Berenike nach. So vieles wusste sie nicht aus dem Leben ihrer Tante. Nur, dass sie immerzu Schwarz trug, sogar schwarze Badeanzüge, wenn sie im Meer schwamm. Und dass sie Valerie alles aufgeräumt hinterlassen hatte, das Café zwar staubig, aber ordentlich, und die Wohnung geradezu makellos. Ja, Berenike hatte die Wohnung vor ihrer OP in einen Zustand gebracht, als wollte sie alle Spuren von sich tilgen. Dazu kamen der helle Fleck an der Schlafzimmerwand und der Safe in seinem kuriosen Versteck. Valerie spürte wieder die Aufregung anklopfen. Diesmal hatte sie nichts mit Niklas zu tun.

Mit fliegenden Händen räumte Valerie die letzten Reste vom Backen auf, bevor sie zufrieden die mit Brausepulver verzierte doppelstöckige Torte bewunderte.

Anschließend stapfte sie zur Wohnung hinauf.

Ich möchte wirklich wissen, was du mir sagen willst, Berenike, dachte Valerie, bevor sie – ungewöhnlich entschieden – direkt zum Safe hinüberging.

20. Kapitel

Die Nachricht, die Niklas erhalten hatte, war denkbar kurz. *Degas deponiert*, war alles. Er kannte die Nummer nicht, von der ihm diese zwei Worte geschickt worden waren, aber für ihn bestand kein Zweifel, dass XX auf irgendeine Weise die Absenderin war.

In Niklas' Kopf formte sich ein Plan. Er hatte die Unterlagen an sich genommen, die hinter dem Grammofon gesteckt hatten, jetzt würde er den Einbruch und den Bilderaustausch so schnell und elegant durchziehen wie möglich. Der gefälschte Degas in seinem Rahmen lag unter dem Ausziehsofa im Wohnzimmer bereit. Das war kein besonders geeignetes Versteck, aber Niklas wusste nicht, wo er ihn sonst aufbewahren sollte, ohne dass die Jungs oder schlimmer noch seine Mutter ihn entdecken könnten. Bei seinen Söhnen machte Niklas sich keine großen Sorgen, denn sie waren vom ersten Tag an von Kunst umgeben gewesen und würden das Bild wahrscheinlich gar nicht weiter groß beachten. Bei seiner Mutter hingegen war die Sache anders gelagert. Sie ging – im Übrigen genauso wie sein Zwillingsbruder – davon aus, dass er seine kriminelle Karriere komplett beendet hatte.

Habe ich ja eigentlich auch, dachte Niklas wie ein störrisches Kind. Aber er spürte auch, dass sich die angenehme Anspannung vor einem Coup eingestellt hatte, die er, wenn er gnadenlos ehrlich zu sich selbst war, in den letzten Monaten ziemlich vermisst hatte. Hinzu kam noch ein anderes Gefühl. Und eine andere Person. Valerie.

Seit sie gestern in sein Leben getreten oder besser gesagt gefallen war, schien nichts mehr wie zuvor. Er hatte mit ihr Kuchen gegessen, Swing getanzt, Torte gebacken, und jetzt hatte er sie auch noch geküsst.

Wow, sagte sein Gefühl.

Das ist verrückt, versuchte sein Verstand gegenzuhalten.

Vergeblich. Der Kuss hatte etwas in Niklas freigesetzt.

Und er dachte daran, wie er vor einer Ewigkeit Ariana Markgraf kennengelernt und sich in sie verliebt hatte …

***

Durch einen Zufall waren sie sich in der Bibliothek begegnet, wo sie als Kunststudentin in der Buchausleihe jobbte. Ariana war ungewöhnlich, ungestüm und nicht auf den Mund gefallen. Dass sie unfassbar unordentlich und vergesslich war, brachte Niklas ziemlich aus dem Konzept, genau wie ihre Aussage, dass sie mit den Gesichtern sprach, die sie zeichnete. Aber als sie ihm ihre Kunst zeigte, war Niklas sprachlos vor Bewunderung. Er hatte noch nie jemanden mit solch einem kreativen Talent erlebt, und das, obwohl er die ganze Zeit von Künstlern und den berühmtesten Gemälden der Welt umgeben war. Erst vor wenigen Tagen hatte er bei einem Diebstahl in London einen echten van Gogh in Händen gehalten.

Ariana und Niklas wurden ein Paar, und Niklas fühlte

sich zum ersten Mal seit dem Drama am Ende seiner Schulzeit wieder glücklich. Mit Ariana zu leben hatte für ihn etwas geradezu Magisches, weil sie ihn auf so viel aufmerksam machte. Hier ein Lichtstrahl, dort ein Farbtupfer, da drüben eine ungewöhnliche Form.

Doch dann, viel zu schnell, war das Glück vorbei. Zuerst begann Ariana, sich ungewohnt unsicher zu verhalten, und wurde in ihrer Unsicherheit patzig und grob. Dann wurde sie immer aufgedrehter und lauter, bis sie plötzlich verschwand und erst am nächsten Tag mit einem unschönen Kratzer im Gesicht zurückkam. Sie redete nur noch wirres Zeug, und Niklas wusste sich irgendwann nicht anders zu helfen, als den Notarzt zu rufen. Im Krankenhaus erfuhr er, dass Ariana unter Schizophrenie litt, die in Schüben auftrat. Und er erfuhr außerdem, dass sie schwanger war. Krank vor Sorge, gelähmt vor Hilflosigkeit und zum ersten Mal vollkommen hoffnungslos stand Niklas da. Doch gerade, als er dachte, gänzlich verzweifeln zu müssen, trat Arianas resolute Mutter Nini auf den Plan. Sie war es, die Niklas half, sich nach Jakobs Geburt mit der Rolle eines quasi alleinerziehenden Vaters zu arrangieren. Aber es war schrecklich schwer und viel krasser als alles, was Niklas je erlebt hatte.

Einige Monate später hatte Ariana sich so weit erholt, dass sie zu ihren beiden Männern, wie sie sie nannte, nach Hause kommen konnte. Für eine kurze Zeit trat wieder Normalität in Niklas' Leben ein – sofern man bei seiner Art des Gelderwerbs überhaupt von Normalität sprechen konnte. In dieser Zeit wurde Niklas noch vorsichtiger, und sein Ruf, der Kavalier unter den Kunstdieben zu sein, verfestigte sich. Geschichten vom Gentlemandieb begannen zu zirkulieren. Um Ariana für alle Fälle abzusichern, heiratete Niklas sie, etwas, das Ariana eigentlich als zu altmodisch ablehnte. Aber irgendwie konnte er sie dann doch überzeugen, und Niklas war froh, dass seine Lebensversicherung sie und Jakob bis ans Lebensende versorgen würde, sollte ihm etwas zustoßen.

Doch es war nicht Niklas, dem etwas passierte, sondern Ariana. Unabsichtlich und gegen den Rat ihrer Ärzte wurde sie abermals schwanger. Ihr Wahn kehrte in der Schwangerschaft mit voller Wucht zurück, und diesmal wütete die Psychose so unaufhaltsam, dass Ariana sich komplett in sich zurückzog. Johnny kam zur Welt, aber da lebte Ariana schon in einer anderen Realität bei ihren Gesichtern. Nini nahm ihre Tochter zu sich nach Hause. Sehr lange hoffte Niklas noch, dass sich Arianas Zustand wie nach Jakobs Geburt im Lauf der Zeit wieder bessern würde, aber das tat er nicht.

Also blieb ihm nichts anderes übrig, als sich, so gut er es vermochte, um seine Frau zu bemühen, sie zu besuchen und ihr Mut zu machen, was sie aber nur befremdete. Sie fühlte sich nicht krank, sondern hatte vielmehr das Gefühl, dass etwas mit ihm nicht stimmte. Irgendwann wurde Niklas klar, dass es keinen Weg zurück gab und dass sie nie wieder zusammenleben würden. Zuerst war er wie gelähmt vor Trauer, dann stürzte er sich planlos in alle möglichen Affären. Schließlich riss er sich zusammen und begann, sein Leben um das seiner beiden Söhne zu formen. Es war schwer, aber es war machbar, und irgendwann wurde es für ihn zur Normalität.

***

Und jetzt war Valerie buchstäblich in sein Leben gefallen, und er spürte, dass er dabei war, sich Hals über Kopf in sie zu verlieben. Dabei war das so unfassbar dumm von ihm. Verliebtheit machte ihn angreifbar, bescherte ihm Unsicherheit und jede Menge Zweifel. Das alles konnte Niklas nicht gebrauchen – jetzt noch weniger als sonst. Nein, er durfte sich auf nichts einlassen, das gefährlich für ihn werden konnte. Doch dann dachte er an ihr Flirten vorhin und an den flüchtigen Kuss. Beides war so großartig gewesen. Niklas wollte, dass Valerie noch einmal über einen Witz von ihm lachte, und er wollte, dass sie ihn nochmal aus ihren Augen anfunkelte, am meisten aber wollte er sie noch einmal küssen. Unbedingt. Und nicht nur flüchtig.

Lass es bleiben, sagte er sich streng. Aber er wusste gleichzeitig: Wenn Valerie ihm die Chance gab, würde er es niemals bleiben lassen.

***

Sylvia Wengler saß im Schneidersitz auf ihrem Bett und war dabei, eine Antwort an ihren Sohn Felix zu tippen. Zuerst war es nur um lauter Bürokram gegangen, aber jetzt waren die Familienbelange dran.

Glaubst du, dass bei Niklas alles in Ordnung ist?, fragte sie.

Du meinst, weil alles etwas sprunghaft erscheint, was er macht?, antwortete Felix, garniert mit einem Smiley.

Sylvia konnte sich vorstellen, wie ihr jüngerer Sohn gelächelt hatte, als er das schrieb.

Hm, ja, so in etwa, antwortete sie. Während sie zu jungen Männern herangewachsen waren, hatte sie sich nie

Sorgen um ihre Söhne gemacht, doch ausgerechnet jetzt fing sie auf einmal damit an. Verrückt!

Ich glaube, Niklas ist verliebt. Vorhin sah es im Café so aus, als wolle er Valerie gerade küssen …, schrieb Felix.

Für einen Augenblick blickte Sylvia auf die weiße Wand, hinter der Niklas schlief.

Vielleicht können wir dafür sorgen, dass die beiden sich häufiger treffen?, schlug Felix jetzt vor. *Es wäre wirklich gut für ihn.*

Was soll das denn bedeuten?, fragte Sylvia.

Ach komm, Oma W, du weißt genau, was ich meine, auch ohne dass ich den Namen Ariana schreibe, antwortete Felix. *Niklas hängt da fest, und ich wünschte, er würde mitbekommen, dass er durch Arianas Krankheit nicht das Recht verloren hat, glücklich zu sein.*

Das sehe ich genauso, antwortete Sylvia.

Prima, antwortete Felix. *Dann lass uns es morgen angehen. Gute Nacht, Oma W.*

Gute Nacht, mein Sohn, antwortete sie, unerwartet zufrieden darüber, in welche Richtung sich ihr Leben entwickelt hatte. Sie hätte nie gedacht, dass sie selbst je die Bezeichnung »Oma« für sich akzeptieren würde, aber jetzt konnte sie damit sehr gut leben.

Sie griff nach dem Buch, das neben ihr auf der Bettdecke lag, und schlug es auf. Was für ein Luxus, wenn man tun konnte, wozu man gerade Lust hatte. Sie strich sich die Haare aus dem Gesicht, setzte sich bequemer hin und begann zu lesen.

21. Kapitel

Wenige Meter Luftlinie entfernt stand Valerie vor dem Safe. Sie hatte keine Ahnung, wie viele Versuche sie hatte, um ihn aufzumachen, doch zwei davon hatte sie gerade in den Wind geschossen. Berenikes Geburtsdatum hatte sowohl vorwärts als auch rückwärts nichts bewirkt. Einen dritten Versuch wollte Valerie sicherheitshalber nicht mehr einfach so wagen.

Also ging sie zurück ins Schlafzimmer, wo sie als Erstes die Nachttischschublade aufzog. Gähnende Leere. Dann schaute sie in die Kommode. Leer. Die Schränke im Ankleidezimmer nebenan: ausgeräumt.

Nach und nach suchte Valerie die ganze Wohnung ab, aber es war vergeblich. Außer einer handgeschriebenen Bedienungsanleitung über der Waschmaschine, die sie gestern schon gesehen hatte, fand sie nichts, was auf eine Zahlenfolge oder einen Code hindeutete.

Enttäuscht seufzte Valerie. So kam sie nicht weiter, es war außerdem schon extrem spät, viel zu spät, um Joachim Mettling anzurufen (von dem sie nicht einmal wusste, ob er etwas über den Safe sagen konnte). Frustriert trat Valerie in den Flur.

»Wo?«, fragte sie laut. Genau in diesem Moment fiel ihr

der komische Poesiealbumspruch aus Berenikes Brief wieder ein. Was hatte ihre Tante da geschrieben? Rasch suchte Valerie nach dem Brief und überflog ihn dann bis zu der Zeile mit den unterstrichenen Wörtern, die ihr schon beim ersten Mal so komisch vorgekommen war. *Der März ist schön, der Oktober noch schöner, doch Weihnachten lässt mein Herz unendlich hüpfen.*

Was, wenn das der Schlüssel war? März könnte für den dritten Monat stehen oder 3, Oktober wäre dann 10, Weihnachten 2412, aber das Herz? Valerie überlegte. Dabei fiel ihr auf, dass nicht Herz, sondern das Wort unendlich unterstrichen war. Was war die Zahl für Unendlichkeit? Valerie überlegte hin und her, bis ihr einfiel, dass das mathematische Zeichen für unendlich einer liegenden Acht ähnelte. Also setzte sie alle Ziffern zusammen und ging mit der Zahlenfolge hinüber zum Safe. 31024128.

Die Kombination passte, und wenige Sekunden später stand Valerie vor dem geöffneten Tresor, der bei Weitem nicht so leer war wie die restliche Wohnung. Es fanden sich etliche Aktenordner und einige Dokumente in Klarsichthüllen darin. Obenauf lagen drei dicke schwarze, ledergebundene Bücher. Vorsichtig nahm Valerie das oberste in die Hand und schlug es auf. *Meine Geschichte* stand auf der ersten Seite, daneben lag ein Blatt Papier:

Herzlich willkommen, Valerie!
Ich freue mich, dass du es so weit geschafft hast – Du bist eben doch meine Nichte. In diesem Buch findest Du die ungeschminkte Wahrheit über mein Leben und die Erklärung, warum ich mich für ausgleichende Gerechtigkeit mit erweiterten Mitteln einsetze.

Noch kannst Du umdrehen, aber vielleicht bist Du ja auch neugierig? Dann darfst Du gern weiterlesen. Glaube mir, mein Leben war großartig – genauso eines wünsche ich Dir auch.
Fühl Dich umarmt von
Deiner
Tante Berenike

Ausgleichende Gerechtigkeit mit erweiterten Mitteln? Valerie las die Stelle mehrfach, weil sie nicht sicher war, was das bedeuten sollte. Aber irgendwie erinnerte sie sich dunkel, den Ausdruck schon mal gehört zu haben. Es war in Florenz gewesen, Berenike und sie hatten gerade die Uffizien besucht, als eine Frau auf sie zugekommen war... Doch genauer konnte Valerie sich beim besten Willen nicht erinnern. Entschieden klemmte sie sich also das Buch unter den Arm, bevor sie den Safe wieder schloss. Dann setzte sie sich im Wohnzimmer auf den Barcelona Chair, stellte das Licht der Leselampe an und begann zu lesen.

Montag, 14. November 1983
Was für ein Tag! Mieses, regnerisches Wetter gleich am Morgen.

Mit diesen Worten startete Berenikes erster Eintrag, und im Nullkommanichts fand sich Valerie fast vierzig Jahre zurückversetzt in ein holzvertäfeltes Büro im Hauptsitz der Nike-Versicherung in Hamburg...

»Sie können jetzt hineingehen«, erklärte die Vorzimmerdame, ohne von ihrer Schreibmaschine aufzusehen. Berenike erhob sich aus dem Sessel, auf dem sie geschlagene zwanzig Minuten gesessen hatte. Sie fand es frech, dass man sie hatte warten lassen, und noch dazu so lange. Schließlich hatte sie sich intern auf diese Stelle beworben und war nicht irgendein armes Hascherl von der Straße, dem man erst demonstrieren musste, was die Nike-Versicherung sich alles erlauben konnte.

Berenike atmete ein, dann strich sie den Rock ihres schwarzen Wollkostüms glatt. Es gab feste Anweisungen, was im Büro zu tragen war, aber sie nahm sich die Freiheit, ihre Kleidung nach eigenem Gutdünken aufzupeppen. So trug sie auch jetzt ein dunkles Kostüm nach Vorschrift, aber der Rock war nicht gerade geschnitten, sondern schwang locker und fast wellig um ihre Beine, und der Stoff war angenehm und weich. Ihre Bluse zierte ein ungewöhnlich ausladender Kragen, der zwar unglaublich aufwendig zu bügeln war, aber eindeutig besser aussah als die langweiligen Stehkrägen der anderen Angestellten. Ihre Locken waren in einem mühsam hochgesteckten Dutt verschwunden, der ausgesprochen vorteilhaft wirkte. Berenike war keine Schönheit, dafür wirkten ihre Gesichtszüge zu kantig, aber jetzt mit vierzig Jahren wusste sie besser als je zuvor, wie man sich gut in Szene setzt. Und heute hatte sie besondere Sorgfalt walten lassen.

Energisch klopfte sie an Arthur von Haltbachs Tür und betrat nach Aufforderung sein Büro. Dort, hinter einem massiven Schreibtisch, saß der legendäre Graf von Haltbach, dessen Erfolge geradezu mythisch überhöht wurden. Eben erst hatte er die ***Mona Lisa*** von einem ihrer nicht ganz so seltenen Ausflüge zurückgeholt, so erzählte man es sich auf den Fluren hinter vorgehaltener Hand. Dabei war er so vorsichtig vorgegangen, dass das Bild schon wieder im Louvre hing, bevor die Presse von dem Diebstahl überhaupt Wind bekommen hatte.

»Guten Morgen, Frau Küster«, begrüßte er sie und stand auf. »Ich freue mich, dass Sie sich die Zeit genommen haben, mich hier zu besuchen.«

Berenike sah ihn an – und war enttäuscht.

AvH, wie er auf den Versicherungsfluren und in der Kantine ehrfürchtig genannt wurde, war über fünfzig, klein – wahrscheinlich sogar ein Stückchen kleiner als sie –, hatte eher schütteres Haar und war eindeutig zu korpulent. Insgesamt wirkte er eher wie ein netter, gemütlicher Nachbar als wie das ermittlungstechnische Superhirn, das er sein sollte.

Jetzt kam er um seinen Schreibtisch herum und reichte Berenike die Hand. Sein Händedruck war angenehm fest, und seine Augen, mit denen er sie musterte, strahlten ein waches Interesse aus. Aber das half Berenike nicht über ihre anfängliche Ernüchterung hinweg. Irgendwie hatte sie eine Art James Bond erwartet, aber Graf von Haltbach sah höchstens wie ein Mann aus der zweiten Reihe aus – derjenige, der immer schon in der dritten Szene umkam.

»Ich freue mich, dass Sie sich in meiner Abteilung beworben haben. Ich denke, ich muss Ihre Intelligenz nicht mit den üblichen Bewerbungsfragen beleidigen. Passender erschiene es mir, wir würden ein wenig zusammenarbeiten. Allerdings muss ich feststellen, dass Sie leider falsch angezogen sind.«

Berenike, die sich ihn nach dem ersten Teil seiner Aussage kurzzeitig als halbwegs passablen Chef vorgestellt hatte, spürte, wie sich ihr Inneres sofort wieder verschloss.

War AvH etwa auch einer dieser unsäglichen Grapscher, der seine Assistentinnen nach ihrer Rocklänge auswählte?

»Ich denke, dass meine Kleidung absolut angemessen ist«, erwiderte sie mit kühler Stimme.

»Natürlich, wenn Sie meinen.« AvH lächelte sie zwanglos an. »Nun, da ist ja jeder von uns etwas anders gestrickt.«

»In der Tat.« Berenike musterte seinen Anzug, der zwar offenkundig maßgeschneidert war, aber viel zu hell für die Jahreszeit wirkte und dessen Hosenbeine eindeutig zu kurz waren. Der Schneider musste ja blind sein, wenn er derartige Hochwasserhosen abnahm!

»Gut, dann können wir gleich beginnen. Ich muss Sie übrigens vorwarnen, ich bin fürchterlich unsortiert. Einen Teil Ihrer kostbaren Arbeitszeit werden Sie bedauerlicherweise darauf verwenden müssen, mich an Sachen zu erinnern und mir beim Suchen zu helfen.«

Ich bewerbe mich aber nicht als Kindergärtnerin, lag es Berenike schon auf der Zunge, aber sie schluckte die Worte hinunter. Stattdessen nickte sie. »Natürlich.«

»Jetzt wüsste ich zum Beispiel gern, wo mein Fotoapparat ist.« Suchend blickte er sich um, während Berenike ungläubig auf die große Spiegelreflexkamera mitten auf seinem Schreibtisch starrte.

»Meinen Sie die hier?« Sie musste sich zwingen, ihre Stimme gelassen klingen zu lassen. Irgendwie musste ein Missverständnis vorliegen. Dieser Mann, der bis auf seinen teuren Anzug eher so wirkte, als mähte er jeden Samstag den Rasen, konnte unmöglich die geheime Wunderwaffe der Versicherung sein.

»Vielen Dank, aber an diese Kamera dachte ich nicht«, durchbrach Graf von Haltbach ihre Gedanken. »Ich dachte an meine kleine Leica.« Er machte sich daran, das Chaos auf seinem Schreibtisch zu durchwühlen. Dort lag alles durcheinander: Fotos von Gemälden und Kunstgegenständen, Briefe, Münzen, Geldscheine und Notizen. »Sie können mir gern helfen. Wenn wir zusammenarbeiten wollen, können wir uns keine Geheimnisse voreinander leisten«, erklärte er dabei, während er einen Stapel Krams von der einen auf die andere Seite schichtete.

Keine Geheimnisse? Berenike musste ein Schnauben unterdrücken. Die Anstellung bei der Nike-Versicherung war ihr Job, die Arbeit, die sie brauchte, um ihren Lebensunterhalt zu sichern. Nicht mehr und nicht weniger. Sie hatte sich bei AvH beworben, weil sie gehofft hatte, dass ihr Arbeitsalltag dadurch etwas spannender werden würde, aber anscheinend war das hier nicht die richtige Stelle für sie. Keine Geheimnisse – wo kam man denn da hin?

»Da drüben liegt eine Kamera«, erklärte sie knapp, wobei sie auf ein Regal wies, in dem ein schmaler, kompakter Fotoapparat vor mehreren Büchern mit dunklen Einbänden lag. Sie ging hinüber und stellte dabei überrascht fest, dass es sich bei den Büchern um nichts anderes als Shakespeares Gesammelte Werke handelte. Das war nicht unbedingt der Lesestoff, den sie hier erwartet hatte.

»›Die Hölle ist leer, alle Teufel sind hier!‹«, deklamierte AvH hinter ihr.

»Wie bitte?« Berenike drehte sich so schnell auf ihrem Absatz um, dass ihr Rock förmlich um sie herumschwang.

»Gestern wollte ich nur etwas bei Shakespeare nachlesen. *Der Sturm*, I. Aufzug, 3. Szene, aber das wissen Sie ja wahrscheinlich. Nun, bei der Gelegenheit habe ich wohl die Kamera dort liegen lassen.« Er streckte die Hand aus, woraufhin sie sie ihm reichte.

»Wie kommen Sie denn darauf, dass ich das kennen könnte?« Für einen winzigen Augenblick ließ Berenike aus Neugierde ihre professionelle Maske sinken.

»Drei Semester Germanistik, Anglistik und Philosophie«, erwiderte er freundlich. »Wollen wir los?«

Nun schaute Berenike ihn an, nein, sie starrte ihn förmlich an. Drei glückliche Semester lang war sie an der Universität eingeschrieben gewesen, bis ein familiärer Schicksalsschlag sie gezwungen hatte, das Studium aufzugeben und sich eine Anstellung zu suchen. Sie hatte die Position bei der Versicherung angenommen, weil sie gut bezahlt war. Aber sie hatte ihren Ausflug in das akademische Leben niemals erwähnt, woher wusste AvH also davon? Das musste sie unbedingt herausbekommen!

»›Gut, das ist mein Geist! Aber war es nahe genug am Ufer?‹«, zitierte sie die Shakespeare'sche Szene weiter.

Arthur von Haltbach lächelte sie an. »Wunderbar, ich werde viel von Ihnen lernen können.«

Berenike hatte erwartet, dass sie etwas vortippen, vielleicht auch ihre sonstigen Qualitäten beruflicher Art unter Beweis stellen müsste. Stattdessen eilte sie, nachdem sie ihre Handtasche und ihren Mantel geholt hatte, aus dem Versicherungsgebäude, wo AvH schon in einem Wagen mit Chauffeur auf sie wartete.

Beim Einsteigen bemerkte sie, wie AvH kurz ihren Wintermantel musterte, aber nichts weiter dazu sagte. Stattdessen fragte er sie nach ihrem Wissen über Diamanten.

»Nichts als Kohlenstoff«, erwiderte sie, was ihm ein kleines Lächeln entlockte.

»Bitte verzeihen Sie, ich sollte Sie nicht so etwas fragen. Es ist ein Luxus für mich, ab jetzt eine Assistentin wie Sie zu haben.«

»Haben Sie sich denn schon für mich entschieden?« Berenike merkte, dass AvH sie schon wieder dazu veranlasst hatte, etwas zu sagen, was sie eigentlich nicht hatte laut aussprechen wollen.

»Natürlich. Das Leben ist zu kurz, um sinnlos herumzuprobieren, finden Sie nicht auch?«

Das fand Berenike allerdings, aber sie hatte auch gehört, dass sich intern über vierzig Kolleginnen und Kollegen auf die Stelle beworben hatten. Und jetzt sollte ausgerechnet sie ausgewählt worden sein? Ganz ohne Prüfung ihrer Kenntnisse? Irgendwie konnte sie das nicht ganz glauben. »Hm«, machte sie daher nur vage.

»Uns beschäftigt das Hope-Collier. Haben Sie schon vom Hope-Diamanten gehört?« Entspannt wechselte AvH zu seinem ursprünglichen Thema zurück.

»Gehört ja, gesehen noch nicht. Es handelt sich um einen ungewöhnlich großen Diamanten von ungewöhnlicher Farbe«, erwiderte sie, während der Fahrer sie durch Hamburg kutschierte. »Soweit ich weiß, befindet er sich im Museum.«

»Das ist korrekt. Der Hope-Diamant ist ein außergewöhnlicher Edelstein. Er hat ein Gewicht von über 45 Karat, befindet sich im Besitz der Smithsonian Institution und wird bei einem geschätzten Wert von 200 bis 250 Millionen Dollar im National Museum of Natural History in Washington ausgestellt. Er ist blau, was übrigens daran liegt, dass er eben nicht nur aus Kohlenstoff besteht, sondern Spuren von Bor enthält. Auch zeigt er eine rote Phosphoreszenz, wenn er mit ultraviolettem Licht bestrahlt wird, die nach Ende der Strahleneinwirkung fast noch eine Minute lang anhält, was darauf hinweist, dass er auch noch Spuren von Stickstoff enthalten muss, aber das nur am Rande.« AvH unterbrach sich selbst. »Langweile ich Sie?«

»Keinesfalls.« Berenike merkte zu ihrer eigenen Überraschung, dass das der Wahrheit entsprach. Sie war sogar ungewöhnlich fasziniert.

»Nun, der Hope-Diamant ist, wie ich hoffe, unversehrt in den Vereinigten Staaten, aber das Hope-Collier wurde vorgestern als gestohlen gemeldet. Haben Sie eigentlich eine Sonnenbrille dabei?«

Berenike, die sich gerade wieder etwas entspannt hatte, zuckte fast zurück. Draußen war trübstes Novemberregenwetter. Wofür um alles in der Welt sollte sie eine Sonnenbrille bei sich haben?

»Nein? Kein Problem. Wir werden eine besorgen.« AvH redete weiter, als wäre alles in bester Ordnung, während Berenike sich fragte, ob das Ganze hier vielleicht ein Test war? Aber der Fahrer fuhr nicht nur im Kreis, sondern brachte sie auf direktem Wege nach Fuhlsbüttel zum Flughafen.

»Da wären wir.« AvH kletterte auf seiner Seite aus dem Wagen. Dabei fiel Berenike auf, dass sich ihr zukünftiger Chef (durfte sie ihn wirklich schon als solchen betrachten?) erstaunlich elegant und leicht für einen Mann seiner kräftigen Statur bewegte; er hatte fast etwas von einem Tänzer an sich. Berenike folgte ihm, wobei sie seine Interaktionen genauestens beobachtete. Er verhielt sich freundlich, aber bestimmt gegenüber jedermann, und war es offenkundig gewohnt, dass erledigt wurde, was und wie er es wünschte.

Kurze Zeit später saßen sie nebeneinander in einer Privatmaschine.

»Bleibt es bei Nizza?«, erkundigte sich die Stewardess und bot ihnen eine Auswahl Zeitungen an.

»Natürlich«, erwiderte AvH. »Ich glaube, ich lese die *ZEIT*, auch wenn sie schon von Donnerstag ist, und die *FAZ* von heute. Welche Zeitung wünschen Sie?«, wandte er sich dann an Berenike.

»Wir fliegen jetzt wirklich nach Nizza?«, fragte Berenike ungläubig, nachdem sie sich eine Zeitung genommen hatte und die Stewardess gegangen war.

»Ja, außer Sie haben eine bessere Idee, wo sich das Hope-Collier befinden könnte?« Interessiert sah AvH sie an.

Aber Berenike schüttelte nur stumm den Kopf. Und sie schwieg auch weiter, bis AvH die erste seiner beiden Zeitungen aufschlug und in aller Ruhe zu lesen begann.

In Nizza herrschte herrliches Sonnenwetter, und es war zwar nicht heiß, aber dennoch deutlich zu warm für Berenikes Kostüm und mehr noch für ihren Mantel. Zwangsläufig dachte Berenike an das, was AvH vorhin über ihre Kleidung gesagt hatte. Die Aufregung über den Flug hatte ihr Gefühl von Hitze noch verstärkt, und Berenike meinte, in ihrer Kleidung fast zu glühen. Aber dann im Wagen öffnete AvH ein Seitenfenster, und der kühle Fahrtwind wehte angenehm bis zu ihr herüber.

Bei einem Optiker ließ AvH den Fahrer halten.

»Wir kaufen Ihnen jetzt eine Sonnenbrille«, erklärte er, als sie ausgestiegen waren.

»Das geht doch auch so«, wehrte sie ab. »Es ist schließlich nicht mehr Hochsommer.«

»Es kann auch um diese Jahreszeit unangenehm hell werden«, erwiderte er freundlich, aber bestimmt. »Außerdem wird Ihnen eine Sonnenbrille ganz ausgezeichnet stehen, dessen bin ich mir sicher.«

Den ganzen Flug über war er zuvorkommend mit ihr umgegangen, völlig anders als Berenikes alter Chef, der mindestens einmal am Tag vollkommen ausgeflippt und die restliche Zeit auch kaum zu gebrauchen gewesen war. Dennoch war sich Berenike immer noch nicht ganz sicher, was sie von der Sache halten sollte. Bis zur Landung hatte sie irgendwie erwartet, dass sich alles nur als ein Spiel herausstellen würde, aber stattdessen hatte AvH mit ihr über Diamanten, den Hehlermarkt und beliebte Verstecke von Diebesgut geplaudert, nachdem er auch noch die *FAZ* gelesen und sie gebeten hatte, einen Teil davon in ihre Handtasche zu stecken. AvHs Wissen über Juwelen schien unerschöpflich, und sie hörte ihm gern zu, war sich aber gleichzeitig nicht ganz darüber im Klaren, was er genau von ihr wollte.

»Ich kann die Brille auch selbst bezahlen«, bot sie daher an, als sie gemeinsam ein elegantes Modell ausgewählt hatten.

»Nein, warum? Das sind doch Spesen.« AvH stellte einen Scheck aus.

»Une petite sachet, s'il vous plaît«, wandte er sich dann in makellosem Französisch an den Optiker, wobei seine Fremdsprachenkenntnisse ihn interessanterweise deutlich eleganter wirken ließ. Vielleicht lag das aber auch an dem wunderbaren Sonnenschein, der Berenike nach dem regnerischen Hamburger Herbstwetter geradezu blendete.

Als sie zurück zum wartenden Wagen gingen, reichte AvH ihr die Tüte. »Vielleicht könnten Sie das einstecken?« Sie nahm sie, linste unauffällig hinein und entdeckte darin die Brillendose, die Leica-Kamera, die bis dahin AvHs Jackettasche ausgebeult hatte, und einen kleinen länglichen Gegenstand in einer schwarzen Hülle.

»Was ist das?«, fragte Berenike, während sie die Tüte in ihre Handtasche gleiten ließ, die der Mode entsprechend groß genug war.

»Eine UV-Lampe. Man weiß ja nie, wann man so etwas gebrauchen kann.« AvH lächelte sie freundlich an, wobei Berenike zum ersten Mal auffiel, wie herzlich, amüsiert und gleichzeitig zufrieden er aussehen konnte.

Der Fahrer brachte sie ohne weitere Stopps zu einem exklusiven Anwesen außerhalb von Nizza. Es gab eine Zufahrt mit Tor und Pförtner, wo AvH seinen Namen nannte, als er danach gefragt wurde.

»Ich bin gekommen, um mich mit Madame zu unterhalten«, fügte er noch hinzu. Auf Französisch hörten sich diese Worte aus seinem Mund ungemein charmant an.

Das Tor schwang auf, und sie fuhren hindurch. Eine ganze Weile später hielt der Wagen auf einem kiesbestreuten Platz vor einem Bungalow von riesigen Ausmaßen.

»Gutes Sicherungssystem, bewachtes Grundstück, Kameras schon überall auf der Zufahrt, dazu im Eingangsbereich«, führte AvH aus, während sie langsam nebeneinanderher zu dem wuchtigen Portal gingen. »Die Tür passt nicht zum Stil des Hauses, ist aber robust, was sicherlich der Grund ist, warum sie ausgewählt wurde.«

Berenike hatte ihren Mantel im Auto gelassen, dennoch war es ihr deutlich zu warm in ihrem Kostüm. Aber sie bemühte sich redlich, es sich nicht anmerken zu lassen. Stattdessen schaute sie zu den Überwachungskameras, auf die AvH sie unauffällig aufmerksam machte.

»Sehen Sie sich die Blumen in den Beeten an«, forderte er sie auf. Überraschenderweise wirkten die Beete inmitten des ansonsten prächtigen Ambientes erstaunlich ungepflegt, ja fast verwildert.

»Teurer Unterhalt«, meinte AvH dann, als sie die drei Stufen zum Eingang hinaufschritten. »Bringt immer wieder Menschen auf dumme Ideen.« Dabei lächelte er gelassen, als hätte er nur eine unwichtige Bemerkung über das Wetter gemacht.

Ein Hausmädchen in Uniform nahm sie in Empfang. Die Uniform war hellblau und hatte einen großen Fleck auf der Schürze. AvH reichte ihr seine Karte, die sie ganz altmodisch entgegennahm und auf einem kleinen Tablett der Dame des Hauses brachte.

»Angestellte aus der Spülküche. Wo steckt das Dienstmädchen für diese Aufgabe?«

Berenike wusste nicht, ob dazu eine Antwort von ihr erwartet wurde, aber da sie keine geben konnte, schwieg sie.

»Nicht geheizt«, murmelte er ihr dann zu.

»Zum Glück«, erwiderte sie spontan, wofür sie mit einem breiten Lächeln belohnt wurde. »Ich mag Sie, Frau Küster. Bitte sagen Sie immer, was Sie denken.«

Aber wohl kaum meine düsteren Gedanken, überlegte Berenike.

»Auch Ihre düsteren Überlegungen«, fügte AvH noch hinzu, woraufhin sie ihn sprachlos ansah. Konnte er Gedanken lesen?

Die Dame des Hauses empfing sie im Salon. Sie war aufwendig geschminkt und sorgfältig zurechtgemacht, und sie lächelte erst freundlich, bevor sich ihr Gesicht in einen einzigen Ausdruck der Bestürzung verwandelte.

»Conte de Haltbach, es ist fürchterlich«, begann sie, nachdem die Höflichkeitsfloskeln ausgetauscht und AvH sich ausführlich vorgestellt hatte. »Mein Mann hat mich schon informiert, dass Sie kommen würden. Wir sind untröstlich. Dieses wunder-, wunderschöne Collier, ein Meisterstück der Goldschmiedekunst, ist einfach weg, verschwunden, wie in Luft aufgelöst. Helfen Sie uns! Man hat mir gesagt, dass Sie der Beste seien, also bitte, finden Sie heraus, was passiert ist. Irgendjemand von unseren grässlichen Hausangestellten muss es gestohlen haben. Wir haben die meisten gleich gefeuert.« Den letzten Satz sagte sie mit einer ordentlichen Portion Wut in der Stimme.

Sind deshalb so wenige Angestellte da?, grübelte Berenike. Fragend sah sie zu ihrem neuen Chef und bemerkte dabei verblüfft die Veränderung, die in ihm vorgegangen war. Sein Anzug war derselbe, aber plötzlich wirkten die Hosenbeine noch kürzer, und AvH erschien linkisch und unbeholfen. Er begann der Dame des Hauses Fragen zu stellen, die abwechselnd so simpel oder so absurd waren, dass Berenike nicht die geringste Ahnung hatte, worauf sie überhaupt abzielten.

So fragte er sie, ob sie eine Katze hätte (nein), was sie von Hängebauchschweinen als Haustiere halten würde (nichts), nach dem Zeitpunkt, als sie das Collier das letzte Mal gesehen hatte (am Abend vor dem Einbruch), wie der Zustand ihrer Ehe sei (gut), ob sie befürchte, dass ihr Ehemann eine Affäre hätte (Grundgütiger, nein!), ob sie gern Karotten essen würde (ein zögerliches Nein) und was sie am meisten an dem Collier vermisste (dass es nicht mehr da war).

»Bequem ist es schließlich nicht, dazu ist es viel zu

schwer, also könnten Sie eigentlich froh sein, es nicht mehr anziehen zu müssen, Madame Lamarque«, schloss er seine Fragerunde.

»Mais non«, kam der Widerspruch sofort. »Es ist nicht zu schwer. Es hat ein gutes Gewicht. Wie ... wie ...«

»Wie ein großer Flakon?«, schlug AvH vor.

»Nein, schwerer«, erwiderte sie augenblicklich.

Genauso wenig, wie Berenike verstand, worauf AvH hinauswollte, wusste sie, welche Rolle sie in diesem Theaterstück spielte. Aber sie bemerkte, dass AvH sie nicht mehr beachtete, ja geradezu von ihr ablenkte. Also zog sie sich immer weiter zurück, bis sie das Gefühl hatte, mit der opulenten Einrichtung des Raumes zu verschmelzen.

»Ich würde gern den Safe sehen, aus dem das Collier verschwunden ist«, erklärte AvH nun, während er ein paar Handschuhe aus seiner Jacketttasche holte. Dabei ließ er erst den einen und dann den anderen fallen, bevor er beide übergestreift bekam.

»Aber die Polizei war schon da, und die Spurensicherung auch«, protestierte die Dame des Hauses.

»Das macht nichts Madame, es wäre trotzdem wichtig.« Jetzt holte er auch noch einen kleinen Notizblock aus seiner Sakkotasche und schrieb langsam etwas hinein. Berenike sah, wie Madame Lamarque ungeduldig mit einem Fuß zu wippen begann, obwohl sie weiter höflich lächelte.

»So, jetzt können wir loslegen«, meinte er dann und klappte das Notizbuch zu. Da er Berenike nicht aufforderte mitzukommen, blieb sie, wo sie war.

Madame Lamarque ging durch eine Tür auf der rechten Seite des Salons. Kurz bevor AvH ihr folgte, ließ er einen kleinen Zettel und ein Paar Handschuhe fallen. Berenike wartete, bis sich die Tür hinter ihm geschlossen hatte, dann hob sie beides auf.

Hamlet, 1. Aufzug, 5. Szene, stand auf dem Papier und darunter: *ihre Zimmer, höchstwahrscheinlich Ankleidezimmer oder Ähnliches. Denken Sie an die Sonnenbrille und das Datum von heute.*

Im Kopf ging Berenike ihren *Hamlet* durch. Wie hieß das berühmteste Zitat aus dieser Szene noch? *Dass einer lächeln kann und immer lächeln. Und doch ein Schurke sein.*

Berenike biss sich auf die Unterlippe. Bedeutete es, dass AvH davon ausging, dass die Eigentümerin ihr eigenes Collier gestohlen hatte? Versicherungsbetrug also?

Berenike las den Zettel noch einmal, um zu verstehen, was genau sie tun sollte. Aber das war eigentlich klar. Ihr Auftrag war es, das Collier zu suchen. Auf einen Schlag war es mit ihrer passiven Rolle vorbei, und Berenike spürte, wie die Erregung förmlich durch ihre Adern schoss. Das war wirklich etwas ganz anderes als ihr bisheriger Schreibtischjob!

Rasch streifte sie die Handschuhe über, bevor sie vorsichtig die Tür auf der linken Seite öffnete. Sie wartete einen Augenblick, aber als niemand kam, huschte sie aus dem Salon den Gang hinunter. Während sie sich immer wieder umblickte, ob ihr auch weiterhin niemand folgte, drückte sie die Klinke der ersten Tür hinunter und blickte dann in einen kleinen, familiären Fernsehraum, der bis auf einen überdimensionierten Fernseher und zwei Sessel leer war.

Hastig ging Berenike weiter. Sie öffnete die nächste Tür. Nichts Brauchbares. Noch eine – wieder nichts. Drei Türen später wurde sie jedoch fündig, denn hier begann eindeutig das Reich der Hausherrin. Zuerst kam ein Schlafzimmer, dann ein Ankleidezimmer und ein sich anschließender begehbarer Kleiderschrank riesigen Ausmaßes.

Wenn AvH recht hat, muss hier irgendwo das Collier sein, dachte Berenike. Unter Zeitdruck sah sie sich um und riss als Erstes Schublade für Schublade in dem begehbaren Schrank auf. Darin herrschte ein sagenhaftes Durcheinander (vielleicht von der erfolgten Durchsuchung, vielleicht aber auch so), und Berenike merkte sehr schnell, dass sie so nicht weiterkommen würde – zumindest nicht, wenn sie nicht den ganzen Tag dafür Zeit hatte. Also zwang sie sich zu kombinieren. Wo würde sie ein überaus wertvolles Collier verstecken, das als gestohlen gemeldet wurde, aber von der Polizei bei der Durchsuchung keinesfalls gefunden werden sollte? Wo würde die Polizei nicht suchen? Berenike brauchte nur einen Augenblick.

Bei den Artikeln für Damenhygiene (Berenike hasste dieses Wort). Und wo würde man die aufbewahren? Wahrscheinlich im Ankleidezimmer, wie AvH vorgeschlagen hatte, oder aber im Bad.

Zuerst Ankleidezimmer, entschied sich Berenike, und zog nacheinander die Schubladen am Schminktisch der Dame des Hauses auf. Was für ein Chaos! So fand sie nichts. Und ihr blieb keine Zeit. Zwar hatte AvH nichts verlauten lassen, wie schnell sie machen musste, aber wie lange würde es schon dauern, sich einen Safe anzusehen, der von der Spurensicherung bereits untersucht worden war?

Schließlich kam ihr ein Einfall. Was war mit der UV-Lampe? Mit klopfendem Herzen holte sie ihre neue Sonnenbrille aus der Tasche. Der Optiker hatte ihnen zweimal versichert, dass sie absolut zuverlässig gegen UV-Strahlen schütze. Sie setzte sie auf, nahm dann die kleine Lampe aus der schwarzen Hülle und stellte sie an. Damit leuchtete sie in die Schublade. Nichts. Nächste Schublade. Wieder nichts. Dann die dritte Schublade. Berenike schob den Kram darin wie Tampons, Binden, etliche Tablettenblister und etwas, das wie ein altes Diaphragma aussah, zur Seite. Und plötzlich entdeckte sie es: einen ganz schwachen roten Widerschein. Es war gar kein richtiges Licht, sondern eher nur der Hauch einer Farbe. Berenikes Herz verfiel in einen Galopp. Mit vor Aufregung zitternden Händen räumte sie alles aus dem Weg, was in dieser Schublade zwischen ihr und dem schwachen Leuchten war, dann holte sie ganz vorsichtig einen schweren Gegenstand von atemberaubender Schönheit hervor: das Hope-Collier.

Berenike wurde ganz still beim Anblick des funkelnden Geschmeides.

Vielleicht sollte ich es nehmen und damit weglaufen, schoss es ihr durch den Kopf. Doch sie verwarf die Idee und erinnerte sich daran, was AvH ihr aufgetragen hatte. Sie sollte an das Datum von heute denken. An das Datum von heute? Sie legte das Collier auf den Schminktisch, schaltete die UV-Lampe aus, bevor sie sie zusammen mit der Sonnenbrille zurück in ihre Tasche schob. Dabei fiel ihr Blick auf den Teil der *FAZ*, den AvH ihr zum Einstecken gegeben hatte. Natürlich, darauf stand das Datum von heute! Schnell nahm sie die Zeitung heraus und legte dann behutsam das Collier so auf die Titelseite, dass man die Schlagzeile und das heutige Datum darüber eindeutig erkennen konnte. Mit der Leica machte sie eine rasche Folge von Aufnahmen aus allen Winkeln.

Als sie fertig war, bettete sie die Juwelen wieder sorgfältig an ihren temporären Verwahrungsort, stopfte die

Kamera zurück in ihre Handtasche und trat den Rückweg an. Zügig lief sie in Richtung Salon. Doch plötzlich öffnete sich irgendwo in der Nähe eine Tür, und Berenike hörte näher kommendes Stimmengemurmel. Soweit sie das beurteilen konnte, war das AvH, der Madame Lamarque noch mehr Fragen stellte. Das bedeutete, dass sie sich noch mehr beeilen musste, wenn sie vor ihnen wieder im Salon sein wollte. Berenike lief schneller, die letzten paar Meter schließlich rannte sie. Es gab ein reißendes Geräusch an ihrer Kostümjacke, als sie hektisch die Tür zum Salon aufzog und hinter sich ins Schloss warf. Aus vollem Lauf ließ sie sich auf den nächsten Stuhl fallen, sprang aber sofort wieder auf, als Madame Lamarque und AvH ins Zimmer kamen. Es sollte so aussehen, als hätte sie sich erdreistet, sich einfach so hinzusetzen, und tatsächlich sah Madame Lamarque sie leicht verärgert an. Auch AvHs Blick glitt über sie, während Berenike unbeteiligt tat. Aber das war sie nicht. In Wirklichkeit war sie schwer beeindruckt. Wow, was für ein Job!

22. Kapitel

Valerie schlug das Buch zu. Das war ja nicht zu fassen!

Bei all ihren gemeinsamen Unternehmungen hatte ihre Tante nie über ihre Arbeit gesprochen, was Valerie auf einmal jammerschade fand.

Mit dem Buch in der Hand ging sie hinüber ins Schlafzimmer und warf dort einen Blick auf ihre Handyuhr. Kurz vor eins, höchste Zeit zu schlafen, schließlich war sie den ganzen Tag auf den Beinen gewesen. Aber sie konnte sich einfach nicht dazu zwingen, Berenikes Geschichte auf morgen zu vertagen. Also machte sie nur rasch Katzenwäsche und putzte sich die Zähne, bevor sie unter die Decke schlüpfte und Berenikes Schilderungen wieder aufschlug.

Nach der wortreichen Verabschiedung von Madame Lamarque nannte AvH dem Fahrer eine andere Adresse.

»Nun der Ehemann«, erklärte er Berenike, als sie losgefahren waren.

»Ich bin aber nicht verheiratet«, antwortete sie, immer noch außer Atem von der Aufregung gerade eben.

»Ich meinte, dass wir jetzt zu Monsieur Lamarque, dem Ehemann der eben besuchten Dame, fahren.«

Berenike wurde rot. »Verzeihung«, murmelte sie rasch.

»Ich finde nicht, dass man sich dafür entschuldigen muss, nicht verheiratet zu sein. Meine Großtante sagte sogar immer: ›Man kann gar nicht unverheiratet genug sein.‹« AvH lächelte sie freundlich an. »Aber das bringt mich zu einem wichtigen Punkt. Ehemann hin oder her, ich erwarte hundertprozentige Vertraulichkeit von Ihnen.«

»Das heißt?«

»Sie dürfen niemandem in der Versicherung etwas darüber erzählen, wie wir die Kunstgegenstände dingfest machen. Nichts, was Sie an meiner Seite sehen, erleben oder hören, darf den Raum, in dem es sich ereignet hat, verlassen. Darauf muss ich mich absolut verlassen können. Von Verschwiegenheit außerhalb der Versicherung ganz zu schweigen. Kein Ehemann, keine Freundin, keine Großmutter darf darüber etwas zu hören bekommen.«

»Ich kann sehr gut schweigen«, gab Berenike zurück.

»Ich weiß, das ist einer der Gründe, warum ich mich für Sie entschieden habe.«

Fragend sah Berenike AvH an, aber er fügte nichts weiter hinzu.

Die Begrüßung im imposanten Büro von Monsieur Lamarque verlief deutlich weniger emotional als die in der prächtigen Villa. Weder reichte der Ehemann ihnen die Hand, noch bot er ihnen eine Sitzangelegenheit an. »Meine Frau hat mich schon informiert, dass Sie nicht weiterhelfen konnten. Ich hoffe, Ihre Versicherung wird jetzt schnell und vertragskonform die Versicherungssumme auszahlen.«

»Darf ich Platz nehmen?« Ohne eine Antwort abzuwarten, setzte AvH sich. Niemand bot Berenike einen Stuhl an, aber das war ihr nur recht. Sie hatte genügend Aufregung für eine ganze Woche erlebt, und die Vorstellung, hier einfach nur unauffällig neben der Tür zu stehen, behagte ihr sehr.

»Wir können es auf die harte oder die sanfte Tour machen, Monsieur«, begann AvH, wobei sein makelloses Französisch wieder zum Tragen kam.

»Was wollen Sie damit sagen? Dass die Versicherung Schlupfwinkel suchen wird, um nicht zu zahlen? Ich werde Ihnen die besten Anwälte Frankreichs auf den Hals hetzen, wenn Sie glauben, dass Sie sich irgendwie davor drücken können. Die Polizei hat bestätigt, dass das Collier gestohlen wurde.« Der Ehemann schien zunehmend empört, aber Berenike bemerkte, dass er ein- oder zweimal zu oft mit den Augenlidern blinzelte.

»Das Collier hat Ihr Haus niemals verlassen, was sowohl Sie als auch Ihre Frau wissen. Wir haben einen klaren und eindeutigen Beweis dafür. Ich würde Ihnen raten, das Collier schnellstmöglich zurück in den Safe zu tun, da es aufgrund der geltenden Vertragsbedingungen der Nike-Versicherung nicht mehr unter Versicherungsschutz steht. Sollten Sie Ihre Falschmeldung eines Diebstahls bei der Polizei zurückziehen, könnte sich das vielleicht wieder ändern, doch diese Entscheidung muss ich meinen Kollegen in der Hauptvertretung überlassen. Nein, vielen Dank, Sie müssen uns nicht hinausbegleiten, wir finden den Weg.« Mit diesen Worten stand AvH wieder auf.

Monsieur Lamarque sah aschfahl aus. »Aber … aber … was … wie?«

»Ersparen wir uns das. Sie wissen es, ich weiß es. Ich wünsche Ihnen noch viel Freude mit dem wunderschönen Stück.« AvH wandte sich zur Tür.

»Aber was ist, wenn ich einen Beweis für Ihre Behauptung sehen will, und Sie ihn nicht liefern können?« Monsieur Lamarque raffte sich zu einem letzten Angriff auf.

»Wir können es beweisen, seien Sie versichert, Monsieur.« Mit diesen Worten griff AvH nach der Türklinke.

»Warten Sie. Werden Sie Strafanzeige stellen?«

AvH drehte sich zu Monsieur Lamarque um. »Was meine Kollegen tun werden, weiß ich nicht. Meine Aufgabe war es, mich von dem makellosen Zustand des Colliers zu überzeugen. Au revoir.«

Er ließ Berenike vorangehen und schloss die Bürotür dann leise hinter ihnen beiden.

»Was passiert jetzt mit den Fotos?«, fragte Berenike, als sie wieder im Flugzeug saßen.

»Wenn die Versicherung sie benötigt, stehen sie ihr zur Verfügung«, antwortete AvH, bevor er sich bei der Stewardess einen Gin Tonic bestellte. »Für Sie auch?«, fragte er Berenike, die jedoch nur den Kopf schüttelte.

»Woher wussten Sie das alles ...«

AvH setzte sich bequem hin. »Die Firma von Monsieur Lamarque ist praktisch bankrott, diese Information habe ich mir schon vor der Abreise besorgt. Noch ist nichts offiziell, aber es gibt deutliche Zahlungsrückstände, und die Gläubiger werden langsam ungeduldig. Da ist es doch eine gute Idee, das Collier verschwinden zu lassen und die Versicherungssumme zu kassieren, finden Sie nicht? Das Problem war nur, dass das gute Stück so unvorstellbar wertvoll ist, dass das Paar Sorge hatte, es aus der Villa zu schaffen. Zudem leidet die Frau unter einer Angststörung, und ich könnte mir vorstellen, dass es ihr deshalb noch schwerer fiel, das Collier aus den Händen zu geben.«

»Woher können Sie so etwas wissen?«

»Alles Beobachtung und Psychologie. Im Bungalow fehlte das Personal, aber an der Pforte hatten zwei Mann Dienst, und ein weiterer beobachtete im Hinterzimmer die Monitore. Man hat nicht mehr das nötige Kleingeld, um die Beete pflegen zu lassen, aber für die Sicherheit wird alles getan.«

»Aber hätte man das nicht auch nach einem Einbruch getan?«, fragte Berenike.

»Wenn das wertvollste Stück bereits entwendet worden wäre? Es gab dort keine Kunstgegenstände außer ein paar belanglosen Bildern. Ich denke eher nicht.« AvH schüttelte leicht den Kopf.

»Aber was ist mit dem persönlichen Gefühl von Sicherheit? Besonders, wenn die Frau eine Angststörung hat, wie Sie meinen, hätte sie doch auch so möglichst viel auf Überwachung gegeben.« Berenike war noch nicht ganz von AvHs Schlussfolgerungen überzeugt.

»Wenn wirklich eingebrochen worden wäre, hätte die Frau es hier nicht mehr ausgehalten und sich ein anderes Quartier gesucht. Das hat sie aber nicht. Dann die verräterische Äußerung über den Flakon. Sie konnte sofort das Gewicht einer Parfümflasche mit dem des Colliers vergleichen, ohne darüber nachdenken zu müssen. Das geht nur, wenn sie beides kurz zuvor in der Hand hatte. Sie hatte etliche Beruhigungspillen geschluckt, das verlangsamte ihr Denken. Aber sie wollte es sich nicht anmerken lassen, daher das zu perfekte Make-up. Es war ein Make-up für eine Abendveranstaltung, völlig unpassend für einen gewöhnlichen Tag an der Côte d'Azur. In anderen Fällen, die ich schon erlebt habe, laufen die Opfer eines Einbruchs verzweifelt und verunsichert herum. Diese Frau hingegen versuchte, die Fassade um jeden Preis aufrechtzuerhalten. Das ist immer suspekt.«

»Woher wussten Sie, dass ich die Fotos habe?« Diese Frage brannte Berenike fast am meisten unter den Nägeln.

»Ihre erhitzte Gesichtsfarbe hat Sie in dem kühlen Salon vorhin verraten, dazu das Funkeln in Ihren Augen. Aber keine Sorge, Sie werden schnell lernen, diese Regungen zu kaschieren. Wo war es?«

»Im Schminktisch, dritte Schublade von oben rechts.«

»Hm.« AvH schmunzelte leicht. »Gut gemacht«, fügte er dann in Berenikes Richtung hinzu. »Ich habe allerdings nichts anderes von Ihnen erwartet.«

»Und wie wird das jetzt weitergehen?« Berenike wollte es nicht zugeben, aber sie war geradezu überwältigt von AvHs Fähigkeiten.

»Morgen werden wir einen normalen Bürotag verbringen. Sie können Akten sortieren, das heißt, wenn Sie die Stelle wollen.« AvH nahm den Gin Tonic entgegen, den die Stewardess ihm reichte.

»Ja, ich will«, antwortete Berenike sofort und war sich so sicher wie selten im Leben.

»Dann ist das entschieden.« AvH klang jedoch nicht so, als überraschte es ihn.

»Auf Ihr Wohl.« Er hob ganz leicht seinen Gin Tonic in Berenikes Richtung. »Auf eine gute Zusammenarbeit.«

»Auf eine gute Zusammenarbeit.« Berenike nickte zustimmend.

Valerie klappte die Aufzeichnungen ihrer Tante zu und legte sie neben sich auf den Nachttisch. Dann löschte sie das Licht. Während sie noch wach im Dunkeln lag, kam die Erinnerung an Berenike, Niklas, den Kuss, die Schokoladentorte und das Brausepulver hoch. Sie sah alles vor ihrem inneren Auge vorbeiziehen, während sie langsam, aber sicher in den Schlaf hinüberglitt.

23. Kapitel

Valerie schreckte auf. Ein Blick auf die Uhr zeigte ihr, dass sie fast verschlafen hätte. Zum Glück nur fast, denn heute war doch so viel zu tun! Aber Berenikes Bett war einfach himmlisch bequem, außerdem hatte Valerie gerade so herrlich von Niklas geträumt, dass ihr immer noch ganz heiß war.

Absurd, schoss es ihr durch den Kopf. Aber sie konnte nicht verhehlen, dass die gemeinsame Zeit gestern Abend Eindruck auf sie gemacht hatte. Schon lange hatte sie sich nicht mehr so wunderbar leicht und gut gefühlt. Und die lockeren Wortwechsel hatten an Salzkaramell erinnert, süß und mit dem Hauch einer pikanteren Note zugleich.

Valerie schob die Decke zur Seite und stand auf. Aber egal wie lustig, nett und verführerisch es sich mit Niklas angefühlt hatte, er war verheiratet, und verheiratete Männer küsste man nicht. Hatte sie ihm das nicht sogar gesagt?

Valerie tapste ins Bad. Warum musste sie trotzdem direkt nach dem Aufwachen als Erstes an ihn denken? Und warum bekam sie auch bei Tageslicht die Erinnerung an den kleinen superkurzen Kuss nicht aus dem Kopf?

Gespielt genervt, streckte Valerie ihrem Spiegelbild die Zunge raus. Schließlich war sie Berenikes wegen in Berlin und nicht, um mit einem Cafébesucher anzubändeln. Auch nicht, wenn er ungeheuer attraktiv war. Und attraktiv war Niklas zugegebenermaßen wirklich. Er sah gut aus, hatte eine faszinierende Ausstrahlung und gleichzeitig etwas ungewöhnlich Liebenswertes an sich. Aber Fakt war und blieb, dass er verheiratet war. Kuss hin oder her. Selbst, wenn es der überraschendste, erstaunlichste Kuss war, den Valerie je bekommen hatte.

Reiß dich zusammen, sagte sie zu ihrem Spiegelbild. Trotzdem kehrten ihre Gedanken wie von selbst beim Zähneputzen zu Niklas zurück.

Berenikes Bad war elegant und geräumig, aber seltsamerweise ebenfalls fast vollständig leer geräumt. Es gab ein Stück Seife in seiner Schale, aber Cremetiegel oder Flakons suchte Valerie vergebens. Dennoch schien auch hier noch ein Hauch von Berenikes Parfüm in der Luft zu liegen, genau wie unten im Café.

Rasch machte Valerie sich fertig, bevor sie Punkt eins auf ihrer To-do-Liste in Angriff nahm: ihre Chefin anrufen.

Es klingelte nur ein Mal.

»Ja?«, bellte Amandas Baritonstimme, und Valerie wusste augenblicklich, dass die Chefin ihre ausgesprochen schlechte Montagmorgenlaune hatte. Prompt entwickelte sie ein flaues Gefühl in der Magengrube.

»Hallo, hier ist Valerie Küster.«

»Ah, sehr aufmerksam, dass Sie sich gleich morgens melden. Heute möchte ich einen Kaffee ohne Koffein, Milch oder Zucker, der aber bitte trotzdem nicht so stark nach Kaffee schmecken sollte. Dazu ein Chiasamen-Müsli oder irgendetwas Ähnliches, das aber nicht wieder so fad im Geschmack ist. Wenn ich es mir recht überlege, wäre es gut, wenn das Müsli wie ein Brötchen mit Nougatcreme schmecken würde, aber natürlich ohne diese ganzen ungesunden Fette. Um neun Uhr ist das Meeting mit den Leuten von dem neuen Bauprojekt angesetzt, aber dafür brauche ich noch eine Zusammenfassung. Ich hoffe, Sie haben sich da schon eingelesen. Dann muss die Kalkulation für ›Sonnenwelten‹ zur Gegenrechnung in die Finanzabteilung. Außerdem müssten Sie meine Kleidung aus der Reinigung holen. Über das Mittagessen sprechen wir noch.«

Puh, dachte Valerie, der schon die Ohren klingelten. *Zum Glück bin ich nicht da.*

Dann aber fiel ihr ein, dass sie genau das, nämlich ihre Abwesenheit, Amanda jetzt eröffnen musste.

»Leider …«, versuchte Valerie behutsam einzusteigen.

»Die Sachen aus der Reinigung zu holen ist jetzt eigentlich nicht mehr Ihre Aufgabe, aber Ihre ehemalige Stelle ist noch nicht nachbesetzt, und da dachte ich, Sie könnten das sicher noch einmal übernehmen.«

»Natürlich, aber …« Valerie fiel es immer schwerer, weshalb sie sich einen Ruck gab und, so schnell sie konnte, sprach. »Leider ist meine Großtante mit einem Herzinfarkt ins Krankenhaus gekommen, und ich bin hier …«

»Herzinfarkt!«, fiel ihr Amanda hysterisch ins Wort, und Valerie wusste augenblicklich, dass sie einen riesigen taktischen Fehler begangen hatte. Amanda war eine unglaubliche Hypochonderin, wie hatte sie da nur einen Krankheitsbegriff verwenden können?

»Valerie, Sie sind im Krankenhaus! Sind Sie eigentlich wahnsinnig? Wissen Sie denn nicht, was man sich da alles holen kann? Um Gottes willen. Gehen Sie sofort nach Hause! Duschen Sie, nein, besser Sie desinfizieren sich von unten bis oben, bevor Sie ins Büro kommen. Ich werde Handschuhe anziehen, wenn ich heute mit Ihnen zu tun habe.« Amandas Stimme wurde immer aufgeregter, am Ende keuchte sie fast.

»Es ist leider so, dass meine Tante in Berlin im Krankenhaus liegt«, versuchte Valerie zu erklären. Doch das hätte sie nicht tun sollen, denn nun legte Amanda erst so richtig los. »Berlin? Man liest Entsetzliches über die Krankenhäuser in Berlin. Wie heißt diese große Klinik da? Miserité? Kein Wunder, wenn die Leute krank und immer kränker werden und dann sterben.«

»Ich hoffe nicht, dass meine Tante stirbt.«

»Im Übrigen ist heute Ihr erster Tag als meine persönliche Assistentin. Was denken Sie sich eigentlich, Ihre Tante ausgerechnet jetzt krank werden zu lassen? Sind Sie von allen guten Geistern verlassen, Frau Küster? Was ist denn das für eine Arbeitseinstellung?«

Valerie blieb nicht verborgen, dass Amanda »Frau Küster« zu ihr gesagt hatte – wie bei dem Debakel mit der türkisfarbenen Seide –, und sie spürte ein heftiges Unwohlsein; gleichzeitig fühlte sie sich zutiefst ernüchtert. Irgendwie hatte sie in der Riesenfreude über die Beförderung für einen Augenblick verdrängt, was für eine unglaubliche Egoistin Amanda sein konnte. Als ob es in ihrer Macht stünde, Berenike »krank werden zu lassen«, nur um ihre Chefin zu ärgern.

»Und wer soll dann heute Ihre Arbeit machen, Frau Küster?«, blaffte Amanda sie jetzt an. »Aber ich werde jemanden finden, und wenn es das Letzte ist, was ich tue. Ich erwarte Sie morgen früh hier, und hüten Sie sich davor, ins Krankenhaus zu Ihrer Mutter, Tante, Großmutter oder wem auch immer zu gehen. Ich verbiete es Ihnen ausdrücklich.«

Bevor Valerie noch etwas dazu hätte sagen können, legte Amanda auf.

Völlig durchgeknallt, urteilte Valerie, ehe ihr auch noch der Frust über die geringfügige Gehaltserhöhung wieder hochkam. Aber darüber mit Amanda zu sprechen, nachdem sie sich für heute abgemeldet hatte, war schlicht und ergreifend unmöglich.

So ein Mist! Doch dann besann Valerie sich auf den Tag, der vor ihr lag, und ihre Laune stieg wieder. Heute würde sie vor allem das Besuchsprojekt bei Berenike in Angriff nehmen, irgendwann mussten die in der Klinik doch mal mit diesem üblen Keim fertigwerden. Zwar hatte Amanda ihr »verboten«, ins Krankenhaus zu gehen, aber darüber zuckte Valerie nur die Achseln. Amanda war nicht der liebe Gott, auch wenn sie sich manchmal so zu fühlen schien. Außerdem war egal, was ihre Chefin dachte, sie war sechshundert Kilometer weit entfernt, und Valerie würde das Beste aus ihrem Tag machen.

Im Ankleidezimmer warf Valerie einen Blick in den Spiegel. Sie hatte einen dunkelblauen Nikki-Pulli im Retro-Look mit rotem Kragen gewählt, dazu eine Hose mit leichtem Schlag und eine ganze Batterie von Armreifen, die vielleicht unpraktisch bei der Arbeit sein würden, deren leises Klimpern Valerie jedoch liebte.

Im Café würde sie die coolste Swingmusik auflegen, die sie fand, ein wunderschönes Frühstück vorbereiten und Niklas und seine vergnügte Familie wiedersehen. Das war doch gut. Nein, das war sogar besser als gut.

Bevor sie nach unten ging, legte Valerie Berenikes Buch

zurück in den Safe, obwohl sie aus Neugierde am liebsten sofort weitergelesen hätte.

***

Entgegen ihrer Ankündigung war Holly ebenfalls im Café und hatte einen ganzen Schwung Einkäufe auf den Tresen und in die Küche gestellt. Fettarme Milch, entkoffeinierter Kaffee, drei Sorten Saft für die Getränkeabteilung, zwei verschiedene Limonaden, dazu zwei Träger Eier, Schinken, Salami, Käse, Butter und ein Set Topflappen. Offenkundig hatte die schweigsame Holly gestern alles ganz genau mitverfolgt und ihre Schlüsse gezogen. Heute trug sie ihre Haare in zwei geflochtenen Zöpfen und sah abermals vollkommen verändert aus. Dazu passte auch, dass sie ein rotes kimonoähnliches Oberteil zu einer schwarzen Hose anhatte.

»Danke für die Besorgungen«, sagte Valerie, als sie aus der Küche zurückkam.

Aber Holly schüttelte nur den Kopf. »Keine Ursache.« Dann wies sie auf die Blumen, die auf dem Tisch bereitstanden, um Lilas Geburtstag zu feiern.

»Schöne Rosen.« Ihre Stimme ließ ihre Worte wie eine Frage klingen, aber ihr Gesicht verriet keine Regung.

»Die sind nicht für mich. Wir feiern hier gleich einen Geburtstag, und die sind für das Geburtstagskind.«

»Geburtstag?« Jetzt schien Holly doch überrascht. »Dann hole ich noch Bubbly, Sekt.« Und bevor Valerie sich noch irgendwie äußern konnte, kam Holly hinter dem Tresen vor und verschwand durch die Cafétür.

Also gut, dachte Valerie. Als Erstes legte sie eine Platte auf, die sie auf gut Glück aus dem Regal zog – diesmal ohne beiliegenden Zettel in der Plattenhülle –, dann band sie sich die Schürze um und machte sich an die Arbeit.

Als sie das Frühstück fertig vorbereitet hatte und in den Schubladen nach einem Buttermesser suchte, bemerkte sie, dass Holly ihr noch zwei weitere Schürzen besorgt hatte. Offenkundig war Berenikes Angestellte der Überzeugung, dass Valerie bleiben würde, und Valerie dachte zum ersten Mal, dass es vielleicht nicht die allerschlechteste Idee wäre. Auf alle Fälle ging es hier deutlich friedlicher zu als bei der durchgeknallten Amanda Modefürst.

Die Tür des Cafés öffnete sich. »Da sind wir!«, verkündete eine Jungenstimme fröhlich, und Valerie wandte den Kopf, wenngleich sie Johnnys Stimme sofort erkannt hatte.

Doch statt eines kleinen blonden Jungen entdeckte sie nur drei große Heliumluftballons, die ihren Träger bis auf die Jeans und die Schuhe komplett verdeckten. Eine Sekunde später ruckelte es in den Luftballons, als noch ein zweiter Junge hinterherkam, der ebenfalls drei riesige Ballons in Händen hielt.

»Mach mal Platz«, verlange Jakob, und die vorderen Ballons wackelten auf Valerie zu.

»Die sind ja toll!« Valerie kam aus der Küche. Die Ballons waren rosa und silbern, mit Glitzer und unfassbar kitschig.

»Hallo«, begrüßte sie die Jungen über die Ballons hinweg.

»Hallo, Valerie, darf ich die Ballons fliegen lassen?«, fragte Johnny.

»Unbedingt. Wir müssen nur aufpassen, dass sie nicht an die heiße Kaffeemaschine kommen.«

An der Decke konnte Valerie die Ballons noch besser bestaunen, und sie entdeckte, dass auf einem Prinzessinnen draufgedruckt waren, rote Rosen und rosa Herzchen auf dem zweiten, aber auf dem dritten ein Spiderman prangte, der sich wie der Rabauke unter all den anderen ausmachte.

»Der Spiderman ist ja toll«, erklärte sie spontan.

»Siehst du!« Johnny streckte seinem Bruder die Zunge heraus und wandte sich in einem selbstzufriedenen Ton an seinen Vater, der nach ihnen das Café betreten hatte. »Sie findet den Spiderman auch gut!« Dabei wies er mit seinem kleinen Zeigefinger auf Valerie.

»›Sie‹ hat auch einen Namen«, tadelte Niklas ihn, sah aber ausgesprochen gut gelaunt dabei aus.

Valeries Herz machte bei seinem Anblick einen unerwarteten Satz und begann, schneller zu schlagen. *Der Kuss*, fiel ihr unvermittelt ein. *Nicht daran denken*, hielt sie sofort dagegen.

»An dem Spiderman war kein Vorbeikommen«, erklärte Niklas.

»Dabei haben wir uns so bemüht, Mädchenkram auszusuchen, nur Johnny hat mal wieder nicht mitgemacht«, klagte Jakob.

»Aber Lila mag Spiderman. Außerdem, wenn Lila der Spiderman nicht gefällt, behalte ich ihn eben selbst.« Egal was sein Vater und sein Bruder auszusetzen hatten, Johnny blieb unbeeindruckt.

»Welchen Nicht-Mädchen-Kram hättest du denn genommen?«, erkundigte sich Valerie bei Jakob.

»Den Ballon mit den Planeten«, erwiderte Jakob wie aus der Pistole geschossen.

»Ich finde, du solltest ihn noch holen für diesen Geburtstag.«

»Ehrlich?« Jakob sah sie fragend an.

»Ich finde, dass ein Geburtstag ohne Planetenluftballon kaum vorstellbar ist, nicht einmal, wenn man eine Geburtstagstorte mit Brausepulver bekommt.«

»Du hast wirklich …«, begann Jakob sichtlich erfreut.

»Brausepulver!« Johnny hüpfte auf und ab. »Wow, das ist ja noch cooler als ein Spiderman-Luftballon. Das will ich …«

»Hast du das ernst gemeint mit dem Ballon?«, unterbrach Jakob seinen kleinen Bruder.

Valerie nickte. »Könnt ihr beide alleine zu dem Geschäft gehen, oder …«

»Ich gehe mit«, schlug Sylvia Wengler vor, die gerade ins Café gekommen war. »Ich möchte mir auch unbedingt noch so einen Luftballon aussuchen.«

»Oma W, ich empfehle dir einen Spiderman«, erklärte Johnny in vollem Ernst.

»Aber ich bezahle den von Jakob«, sagte Valerie.

»Das ist sehr nett von Ihnen, aber das ist nicht nötig«, versicherte Sylvia. »Es ist ja schon wunderbar, dass wir hier so schön feiern kö…«

»Valerie hat eine Torte mit Brausepulver gebacken«, fiel ihr Johnny ins Wort. »Das ist ja wohl der Oberhammer.«

»Das ist wirklich der Oberhammer«, wiederholte Niklas, als sich die Tür hinter den Jungen und ihrer Oma schloss.

Valerie lächelte ihn an. Auf einmal musste sie noch stärker als zuvor an den Kuss denken und konnte daneben überhaupt keinen klaren Gedanken mehr fassen.

Ich bin dabei, mich zu verlieben, erkannte sie auf einmal, und es war fast ein Schock. Sie – jetzt – hier – mit diesem

Mann? Nein, auf keinen Fall, Niklas war verheiratet, und auf so eine Nummer wie mit Claas konnte sie wunderbar verzichten, vielen Dank auch.

»Ich hole die Torte«, erklärte Valerie schnell, bewegte sich aber nicht.

»Gute Idee, kann ich helfen?«, bot Niklas an, aber auch er regte sich nicht.

Es war doch nur ein kleiner, harmloser Kuss, sagte sich Valerie, während sie immer noch nichts tat. Es war, als wäre sie über ein unsichtbares Band mit Niklas verschnürt.

Jetzt beweg dich doch, ermahnte sie sich, doch vergeblich. Sie konnte sich nicht rühren, sondern musste einfach nur den blonden Mann anschauen.

Bewegung kam erst ins Spiel, als Holly zur Tür hereinkam.

»Hier ist der Sekt«, sagte sie. »Ich lege ihn in den Kühlschrank.«

Die besondere Stimmung zwischen Valerie und Niklas verpuffte.

»Ich gehe in die Küche«, verkündete Valerie laut, als wäre das eine spannende Neuigkeit, und stolperte los.

»Ein hübscher Mann«, meinte Holly zu ihr, als sie aus der Vorratskammer kam. »Ein wirklich hübscher Mann.« Dabei klang sie ausgesprochen zufrieden, was Valerie nicht so ganz einordnen konnte. Aber hier war so manches nicht auf Anhieb zu verstehen, und Hollys merkwürdige Art war nur eine Sonderlichkeit unter vielen.

***

»Happy Birthday to You!« Der Chor sang laut und schief, aber Lila sah trotzdem so aus, als würde sie vor Rührung gleich in Tränen ausbrechen.

»Danke!« Sie griff nach Felix' Hand, als alle laut klatschten.

Felix zog sie an sich und küsste sie so, als wäre sonst niemand im Raum.

»Igitt«, protestierte Johnny laut, und Niklas hielt ihm sofort zum Spaß die Augen zu. Dabei verspürte er ein ganzes Kuddelmuddel an Gefühlen in seiner eigenen Brust. Warum hatte er Valerie gestern nur geküsst? Seitdem war irgendwie alles in ihm ins Ungleichgewicht geraten. Jetzt musste er sich fast beherrschen, um nicht permanent nach ihr Ausschau zu halten und sie anzustarren, als wäre sie das achte Weltwunder.

Lange Zeit hatte er nicht mehr daran gedacht, wie schön es war, verliebt zu sein, und wie herrlich es sich anfühlte, geliebt zu werden. Aber seit sich gestern ihre Lippen berührt hatten, war die Sehnsucht danach wie ein Bumerang aus seiner Vergangenheit zurückgekommen. War er nicht zu alt für so eine alberne Verliebtheit? Sollte er sich nicht lieber eine Frau suchen, die nach irgendwelchen Scores zu ihm passte? Sonst regelte er sein Leben doch auch eher rational und beherrscht.

Ohne wirklich etwas zu sehen, starrte Niklas aus dem Fenster und bemerkte erst nach einem Augenblick, dass er beobachtet wurde. Geübt unauffällig drehte er sich um und entdeckte, dass es seine Mutter war, die ihn intensiv musterte. Doch als er sie direkt ansah, lächelte sie nur. Niklas hatte keine Ahnung, was in ihr vorging. Bevor er jedoch darüber nachgrübeln konnte, überreichten Johnny und Jakob dem Geburtstagskind mit großem Hallo ihre Luftballons, und Niklas kehrte aus seiner Gedankenwelt ins Hier und Jetzt zurück.

»Von so einem Prinzessinnenluftballon träume ich schon mein ganzes Leben.« Lila umarmte Jakob fest, dem das Lob ein wenig peinlich zu sein schien, der aber gleichzeitig unglaublich stolz wirkte.

»Gut gemacht.« Niklas hob seinen Daumen.

Dann bedankte Lila sich geradezu überschwänglich für den Spiderman. »Aber meinst du nicht, Johnny, dass du ihn für mich aufbewahren könntest?«

»Meinetwegen.« Johnny gab sich großmütig, sah aber sehr zufrieden aus.

Dann kam Valerie mit der Geburtstagstorte.

»Toll!« Johnny war begeistert.

»Super!« Jakob klang so zufrieden, als hätte er die Torte verziert.

»Oh, Frau Küster, wie schön!«, bemerkte Sylvia Wengler.

»Großartig«, lobte Felix.

»Oh, vielen Dank«, seufzte Lila entzückt.

Nur Niklas sagte nichts. Aber für einen Moment war er einfach nur glücklich, jetzt hier zu sein.

24. Kapitel

Bei allem, was Valerie tat – ob sie Sekt nachschenkte, Frühstück servierte oder eine neue Schallplatte auswählte –, alles erschien ihr fröhlicher, sonniger und glücklicher als noch vor vierundzwanzig Stunden. Es fühlte sich an, als lockere das Leben seine enge Klammer aus Arbeit, Stress und Anspannung und ließe Valerie wieder mehr Raum. Vielleicht lag es am Frühling, der sie heute mit einem herrlichen Sonnenschein erfreute. Vielleicht lag es aber auch an Berenikes verbessertem Befinden und vielleicht auch an Niklas. Er brachte etwas in ihr zum Schwingen, dem Valerie sich kaum entziehen konnte. Ach, wenn es doch nur eine Möglichkeit gäbe, dass die Sache zwischen ihnen weiterginge …

Holly kam mit einem Tablett in die Küche und riss Valerie aus ihren Tagträumen.

»Schönes Fest!« Zum ersten Mal, seit Valerie sie kennengelernt hatte, klang sie fast vergnügt. »Es ist gut, dass du da bist.«

»Danke!« Valerie nahm ihr das Tablett ab und begann, das benutzte Geschirr in den Geschirrspüler einzuräumen, während Holly sofort wieder zurück an ihren Stammplatz hinter dem Tresen marschierte.

Valeries Handy klingelte, und für einen Moment hatte Valerie Sorge, es könnte Amanda sein, die kontrollieren wollte, ob sie auch wirklich nicht im Krankenhaus war. Aber es war Joachim Mettling. »Guten Morgen, Frau Küster. Wie versprochen, melde ich mich sofort mit allen Neuigkeiten. Und diesmal sind es erfreulicherweise zum zweiten Mal in Folge gute. Offenkundig hat sich der Zustand von Frau Küster über Nacht weiter stabilisiert, so sagte es mir zumindest gerade eben der Oberarzt.«

»Das ist die beste Nachricht des Tages! Kann ich sie dann jetzt besuchen?« Valerie spürte, wie all die positiven, frühlingshaften, sonnigen Gefühle in ihrem Bauch noch weiter zunahmen.

Aber Herr Mettling antwortete nicht auf ihre Frage, stattdessen stellte er ihr eine Gegenfrage. »Hatten Sie schon Gelegenheit, die Unterlagen durchzusehen?«

»Ich habe angefangen.«

»Das ist sehr gut. Wenn Sie Hilfe bei irgendetwas brauchen, melden Sie sich. Und, Frau Küster?«

»Ja?«, fragte Valerie.

»Meine Mandantin hat mehrfach betont, dass Sie Ihnen alles überlassen möchte. Sie können sich also gern Geld von ihrem Bankkonto nehmen, wenn Sie das wünschen.«

»Das ist sehr großzügig, aber wenn Berenike gesund wird, braucht sie ihr Geld doch selbst«, erwiderte Valerie, die sich nichts Besseres denken konnte als die vollständige Genesung ihrer Tante. Dann würden sie wie früher zusammen verreisen, vielleicht sogar zusammen Swing tanzen gehen, und sie konnte ihre Tante fragen, wer A. gewesen war.

Für einen Augenblick blieb es still in der Leitung. »Dass

Ihre Tante wieder gesund wird, davon sollten Sie nicht unbedingt ausgehen«, meinte der Anwalt dann ernst, bevor er sich gewohnt hastig verabschiedete.

Nachdem er aufgelegt hatte, starrte Valerie einen Augenblick auf ihr Handy. Irgendwie war Herr Mettling ein komischer Kauz und nicht gerade ein Held darin, ihr Mut zu machen. Allerdings war der Oberarzt zufrieden gewesen, und das war doch viel wichtiger. Gestärkt von den guten Neuigkeiten drehte Valerie den Kopf, und quer durch das Café begegneten sich Niklas' und ihr Blick. Sie lächelte, und er lächelte zurück, was ihr ein kleines Kribbeln im Bauch bescherte.

Doch just in diesem Moment kam Felix an die Küchentür und unterbrach die lindgrünen Frühlingsgefühle.

»Das ist ein großartiges Frühstück gewesen, ich kann dir gar nicht sagen, wie dankbar ich bin.«

»Es freut mich, wenn es euch gefallen hat.«

Wenn Berenike doch gesund wurde, wovon Valerie unbedingt ausgehen wollte, konnte sie ja vielleicht solche Geburtstagsfrühstücke auch zukünftig anbieten?

»Abgesehen von der Rechnung, die ich gern begleichen würde, habe ich hier noch ein kleines Dankeschön für dich.« Felix reichte Valerie eine Tüte, in der sich eine große Auswahl Köstlichkeiten von *Mariannes himmlischen Bonbons*, Lilas Bonbonladen, befand.

»Wie nett. Vielen Dank!«

»Bei dir ist es sehr nett«, erwiderte Felix gut gelaunt. »Und du bist es auch.«

Valerie freute sich über das Kompliment. Dann dachte sie daran, dass sie ja heute Abend zurück nach München reisen musste, und für einen Augenblick wurde sie fast traurig. Es gefiel ihr unerwartet gut in Berenikes ungewöhnlichem Swing-Café.

***

Um die Mittagszeit wurde es so ruhig, dass Holly Valerie vorschlug, Pause zu machen. Dieses Angebot nahm Valerie gern an. Sie ging direkt hinauf in Berenikes Wohnung, um die Unterlagen ihrer Tante weiter durchzusehen.

Zwar war sie sich nicht hundertprozentig sicher, ob das jetzt, wo es Berenike besser ging, noch vertretbar war, aber Valerie war einfach zu neugierig, um es bleiben zu lassen. Also nahm sie das oberste Buch mit den Aufzeichnungen aus dem Safe, setzte sich wieder auf ihren Lieblingsplatz im Wohnzimmer und begann, an der Stelle weiterzulesen, an der sie gestern Nacht aufgehört hatte…

In den nächsten Wochen lernte Berenike Mitarbeiter der Versicherung kennen, von deren Existenz sie nichts geahnt hatte. Der Experte für Fälschungen Horst Janik war darunter, genauso wie zwei Spezialisten für Türen- und Fensteröffnungen, die regelmäßig in AvHs Büro kamen, um ihn über die Entwicklungen im Bereich der Diebeskunst auf dem Laufenden zu halten. Berenike nahm an, dass die beiden früher ebenfalls in diesem Metier tätig gewesen waren, und sie schaute voller Interesse zu, wenn sie allerhand demonstrierten.

Ihre Verschlossenheit in der Versicherung hatte Berenike den Spitznamen »Eiskönigin« eingebracht. Und sie wurde noch zurückhaltender. Bei Gesprächen mit Kollegen und Plaudereien auf dem Flur hielt sie sich so bedeckt, dass jeder denken musste, dass ihr Job der langweiligste der Welt sei.

Dabei war das glatte Gegenteil der Fall! Erst in der vergangenen Woche war sie mit AvH am Lago Maggiore gewesen, wo ein unfassbar teures Gemälde von Tintoretto als gestohlen gemeldet worden war (das leider tatsächlich spurlos verschwunden blieb); anschließend waren sie nach New York weitergereist, wo die Kinder einer alten, reichen Dame ihr Erbe noch zu deren Lebzeiten antreten wollten. AvH trieb sämtliche Kostbarkeiten der Dame wieder auf und schaffte es anschließend noch, sie beim Tee davon abzuhalten, alles auf der Stelle einem Tierschutzverein zu vermachen.

Berenike bewunderte AvHs unglaublich gute Beobachtungsgabe, seine Fähigkeit, schnell die richtigen Schlüsse zu ziehen, und sein ausgeglichenes Gemüt, das ihn stets entspannt und freundlich bleiben ließ. Er hatte einen regen Geist, war an allem und jedem interessiert und ließ es sich nicht nehmen, jeden Tag mindestens drei Zeitungen zu lesen. Dazu pflegte er Kontakte in alle Welt und war an normalen Bürotagen fast ausschließlich damit beschäftigt, den Informationsfluss am Laufen zu halten. Sein Adressbuch war legendär, sein Gedächtnis noch legendärer, und Berenike, die selbst über eine bemerkenswert gute Erinnerungsgabe verfügte, lernte von Tag zu Tag so viel über Kunst und Kommunikation, dass ihr manchmal der Kopf schwirrte.

AvHs Ausgaben für seine Tätigkeit fielen beeindruckend hoch aus, und mehr als einmal stand jemand von der Verwaltung im Büro, um sich über die Überziehung des Spesenkontos zu beschweren. Doch dann kam AvH dem nächsten Manet auf die Spur oder konnte Juwelen zurückholen, die als verschollen galten, und die Ermahnungen waren vergessen. Berenike ahnte, dass AvH Unsummen an Boni mit seiner Tätigkeit verdiente. Aber das interessierte sie wenig. Auch wenn sie deutlich schlechter bezahlt wurde, arbeitete sie gern für ihn, denn er war ein großzügiger Chef, ganz abgesehen davon, dass er ihr den spannendsten Job bot, den sie sich denken konnte. Bei ihm war sie die Assistentin des Zauberers und faszinierte Zuschauerin in einer Person.

Während Valerie weiter die zum Teil stimmungsvollen, zum Teil humorvollen, immer pointiert verfassten Aufzeichnungen ihrer Tante las, spürte sie mehr und mehr, wie sich Berenikes Welt mit Farbe füllte. Bis zu ihrem Wechsel in das Büro von AvH hatte Berenike das Leben einer berufstätigen Frau Anfang vierzig geführt, die weder ihre Arbeit noch ihr Privatleben erfüllend fand. Unglücklich kultivierte Berenike ihre Einsamkeit, was sie unnahbar und kalt erscheinen ließ.

Doch auch das änderte sich mit ihrer Versetzung in das Büro von AvH. Valerie verfolgte, wie sich Berenike mit Horsts Frau Lilia anfreundete, eine Art Kameradschaft mit der Vorzimmerdame Linda entwickelte und einen regen Austausch über die unterschiedlichsten Themen mit AvH pflegte. Sie unterhielten sich über alle Arten von Kunst, spielten Pingpong mit Zitaten und erfreuten sich an gemeinsamen Museumsbesuchen. Über alles führte Berenike getreulich Buch, und sie tat es so anschaulich, dass Valerie fast das Gefühl hatte, mit von der Partie zu sein.

Sie lachte über AvHs schriftlich fixierte Witze, schmunzelte über Berenikes versteckte Pointen und konnte die Bilder und Kunstwerke, die Berenike so plastisch beschrieb, fast vor ihrem inneren Auge sehen. Auch berührte sie die Veränderung, die langsam, aber sicher in ihrer Tante vorzugehen schien. Denn obwohl Berenike sich dessen wohl überhaupt nicht bewusst war, änderte sich ganz allmählich der Tonfall in ihren Tagebucheinträgen und transportierte die Stimme einer glücklichen, zum ersten Mal in ihrem Leben wirklich wahrgenommenen Frau.

Zwar spöttelte Berenike immer noch über AvHs zu große Leidenschaft für gutes Essen und seine Hochwasserhosen, wirkte aber dennoch erfüllt, weil sie einen Menschen gefunden hatte, mit dem sie sich so gut verstand. Dass es ausgerechnet ihr Chef war und die Beziehung rein platonischer Natur blieb, schien sie nicht zu stören, auch wenn Valerie sich immer wieder fragte, ob in Berenikes Gedanken und Worten nicht noch etwas anderes mitzuschwingen begann.

Vielleicht bilde ich mir das nur ein?, mutmaßte Valerie, als sie wieder eine grandiose Schilderung einer noch grandioseren Jagd auf ein gestohlenes Kunstwerk gelesen hatte und sich fragte, ob Berenike nicht schon die Grenze zur Verliebtheit überschritten hatte.

Oder es sind nur meine eigenen Gefühle?, überlegte Valerie dann, denn sie selbst musste mit einer erstaunlichen Intensität immer wieder an Niklas denken. Zwischen Berenikes Schilderungen und ihren eigenen Fantasien verlor sich Valerie immer tiefer in einer träumerischen Stimmung.

Irgendwann schaute sie auf die Uhr und erschrak. Aus ihrer »kurzen« Pause war eine deutlich längere geworden. Hatte sie Holly zu lange allein gelassen? Hektisch legte Valerie die Aufzeichnungen zurück in den Safe, tat das aber so ungeschickt, dass eine Mappe mit Unterlagen ins Rutschen kam und herausfiel. Beim Aufprall auf dem Boden verteilten sich die Dokumente über den Teppich. Papiere, Pläne, mehrere Fotos blieben zum Teil mit der Bildseite nach oben liegen. Rasch sammelte Valerie alles ein, bis ihr Blick an einem Blatt hängen blieb.

Konzept für die Wiederbeschaffung des Mark Rothko.

Valerie hatte nicht übermäßig viel Ahnung von Kunst, aber bei genauerer Betrachtung des Zettels wurde ihr schnell klar, um was es sich hier handelte. Das war der Masterplan für einen Kunstdiebstahl! Und nicht für irgendeinen, sondern für ein Kunstwerk eines der teuersten Maler der Welt.

»Halleluja«, sagte Valerie schwach. Dann hob sie ein Foto auf, das mit der Bildseite nach unten auf dem Boden zu liegen gekommen war. Darauf zu sehen, klar und eindeutig, war niemand anderes als Holly vor genau jenem Bild von Mark Rothko!

Atemlos nahm Valerie die Aufnahme sowie den Masterplan an sich und stürmte damit schnurstracks hinunter ins Café.

Doch die Tür war abgeschlossen, und Holly war nicht da.

Nicht zu fassen, dachte Valerie, die nur zu gern ein paar Antworten gehabt hätte, und zwar pronto. So blieb ihr nichts anderes übrig, als wieder nach oben zurückzukehren und sich selbst ein Bild zu machen. Kurzerhand rannte sie die Treppen hoch.

Vor dem Safe überlegte sie, womit sie sich zuerst befassen sollte. Dem Masterplan für den Diebstahl? Den sonstigen Dokumenten, die sich im Safe befanden, oder mit Berenikes Aufzeichnungen? Schließlich entschied Valerie sich für Letzteres. Sie setzte sich auf den Teppich im Schlafzimmer, lehnte sich mit dem Rücken ans Bett und schlug das ledergebundene Buch auf.

»Frau Küster, wir müssen auf der Stelle los ins Hôtel du Cap-Eden-Roc in Antibes. Dort ist ein Verlobungsring verschwunden.« AvH klang ausgesprochen gut gelaunt.

Berenike schaute von der Akte auf, die sie gerade bearbeitete. Ein Verlobungsring?

»Schauen Sie nicht so kritisch«, sagte ihr Chef amüsiert. »Der Ring ist für stolze 450 000 Mark versichert, da können wir uns doch an der Suche beteiligen.«

»Natürlich.« Berenike stand sofort auf. Irgendwie erschien AvH ihr in den letzten Wochen dynamischer als sonst. Wie um sich zu vergewissern, dass alles beim Alten war, schaute sie automatisch auf seine Hosenbeine, die jedoch wie eh und je zu kurz waren.

»Wir fliegen nach Nizza. Wie bei unserem ersten gemeinsamen Fall.« Er lächelte sie an. »Und es geht sofort los.«

Das Wetter in Nizza war absolut traumhaft. Vor der Ankunftshalle des Flughafens wartete ein Fahrer, der sie in einer guten halben Stunde bis zum Cap d'Antibes, der Halbinsel vor der berühmten Stadt Antibes, brachte.

»Schön hier«, meinte AvH fröhlich, als sie die asphaltierte Zufahrt zu dem eleganten Hotel hinauffuhren.

Berenike schaute aus dem Autofenster. »Zärtlich ist die Nacht«, murmelte sie leise, kaum hörbar.

»Wie bitte?« Jetzt klang selbst AvH verblüfft.

»Ich meinte das Buch«, erklärte Berenike hastig, während sie spürte, wie sie rot anlief.

Aber AvH ging gelassen darüber hinweg, er sah sie vielleicht nur einen kleinen Moment zu lange an. *»Tender is the Night*… Genau das hier ist das berühmte Hotel aus Scott Fitzgeralds Roman. Nun, wir wollen sehen, wie viel romanhafte Verwicklungen dieser Fall für uns bereithält.« Er lächelte Berenike an, und sie sahen sich in die Augen, definitiv länger, als sie das früher getan hätten.

Ein Angestellter des Hotels begleitete sie zu der schönsten Suite, die Berenike je gesehen hatte. Aber der Bewohner und Besitzer des Rings, Monsieur Viroune, schien davon nichts mitzubekommen. »Conte de Haltbach, ich bin so froh, dass Sie kommen konnten. Der Verlobungsring meiner Familie, vollkommen unterversichert, ist verschwunden.«

Berenike stutzte. Was hatte er gerade gesagt? ***Unterversichert***? Also war der Ring noch mehr wert als die knappe halbe Million, über die AvH gesprochen hatte?

Halleluja, so viel Geld wollte sie nicht am Finger tragen. Und so wie es aussah, war das ja auch gründlich schiefgegangen.

»Wo ist die Glückliche denn?«, erkundigte sich AvH. »Im Schlafzimmer?«

Monsieur Viroune nickte. »Sie hat sich dort eingeschlossen.«

AvH ging hinüber und klopfte an die Tür. Als geöffnet wurde, trat er ein, wonach die Tür sofort wieder geschlossen wurde. Berenike wartete ab. Sie sah sich gründlich um und fragte sich, wo man hier einen so wertvollen Ring verlieren konnte. Aber in allen Ecken und Winkeln war sicherlich schon ausführlich gesucht worden.

»Was soll ich denn nur tun?« Monsieur Viroune seufzte laut auf. »Der Ring ist ein altes Erbstück. Zu allem Überfluss steht er eigentlich meiner Schwester zu, aber meine Verlobte wollte ihn unbedingt haben. Sie ist Amerikanerin, und dort ist alles anders ...«

Berenike schwieg, wie sie es meist tat.

Aus dem Schlafzimmer kamen Stimmen, eine aufgeregte weibliche und eine ruhigere männliche.

Eine ganze Weile später öffnete sich die Schlafzimmertür, und AvH und die Verlobte traten heraus. Keiner von beiden sprach, aber die Frau sah aus, als habe sie heftig geweint. Monsieur Viroune sprang sofort vom Sofa auf und nahm seine Verlobte fest in die Arme. Für einen Augenblick passierte nichts.

Dann räusperte sich AvH. »Miss, wir haben alle Optionen besprochen. Egal ob ich da bin oder gehe, die Wahrheit bleibt die Wahrheit.«

Die Tränen der Verlobten begannen, erneut zu fließen. Kurz und heftig umarmte sie Monsieur Viroune. Doch dann machte sie sich plötzlich von ihm los, lief zur Zimmertür und verschwand.

»Mon Dieu«, rief Monsieur Viroune und machte eine Bewegung, als wollte er ihr folgen. Doch AvH hielt ihn davon ab. »Sie wird nicht wiederkommen. Aber ich denke, Sie hat Ihnen etwas dagelassen.« Er wies auf die Brusttasche von Monsieur Virounes Hemd. Hinter dem Monogramm schimmerte – durch den weißen Stoff klar erkennbar – ein altmodischer, eleganter Ring mit einem riesigen Diamanten durch. Der Erbring der Familie Viroune.

Valerie schaute kurz von den Aufzeichnungen auf. Eines war gewiss: Berenikes Arbeit war wirklich bemerkenswert spannend!

Aber sie verstand immer noch nicht, was dieser Teil des Lebens ihrer Tante mit dem Einbruchsplan zu tun hatte, der ihr vorhin aus dem Safe in die Hände gefallen war. Berenike hatte doch an der Seite von AvH Kunstwerke und Juwelen *wiederbeschafft*. Der Plan hingegen hatte eindeutig so ausgesehen, als enthielte er ein Konzept für einen Diebstahl. Um eine Antwort zu finden, las Valerie weiter.

»Eine Heiratsschwindlerin, die sich zumindest den Ring sichern wollte, als die Familie skeptisch wurde – das hätte ich ja nie gedacht«, sagte Berenike, während sie mit AvH am Meer entlangspazierte. Sie war immer noch erstaunt über die Wendung, die der Fall genommen hatte. »Sie sind richtig gut«, sagte sie dann zu ihrem Chef.

Er zuckte die Achseln. »Ich kann mich einfach sehr gut an Gesichter erinnern, die ich schon einmal gesehen habe. Die Frau war geschickt genug, sich ein neues Opfer zu suchen, aber so ungeschickt, dabei zum zweiten Mal mit der Nike-Versicherung in Berührung zu kommen. Sicher unabsichtlich. Aber auch Pech schützt vor Strafe nicht.«

Während Berenike auf die Wellen blickte, dachte sie auf einmal, wie schön es war, einen so interessanten, ungewöhnlichen Menschen als Chef zu haben. Seit sie für ihn arbeitete, war sie süchtig nach ihren gemeinsamen Unternehmungen geworden, nach seiner aufmerksamen Gegenwart und nach seiner heiteren, wertschätzenden Art, die ihr Leben verschönerte.

Sie spürte ihr Herz klopfen und wusste auf einmal, dass das nicht alles war. Da war noch mehr. Entsetzt blickte sie in die Gischt, die vor ihr aufschäumte, als ihr das klar wurde.

Ich habe mich in meinen Chef verliebt, dachte sie erschüttert. *Er ist verheiratet, er ist alt, er ist klein.* Zu kurze Hosen, zu dick, aber welche Argumente auch immer sie vorbrachte, sie wusste, dass sie nicht griffen. Und sie ahnte, dass es schon viel zu spät war, um sich mit solchen Argumenten vor auch noch so zwiespältigen Gefühlen zu schützen.

Berenike spürte, wie ihr heiß und heißer wurde.

Ich muss nach Hause, sagte sie sich fest.

Aber als AvH sie fragte, ob sie zur Feier des gelösten Falls noch etwas mit ihm trinken gehen würde, sagte sie nicht nein.

Er wählte ein Lokal unweit des Zentrums, das von außen deutlich weniger chic aussah, als Berenike es erwartet hatte. Irgendwie hatte sie angenommen, dass AvH nur in den elegantesten Bars etwas trinken würde. Stattdessen betraten sie einen erstaunlich großen, gut besuchten Raum mit einer Bühne und einer großen Tanzfläche davor. Außen herum standen kleine Tischchen mit Lampen, und auf der Bühne war eine große Band dabei, das nächste Lied vorzubereiten. Der Bandleader zählte vor, und ehe Berenike sich's versah, wurde sie von einem wahrhaft packenden Rhythmus erfasst.

Augenblicklich füllte sich die Tanzfläche, wo die Leute paarweise eher herumhüpften, als geordnet zu tanzen. Das war Swing!

»Haben Sie Lust?« AvHs ganze Haltung drückte Begeisterung aus, und Berenike spürte, wie sie einfach mitgerissen wurde – von der Musik, von der Stimmung um sie herum, von AvH, der plötzlich vollkommen ungezwungen wirkte.

»Ja, gerne.«

Einen Moment später befand sie sich mitten auf der Tanzfläche, hopste neben AvH auf und ab und verstand auf einmal alles. AvH liebte Swing!

Seine Hosen waren so kurz, weil sie eine Hommage an dieses Lebensgefühl waren. Seine Art, sich zu bewegen, war Swing. Seine Weise, der Welt zu begegnen, war – Swing. *It don't mean a thing if it ain't got that Swing.* Berenike fühlte, wie sich all ihre Reserviertheit in Luft auflöste und sie wieder die Frau wurde, die sie mit Anfang zwanzig gewesen war. Auf das erste Lied folgte ein zweites, und auf der Tanzfläche wurde es noch voller, falls das überhaupt möglich war.

Berenike und AvH tanzten miteinander, umgeben von Menschen, die genauso begeistert und animiert von der Musik waren wie sie.

Völlig außer Atem gingen sie irgendwann zusammen zum Rand der Tanzfläche. Berenike spürte ihr Herz schlagen und das Blut in ihren Adern pulsieren.

»Mögen Sie Swing?«, fragte AvH sie mit einem Lächeln.

Ich liebe Swing, wollte Berenike aus voller Überzeugung antworten, doch stattdessen sprudelte sie hervor: »Ich liebe Sie!«

»Ist das Ihr Ernst?« Aus AvHs Stimme verschwand alle Lockerheit, alle Unbeeindruckbarkeit, stattdessen klang er so emotional, wie sie ihn noch nie gehört hatte.

Berenike hatte das Gefühl, dass ihr ganzes Gesicht in Flammen stand. Sie konnte ihn nicht ansehen, sie konnte nicht einmal antworten. Das alles kam so plötzlich, so vollkommen unerwartet. Wie konnte sie auch nur so etwas von sich preisgeben? Aber da waren die Musik und das Tanzen, die ihre Gefühle an die Oberfläche gelockt hatten. Erst eine

Ewigkeit später nickte sie ganz leicht, während sie weiter fest auf den Boden starrte.

»Ich liebe Sie auch.« Die Stimme war unverkennbar AvHs, aber gleichzeitig ganz anders, viel sanfter.

Jetzt sah Berenike doch auf. Ihre Blicke begegneten sich. Ganz vorsichtig strich AvH ihr mit der Hand über die Wange, bevor er ihr eine Haarsträhne hinters Ohr strich, die sich aus ihrem strengen Dutt gelöst hatte.

Berenike stand einfach nur da und spürte die Berührung, die sich so wunderbar anfühlte. Während die Band *Goodnight My Love* spielte, tat keiner von beiden etwas. Doch dann küssten sie sich. Fragend zuerst, unsicher, vorsichtig, dann immer selbstverständlicher, bis alles um sie herum verschwamm und unwichtig wurde.

»Berenike, ich liebe dich.« Es war kaum mehr als ein Flüstern, aber gleichzeitig bedeutete es die ganze Welt für sie. Es klang wie ein Versprechen. Und Berenike hoffte von ganzem Herzen, dass es niemals gebrochen werden würde.

»Ich glaube, wir müssen los.« Berenike schlug die Decke zurück.

»Ach nein, bleib doch noch ein bisschen liegen. Wir haben einen Ring im Versicherungswert von 450 000 Mark sichergestellt, da kann man wohl noch ein paar Stunden frei haben.«

Berenike lächelte AvH an. »Du in deiner Position sicherlich, aber vergiss nicht, dass ich nur eine kleine Angestellte bin.«

Jetzt zog Arthur sie dichter an sich heran. »Das bist du für mich nicht, und das warst du auch nie. Das weißt du, oder?«

»Aber das Leben geht trotzdem weiter.«

»Muss es das?« Zärtlich strich er über ihre Locken. »Du bist auf alle Fälle die allererstaunlichste Frau.«

Und für einen Augenblick fühlte sich Berenike auch so.

Dann stieg sie endgültig aus dem Bett. »Du bist verheiratet«, erklärte sie, während sie durch das Zimmer ging und sich dann in einen Hotelbademantel hüllte.

Arthur setzte sich auf. »Ja, das bin ich, und daran wird sich auch nichts ändern.« Seine Stimme klang ruhig, ernsthaft – und Berenike war dankbar, dass er ihr nichts vorlog. Trotzdem spürte sie einen scharfen Schmerz. »Dann bin ich wohl zu spät dran«, meinte sie so leichthin, wie sie es vermochte.

»Nein, du bist nicht zu spät dran. Als ich geheiratet habe, warst du noch in der Grundschule.«

Doch das fiese, schmerzhafte Gefühl in Berenikes Brust ließ nicht nach. »Erzählst du das allen?«, erkundigte sie sich, wobei ihre Stimme einen Hauch schärfer klang, als sie es beabsichtigt hatte.

Arthur neigte sich zu ihr. »Berenike«, sagte er, und seine Stimme klang so sanft, dass sie wieder ruhiger wurde. »Wenn du wissen willst, was ich erlebt habe, sage ich es dir. Aber es hat keine Bedeutung für uns. Du kannst der Mensch an meiner Seite sein, der mir wirklich wichtig ist – wenn du magst.«

»Das klingt ziemlich gut«, antwortete sie spöttisch und versuchte damit, das elende, nagende Gefühl loszuwerden, nur zweite Wahl zu sein.

Arthur stand auf und kam zu ihr herüber. »Berenike, ich liebe dich«, sagte er leise zu ihr.

»Lass uns nach Hause fliegen«, antwortete sie – unsicher, was sie tun oder denken sollte, aber in der festen Überzeugung, dass etwas so Wunderbares sicherlich eine einmalige Sache bleiben würde.

Valerie schluckte. Sie war so in Berenikes Schilderung hineingezogen worden, dass jeder innere Abstand zusammengeschmolzen war. Also hatte sie die richtige Ahnung gehabt, und Berenike hatte sich in AvH verliebt. Er liebte sie auch, das war doch fantastisch. Valerie schaute wieder auf das Buch vor sich, sie wollte unbedingt wissen, wie es weiterging. Gleichzeitig fühlte sie eine Besorgnis. Was war, wenn AvH Berenike unumkehrbar das Herz brechen würde, und sie deshalb begonnen hatte, Masterpläne für Kunstdiebstähle zu schmieden?

Berenike war gleichzeitig himmelhoch jauchzend und zu Tode betrübt. Himmelhoch jauchzend, weil sie zum ersten Mal in ihrem Leben mit ihrer ganzen Seele, ihrem Herzen und ihrem Körper liebte, und ihre Liebe genauso umfassend erwidert wurde. Zu Tode betrübt, weil sie fest davon ausging, dass dieser Liebesrausch wie ein gewaltiges Strohfeuer im Nullkommanichts vorüber sein würde.

Aber in diesem Punkt täuschte sie sich. Ihre Verbindung mit AvH blieb keine oberflächliche Affäre, sondern verwandelte sich in eine innige, wenn auch im Geheimen geführte Liebesbeziehung. Ihre Zuneigung wuchs und gedieh, während sie gemeinsam um die Welt flogen, Fälle lösten, verschollene Kunstgegenstände auftrieben, und zusammen – so oft es sich einrichten ließ – Swing tanzten. Zu ihrem ersten Jahrestag schenkte Arthur Berenike einen Plattenspieler und eine ganze Batterie Swingscheiben, die sie sich anhörte, wenn sie nicht zusammen sein konnten.

In dieser Zeit war Berenike glücklich, nein, sie war mehr als das. Sie war selig.

Eines Tages, Jahre später, wurde ein Paket ins Büro geliefert. AvH öffnete es.

»Was ist das?«, erkundigte sich Berenike.

AvH blickte auf und lächelte sie so inniglich an, wie nur er es konnte. »Komm her und schau selbst.«

Vor AvH auf dem Schreibtisch lag ein kleiner Monet, unvergleichlich schön.

»Oh«, machte Berenike.

»Die Seerosen, ein Fragment, kein ganzes Bild, aber mindestens genauso schön, nicht wahr? Ich habe es gekauft.«

»Fantastisch.« Berenike war beinahe andächtig.

Lange schauten sie zusammen auf das Bild, in dem sich die Seerosen auf dem Wasser fast zu bewegen schienen.

Dann blickte AvH auf und schaute Berenike direkt in die Augen. »Eines Tages, Berenike, wenn ich sterbe, wird das Bild dir gehören.«

»Arthur, du bist verheiratet, deine Frau und Kinder erben das Bild«, protestierte Berenike ohne jedes Selbstmitleid.

»Nein, dieses Bild wird dir gehören, glaub mir, dafür werde ich sorgen.« Lange sahen sie sich an, und das war der Moment, von dem an Berenike sich sicher war, dass Arthur von Haltbach sie genauso sehr liebte wie sie ihn.

Valerie lächelte, als sie Berenikes Aufzeichnungen schloss. *Was für eine schöne Entwicklung*, dachte sie, gleichzeitig erschien sie ihr vollkommen logisch. Die selbstständige, beherzte, patente Berenike, die sich trotz aller Eigenständigkeit auf andere Menschen einlassen und von innen leuchten konnte. Ja, Berenike war aus ganzem Herzen geliebt worden, und irgendwie machte Valerie diese Erkenntnis froher, als sie überhaupt hätte sagen können.

25. Kapitel

Obwohl es Lilas Geburtstag war, brannte XXs Auftrag Niklas zu sehr unter den Nägeln, um entspannt mitfeiern zu können. Daher war er mehr als glücklich, als seine Mutter, seine Söhne und Lila beschlossen, zusammen in den Zoo zu gehen.

»Dich brauchen wir da nicht«, erklärte Johnny ihm geradeheraus.

»Du könntest in der Zeit etwas anderes machen«, formulierte Jakob es ein wenig diplomatischer.

»Okay.«

»Du lässt uns sowieso nie lange genug im Streichelzoo. Immer müssen wir gleich wieder gehen.« Johnny war schon dabei, in seine Turnschuhe zu schlüpfen.

»Das stimmt doch gar nicht. Nur, weil mich damals der Esel gebissen hat und ich das eine Mal nicht länger bleiben wollte, werft ihr mir das immer vor«, protestierte Niklas.

»Außerdem kaufst du uns vor Juni kein Eis«, fuhr Johnny ungerührt fort. »Das muss im Zoo aber sein.«

Niklas schaute zu seiner Mutter und sah, wie sie sich ein Lachen verkniff.

»Also gut«, gab er nach. »Aber dafür gibt es, wenn wir zurück sind, ein paar Tage nur Gemüse. Okay?«

Ungläubig sah Jakob zu ihm auf, wohingegen Johnnys Gesichtsausdruck eher ins Vorwurfsvolle wechselte.

»Gibt es irgendwen auf der Welt, der so bescheuert ist, sich damit einverstanden zu erklären?«, fragte Jakob.

»Willst du, dass wir so dünn werden?« Johnny sog seine kleinen knuffigen Wangen fest ein.

Niklas entschied, dass nur ein emotionsloser Klotz hier hart bleiben konnte. Das war er nun wirklich nicht.

»Na gut«, gab er auch in diesem Punkt nach. »Aber wascht euch nach dem Streichelzoo wenigstens die Hände.«

»Klaro, das machen wir«, stimmte Jakob so rasch zu, als befürchtete er, Johnny könnte auch dagegen protestieren und alle vorherigen Errungenschaften zunichtemachen.

Dann kam er zu Niklas, drückte ihm etwas, das irgendwo zwischen Kuss und Rempler lag, auf die Wange, während Johnny seine Arme fest um Niklas' Hüfte schlang.

»Tschüss, Papa. Wenn du uns zu schlimm vermisst, kommst du einfach nach.«

»Das mache ich«, versprach Niklas.

Aber für solche Gefühle fehlten ihm gerade die Zeit und die Muße. Stattdessen fuhr er direkt nach Hamburg. Zwar hatte XX ihm den altbekannten Grundriss zukommen lassen, ihn aber gleichzeitig gewarnt, dass alles anders sein würde. Also musste er sich das Objekt vor Ort ansehen, um sich die notwenigen Informationen zu beschaffen. Die Degas-Kopie nahm er mit. Im Prinzip war alles vorbereitet, was ihm hingegen fehlte, war ein fertiger Plan. Aber den würde er noch erstellen, da hatte Niklas keine Sorge.

***

Im Lauf seines langen und ausgesprochen erfolgreichen Werdegangs als Gentlemandieb hatte Niklas sich aus Ermangelung äußerer Regeln ein paar eigene Verhaltensmaßnahmen verordnet. So kehrte er nie an den Ausgangspunkt eines Einbruchs zurück, übernahm nie einen Auftrag, bei dem er kein astreines Gefühl hatte, und nie, absolut niemals durften sich seine Emotionen mit der Arbeit mischen. Das war gefährlich und machte ihn anfällig für fatale Fehler.

Dass er sich überhaupt mehr als unbedingt nötig im Café an der von XX angegebenen Adresse aufhielt, war irre. Und wenn man bedachte, was Valerie und der Kuss in ihm auslösten, war es noch dazu unverantwortlich. Er hatte zwei kleine Söhne und nur deshalb überhaupt zugestimmt, diesen einen Auftrag auszuführen, weil XX ihn dazu zwang.

Zwar sagte ihm sein Gefühl, dass Valerie nichts mit der ganzen Sache zu tun hatte, aber auch sein Gefühl konnte sich irren, verdammt nochmal. Niklas war geradezu böse auf sich selbst. Trotzdem spürte er eine packende Freude, wenn er nur an Valerie dachte, was ihn fast noch wütender machte.

Mit großen Schritten lief er das Elbufer entlang. Aber das, was für ihn sonst eine Entspannung allererster Güte bedeutete, ließ ihn heute fast noch mehr verkrampfen.

Warum war XX diesmal auch so sparsam mit Informationen? Sonst war ihre Vorplanung stets makellos, und er hatte gelernt, sich hundertprozentig auf sie verlassen zu können. Außerdem fragte er sich, warum er den Degas holen sollte. Meistens führten zwischenmenschliche Katastrophen dazu, dass XX eingeschaltet wurde. Aber jetzt –

bei seinem letzten Coup für sie – hüllte XX sich ob des Motivs in Schweigen. Nur dass es um Leben und Tod ging, hatte sie ihn wissen lassen.

Wo war sie im Übrigen? Darüber hatte er sich bisher nie Gedanken gemacht, aber diesmal machte ihn auch dieses Nichtwissen nervös. Wer hatte ihm die Unterlagen und die Degas-Kopie zukommen lassen? Valerie konnte es nicht gewesen sein, weil sie mehrmals in seiner Nähe gewesen war, als eine Lieferung erfolgte. Aber was, wenn sie nur die Tarnung war?

In Niklas' Bauch mischten sich Abwehr, Unsicherheit, Wut und das unleugbare Gefühl einer beginnenden Verliebtheit.

Ich muss echt aufpassen, ermahnte er sich selbst. Schon einmal hatte er längere Zeit in Untersuchungshaft gesessen, das wollte er kein zweites Mal erleben. Also würde er alles an diesem Auftrag doppelt und dreifach überprüfen. Sein Plan musste absolut wasserdicht sein, anders ging es nicht.

Doch als Niklas die Villa erreichte, die er noch von seinem ersten Einbruch kannte, erwartete ihn eine böse Überraschung. Die Anschrift war auch das Einzige, was gleich geblieben war. Das ganze Gebäude war komplett saniert worden, und im Garten stand ein großer Anbau. Im Haus, in dem damals nur die alte Dame und ihre Begleiterin gelebt hatten, wohnten nun mehrere Parteien. Doch wo war jetzt der Degas? Wie sollte er in so kurzer Zeit einen Einbruch in einem ganz neuen Setting planen?

Niklas fuhr sich durch die Haare. Er hatte eine Woche – das war eindeutig zu wenig. Er überlegte einen Augenblick, dann öffnete er seinen Rucksack. Bevor er hergekommen war, hatte er sich einen Teil seines Equipments geholt.

Rasch streifte er einen Pulli mit dem typischen Schriftzug von Deutschlands größter Telekommunikationsgesellschaft über, schob sich eine speziell präparierte Brille auf die Nase, die wie eine Gleitsichtbrille für jemand extrem Weitsichtigen aussah und seine Augen maximal vergrößerte, dann stülpte er ein Käppi mit angeschweißter Perücke über. Mithilfe der Selfie-Kamera seines Smartphones kontrollierte er den Effekt.

Passt, dachte er, bevor er auch noch eine Mappe mit Klemmbrett und einen Kugelschreiber aus dem Rucksack zog und sich an die Arbeit machte.

***

»Besonders am Wochenende knackst es heftig bei uns in der Leitung.« Vorwurfsvoll sah der ältere Herr im beigen Pullunder Niklas an. Auf dem Klingelschild hatte nur Rühmhard gestanden, aber Niklas hatte der Anschrift eines Schreibens, das er zuvor aus dem Briefkasten gefischt hatte, entnommen, dass es sich hier um *Professor* Rühmhard handelte. Dieses Wissen ließ er sofort in das Gespräch einfließen.

»Äh ja, ich werde das an die Beschwerdeabteilung weiterleiten, Herr Professor.« Niklas kritzelte irgendetwas auf seinen Block.

Professor Rühmhard schien mit der Anrede zufrieden zu sein und wirkte überzeugt, dass Niklas wirklich ein Mitarbeiter des Telekommunikationsunternehmens war.

»Haben Sie sonst noch etwas auf dem Herzen?« Niklas tat so, als müsste er einige Punkte auf einem Formular abhaken. Mühsam unterdrückte er dabei seine Ungeduld.

Die Brille verursachte ihm Kopfschmerzen, und das Käppi, vor allem aber die angeschweißte Perücke waren viel zu warm. Um an die nötigen Informationen zu kommen, war er schon viel zu lange als vermeintlicher Telefonbeauftragter unterwegs und hatte sich unsäglich viele Geschichten von ausfallenden Telefonanlagen und zu langsamen Internetverbindungen angehört, ohne dass es ihn viel weitergebracht hätte.

Weder hatte er den Degas irgendwo entdecken können, noch wusste er, bei welcher der vier Parteien im Haus nebenan er suchen musste. Innerhalb einer Woche alle vier Wohneinheiten abzuklappern, erschien ihm unmöglich, selbst jetzt in den Frühjahrsferien, wenn wahrscheinlich etliche Anwohner verreist waren.

»Früher war alles besser.« Professor Rühmhard sah Niklas durch zusammengekniffene Augen so an, als wäre das Knacksen in der Leitung seine persönliche Schuld.

»Natürlich, Herr Professor.« Rasch klappte Niklas seine Mappe zu. Er hatte bei den Rühmhards im Nachbarhaus nur zur Tarnung geklingelt, weil er eine Bewegung der Vorhänge bemerkt hatte. Außerdem war es wirklich zu auffällig, alle Parteien in einem Wohnhaus aufzusuchen und sonst niemanden in der Straße.

»Früher war das hier ja auch noch eine bessere Wohngegend.« Professor Rühmhard zog seinen Pullunder mit beiden Händen nach unten, als würde das seine Aussage unterstreichen.

»Wieso?«, erkundigte sich Niklas, obwohl er sich danach sehnte, das Käppi vom Kopf zu reißen und vor allem die vermaledeite Brille abzusetzen.

»Nun, ich bitte Sie. Früher gab es nur freistehende Villen hier bei uns. Man hegte einen freundschaftlichen Kontakt zu den Nachbarn, jetzt hingegen muss man aufpassen, nicht von Geländewagen überfahren zu werden, die aus neugebauten Tiefgaragen schießen.«

Nun kam auch noch die Gattin von Professor Rühmhard dazu, die dicke Pantoffeln trug. Offenbar waren die nachbarschaftlichen Veränderungen ihr Lieblingsthema, denn sie beteiligte sich sofort mit Begeisterung am Gespräch.

»Früher waren die alten von Haltbachs unsere Nachbarn. Das waren sehr angenehme Leute, da kann man nichts sagen. Aber jetzt...« Sie schüttelte betont abfällig den Kopf.

Niklas merkte auf. Vielleicht war es doch keine so dumme Idee gewesen, hier zu klingeln?

»Das ist wirklich sehr ärgerlich«, soufflierte er. »Aber ich dachte, die von Haltbachs leben immer noch da?« Der Name hatte an einer der Klingeln gestanden.

»Ja, beide Kinder wohnen dort, aber die Tochter hat den Namen ihres Mannes angenommen und heißt jetzt Werdenfels, deshalb erkennt man nicht gleich, wer sie ist. Und ihr Bruder – nun ja, über ihn brauchen wir nicht zu sprechen. Auf alle Fälle sind die beiden geradezu verfeindet. Und sie ziehen die ganze Nachbarschaft in ihre Streitereien hinein. Peinlich ist das«, erklärte Professor Rühmhard.

»Was die schon gegeneinander prozessiert haben... Die könnten alleine eine Anwaltskanzlei beschäftigen, sage ich immer zu meinem Mann«, ergänzte seine Frau.

Niklas nickte eifrig, um den Informationsfluss am Laufen zu halten. Er erinnerte sich, mit einer Frau Werdenfels nebenan gesprochen zu haben, aber die hatte ihm nur erklärt, dass sie bei einem anderen Telefonanbieter Kundin sei.

»Na ja, alles begann mit dem Bild.« Frau Rühmhard senkte ihre Stimme für diesen kleinen Nachbarschaftstratsch, und Niklas ließ es sich nicht nehmen, einen Schritt auf sie zuzugehen.

»Nun, nach dem Tod der Gräfin, Gott hab sie selig, wollte der Sohn irgend so ein Gemälde des Vaters verkaufen. Er und seine Schwester hatten je ein Bild geerbt. Auf alle Fälle gab es ein Mordstamtam, weil das Gemälde wohl eine Fälschung war. Deshalb hat der Bruder darauf bestanden, das Bild von der Schwester zu bekommen, die ihres aber natürlich nicht hergeben wollte.«

»Also, Sachen gibt's.« Niklas tat ungläubig, dabei hatte er schon die irrsten Geschichten über die Vererbung von Kunstgegenständen und die daraus resultierenden Familienzwistigkeiten gehört.

»Anschließend ging es mit den Streitereien erst so richtig los.« Frau Rühmhard schaute nun geradezu triumphierend. »Eigentlich wollte man ja zusammen im alten Familienhaus wohnen, aber dann hat der Sohn im Garten gebaut. Und die Schwester hatte nichts Besseres zu tun, kaum dass ihr Bruder fertig war, ihren Teil des Hauses komplett zu renovieren. Auf alle Fälle wohnt die eine jetzt da und der andere dort, und sie haben sich noch zusätzlich Mieter genommen, die aber ständig wechseln. Das läuft nicht, sage ich Ihnen. Deshalb müssen sie auch immer wieder Sachen aus dem Familienbesitz verkaufen. Erst neulich habe ich gesehen, wie die Tochter ein Gemälde zum Auto getragen hat, wer weiß schon, was das war, vielleicht wieder so eine Fälschung?«

»Nun mal langsam«, unterbrach ihr Mann begütigend. »Das ist jetzt reine Spekulation. Aber Fakt ist, dass der Haussegen nebenan schief hängt. Was aber nichts an der Tatsache ändert, dass unser Telefon nicht besonders gut funktioniert. Dafür sind Sie ja eigentlich hier.«

»Genau«, erwiderte Niklas. »Ich habe mir all Ihre Beschwerden genauestens notiert.« Er tippte mit dem Kugelschreiber auf die Mappe vor sich. »Ich werde jetzt sogleich die Zentrale verständigen und Ihre Beschwerden weitergeben. Einen schönen Tag, Frau Professor, Herr Professor.«

Während Niklas jetzt flott das Grundstück verließ, winkte man ihm freundlich hinterher.

Als er außer Sichtweite war und sich sicher sein konnte, nicht beobachtet zu werden, nahm er die Brille von der Nase. Verkaufte Bilder, Finanzsorgen? Es wurde Zeit für einen Strategiewechsel.

26. Kapitel

Valerie schaute sich genau an, was alles im Safe lagerte. Da waren die ledergebundenen Tagebücher, dazu Dokumente zum Café, wie die Quittung für die gigantische Kaffeemaschine, und jede Menge Steuerunterlagen, die bewiesen, dass Berenike praktisch nichts an dem Café verdiente. Außerdem gab es Krankenunterlagen, darunter ein OP-Bericht von der Versorgung von Berenikes Sprunggelenkbruch vor einem Jahr mittels »Plattenosteosynthese«. Eine Urkunde zum vierzigjährigen Firmenjubiläum, ausgestellt auf Frau Alma Berenike Küster, entdeckte Valerie ebenfalls, zusammen mit einem anderen getippten Dokument. Kündigung stand in der Betreffzeile. Valeries Blick flog über die Zeilen. Offenkundig hatte Berenike ihre Stelle tatsächlich direkt nach ihrem Jubiläum bei der Nike-Versicherung aufgegeben.

Seltsam, dachte Valerie. Dann lag da noch die Hülle mit dem Masterplan für den Diebstahl des Rothkos im Safe. Fast magisch angezogen nahm Valerie die Klarsichthülle noch einmal heraus.

Ich sollte das nicht tun, dachte sie dabei, aber sie wusste, dass sie viel zu sehr von Neugierde geplagt war. Langsam und sorgfältig studierte sie die Notizen, die in Berenikes großzügiger Handschrift verfasst waren. Wenn sie es richtig verstand, war der Plan im Grunde genommen ganz einfach: Das Bild sollte gegen eine hervorragende Fälschung ausgetauscht und dann an seinen eigentlichen Besitzer zurückgegeben werden.

Aber Valerie hatte immer noch Mühe, das Ganze überhaupt zu glauben. Ihre Tante – eine Diebin? Nie und nimmer. Wie sollte außerdem dieser Austausch durchgeführt werden, und vor allem, wer sollte das übernehmen? Berenike konnte das kaum für sich selbst geplant haben. Kopfschüttelnd legte Valerie die Unterlagen zurück. Dann griff sie nach dem letzten Tagebuch und ging zurück zu ihrem bequemen Platz vor dem Bett.

»Ich sollte nicht weiterlesen«, sagte sie laut in den Raum hinein, aber ehrlich gesagt, war sie so gespannt und, ja, vielleicht auch ein klitzekleines bisschen verliebt. Das allerdings hatte mit Berenikes Geschichte hier überhaupt nichts zu tun …

»Arthur, wir sollten ein Bild stehlen. Ich meine, wir wissen alles darüber, wie Gemälde in den Museen gesichert sind und wie der Markt funktioniert, lass uns doch die Seite wechseln.«

Nebeneinander gingen sie an der Außenalster spazieren. Arthurs weiße Haare flatterten im Wind, und er bewegte sich nicht mehr so schnell wie früher, aber geistig war er noch so rege wie eh und je. Sie hatten die Außenalster für sich allein, denn irgendein wichtiges Fußballspiel bei der Europameisterschaft 2004 fesselte die Leute an den Fernseher.

»Das Schwierigste sind die Spuren, liebe Berenike, und

die Psychologie. Wenn du so etwas durchziehen möchtest, brauchst du Nerven aus Stahl.«

»Ich habe Nerven aus Stahl. Schließlich bin ich jetzt seit zwanzig Jahren mit dir zusammen. Wie sonst könnte man sich das erklären?« Auch Berenikes Haare waren von grauen Strähnen durchzogen, aber ihr Temperament und ihre Energie waren ungebrochen.

Arthur schaute sie an. »Das waren die schönsten zwanzig Jahre meines Lebens. Das weißt du, oder?«

»Erzählst du das allen?«, fragte sie ihn gespielt spöttisch.

Mitten auf dem Weg blieb Arthur stehen. »Ich glaube, du hast keine Ahnung, wie sehr ich damals in dich verliebt war. Jeden Tag im Büro, bei jedem Fall wollte ich dich unbedingt beeindrucken. Ich wollte, dass du merkst, was für ein toller Hecht ich bin. Und dann in diesem Club an der Côte d'Azur, als du sagtest, dass du mich liebst, da hat mein Herz so laut gepocht, dass man es bis zur Eingangstür gehört hat.«

»Lügner, ich habe nichts gehört, und ich war deutlich näher bei dir als die Eingangstür.« So leicht ließ Berenike sich auch nach all den ganzen gemeinsamen Jahren nicht einwickeln.

»Du bist meine einzige große Liebe, Berenike. Hätte sonst meine Hand gezittert, als ich deine genommen habe? Wäre mir dann vor Aufregung fast schlecht geworden? Hätte ich sonst in der darauffolgenden Nacht nicht geschlafen?«

Als er jetzt so davon sprach, klang es wie gestern für Berenike. »Also gut, ich glaube dir. Aber was ist jetzt mit unserem Kunstdiebstahl?«

In einer raren öffentlichen Geste der Zuneigung legte Arthur ihr den Arm um die Schultern. »Du musst aufpassen, dass du das richtige Kunstwerk auswählst. Ich habe beispielsweise den Monet und meinen kleinen Degas unter anderem dadurch geschützt, dass ich im Haus mehrere Kopien davon habe. Die meisten – auch versierten – Einbrecher wären gar nicht in der Lage, das richtige Bild auszumachen. Sie würden die erstbeste Kopie nehmen und verschwinden, auch weil sie gar nicht ahnen, dass es mehrere Versionen geben könnte. Also haben sie nur eine statistische Chance, das Original zu entwenden.«

»Das hast du mir ja noch gar nicht erzählt.« Berenike war verblüfft. Zwar hatte sie bis heute Arthur nicht ganz für sich allein, denn es gab immer noch Frau von Haltbach, aber sie hatte sich tatsächlich keinen einzigen Tag mit ihm gelangweilt.

»Warum hätte ich das auch tun sollen? Du bekommst sowieso die Originale, wenn ich tot bin, ich habe es testamentarisch so festgelegt. Und ich hoffe mal nicht, dass du deine Einbruchfantasien bei mir erproben möchtest.«

Berenike lachte. »Nein, ganz bestimmt nicht. Du erwischst mich schon, bevor ich loslege.«

Arthur schmunzelte. »Aber im Rahmen des Degas' ist eine ganze Zukunft für uns beide versteckt. Das habe ich irgendwann mal so vorbereitet für den Fall, dass wir abhauen müssen.«

»Ist das dein Ernst?« Berenike schaute in Arthurs Augen, woraufhin er sie anlächelte.

»Man weiß nie, Berenike, oder? Mit den beiden Bildern zusammen bist du im Übrigen auf der sicheren Seite. Den Monet kannst du verkaufen. Die Preise für Impressionisten sind so gestiegen, dass du selbst von einem Seerosen-Fragment, noch dazu einem so guten wie meinem, ein gutes Auskommen für dein restliches Leben hast. Und was die kleine Tänzerin von Degas angeht: Falls du dich je verändern musst, wird sie dir helfen. Das Bild erinnert mich übrigens immer an dich.«

»Du Schmeichler!« Aber Berenike konnte nicht verhehlen, dass sie es liebte, wenn Arthur so etwas sagte. Doch dann wurde sie wieder ernst. »Aber was ist mit deiner Frau?« Berenike hatte dieses Thema all die Jahre nicht mehr angeschnitten, doch nun hatte sie das Gefühl, nachfragen zu müssen. »Möchte sie die Bilder nicht haben?«

»Meine Frau erbt zusammen mit den Kindern das Haus und das Vermögen, das ist mehr als der faire Anteil. Außerdem hat sie sich nie für Kunst interessiert. Nein, es ist schon in Ordnung so. Aber jetzt genug davon, lass uns lieber überlegen, wo der Räuber von Köln seine Beute deponiert haben könnte.«

Trotz seines fortgeschrittenen Alters arbeitete Arthur immer noch auf Honorarbasis für die Nike-Versicherung, die ihm auch weiterhin ein Büro und eine persönliche Assistentin zur Verfügung stellte.

»Ich denke an einen Ort dicht am Museum. Irgendein scheinbar zufälliger Ort, der durch seine Unauffälligkeit besticht. Er wartet, bis die Aufregung sich legt, und holt dann die Beute ab.«

»Genau so etwas habe ich mir auch schon überlegt. Ich denke, wir sollten nach Köln fahren. Übrigens, Berenike?«

»Ja?« Sie sah ihn an.

»Es wird wirklich Zeit, dass du auch offiziell meine Nachfolgerin wirst. Es gibt nichts mehr, was ich dir noch beibringen könnte.«

Berenike lächelte. »Du übertreibst!« Aber sie fand auch, dass sie in den letzten Jahren ziemlich gut geworden war.

Valerie schaute auf. Würde sie auch mit sechzig so vertraut mit jemandem spazieren gehen, wie Berenike es mit Arthur getan hatte? Und wenn ja, wer würde an ihrer Seite sein? Sie wollte glücklich werden und nicht irgendwann in einem so unglücklichen Beziehungsmuster feststecken wie ihre Eltern.

Gab es jemanden wie Arthur auch für sie? Unwillkürlich schüttelte Valerie den Kopf. Nein, sie und ihre Welt ließen sich nicht mit Berenikes Leben vergleichen. Aber ob sie wollte oder nicht, kehrten ihre Gedanken zu Niklas zurück. Auch der war verheiratet.

Aber ich möchte jemanden ganz für mich, schloss Valerie. Dann las sie weiter.

»Frau Küster, ich bin nicht besonders geschickt im Überbringen schlechter Nachrichten.« Ohne sie anzusehen, blätterte der neue Personalchef in seinen Unterlagen.

Berenike schnaubte innerlich. »Sie können einfach frei heraus sprechen. Ich kenne dieses Unternehmen schon sehr lange und sehr gut.«

Nun schaute der Personalchef doch kurz auf, bevor er wieder herumzukramen begann. »Es geht aber nicht um das Unternehmen, zumindest nicht in erster Linie.« Versehentlich stieß er einen Stapel Unterlagen von seinem Tisch und musste sie erst umständlich wieder aufheben.

Berenike unterdrückte einen Anflug von Ungeduld. Sie hatte heute eine Menge zu tun, es wäre schön, wenn sie irgendwann damit anfangen könnte.

Schließlich sprach der Personalchef weiter. So eilig, als müsste er die verlorene Zeit wieder hereinholen, ließ er seine Worte auf Berenike einprasseln. »Ich weiß nicht, ob

Sie es schon gehört haben, aber Ihr Chef, Graf von Haltbach, ist gestern Abend gestorben.«

Nein, das kann nicht sein, dachte Berenike sofort. *Ich habe gestern noch mit ihm gesprochen*. Sie presste die Lippen aufeinander und schwieg. Aber sie spürte, wie ihre Hände unter dem Tisch zu zittern begannen. *Nimm dich zusammen!*, ermahnte sie sich streng.

»Es ist ein herber Verlust für die Nike-Versicherung«, erklärte der Personalchef pathetisch, ohne sie anzusehen.

»Was?«, stammelte Berenike. Ein Verlust für die Versicherung? Eher ein Verlust für die Menschheit. Aber vor allem für sie. Arthur, ach Arthur. Nein, das konnte einfach nicht sein. Berenike versuchte, ihre Gedanken festzuhalten, aber sie flossen davon, zu unsicher und zu luftig, um festgehalten zu werden.

Der Personalchef schien Berenikes Schweigen falsch zu interpretieren. »Es muss ein schwerer Schlag für Sie sein, schließlich waren Sie zwanzig Jahre lang seine Assistentin.«

»Über zwanzig Jahre«, korrigierte Berenike ihn mechanisch.

»Man sagte mir schon, dass Sie dazu neigen.« Der Personalchef tippte mit dem Zeigefinger auf das Dokument, das oben auf seinem Stapel lag.

»Was?«, fragte Berenike, ohne das geringste Interesse an einer Antwort.

»Ihr Gegenüber zu korrigieren. Nun gut, Graf von Haltbach scheint es nicht gestört zu haben, er hat Sie immer über alle Maßen gelobt. Nichtsdestotrotz werden wir seine Abteilung jetzt schließen. Aufgrund Ihrer vielen Dienstjahre werden Sie in das Chefsekretariat versetzt. Bitte melden Sie sich morgen früh dort, Sie dürfen sich den restlichen Tag freinehmen.« Über den Tisch hinweg reichte er ihr den Zettel. »Da steht alles Wichtige drauf.«

Widerstand regte sich in ihr. »Aber was ist, wenn ich nicht möchte? Warum lassen Sie die Abteilung nicht bestehen, ich kann schließlich auch Kunstdiebstähle nachverfolgen und habe es in den letzten Jahren auch mehrfach allein erfolgreich getan.«

»Vielen Dank, Frau Küster. Aber es ist bereits entschieden. Alles Gute für Sie.«

Einen Augenblick lang rührte Berenike sich nicht, dann stand sie langsam und mühevoll auf.

Am nächsten Tag erschien sie nicht zur Arbeit und am übernächsten auch nicht.

Valerie ließ das Tagebuch sinken. Vor Mitgefühl war ihr das Herz schwer geworden. Die arme Berenike, was für ein grauenvoller Verlust! Und ihre Tante hatte nie etwas darüber verlauten lassen.

Dabei sind wir da schon jedes Jahr zusammen in den Urlaub gefahren, grübelte Valerie. Und sie erinnerte sich, dass ihre Tante irgendwann in dieser Zeit angefangen hatte, nur noch Schwarz zu tragen. Damals hatte Valerie gedacht, dass es ein modisches Statement war, aber jetzt wusste sie es besser. Es war ein Ausdruck von Berenikes unfassbarer Trauer um ihre große Liebe gewesen. Mehr als zwanzig Jahre hatte sie zusammen mit Arthur verbracht. Valerie schloss kurz die Augen, dann öffnete sie sie wieder. Sie biss sich auf die Unterlippe und las weiter …

»Es tut mir leid, dass wir uns auf diese Weise kennenlernen müssen.« Berenike trug ein schwarzes Kleid, das ihr ausgesprochen gut stand. Wie früher hatte sie ihre Locken in einem festen Dutt hochgesteckt. Sie hatte sich viel Mühe mit ihrem Äußeren gegeben, das war das Mindeste, was sie tun konnte.

Die Frau ihr gegenüber an der Haustür stützte sich auf einen Rollator und stand stark vorgebeugt. Sie trug ein hell- und dunkelgrün kariertes Kostüm, das sie blass aussehen ließ.

»Ich habe nicht das geringste Interesse, Ihre Bekanntschaft zu machen.« Die Frau wollte die Tür wieder zuschieben, aber da sie gehbehindert war, fiel es ihr schwer, den Rollator zur Seite zu bewegen und gleichzeitig die Tür zu schließen.

Behutsam legte Berenike ihre Hand auf den Türgriff und sah ihr Gegenüber ruhig an. »Ich entnehme dem, was Sie gerade gesagt haben, dass Sie sehr genau wissen, wer ich bin. Nun gut, Gräfin von Haltbach, ich möchte Sie nicht aufhalten, aber Sie haben noch etwas, das mir gehört.« Berenike sprach schnell, jedoch nicht hastig.

»Sie haben mich jahrelang mit meinem Mann hintergangen, und jetzt wollen Sie auch noch eine Belohnung dafür kassieren? Das ist ja ekelhaft«, schoss die Gräfin erbost zurück, und Valerie bemerkte die tiefen Linien, die das Alter, vielleicht aber auch Schmerzen in das Gesicht der Frau gegraben hatten.

»Ich habe Sie nicht hintergangen, ich habe Ihren Mann geliebt, genauso wie er mich. Und ich habe nie versucht, ihn Ihnen streitig zu machen.« Berenike spürte ein unwillkommenes Gefühl von Übelkeit, aber sie zwang sich, möglichst gelassen zu wirken.

»Dafür soll ich Ihnen jetzt auch noch danken? Sie sind ein kleines Flittchen, nichts weiter. Gehen Sie, verschwinden Sie.«

»Geben Sie mir die beiden Bilder, die Arthur mir zugedacht hat, und Sie werden mich nie wiedersehen.« Geschmeidig ging Berenike über die barsche Unfreundlichkeit hinweg, die ihr entgegenschlug.

Aber Gräfin von Haltbach lachte nur höhnisch auf. »Jaja, Sie sind die Kunstsinnige, ich kann es mir vorstellen. Jetzt hören Sie mir mal gut zu. Von mir werden Sie nichts bekommen, gar nichts. Und wenn Sie jetzt nicht sofort verschwinden, rufe ich die Polizei und zeige Sie wegen Hausfriedensbruch an.«

»Bitte«, erwiderte Berenike in ihrem freundlichsten Tonfall, für den sie all ihre Kraft zusammennehmen musste. »Ihr Mann hat es testamentarisch so festgelegt. Es war sein Wille.«

»Es gibt kein Testament«, zischte die Frau plötzlich unerwartet heftig.

»Wie bitte? Aber Arthur ...«

»Ich möchte den Namen meines Mannes aus Ihrem Mund nicht mehr hören«, unterbrach sie die Gräfin. »Weder jetzt noch in Zukunft. Vergessen Sie das Testament, es war ungültig. Und jetzt scheren Sie sich zum Teufel!«

»Ist das Ihr letztes Wort?« Berenike wunderte sich selbst, wie ruhig sie bleiben konnte.

Doch statt einer Antwort bündelte die Frau all ihre Kraft und schlug Berenike die Haustür vor der Nase zu. Berenike wahrte eisern ihre Beherrschung, bis sie das Grundstück verlassen hatte, dann brach sie in hemmungsloses Schluchzen aus. Ihr Leben war zerstört. Ohne Arthur war sie nichts.

Sie wankte heimwärts, gekränkt, gedemütigt, einsam. Zu Hause legte sie sich ins Bett mit der Absicht, nie mehr aufzustehen. Irgendwann schlief sie ein. Als sie am nächsten Morgen aufwachte, hatte sich eine Idee in ihrem Kopf festgesetzt, und eine Woche später hatte sie einen Plan gefasst.

27. Kapitel

Holly malte gerade eine Blume in den Milchschaum auf einem Kaffee. Sie blickte kurz auf, als Valerie hereinkam, wandte sich dann aber wieder dem Gast zu und kassierte, bevor sie ihm seinen dampfenden und selbst auf die Entfernung köstlich duftenden Kaffee in einem neuen To-go-Becher reichte.

Valerie hielt dem Mann die Tür auf und schloss sie sorgfältig hinter ihm.

Dann ging sie zum Tresen, legte das Foto von Holly und dem Mark Rothko auf das polierte Holz und räusperte sich.

Holly schaute zur Seite. Sie hatte ihre glatten Haare gekräuselt und trug etwas, das wie ein violettes Kostüm aussah. Wieder wirkte sie vollkommen verändert und auch ganz anders als in dem schwarzen Kleid, das sie auf dem Foto mit Mark Rothko anhatte.

Mit dem Zeigefinger tippte Valerie ganz leicht auf die Aufnahme. »Ich glaube, wir müssen reden.«

Holly überlegte einen Augenblick, dann breitete sich ein ungewohntes Strahlen auf ihrem Gesicht aus. »Heißt das, du wirst das … Unternehmen weiterführen?«

»Wie bitte?«

In diesem Moment klingelte Valeries Handy. Warum rief die Arbeit sie ausgerechnet jetzt an? Valerie machte eine entschuldigende Geste in Hollys Richtung, während sie mit dem Handy am Ohr in die Küche ging. »Hallo?«

»Ja, hallo, ist da unsere Fahnenflüchtige?« Denise garnierte ihre Aussage mit einem falschen kleinen Lachen.

»Hallo, Denise.« Valerie bemühte sich um einen festen Tonfall, während sich bei ihr der altbekannte Druck in der Magengegend ausbreitete, den Denise gern heraufbeschwor.

»Du kümmerst dich um eine arme Angehörige? Wie die Frau aus einem Jane-Austen-Roman? Wie gut von dir und wie … unfassbar dumm.«

Alles in Valerie wehrte sich gegen Denise' hässliche Beschreibung, aber sie schwieg. Widerspruch würde es nicht besser machen.

Denise war noch nicht fertig. »In deiner Abwesenheit konnte ich Amanda voll und ganz von mir überzeugen. Amanda ist furchtbar kreativ, aber sie ist auch wahnsinnig mit sich selbst beschäftigt, sodass es ein Leichtes war, ihr zu zeigen, dass ich doch die bessere Wahl bin.«

»Wie?« Valerie spürte den unangenehmen Druck in ihrem Magen förmlich explodieren.

»Soll ich deine Sachen runtertragen, oder machst du das selbst, wenn du zurückkommst?« Wieder folgte Denises falsches kleine Lachen.

»Denise, du sollst mich einen Tag vertreten, keinen Umzug planen.« Zu Valeries Bauchschmerzen gesellte sich ein Funken Wut.

»Das ist *dein* Plan, mein Plan ist es hierzubleiben. Und glaube mir, das tue ich auch. Besonders, wo du in letzter

Zeit so viele Fehler gemacht hast.« Denise' Stimme wurde noch unangenehmer.

»Was denn für Fehler?« Hochgradig beunruhigt strich sich Valerie eine Locke hinters Ohr.

»Na die, auf die ich Amanda aufmerksam gemacht habe …« Denise schien sich nicht die Mühe machen zu wollen, ins Detail zu gehen.

»Denise, kannst du bitte diesen Unsinn lassen? Ich bin morgen wieder zurück und dann …«

»Dann sitzt du wieder unten in deinem alten Büro«, unterbrach Denise sie. »Ich wollte dir nur Bescheid geben. Tschüssikowski.«

Damit war die Leitung tot.

Valerie spürte, wie sie anfing, vor Wut zu zittern. Wenn das wirklich stimmte, dass Denise ihre eintägige Vertretungsrolle dazu benutzt hätte, um sie auszubooten … nein, das konnte nicht sein.

Bevor sie noch einmal durchgeatmet hatte, wählte Valerie schon Amandas Telefonnummer. Es klingelte viermal, dann war die wohlbekannte tiefe Stimme am Telefon.

»Hallo?«, rief Amanda in den Hörer.

»Hier ist Valerie Küster, ich habe gerade mit Denise gesprochen …« Valerie wusste nicht, was sie weiter sagen sollte. Wahrscheinlich war das gerade einer von Denise' bescheuerten Scherzen gewesen, und sie machte sich jetzt lächerlich.

»Dann wissen Sie es schon? Wunderbar. Ja, Valerie, jetzt, da Sie sich dauerhaft um Ihre kranke Tante kümmern müssen, verstehe ich schon, dass Sie nicht mehr so viel Zeit für die Firma haben.«

»Aber …«, antwortete Valerie perplex.

»Und natürlich kann einem bei so viel privatem Stress auch mal ein Fehler passieren. Aber dass Sie noch einmal vierhundert Meter von dieser türkisfarbenen Seide bestellt haben, weil Sie besser als ich zu wissen glauben, was Türkis ist, nun, das fand ich schon … wie soll ich sagen … schwierig.«

Valerie konnte kaum glauben, was sie da hörte.

»Und Sie wissen ja auch, dass man als erste Assistentin bei mir sehr viele Abrechnungen kontrollieren muss. Mit Ihrer Dyskalkulie werden Sie niemals vernünftig rechnen können, sodass Sie auf Ihrer alten Position viel besser aufgehoben sind.«

»Aber …« Valerie wusste langsam nicht mehr, wo sie anfangen sollte.

»Von den anderen Sachen ganz zu schweigen. Dass Sie es waren, die bei der letzten Betriebsfeier das Brechmittel in die Bowle getan hat. Tss«, machte Amanda.

»Nein, das war ich nicht«, fuhr Valerie jetzt scharf dazwischen. »Ich wusste nicht einmal, dass es einen solchen Zwischenfall gab.«

»Ich auch nicht, aber Denise hat gesagt …«

Da loderte die Wut so stark in Valerie hoch, dass sie sich nicht länger beherrschen konnte. »Das ist alles nicht wahr. Ich leide nicht unter einer Dyskalkulie, ich kann ganz wunderbar rechnen!«

»Ja, ja, Denise hat schon angekündigt, dass Sie das sagen würden. Leugnen gehört wohl bei Ihnen zum Krankheitsbild, hat sie mir erklärt.«

Valerie schloss für einen Augenblick die Augen. Das war alles so absurd. Sie arbeitete jetzt schon seit Jahren bei Amanda, sodass ihre Chefin sie eigentlich kennen sollte, anstatt sich von so einer intriganten Person wie Denise auf so dämliche Weise einlullen zu lassen.

»Ich kann prima rechnen, ich muss meine Tante nicht pflegen und habe keinen einzigen weiteren Meter dieser Seide bestellt. Das hat sich Denise alles ausgedacht, um mir zu schaden.« Die Wut ließ Valerie ganz von allein weitersprechen. »Ich bin fassungslos, dass Sie ihr das glauben. Aber wenn ich nicht weiter erste Assistentin bleibe, kündige ich.« Die Worte kamen klar und fest aus Valeries Mund. Sie hatte der Beförderung so lange hinterhergejagt, und nun sollte sie gleich wieder zurückgestuft werden? Das würde sie nicht mit sich machen lassen.

»Ich finde es nicht in Ordnung, dass Sie mir jetzt so das Messer auf die Brust setzen. Denise hat auch ihre Qualifikationen, und es ist mir ja schon von Anfang an schwergefallen, zwischen Ihnen zu wählen.«

Amanda ist wirklich die größte Egoistin der Welt, dachte Valerie auf einmal. Sie blickte sich in dem kleinen Café um, das man zu einem echten Schmuckstück machen könnte. Hier konnte sie sich eine Zukunft aufbauen, in der sie sich weder mit schwierigen Chefinnen noch mit grässlichen Konkurrentinnen auseinandersetzen musste. Hier wäre sie ihr eigener Boss. Mit ihrem eigenen Café. In ihrem eigenen Leben.

»Also, da weiß ich wirklich nicht, wie ich mich entscheiden soll. Selbst, wenn Ihre Worte jetzt stimmen …« Amanda hörte sich auf einmal fast maulig an, und Valerie dachte, dass Denise in diesem einen Punkt wirklich recht hatte: Amanda war einfach zu sehr mit sich selbst beschäftigt. Genial, aber schwierig – zu schwierig. Und dann musste Valerie noch an Berenike denken, die man einst gegen ihren Willen nach AvHs Tod ins Chefsekretariat versetzen wollte.

»Aber ich weiß, wie ich mich entscheiden soll«, erklärte sie daraufhin unmissverständlich. »Wenn Sie nicht hinter mir stehen und nach all der Zeit nicht wissen, was Sie an mir haben, dann entscheide ich mich gegen Ihre Firma. Sicherlich habe ich noch genügend Urlaubstage und Überstunden, um nicht mehr kommen zu müssen, bis meine Kündigungszeit um ist. Auf Wiederhören, Frau Modefürst. Sie machen wirklich das schönste Innendesign, in diesem Punkt werde ich mich immer gern zurückerinnern. Alles Gute.«

Sie hörte, wie Amanda irgendetwas stammelte, aber da hatte Valerie sich schon entschieden. Berenike hatte ihr Geld und das Café angeboten, aber sie hatte ihr noch etwas gegeben, das viel wichtiger war. Sie hatte ihr ihre eigene Geschichte geschenkt. Es war eine Geschichte von Mut, Entschiedenheit und Freiheit. Sie, Valerie, würde auch ihren eigenen Weg gehen, vielleicht mit diesem Café oder ohne, wenn Berenike zurückkam, aber sicherlich ohne sich furchtbar verbiegen zu müssen. Und wenn sie ehrlich war, hatte sie völlig ausgeblendet, wie die Nachteile als erste Assistentin von Amanda Modefürst aussahen: endlose, unbezahlte Überstunden; die absurden Wünsche der Chefin; das Gefühl, nie genügen zu können, egal wie sehr sie sich bemühte, weil immer etwas schiefgehen konnte und so weiter und so fort. Wie in Zeitraffer musste Valerie an die wunderbaren Kollektionen denken, aber auch an die weinenden Kollegen auf dem Gang, die ständigen Nervenzusammenbrüche in der Belegschaft und Amanda, die sich anscheinend nicht einmal die Mühe machte zu hinterfragen, ob das, was Denise ihr da erzählt hatte, der Wahrheit entsprach.

Danke, Tante Berenike, dachte Valerie und legte ohne ein weiteres Wort auf.

Mit einem Lächeln im Gesicht ging sie zurück zu Holly. Bis vor Kurzem hatte Valerie gedacht, dass sie verzweifeln würde, wenn sie nicht Amandas erste Assistentin wurde. Jetzt wusste sie, dass das falsch gewesen war. Sie würde etwas viel Besseres aus ihrem Leben machen.

»Dann lass uns mal über das Café und alles andere sprechen«, schlug sie Holly vor. Neugierig, ein wenig unentschieden, aber mit dem größten Gefühl von Freiheit, das sie je verspürt hatte, war sie bereit, sich kopfüber in das Abenteuer zu stürzen.

28. Kapitel

Was macht ihr gerade?, schrieb Niklas aus Hamburg an seine Mutter in Berlin.

Wir essen das versprochene Eis und sind sehr vergnügt, antwortete seine Mutter postwendend und fügte eine lange Reihe von Smileys hinzu.

Niklas atmete langsam aus. Das hörte sich doch gut an. Dann konnte er jetzt in der Maria-Louisen-Straße der Geschichte mit der Fälschung und den verkauften Familienerbstücken auf den Grund gehen. Es war ein komisches Gefühl, zurück in seiner Wohnung zu sein, aber die Videoaufzeichnung des Treppenabsatzes und Hausflurbereichs war unauffällig, und es gab keinen Hinweis, dass der Typ von neulich noch einmal zurückgekommen war.

Niklas startete seinen Laptop und legte los.

Allerdings musste er immer wieder an Valerie denken, und er fragte sich, ob sie wohl auch mal an ihn dachte. Er ertappte sich sogar dabei, dass er zum Fenster hinausschaute und sich in Tagträumen verlor, in denen Valerie sich von Herzen nach ihm sehnte. Dabei hatte er ihr nicht einmal die Wahrheit gesagt – weder wie es um Arianas noch sein sonstiges Leben bestellt war. Und wer würde es schon attraktiv finden, einen Dieb zu küssen?

Valerie wirkte so ehrlich und gradeheraus, dass sie sich sicher mit Grausen abwenden würde.

Aber wir haben uns doch so gut verstanden und… Schon wieder landeten Niklas' Gedanken bei dem Kuss, der sich trotz seiner Kürze absolut fantastisch angefühlt hatte.

An die Arbeit, forderte Niklas sich selbst ungeduldig auf.

Zunächst suchte er nach einem Beweis für die Geschichte mit der Fälschung, die das nachbarliche Ehepaar Rühmhard erzählt hatte. Wenn tatsächlich der Familienfrieden bei den von Haltbachs darüber in die Brüche gegangen war, sprach einiges für den Wahrheitsgehalt dieser Klatschgeschichte. Außerdem hatte Niklas in den letzten Jahren gelernt, den Informationsgrad von Nachbarn nicht zu unterschätzen. Es war manchmal erstaunlich, was sie alles beobachteten und wussten.

Versiert begann Niklas, sich durch die Informationen zu den in den letzten Jahren verkauften Monets zu arbeiten. Das Gemälde, das er damals aus der Villa geholt hatte, war ein Fragment gewesen, aber zweifelsohne ein sehr gutes, das wahrscheinlich in einer Größenordnung von zwei bis vier Millionen Pfund gehandelt werden würde.

Sorgfältig suchte Niklas nach allem, was in dieser Zeit in diesem Preissegment auf dem Markt gewesen war, insbesondere nach versteigerten Monets. Verkäufer mochten Versteigerungen, weil sie ihnen die Chance boten, einen höheren Preis als bei einem schnöden Verkauf zu erzielen. Zumal in den letzten Jahren die Gebote besonders bei den Impressionisten förmlich durch die Decke gegangen waren.

Dabei spielte Niklas in die Hände, dass sich die großen

Händler und Aktionshäuser um Transparenz bemühten. Heutzutage brauchten Bilder ab einem bestimmten Wert eine gut dokumentierte Vorgeschichte oder waren beim Art Loss Register eingetragen. Was die Auktionen anging, so konnte man zwar meist nicht sehen, wer verkauft und wer gekauft hatte, aber dass das Bild auf dem Markt gewesen war, ließ sich in der Regel nachverfolgen. Nicht aber der Monet, den Niklas noch immer klar vor Augen hatte. Letztes Jahr – nichts. Das Jahr davor – auch nichts. Er tauchte nirgends auf, weder bei den großen noch bei den kleineren Auktionshäusern, auch nicht in den Datenbanken für gehandelte Bilder.

Niklas stützte den Kopf in die Hände und überlegte. Also war es doch keine Fälschung gewesen, die den Frieden bei den von Haltbachs nachhaltig gestört hatte? Oder es war um ein ganz anderes Bild gegangen?

Doch da merkte Niklas, dass er einem Irrtum aufgesessen war. Er hatte nach dem Original gesucht, dabei hatte er das doch selbst für XX vor Jahren aus der Villa entwendet. Wenn das stimmte, was die Nachbarn erzählt hatten, musste der Sohn von Haltbachs bemüht gewesen sein, die Fälschung zu verkaufen, die er damals dort zurückgelassen hatte. Und eine Fälschung hatten die großen Auktionshäuser bestimmt erkannt. Also musste er nach einer abgelehnten Anfrage bei einem Auktionshaus suchen.

Das war zwar deutlich schwieriger, aber Niklas gab nicht auf. Über die Jahre hatte er sich ein großes Netzwerk von Kontakten aufgebaut. Auch wenn er meist nur unter seinem Alter Ego oder mit gefälschten Identitäten auftauchte, pflegte er doch Verbindungen zu vielen Kunstexperten. Einer seiner Bekannten, den er mal mit einem

Tipp vor einer hervorragenden Fälschung gerettet hatte, arbeitete bei Christies in London, einem der größten Auktionshäuser der Welt. Es war nicht garantiert, dass er etwas wusste, aber es war einen Versuch wert. Niklas schrieb ihm eine kurze E-Mail und stand dann auf, um sich einen Kaffee zu kochen.

In der Küche herrschte die notdürftige Ordnung, die er das letzte Mal bei seinem hastigen Aufbruch hinterlassen hatte. Niklas räumte etwas auf, während der Kaffee gluckernd durchlief. Natürlich würde er nicht so gut wie im Café schmecken, aber… Schwupps war Niklas in Gedanken wieder bei Valerie.

Ich benehme mich wie mit fünfzehn, tadelte Niklas sich. Doch es war toll, aufregend, schrecklich und gleichzeitig wunderschön gewesen, fünfzehn zu sein, und genau dieser Cocktail an Gefühlen brodelte jetzt auch in seiner Brust, als hätte jemand die Uhr zurückgedreht. Vor Überraschung über diese Erkenntnis verschüttete Niklas prompt einen Teil seines Kaffees und musste erstmal aufwischen. Trotzdem ging er anschließend beschwingt zurück in sein Arbeitszimmer und bemerkte erst dort, dass er seinen Kaffeebecher in der Küche stehen gelassen hatte. Aber das war ihm egal, denn es erwartete ihn schon eine Antwort aus London. Niklas verschob den Kaffee und öffnete die E-Mail.

Hi. Interessante Frage, aber ein gefälschter Monet ist mir in den letzten Jahren nicht untergekommen. Allerdings erinnere ich mich an den Fall eines Kollegen von einem anderen Auktionshaus. Er erzählte, dass er einen Monet angeboten bekam, der ganz eindeutig eine Fälschung war, was ihm der Einlieferer aber

nicht glauben wollte. Ständig verwies er auf seinen Vater, der ein hohes Tier bei irgendeiner Versicherung gewesen sei. Das ist allerdings nicht der Grund, warum ich es mir gemerkt habe. Vielmehr hat der Einlieferer hinterher behauptet, das Bild wäre beim Schätzen ausgetauscht worden! Er hat sogar ein Gerichtsverfahren angestrebt – vergebens. Abgefahrene Geschichte, aber sie hat uns allen ganz schön Sorge bereitet. Mehr weiß ich nicht. Allerdings ist vor vielen Jahren ein wunderschöner Monet versteigert worden, auf den Deine Beschreibung passt. Das war jedoch sicherlich ein Original, ich habe selbst die Expertise erstellt. Ein Foto findest Du anbei.
Beste Grüße, pass auf Dich auf!

Niklas öffnete die angehängte Datei, woraufhin ihm ein Gemälde von Monet entgegenleuchtete, das er sehr gut kannte. Ja, das war das Original. Mithilfe der mit abgebildeten Losnummer wurde er schnell fündig. Das Gemälde war 2005 versteigert worden, kurz nachdem er es aus dem Hause der von Haltbachs »geholt« hatte, und es hatte XX mehrere Millionen Pfund eingebracht.

Irre, dachte Niklas. Normalerweise hörte seine Beschäftigung mit einem Kunstwerk auf, wenn er es abgeliefert hatte, aber dieses Bild und mehr noch der Degas schienen irgendwie auf eine weitere Runde in seinem Leben zu hoffen. Was war also, wenn die Nachbarn auch mit ihrer Behauptung recht hätten, dass die Tochter – eine geborene von Haltbach, jetzt Werdenfels – wirklich gerade versuchte, den Degas zu verkaufen?

Niklas schaute auf den Websites der großen Auktionshäuser nach und stellte eine Anfrage bei einer Vermittler-Website. Mehr konnte er gerade nicht tun. Ihm blieben noch sechs Tage, um den Degas zu besorgen, aber sein Gefühl sagte ihm, dass es unter Umständen sehr viel zügiger zur Sache gehen müsste.

Die Rückmeldungen trudelten ziemlich rasch ein. Eine Zeichnung von Degas stand in Paris zum Verkauf, und eine weitere war bei einem sehr renommierten Münchner Auktionshaus gelistet.

Kurzentschlossen rief Niklas zunächst bei der Pariser Galerie an.

»Bonjour«, sagte er mit einem gespielten amerikanischen Akzent in seinem guten Französisch. »Ich interessiere mich für ein Bild, das Sie verkaufen.«

Der Galerist antwortete schnell, und Niklas ließ sich das Bild beschreiben. Nein, das war nicht das Gemälde, das XX unbedingt mit Rahmen haben wollte.

Fehlanzeige. Niklas verabschiedete sich und rief in dem Münchner Auktionshaus an. »Sie haben mehrere Objekte auf Ihrer aktuellen Liste, die ich mir gern ansehen würde«, erklärte er mit einer tiefen, näselnden Stimme, deren Tonfall er extra für Telefonate wie dieses eingeübt hatte, und nannte einige Losnummern. »Insbesondere der Degas interessiert mich.«

»Das ist aber auch wirklich ein außergewöhnliches Stück, ein extraordinäres Bild mit einer wunderbaren Strichführung.« Die Kunstexpertin aus München hatte eine sachliche Stimme, die einen interessanten Kontrast zu ihrer überschäumenden Wortwahl bildete. Aber das war sicherlich Programm.

»Zu unseren Öffnungszeiten können Sie jederzeit in unserer Ausstellung vorbeikommen. Heute sind die Exponate noch zu sehen, und ich bin mir sicher, dass der Degas Sie voll und ganz überzeugen wird.« Die Dame am Telefon war so geschickt, dass Niklas sich förmlich vorstellen konnte, wie sie bei Auktionen die Preise in die Höhe trieb.

Auf das Datum der Versteigerung hatte Niklas allerdings noch gar nicht geschaut. »Wann findet die Auktion denn statt?«

»Morgen Abend«, lautete die Antwort. »Wenn Sie möchten, könnten wir noch vorher einen Termin vereinbaren, und ich zeige Ihnen die Stücke, Herr …«

»Feldmann«, näselte Niklas rasch, während er einen Adrenalinkick spürte. Schon morgen?

Das war zu knapp. Keine Zeit für eine vernünftige Planung, keine Zeit für die Vorbereitung.

»Schönen Dank, ich melde mich nochmal.« Mit diesen Worten legte er auf.

Er ließ sich die Bilder aus der geplanten Auktion anzeigen, und da war der Degas. Zweifellos.

Aber es blieben nur vierundzwanzig Stunden, um den Austausch durchzuziehen, das war vollkommen unmöglich. Und dann fand die Versteigerung auch noch in München statt. Dort kannte er sich kaum aus. Auf der anderen Seite war es vielleicht die einzige Chance. Wenn das Bild erst den Besitzer gewechselt hatte, würde es deutlich schwerer bis unmöglich werden, es in den verbleibenden sechs Tagen aufzutreiben. Also *musste* er es jetzt machen. Niklas stützte den Kopf in beide Hände und überlegte. Dann entschied er sich. Es war sein letzter Coup – er würde ihn durchziehen.

Als Erstes würde Niklas in die Speicherstadt fahren und seine Spezialausrüstung holen, die er dort lagerte. Dann ging es zurück nach Berlin und von da aus nach München. Wenn alles gut ging, war er in zwei Tagen frei. Wenn nicht…

Doch darüber wollte Niklas sich gar nicht erst den Kopf zerbrechen.

Er legte seinen Laptop in den Safe zurück, packte nur ein Tablet ein und wollte gerade aus dem Haus gehen, als etwas seine Aufmerksamkeit erregte. Die Überwachungskamera, die den Treppenabsatz vor seiner Wohnungstür aufnahm und dafür an einen Bewegungsmelder gekoppelt war, schaltete sich ein, und auf dem kleinen Monitor neben der Tür erschien ein Bild. Geräuschlos schlich Niklas hinüber und schaute darauf. Direkt vor der Tür stand der Mann im Anzug, der ihn neulich auf der Straße draußen vor dem Haus angesprochen hatte. Wie er unten durch die Haustür hereingekommen war, wusste Niklas nicht, aber vielleicht war die Tür offen gewesen oder ein Nachbar hatte ihn eingelassen. Jetzt hatte sich der Hüne auf alle Fälle direkt vor Niklas' Wohnungstür aufgebaut.

Verdammt, es ist wirklich an der Zeit, ein ganz neues Leben zu beginnen, entschied Niklas, während er beobachtete, was sich vor der Tür tat.

Der Mann klingelte. Nach einer Weile klingelte er noch einmal. Schließlich zuckte er die Schultern, legte einen Zettel auf den Fußabstreifer und trollte sich. Niklas lief zu einem Fenster, das zur Straßenseite wies, und schaute hinunter. Von dort aus konnte er beobachten, wie der Mann einen dunklen Mercedes ansteuerte, einstieg und davonfuhr. Niklas versuchte das Kennzeichen zu erkennen, aber außer HH konnte er nichts ausmachen. Rasch ging er zurück, checkte noch einmal den Monitor, bevor er seine Wohnungstür öffnete. Davor auf der Matte lag der Zettel, auf den mit einem schwarzen Stift eine Handynummer geschrieben worden war, sonst nichts.

Niklas steckte den Zettel ein. Darum würde er sich irgendwann anders kümmern. Jetzt stand erst einmal München auf dem Programm. Trotzdem musste er abermals an Valerie denken. Und aller Aufregung und allem Stress zum Trotz machte sein Herz einen kleinen Sprung.

29. Kapitel

»Karten auf den Tisch.« Valerie spürte einen frischen Schwung Aufgeregtheit. »Was hat es mit diesem Foto auf sich?« Sie deutete auf das Bild von Holly mit dem Mark Rothko im Hintergrund, das zwischen ihnen auf dem Tresen lag.

Holly lehnte sich nach hinten und schwieg. Erst nach einer Weile meinte sie: »Schönes Bild, findest du nicht?« Ihr Gesichtsausdruck war vollkommen undurchdringlich.

»Ja, das finde ich«, erwiderte Valerie, bemüht, auch ein Pokerface aufzusetzen.

Für eine Weile sagte keine der beiden Frauen etwas. Holly drehte sich halb zur Kaffeemaschine, mit der sie sich besonders verbunden zu fühlen schien, während Valerie aus dem Fenster schaute. Gegenüber sah sie gerade Johnny, Jakob und Sylvia Wengler ins Haus gehen, und ihr Puls legte prompt an Tempo zu, weil die drei sie an Niklas erinnerten.

»Du musst lernen, besser zu bluffen«, sagte Holly plötzlich und sprach »bluffen« dabei sehr englisch aus.

»Wieso?« Valerie war fest entschlossen, sich nicht die Butter vom Brot nehmen zu lassen.

»Weil das ziemlich wichtig in deinem Job ist.« Hollys Gesicht blieb unbewegt.

»Ich nehme das zur Kenntnis, obwohl ich noch nichts wegen meines Jobs entschieden habe. Und was ist dein Part in der ganzen Sache?« Valerie bemühte sich, cool zu klingen.

»Ich habe es gemalt.«

Was?, wollte Valerie fragen, bevor sie innehielt. Meinte Holly etwa das Bild auf dem Foto? Sie sah Holly fest ins Gesicht. »Zeig es mir«, verlangte sie.

Holly griff nach einem Zettel und einem Stift. »Henri Matisse«, sagte sie und zeichnete etwas, das sie anschließend Valerie hinhielt. Ein berühmtes ausdrucksstarkes Gesicht – gebannt auf Papier mit wenigen Strichen.

»Lyonel Feininger, *The Lady in Mauve*«, meinte Holly dann. Sie hatte keine Farben zur Verfügung, schaffte es aber trotzdem, ein Bild vor Valeries Augen entstehen zu lassen.

»Das ist gut«, sagte Valerie beeindruckt.

»Natürlich, ich bin die Beste.« Holly klang ganz und gar unbescheiden.

Interessiert musterte Valerie sie. Versuchte Holly Eindruck zu schinden, oder war sie wirklich so gut? Wieder schaute Valerie auf die Skizzen vor sich.

»Okay«, sagte sie dann. »Erzähl mir mehr.«

»Wir holen Kunstwerke und Gemälde zurück. Allerdings nur in den Fällen, in denen die geschädigte Person ihren Anspruch glaubhaft belegen kann. Das ist die absolute Grundvoraussetzung. Deine Tante nannte ihre Tätigkeit ›ausgleichende Gerechtigkeit‹.« Holly klang dabei so gelassen, als hätte Berenike eine Steuerkanzlei betrieben.

»Und was ist deine Aufgabe?« Valerie bekam das Gefühl, dass aus den verschiedenen Informationen so langsam ein Ganzes wurde. Wenn sie nur nicht immer wieder an Niklas denken müsste!

»Ich mache alles, was nötig ist. Vor allem aber malen.« Holly blieb vage.

»Und Berenike?«

»Sie hat die Kunden betreut.«

»Wo? In diesem Café?« Valerie erinnerte sich an die merkwürdige Begegnung gleich an ihrem ersten Tag hier, als ein Mann mit Zeitung sie so komisch angesprochen hatte. Vielleicht war er auch auf der Suche nach »ausgleichender Gerechtigkeit« gewesen, und sie hatte es nur nicht verstanden?

»Das Café war eine der Möglichkeiten, mit Berenike in Kontakt zu treten«, antwortete Holly.

»Also war Berenike gar nicht daran interessiert, dass das Café per se ein Erfolg wird?« Unwillkürlich schaute Valerie zu der unglaublichen Kaffeemaschine und der luxuriös ausgestatteten Küche.

Holly folgte ihrem Blick. »Die Kaffeemaschine brauchten wir unbedingt, Berenike liebt guten Kaffee.«

»Das heißt aber auch, dass die ganze Küchenausstattung neu ist?« Puzzlestück für Puzzlestück fügte sich in Valeries Kopf zusammen.

Holly nickte. »Ich hoffe, ich habe die richtigen Sachen besorgt?«

»Ja, mir gefällt es.«

»Mir gefällt dein Swing-Café auch.« Die Spur eines Lächelns erschien in Hollys Mundwinkeln. »Dein Schokoladenkuchen ist wirklich exzellent.«

»Aber das ist eigentlich nicht der Plan hinter diesem Café hier.« Valerie wollte sich nicht vom eigentlichen Thema ablenken lassen.

Holly zuckte die Achseln. »Es ist dein Laden, das hat Berenike festgelegt. Du kannst machen, was du willst.«

»Verstanden, aber noch einmal zurück. Ein äh … Kunde erscheint, und Berenike entscheidet sich dafür, dass ihr den Fall übernehmt. Was habt ihr dann gemacht?«

»Manchmal hat Berenike nur mit den Kunden geredet. Sie war sehr gut darin, die Leute zu coachen, wie sie ihre Sachen auf legalem Weg wiederbekommen können. Manchmal hat Berenike aber auch einen Plan angefertigt, ich habe die Kopie beigesteuert, und dann wurde das Kunstwerk ausgetauscht.«

»Wer hat den Ausstauch durchgeführt?«

»Nenn es externe Dienstleister. Darum hat sich Berenike gekümmert.« Holly drehte sich wieder zu der Kaffeemaschine. »Jetzt bist du dran. Das hat Berenike mir ganz klar gesagt.«

»Du hast mit ihr gesprochen?« Vor Überraschung bekam Valerie große Augen.

»Ist eine Weile her.«

»Puh, ich wusste von der ganzen Sache gar nichts.« Valerie schob sich ihre Locken hinters Ohr, wobei ihre Armreifen leise klimperten.

»Es ist eine echt gute Erfindung mit der ›ausgleichenden Gerechtigkeit‹, du wirst schon sehen. Es ist *fair*«, betonte Holly.

Valerie biss sich auf die Unterlippe. »Ehrlich gesagt, weiß ich nicht, ob das das Richtige für mich ist.«

Holly sah ihr geradeaus in die Augen. »Berenike hat mir aufgetragen, dir noch mehr Informationen zu geben, wenn du potenziell interessiert bist. Das bist du doch, oder?«

Valerie überlegte nur eine Sekunde. »Ja«, gab sie dann zurück.

»Gut!« Holly kam hinter dem Tresen hervor und ging in Richtung Tür. Dort drehte sie sich noch einmal um. »Ich glaube, Berenike hatte recht, du bist aus demselben Holz geschnitzt wie sie.«

»Wie kommst du denn darauf?«

»Ich sehe es an deinem Blick«, beschied Holly sie knapp.

Doch bevor Valerie noch etwas entgegnen konnte, war Holly schon durch die Tür.

Ungläubig schaute Valerie ihr nach, bevor sie noch einmal das Foto vor sich auf dem Tresen betrachtete. Was für ein Tag! Was für ein Leben!

Sie schüttelte den Kopf, als würden sich so ihre Gedanken und Gefühle sortieren lassen.

Eine Frau betrat das Café. »Kann ich einen Milchkaffee zum Mitnehmen bekommen?«

»Natürlich. Ich stelle nur etwas Musik an, damit Sie es beim Warten netter haben.«

»Danke schön«, antwortete die Frau.

Valerie ging hinüber zum Grammofon. Dort suchte sie eine besonders schwungvolle Platte aus, die perfekt zum kleinen Swing-Café passte, bevor sie sich daranmachte, den Kampf mit dem Ungetüm von Kaffeemaschine aufzunehmen.

***

Während es am Nachmittag längere Zeit ruhig gewesen war, kam gegen Abend noch einmal richtig Leben in das Café.

»Ich wusste ja gar nicht, dass Sie auch um diese Zeit

noch geöffnet haben.« Ein Mann mit Sakko und Aktentasche ließ sich auf einen Holzstuhl fallen, der mit einem heftigen Knarzen antwortete. »Einen Kaffee, schwarz.«

»Natürlich.« Valerie ging zum Tresen.

»Bieten Sie auch einen Aperitif an?«, fragte eine Dame, die kurz darauf ins Café kam. »Das würde doch gut zu der Musik passen, die Sie spielen.«

»Leider führen wir keinen Alkohol, aber ich könnte mit einer köstlichen Limonade dienen«, schlug Valerie vor.

»Auch gut.«

Valerie düste in die Küche, holte eine Flasche aus dem Kühlschrank, schnitt einen Kringel aus einer Orangenschale und legte ihn über den Glasrand. Dann trug sie alles zu dem Tisch, an dem die Dame Platz genommen hatte, und servierte ihr die Limonade.

»Das nehme ich auch noch«, ließ sich der erste Gast vernehmen.

Danach wurden noch zwei Coffee to go bestellt, ein Wasser und ein Tee, den Valerie nun dank Hollys Einkäufen auch anbieten konnte.

»Gibt es noch Pancakes?« Der korpulente Herr, der schon bei Valerie gefrühstückt hatte, steckte seinen Kopf zur Tür herein.

Valerie überlegte kurz. »Ja klar«, entschied sie dann.

Sie ging in die Küche, band sich die Schürze um und trennte drei Eier. Ihre Gedanken wirbelten so schnell durch ihren Kopf, wie sich die Schlegel des Handrührgerätes drehten, als sie das Eiweiß zu Eischnee schlug. Sollte sie sich wirklich auf die schiefe Bahn begeben, um ihrer Tante nachzueifern und vollkommen Fremde glücklich zu machen? Sollte sie nicht vielleicht lieber versuchen, das kleine Café zu einem Erfolg zu machen, ohne die »ausgleichende Gerechtigkeit«, wie ihre Tante und Holly es genannt hatten?

Vielleicht kommt ja auch Berenike zurück, und dann könnte ich einfach das Café übernehmen, überlegte Valerie. *Oder wäre es in dem Fall besser, wenn möglichst wenig Kunden kommen?*

Valerie stellte den Herd an und gab ein Klecks Butter in die Pfanne. Dann vermengte sie Mehl mit etwas Zucker und Backpulver und fügte Eigelb und Butter hinzu.

Oder besser alles ganz anders?, fragte sie sich und hätte um ein Haar die Milch umgestoßen, als sie abgelenkt und, ohne hinzusehen, danach griff. Zuletzt hob sie den Eischnee unter den Teig.

»Oh, du machst Pfannkuchen«, sagte eine Jungenstimme fröhlich an der Küchentür. Das war Johnny.

»Hallo, Valerie«, grüßte Jakob, der wie immer seinem Bruder folgte. »Ich würde auch welche essen.«

»Aber Jungs, habt ihr vergessen, dass wir gleich zu Lila gehen?«, mischte sich Sylvia Wengler ein. »Eine Geburtstagsüberraschung, wissen Sie?«, fügte sie in Valeries Richtung hinzu.

»Oh, wie nett«, antwortete Valerie mit einem Lächeln und goss den Teig in die heiße Pfanne. Was war das doch für eine liebenswürdige Familie!

»Die Eisfee kommt auch. Sie ist Lilas Cousine und heißt nicht wirklich so, aber es ist eine Überraschung, dass sie heute da sein wird. Wir wollen sie unbedingt auch sehen, weil sie morgen schon wieder losmuss.« Johnny quatschte so schnell und vergnügt vor sich hin, dass Valerie kaum hinterherkam.

»In diesem Zusammenhang hätte ich auch noch eine kleine Frage an Sie«, wandte sich nun Frau Wengler an Valerie. »Felix hatte für Lila und sich für heute Abend Kinokarten besorgt, aber nicht daran gedacht, dass er gar nicht da sein würde. Jetzt wäre es natürlich schade, wenn die Karten verfallen würden, es sind so schöne Plätze. Und Sie haben so viel für uns getan, gerade für Felix, dass es mir eine Freude wäre, wenn ich Ihnen die Karten geben könnte.«

Valerie hatte eigentlich vorgehabt, heute Abend die restlichen Unterlagen von Berenike zu studieren und sich mehr Gedanken darüber zu machen, was sie tun sollte.

»Falls Sie noch eine Begleitung bräuchten, könnte Niklas mitkommen«, fügte Frau Wengler noch hinzu und lächelte Valerie an.

Kino mit Niklas …

»Kann ich zahlen?«, rief jemand aus dem Caféraum herüber.

»Aber natürlich.« Rasch wendete Valerie den Pancake und stellte die Pfanne runter. »Entschuldigt mich, ich bin gleich wieder da.«

Sie kassierte und kam dann direkt zurück, wo sie als Erstes den fertigen Pancake auf einen Teller gab.

»Also, wir haben alles geklärt«, erklärte Johnny ihr mit wichtiger Miene. »Du und Papa gehen ins Kino. Ihr macht euch einen richtig schönen Abend. Ihr braucht auch nicht so früh nach Hause zu kommen, denn wir bleiben gaaanz lange bei Lila und der Eisfee.«

»Genau«, stimmte Jakob zu. »Dort wollen wir auch Schlittschuhlaufen.«

»Schlittschuhlaufen?«, fragte Valerie verblüfft.

Jakob winkte ab. »Wir schlittern nur übers Parkett. Das

geht ganz toll da. Oma W, du musst das unbedingt auch ausprobieren.«

»Mach ich«, lachte Sylvia Wengler. »Das hört sich großartig an.«

»Bitte zahlen«, rief noch ein Gast.

»Vielleicht könnten Sie sich um Viertel vor acht mit Niklas vor dem Café treffen?«, schlug Frau Wengler vor.

Valerie nickte. »Ja, gern.«

»Wunderbar. Dann kommt, ihr Jungs.« Oma W legte ihren Enkeln die Hände auf die Schultern, und Valerie verabschiedete sich, bevor sie rasch Marmelade auf den Pancake gab und ihn dann, heiß und köstlich duftend, wie er war, servierte.

Mit Niklas ins Kino, sagte sie sich. Doch dann musste sie sich beeilen, denn bis dahin gab es noch einiges im Café zu tun.

30. Kapitel

»Mama, findest du das nicht etwas plump? Warum sollte Felix denn Kinokarten kaufen, wenn er sowieso wusste, dass er nicht in Berlin sein würde?« Niklas wollte nicht zugeben, wie sehr er sich über die Aussicht freute, den Abend mit Valerie zu verbringen.

»Du weißt doch, wie Felix ist«, gab seine Mutter entspannt zurück. »Da ist seine persönliche Assistentin mal im Urlaub, und schon läuft nichts mehr rund.«

»Aber Felix will doch Firma und Privatleben nicht mischen.« Niklas fuhr sich durch die Haare. »Also hast du die Karten doch gekauft, gib es zu.«

»Na gut, du hast mich ertappt. Eigentlich wollte *ich* mit Lila ins Kino gehen, denn das ist so ein wunderbar kitschiger Liebesfilm, genau das Richtige für meine bonbonbegeisterte Schwiegertochter und mich. Leider habe ich auch nicht an ihren Geburtstag gedacht…«

»Okay, aber sollte ich nicht lieber mit zu Lilas Feier kommen?«

»Das geht nicht, denn das ist eine reine Damenveranstaltung. Ihre Cousine hat es so organisiert, und nicht einmal Paule wird dabei sein. Die einzige Ausnahme bilden deine Söhne.«

Irgendetwas schepperte gewaltig im Kinderzimmer, gefolgt von einer ganzen Serie Schimpfwörter.

»Also gut«, gab Niklas nach und machte einen Schritt in Richtung des Lärms.

»Ach, und Niklas?«

Niklas schaute zu seiner Mutter, während er sich fragte, was sie wohl als Nächstes auffahren würde.

»Die Jungen und ich kommen klar. Wenn du also heute Nacht nicht nach Hause kommst, ist das ganz okay.« Sylvia Wengler lächelte ihn an.

»Mama!«, protestierte Niklas sofort.

»Sie ist nett, hübsch und wirkt so, als ob sie Charakter hätte. Worauf willst du warten?« Mit diesen Worten ging seine Mutter an ihm vorbei zum Kinderzimmer.

Ungläubig sah Niklas ihr nach. Das hatte sie gerade nicht wirklich gesagt. Oder?

***

Ziemlich hektisch wühlte Valerie sich durch ihren Koffer. Für ihren deutlich länger als geplanten Berlinaufenthalt hatte sie viel zu wenig Kleidung eingepackt. Vor allem hatte sie nicht das Richtige für ein Date.

Kein Date, ein Kinobesuch, korrigierte sie sich. Schließlich war es das, was sie vorhatte.

Allerdings ist es ein Kinobesuch mit Niklas, sagte sie sich dann, während sie zum zweiten Mal ihre Kleidungsoptionen durchging. Zum einen gab es einen Jumpsuit in einer wilden Mischung aus Blau- und Türkistönen, den sie sich zum Trost nach dem Debakel mit der Seide gegönnt hatte, der aber bei Lichte betrachtet ein wenig wie ein mit Farbe vollgespritzter Maleranzug aussah. Zum anderen hatte sie ein Sechzigerjahre-Kleid in Dunkelgrün und Gelb zur Verfügung. Valerie liebte das Teil, aber es sah nicht gerade wie etwas aus, worin sie heute Abend ausgehen wollte. Allerdings war es definitiv besser als der Jumpsuit, der sich als absoluter Fehlkauf entpuppte. *Vielleicht hat Berenike noch etwas für mich?* Jetzt so ein schickes schwarzes Kleid von ihrer Tante wäre doch nicht verkehrt. Zwar war Berenike deutlich kleiner als sie, aber dann würde sie es eben als kleines Schwarzes tragen. Doch die Schränke in der Ankleide waren samt und sonders leer.

Was hat Berenike nur mit ihren ganzen Klamotten gemacht?, fragte sich Valerie, während sie alle Schränke ihrer Tante zum zweiten Mal durchsah. Irgendwo weit hinten fand sie eine alte Sonnenbrille im Stil von Audrey Hepburn und den Abholschein einer Reinigung. Valerie schaute darauf und entdeckte, dass er erst vor Kurzem ausgestellt worden war.

Hat Berenike alle ihre Kleider vor der OP in die Reinigung gebracht?, rätselte Valerie. Aber auch das war keine passende Erklärung, denn in den Schränken fehlten Unterwäsche, Strümpfe, einfach alles.

Seltsam, dachte Valerie. Aber dann fiel ihr ein, warum sie nach etwas zum Anziehen suchte, und mit Lichtgeschwindigkeit war sie wieder beim Thema Niklas.

Wenn ich wenigstens ein Paar Stilettos dahätte, wünschte sich Valerie. Aber die waren in München. Was für ein Pech.

Rasch zog Valerie im Badezimmer noch einmal den Lidstrich nach, bevor sie sich das Kleid überstreifte. Fertig!

Als sie im Flur in ihre Schuhe schlüpfte, spürte sie einen

ganzen Schwarm von Schmetterlingen in ihrem Bauch auffliegen.

»Na, na, na«, sagte sie sich streng. Aber dann dachte sie, was sie doch für ein Glück hatte, dass Niklas' Bruder Felix so ein Schussel war!

***

Hätte Niklas viele Klamotten dabeigehabt, wäre ihm die Entscheidung sicherlich schwergefallen. So aber war es ein Leichtes. Dunkle Jeans, graues T-Shirt und darüber ein dunkelblauer Pulli. Schlicht, aber es stand ihm gut. Das versicherten ihm zumindest seine Söhne.

»Du siehst wirklich prima aus«, betonte Jakob ernsthaft, als Niklas sein Aussehen im Badezimmerspiegel überprüfte.

»Zum Anbeißen«, ergänzte Johnny, woraufhin beide Jungen kicherten.

Ich hoffe es, dachte Niklas, der sich eher unsicher fühlte.

Er ging neben seinen Jungen in die Knie. »Und es stört euch wirklich nicht, dass ich mit Valerie ins Kino gehe?«

»Niklas!«, ließ sich seine Mutter aus dem Flur vernehmen. »Das hast du schon zweimal gefragt. Ich bin doch auch noch da.«

»Stimmt«, meinte Johnny.

»Eben«, sagte Jakob.

»Jetzt geh los und hab einen schönen Abend.« Sylvia Wengler klang ungewöhnlich entschieden dabei.

»Tschüss!« Johnny hingegen hörte sich ganz normal an.

»Bis nachher«, ergänzte Jakob, und das war fast noch normaler, sodass Niklas mit einem Lächeln loszog. Als er die Treppe hinunterlief, spürte er einen Schauer der Aufregung. Es fühlte sich wie ein Auftrag an, nur noch viel besser.

***

Valerie wartete schon vor dem Café, als Niklas aus dem Haus kam. Nervös trat sie von einem Fuß auf den anderen, aber als sie ihn von den Straßenlaternen beleuchtet schwungvoll die wenigen Eingangsstufen hinunterspringen sah, wurde ihr Herz ganz leicht vor Freude. Quer über die Straße kam er ihr entgegen, das Gesicht ernst und konzentriert, aber als er vor ihr stehen blieb, erschien das Lächeln, das sie so wunderschön fand.

»Hallo«, sagte er, bevor er direkt hinzufügte: »Ich bin so aufgeregt.« Dann stockte er. »Eigentlich wollte ich sagen, wie schön es ist, dich zu sehen.« Seine Ohren liefen wieder rot an, was Valerie charmanter fand als jedes Kompliment.

»Kino?«, schlug sie vor.

»Mit dir – liebend gern.«

Zusammen schlenderten sie die Straße entlang unter den Bäumen und den alten Berliner Gaslaternen, die einen wunderbar goldenen Schein verbreiteten.

»Wie finden Jakob und Johnny es eigentlich, dass wir jetzt ins Kino gehen?«, erkundigte sich Valerie und hätte sich prompt auf die Zunge beißen können. Das war nun wirklich keine so gute Frage zum Einstieg, oder?

Aber Niklas lächelte sie nur an. »Danke, dass du fragst, aber ich kann dich beruhigen. Sie haben mich fast zur Tür hinausgeschoben, so erpicht waren sie darauf, mich loszuwerden. Außerdem, seit die bescheuerte Frau Lüttich damit angefangen hat, dass Kinder eine Mutter brauchen …« Er brach ab und wurde flammend rot. »Bitte entschuldige«, murmelte er. »Das hört sich ja furchtbar an. Du musst einen akuten Fluchtreflex bekommen.«

Valerie hörte einen Moment in sich hinein. »Nein«, sagte sie. »Da ist alles ruhig. Allerdings hast du mir noch nicht erzählt, was es mit deiner Ehe auf sich hat.«

»Stimmt. Die Wahrheit ist kurz und nicht besonders schön. Meine Frau und ich leben seit Johnnys Geburt getrennt. Sie leidet unter einer schweren Schizophrenie, es geht nicht anders.«

»Vermisst du sie?« Valerie wusste nicht, warum, aber diese Frage war ihr auf einmal furchtbar wichtig.

Niklas schwieg einen Moment, während Valerie verschiedene Antwortmöglichkeiten durch den Kopf gingen.

»Nein«, sagte er dann. »Nicht mehr. Jetzt hoffe ich einfach nur, dass es ihr so gut wie möglich geht, auch wenn sie nicht mehr an unseren Leben teilnehmen kann.«

»Aber das war früher anders, oder?«

»Ja«, antwortete Niklas schlicht. »Aber die Zeit ändert vieles, und jetzt ist es in Ordnung so.«

Valerie überlegte eine Weile, während sie schweigend nebeneinander hergingen. »Manchmal brauchen große Veränderungen nicht einmal so viel Zeit. Am Freitag noch wurde ich zur ersten Assistentin von Amanda Modefürst befördert, heute Nachmittag habe ich meine Stelle in München gekündigt und beschlossen, mein Leben in Berlin neu zu beginnen. Eigentlich müsste ich schockstarr vor Schreck sein, aber irgendwie bin ich das nicht. Ich fühle mich sogar ausgesprochen lebendig.«

»Ich mich auch.«

Sie sahen sich an.

»Das muss irgendwie an dir liegen. Es ist verrückt. Dabei kennen wir uns doch gar nicht.« Zwar sprach Niklas es aus, aber es war genau das, was Valerie auch fühlte. Sie lächelten sich an, und auf einmal wurde es ganz einfach zwischen ihnen.

»Welchen Film schauen wir eigentlich?«

»Einen mit Valerie«, gab Niklas ernst zurück. »Sorry, ich habe nicht auf den Titel geachtet. Aber ich kann gern nachsehen.«

Doch anstatt die Kinokarten herauszuholen, schauten sie sich nur gegenseitig an.

»Und wie ist es so mit deinem neuen Leben?«, fragte Niklas dann.

»Gut. Ich hätte mir so eine spontane Aktion wie eine nicht bis ins Detail durchdachte Kündigung gar nicht zugetraut, aber irgendwie ist hier in Berlin alles anders. Seit ich erfahren habe, dass meine Tante ins Koma gefallen ist…«

Doch weiter kam sie nicht, denn in diesem Moment raste ein E-Scooter-Fahrer direkt auf sie zu, der entweder wahnsinnig war, die Kontrolle über sein Gefährt verloren hatte oder beides. Bevor Valerie noch etwas tun konnte, riss Niklas sie zur Seite. Das Ganze ging schneller, als sie blinzeln konnte.

»Wow, danke«, meinte sie nach einem Augenblick. »Beinahe hätte es Krankenhaus statt Kino für mich geheißen. Du hast aber ein schnelles Reaktionsvermögen.«

»Na ja, kleine Kinder«, antwortete Niklas gelassen und ließ sie wieder los.

»Ich kenne eine Menge Eltern, die nicht so schnell sind, trotz kleiner Kinder.«

Niklas zuckte die Achseln. »Vielleicht kommt das vom Parkourlaufen, das ist mein Hobby.«

Doch zum ersten Mal, seit sie sich kennengelernt hatten, beschlich Valerie das Gefühl, dass Niklas nicht die ganze Wahrheit sagte. Prüfend sah sie ihn an. »Echt jetzt?« Sie beobachtete seine ausdrucksstarken Augen und sein energisches Kinn.

Warum sollte jemand bei solchen Fragen lügen?, knobelte sie dabei. Und sie spürte, wie zu allen anderen Gefühlen auch hier ihre Neugierde erwachte.

***

Niklas fühlte sich aufgeregt, geradezu high, aber gleichzeitig auch verunsichert. Er hatte Sorge, mehr von sich preiszugeben, als er wollte. Denn mit Valerie war es so leicht, sie hatte eine Art, die ihn wie Zuckerwatte einfach einspann und genauso köstlich süß war.

Vorsicht, ermahnte er sich, aber es fiel ihm schwer. Bisher war Sachlichkeit in seinem Leben kein Problem gewesen. So hatte ihn die letzte Frau, mit der er sich ein paarmal getroffen hatte, sogar einen Eisklotz genannt. Aber mit Valerie war es anders, und Niklas hatte den unbedingten Wunsch, einfach frei sein zu können. Sorglos die Zeit mit einer charmanten, liebenswürdigen und attraktiven Frau zu verbringen. Valerie wirkte so zufrieden mit sich und der Welt, schien dabei aber gleichzeitig aufmerksam für alles, was um sie herum geschah. Ohne dass er wusste warum, erinnerte sie ihn an die Lilia, von der Horst Janik erzählt hatte. Die Frau, die das Leben zu einem zauberhaften Abenteuer werden lassen konnte.

Wenn ich erst den Auftrag durchgezogen habe, bin ich frei, dachte er. Und bis dahin musste er sich etwas einfallen lassen, womit er die riesige Lücke in seinem Lebenslauf und sein erstaunliches Vermögen erklären konnte. Zumindest, wenn sie ihn wiedersehen wollte.

Jetzt sag doch etwas Witziges oder Charmantes, forderte er sich selbst auf. »Du, Valerie …«

Sie blieb stehen und drehte sich zu ihm. Doch statt etwas zu sagen, beugte er sich vor und küsste sie. Erst ganz leicht auf die Wange und dann auf den Mund. Sie erwiderte seinen Kuss, und für einen Moment war Niklas nur noch im Hier und Jetzt und nirgends mehr sonst.

***

Als Niklas sie küsste, war Valerie zuerst verblüfft. Aber es war eine sehr angenehme Überraschung, und sie ließ sich gern mitreißen von einem Kuss, der sich so wunderbar anfühlte. Alles andere – Berenike, die »ausgleichende Gerechtigkeit«, ihre Zukunft – schien auf einmal ganz weit weg. Die einzig klare Eingebung, die Valerie fassen konnte, war, dass sie noch nie so geküsst hatte oder so geküsst worden war.

»Du kannst das vielleicht gut«, murmelte sie irgendwann, als sie sich voneinander lösten.

»Das bin nicht ich, das bist du.« Niklas wirkte so überzeugt, dass Valerie lachen musste.

»Vielleicht wir beide zusammen?«

»Da hast du recht. Was haben wir nochmal vor?« Er streichelte ihre Wangen und zog sie dann an sich.

»Wir wollten ins Kino gehen.«

»Ach ja, stimmt«, meinte Niklas. »Aber versprich mir, dass du mich vorher, währenddessen und danach nochmal so küsst.«

Valerie hob die Hand, als wollte sie schwören. Dabei fragte sie sich, wo in ihr bisher eigentlich die ganzen Gefühle aufgehoben worden waren, die auf einmal zum Vorschein kamen. Sie gehörten zu ihr, so viel war klar, genau wie ein neues Leben in Berlin.

31. Kapitel

»Sag mal, was haben wir eigentlich gerade für einen Film gesehen?«, fragte Niklas, als das Licht wieder anging.

Valerie wollte antworten, aber dann merkte sie, dass sie es auch nicht wusste. »Ehrlich gesagt, habe ich nicht so viel davon mitbekommen.«

»Einmal noch jung sein«, seufzte der ältere Herr neben ihnen und griff nach seinem Gehstock. »Bleiben Sie nur immer so nett zueinander«, fügte er noch hinzu, während er sich an ihnen vorbei zum Ausgang mühte.

Valerie und Niklas sahen sich an und mussten beide, ganz unerwachsen, kichern. »Immerhin hat er nicht vorgeschlagen, wir sollten besser zu Hause weitermachen.«

»Obwohl das eine sehr gute Idee wäre«, antwortete Niklas mit diesem Lächeln, das die Schmetterlinge in Valeries Bauch auffliegen ließ.

Habe ich jemals schon so einen attraktiven Mann gesehen?, fragte sie sich.

Die Platzanweiserin tauchte neben ihnen auf. »Sie sind die Letzten, können Sie bitte gehen?«

»Ja, natürlich.« Valerie stand auf. Um sie herum waren nur noch leere Sitzreihen.

»Also, den Abspann habe ich auch verpasst«, gab sie zu.

Auf dem Weg nach draußen mussten Niklas und Valerie so darüber lachen, als wäre es das Lustigste der Welt.

Vor dem Kino griff Niklas nach ihrer Hand.

Sie schaute ihn an und entdeckte etwas in seinem Blick, das sie zutiefst berührte. Unter einer Schicht Abgeklärtheit und Coolness wirkte er bis zum Umfallen aufgeregt. Das nahm ihr einen Teil ihrer eigenen Nervosität.

»Zu Hause weitermachen?«, fragte Valerie.

»Ja, gern«, antwortete Niklas scheinbar gelassen, aber als sie sich daraufhin küssten, spürte Valerie sein Herz so schnell schlagen wie ihres.

Wenn ich nicht schon heillos verliebt wäre, hätte mich Amors Pfeil bestimmt jetzt getroffen, dachte sie.

Sie küssten sich fast den ganzen Heimweg lang, bis sie in Berenikes Wohnung das Licht im Flur anschalteten.

»Schöne Wohnung«, murmelte Niklas irgendwann. »Vor allem aber eine schöne Frau.«

Sie stolperten ins Schlafzimmer, ohne dort Licht zu machen. Für einen Augenblick meinte Valerie, einen Umschlag auf ihrem Kopfkissen liegen zu sehen. Aber als sie später danach schaute, war nichts mehr da, und sie entschied, es sich nur eingebildet zu haben. Aber es war ja sowieso unwichtig.

***

Aus dem Flur drang etwas Licht herüber, gerade so viel, dass Niklas Valeries Umrisse ausmachen konnte.

»Ich weiß nicht, was ich sagen soll«, meinte er.

»So gut oder so schlecht?«, fragte sie, und er hörte dabei das Lachen in ihrer Stimme.

Unvermittelt lächelte er auch in die Dunkelheit, die nur von einzelnen Lichtstreifen durchbrochen wurde.

Für einen Moment sagte keiner von beiden etwas, während Niklas ganz sanft über Valeries Rücken strich.

»Vielleicht könnten wir es ja noch einmal wiederholen, um ganz sicherzugehen, was die Güte betrifft«, schlug Valerie vor, und ihre Stimme hörte sich warm und wohlig an.

»Das ist eine ausgezeichnete Idee.«

Sie richtete sich auf und küsste ihn ganz leicht auf die Unterlippe.

»Schön mit dir«, meinte sie dann, was Niklas unglaublich glücklich machte. Er konnte sich nicht erinnern, je so froh gewesen zu sein, als er sie in seine Arme zog und das Gesicht in ihren Locken vergrub.

***

»Ich gehe uns was zu trinken holen.« Valerie stand auf.

Niklas hatte keine Ahnung, wie spät es mittlerweile war. Er wusste nur, dass er sich selten so gut in seinem Leben gefühlt hatte und sich wünschte, dass die Zeit nie verstrich.

Valerie zog sich etwas über und ging in Richtung Tür. Plötzlich gab es ein schlitternd-reißendes Geräusch. Automatisch richtete Niklas sich auf. Valerie war halb auf etwas ausgerutscht, das auf dem Schlafzimmerboden gelegen haben musste.

»Was ist denn das?« Valerie griff danach und schaute drauf, nachdem sie die Schlafzimmertür etwas weiter geöffnet hatte. Jetzt, wo es heller war, bewunderte Niklas die dunklen Locken über ihrem schlanken Hals, ihre hübsche Gestalt und ihr schönes Profil. Erst einen Augenblick später merkte er, dass sie sich nicht bewegte, sondern nur auf etwas in ihrer Hand starrte.

Einem plötzlichen Impuls folgend ging er zu ihr.

»Was ist…?«, begann er, brach aber sofort wieder ab. Valerie hielt einen Stapel Papiere in der Hand. Obenauf lag ein Foto, und darauf zu sehen war niemand anderes als er selbst.

***

Valerie war für einen Augenblick so schockiert, dass sie nicht wusste, was sie sagen oder tun sollte. Gleichzeitig fühlte sie sich so, als wäre sie in weniger als einer Sekunde von hundert auf null gebremst worden. Sie starrte auf die Unterlagen. Das meiste waren handschriftliche Notizen von Berenike.

»Wer bist du?«, fragte Niklas.

Valerie hörte seine Stimme, aber sie erfasste nicht gleich, was er sagte.

»Wer bist du?«, wiederholte er noch einmal – drängend.

Sie schaute auf und sah in sein Gesicht, das im Halbdunkel des Schlafzimmers verschlossen und abweisend wirkte.

»Wer bist *du*?«, fragte sie zurück.

»Verfolgst du mich? Oder bist du von der Polizei?«

»Ich?« Valerie blinzelte, so absurd kamen ihr diese beiden Fragen vor. War nicht *er* vor wenigen Tagen ins Café gekommen und hatte sie aufgefangen, als sie von der Leiter gefallen war? Und was um alles in der Welt sollte sie bei der Polizei tun?

»Ist es nicht vielmehr so, dass du mir folgst?«, fragte sie so ruhig sie konnte.

»Wieso sollte ich?« Niklas' Stimme, die ihr gerade noch die liebevollsten Dinge zugeflüstert hatte, klang jetzt wie Eis. »Du hältst ein Foto von *mir* in der Hand.«

Irgendwie klang das logisch, fand Valerie. Aber gleichzeitig auch nicht.

»Ich hole erstmal etwas zu trinken.« Ohne ein weiteres Wort tapste sie in Richtung Küche, in der Hoffnung, dass dort alles etwas klarer werden würde.

Sie legte die Unterlagen auf die Arbeitsplatte, die Berenike offenkundig nie benutzt hatte – zumindest nicht zum Kochen –, und schaltete das Licht ein. Dann schaute sie die Papiere durch, die aus heiterem Himmel auf dem Schlafzimmerboden aufgetaucht waren.

Direkt unter dem Foto von Niklas lag eine handschriftliche Notiz von Berenike. Valerie nahm sie hoch und erkannte, dass es ein an sie gerichteter Brief war.

Liebe Valerie,
ich bin begeistert, dass Du noch an Bord bist. Wenn Du dies liest, bin ich zwar wahrscheinlich nicht mehr da; aber jetzt, während ich Dir das schreibe, erfreue ich mich an dem Gedanken, dass Du eventuell die ausgleichende Gerechtigkeit fortführen wirst. Anbei habe ich Dir ein paar der eindrucksvollsten Fälle skizziert und wichtige Kontakte aufgeführt, auf die Du Dich verlassen kannst. Holly kennst Du ja bereits, und sie ist es auch, die Dir diese Unterlagen überbringt. Wenn Du nicht weitergehen möchtest, zerstöre bitte alles, was sie Dir gegeben hat und was Du im Safe findest. Nicht meinetwegen, denn ich nehme alle Schuld auf mich, sondern zum Schutz meiner ›Mitarbeiter‹.

Mein gutes Mädchen, für Dein Leben wünsche ich Dir alles Gute, viel Glück und noch mehr Herzensmut. Ich hoffe, dass ich Dir oft genug gesagt habe, wie lieb ich Dich habe, denn das habe ich wirklich.

Es umarmt Dich

Deine Dich liebende Tante Berenike

Valerie legte den Brief zur Seite und hob das Foto von Niklas hoch. Es war eine alte Aufnahme, mindestens zehn Jahre alt. Niklas sah jung, fast jugendlich darauf aus und trotzdem genauso wie der Mann, der er jetzt war. Dieselben blonden Haare, die blauen Augen und die Kinn- und Mundpartie unverändert. Langsam drehte Valerie das Foto um, und auf der Rückseite stand: *Der Beste.* Nichts weiter.

Dass er der Beste ist, glaube ich sofort, dachte Valerie, aber sie wusste gleichzeitig, dass Berenike es auf eine andere Kategorie bezog als sie selbst.

Wenn Niklas bei Berenike aufgetaucht war, hatte das also aller Wahrscheinlichkeit nach berufliche Gründe. Und so wie Valerie das Konzept »ausgleichende Gerechtigkeit« verstanden hatte, war das nicht unbedingt eine legale Tätigkeit. Hatte er sie deshalb gefragt, ob sie Polizistin wäre? Valerie spürte, dass sie sich schon tiefer in Berenikes Welt verstrickt hatte, als sie es sich noch vor zwei Tagen hätte vorstellen können. Jetzt hatte sie auch noch mit Niklas angebandelt.

Der Beste – aber worin genau?

Sie musste mit ihm reden. Das war das einzig Vernünftige. Also nahm Valerie zwei Gläser aus dem Schrank und ließ Wasser aus dem Hahn hineinlaufen.

Whisky wäre vielleicht besser, überlegte sie dabei. Mit

den Gläsern in der Hand ging sie gerade in Richtung Flur, als sie die Wohnungstür zuschlagen hörte.

Zu spät, dachte sie. Und zu ihrem eigenen Entsetzen überkam sie auf einmal ein fast grenzenloser Kummer.

32. Kapitel

So schnell er konnte, lief Niklas die Treppe hinunter, immer mehrere Stufen auf einmal. Er war so ein Idiot! Wie hatte er sich nur von Valerie einspinnen lassen können? Sie war XX, oder wenn sie es nicht war, musste sie ganz dicht an XX dran sein. Warum sonst hatte sie Unterlagen in der Hand gehabt, die eindeutig XXs Handschrift trugen? Außerdem musste sie eine fantastische Schauspielerin sein. Er hatte sie wirklich für eine harmlose, nette Person gehalten, die zufällig in dem Café aushalf.

Wie konnte ich nur so einen Fehler machen?, fragte Niklas sich. Alles hatte in diese Richtung gewiesen, und er hatte nichts Besseres zu tun gehabt, als sich über jedes Warnzeichen hinwegzusetzen.

Und dann war es auch noch so … Doch Niklas verbot sich jede Erinnerung an die besonders schönen Momente.

O nein, er würde sich jetzt keinesfalls damit beschäftigen. Stattdessen würde er morgen den Degas austauschen, bevor er sich auf Nimmerwiedersehen aus dem Metier verabschiedete.

Ich bin ein Idiot! Und er hatte in den vergangenen Stunden auch noch an so etwas Albernes wie die ewige Liebe gedacht. *Unfassbar dämlich!*

Doch plötzlich musste Niklas tief Luft holen, denn er spürte das Gefühl eines kaum erträglichen Verlusts in sich aufsteigen.

Nein, sagte er zu sich selbst. *In dieser Ecke war ich schon, da gehe ich nicht wieder hin.* Und rannte so schnell die kurze Strecke über die Straße, als könnte er so alles hinter sich lassen.

Immerhin ist Valerie keine Polizistin und ermittelt undercover, dachte er, als er die Haustür aufschloss. Das hätte ihm zu seinem Glück gerade noch gefehlt. Nein, sie stand auf derselben Seite wie er. Aber das machte nichts gut, es machte es höchstens erträglich.

***

Valerie zog sich auf den Barcelona Chair im Wohnzimmer zurück. Dort blätterte sie mit untergeschlagenen Beinen durch Berenikes Unterlagen. Sorgfältig hatte ihre Tante dokumentiert, warum sie welchen Auftrag übernommen hatte. Zwar nannte sie keine Namen, aber immer die Motive.

Von Exmann geschlagen und bei der Scheidung finanziell auch noch benachteiligt, hatte sie zu einem ihrer ersten Fälle notiert. Also hatte die »ausgleichende Gerechtigkeit« für die Frau die Barschaft geholt, die der Mann am Fiskus vorbei angehäuft hatte und die daher nicht als gestohlen gemeldet werden konnte.

Clever, dachte Valerie.

Bei einem anderen Fall stand: *um das rechtmäßige Erbe betrogen*. Hier war ein Gemälde durch eine Kopie ersetzt worden. Bei dem Bild handelte es sich um einen alten Schinken, der zwar nicht viel wert, aber trotzdem das Familienheiligtum gewesen war. *Jetzt gibt es zwei davon auf dieser Welt*, schrieb Berenike dazu. *Wenn das keine ausgleichende Gerechtigkeit ist!*

Ein weiterer Auslöser für Berenikes Eingreifen war *Direkt vor Rentenantritt gekündigt aufgrund unplausibler Vorwürfe*. In diesem Fall hatte sie angeboten, den skrupellosen Chef ohne sein Wissen für eine finanzielle Kompensation herhalten zu lassen, aber man war im Endeffekt dazu übergegangen, diverse Kunstgegenstände in der Chefvilla zu katalogisieren, die seit Längerem als vermisst galten. Diesen Katalog hatte man dem Gekündigten zur weiteren Verwendung überlassen.

Unter den Klienten der »ausgleichenden Gerechtigkeit« waren über den Tisch gezogene Frauen und drangsalierte Männer, Hilflose und Ausgelieferte, aber immer Personen, die einen berechtigten Anspruch vorbringen konnten. Am Anfang ihrer Tätigkeit hatte sich Berenike unfair gelöster Fälle angenommen, von denen sie noch aus ihrer Zeit in der Versicherung wusste. Auf diesem Weg hatte sie sich einen zwar nur hinter vorgehaltener Hand weitergetragenen, aber dennoch geradezu legendären Ruf erworben, sodass sich die Hilfebedürftigen später über das Café oder per Brief direkt an die »ausgleichende Gerechtigkeit« wandten, immer unter dem Schutzmantel größter Vertraulichkeit. Aus dem Kreis der Ratsuchenden hatte Berenike nur handverlesene Fälle ausgewählt. Offenkundig hatte sie sich große Mühe gegeben sicherzustellen, dass ihr Eingreifen wirklich vonnöten und Gerechtigkeit nicht anders zu erreichen war.

Zu dem letzten Fall hatte sie nur wenig geschrieben.

Um das Erbe betrogen mittels Unterschlagung des Testaments. Geplant war der Austausch einer kleinen Zeichnung von Degas, die eine Tänzerin zeigte. Geschätzter Wert: fünfzig- bis sechzigtausend Euro. Ein Foto lag bei. Neugierig betrachtete Valerie das Bild. Es war eine schöne Zeichnung, betont von dem eleganten Rahmen, der sie umgab. Hatte Berenike diesen Fall noch abgeschlossen? Oder war er noch anhängig? War Niklas vielleicht genau deshalb in Berenikes Café aufgetaucht?

Valerie spürte eine Neugierde, die über das Normale weit hinausging. Berenike hatte ihr das »Unternehmen« anvertraut. Sollte sie da nicht genau wissen, was vor sich ging?

Leider konnte sie Niklas nicht mehr fragen. Beim Gedanken an ihn musste Valerie mit einer solchen Intensität an die gemeinsam verbrachten Stunden denken, dass sie fast vornüberkippte. Doch dann nahm sie sich zusammen. Berenike hatte AvH auch verloren und nicht aufgegeben. Über zwanzig Jahre war sie mit ihm zusammen gewesen, da würde sie, Valerie, es ja wohl verkraften, wenn sie einen Mann nach einer einzigen Nacht verlor.

Aber was für eine Nacht, dachte Valerie und fühlte fesselnde Erregung und bittere Enttäuschung gleichermaßen. Plötzlich kam ihr ein anderer Gedanke. Irgendwo in ihrem Tagebuch hatte Berenike über Arthur und ein Bild sowohl von Monet als auch eines von Degas geschrieben, das eine Tänzerin zeigte. Auch ihre Tante war um ihr Erbe betrogen worden, weil angeblich das Testament ungültig gewesen war. Konnte es sein, dass es bei diesem Auftrag um Berenikes eigenen Rachefeldzug ging? Hatte sie diesen Coup eingefädelt, um sich selbst Gerechtigkeit zu verschaffen?

Und was war mit dem Monet? So schnell sie konnte, düste Valerie ins Schlafzimmer. Zwischen dem zerwühlten Bettzeug sah sie etwas Graues liegen. Es war Niklas' T-Shirt. Offenkundig hatte er es so eilig gehabt, von ihr wegzukommen, dass er es vergessen hatte. Valerie biss sich auf die Unterlippe, während sich ihr Magen schmerzhaft verknotete. Fast schon wütend warf sie das Shirt auf den Boden und ging hinüber zum Safe, um sich Berenikes letztes Tagebuch zu holen.

***

Erst in der Wohnung bemerkte Niklas, dass er sein T-Shirt vergessen hatte. *Soll ich zurückgehen und es holen?*, fragte er sich, bevor er sich selbst am liebsten eine Ohrfeige verpasst hätte. Zurück – allein der Gedanke war verrückt!

Nein, er würde nicht zurückkehren, auch wenn er sich gerade nichts vorstellen konnte, was er lieber getan hätte. Er ertappte sich sogar dabei, dass er unwillkürlich einen Schritt in die Richtung machte. *Vergiss es*, sagte er zu sich selbst. *Du willst doch nicht nochmal in der U-Haft landen.*

Mit dieser ausgesprochen ernüchternden Überlegung im Kopf warf er einen Blick ins Kinderzimmer, in dem die Jungen friedlich schliefen. Dann legte er sich im Wohnzimmer auf die Ausziehcouch. Doch kaum kam sein Körper zur Ruhe, erwachte die Erinnerung an die vergangenen Stunden. Und Niklas konnte nicht anders, als unfassbar traurig darüber zu sein, so etwas Großartiges wie mit Valerie niemals mehr wiederholen zu können.

***

In der Nacht schlief Valerie wenig. Noch einmal blätterte sie die Aufzeichnungen ihrer Großtante durch, wobei sie jede Menge Stellen entdeckte, die sie überlesen oder denen sie beim ersten Durchgang keine Beachtung geschenkt hatte. Aber jetzt, wo sie über die »ausgleichende Gerechtigkeit« Bescheid wusste, las sie den Text anders.

Berenikes Tagebücher, angefüllt mit ausführlichen Schilderungen ihrer Erlebnisse, entwickelten sich wie von selbst immer mehr zu einer Wissenssammlung. Seitenweise schrieb sie über Kunstwerke – Schilderungen, die Valerie das erste Mal teilweise übersprungen hatte –, über deren Entstehung, Maler, über existierende Fälschungen und die Kriterien für die Echtheit. Sie beschrieb Maltechniken und ging ins Detail der Pigmentlehre, erläuterte aber auch Hintergründe aus der Kunstwelt, wer mit wem bekannt war und wie verschiedenartige Geschäfte eingefädelt wurden. Sie erzählte Wissenswertes über das Metier des Kunstdiebstahls (zunächst anekdotisch), dann berichtete sie zunehmend mehr über die Sicherung von Kunstwerken und Gemälden. Valerie las und las, wodurch sie einen ersten Eindruck davon bekam, über welch enormes Wissen ihre Großtante verfügte. Obwohl Berenike auf ihre lebendige Art alles plastisch schilderte, wurde Valerie doch zunehmend bewusst, dass sie auf diese Weise allein nicht genügend lernen konnte. Anders als Berenike hatte sie nicht jahrzehntelang an der Seite eines der erfolgreichsten Kunstdetektive gearbeitet und Tag für Tag mit bezaubernden Kunstwerken verbracht. Sie hatte nicht so viel gesehen, gelesen und gelernt wie Berenike. Vielleicht konnte sie beurteilen, ob eine Farbschattierung zu einem Raum passte oder nicht, aber das war nichts gegen die enormen Kenntnisse ihrer Tante, die jene schon zu Beginn ihrer erstaunlichen Zweitkarriere in die Waagschale werfen konnte.

Und das alles würde jetzt vielleicht mit Berenike sterben. Valerie spürte eine unglaubliche Trauer aufwallen. Ohne nachzudenken, griff sie nach dem grauen T-Shirt von Niklas und drückte es an sich. Mit »dem Besten« an ihrer Seite mochte es möglich sein, die »ausgleichende Gerechtigkeit« weiterzuführen, aber alleine würde sie das nie im Leben schaffen.

Ich muss Berenike sehen und ihr sagen, dass sie nicht sterben kann, dass ich sie noch brauche, beschloss Valerie in ihrem nächtlichen Kummer.

Und auf einmal war Valerie entschlossen, sich von nichts mehr abhalten zu lassen. Joachim Mettling sagte, dass ein Besuch unmöglich war? Dann würde sie einen Weg ohne ihn finden. Als Erstes würde sie morgen früh alle Kliniken Berlins anrufen, eine nach der anderen, so lange, bis sie wusste, wo Berenike lag, und dann würde sie schauen, ob es nicht doch einen Weg zu ihrer Tante gab.

Getröstet von diesem Entschluss kroch Valerie ins Bett und schaltete das Licht aus. Aber das war eine grottenschlechte Idee, denn sofort kam die Erinnerung an Niklas in einer solchen Macht zurück, dass Valerie nicht anders konnte, als wieder aufzustehen und aufs Sofa umzuziehen.

Was für ein Mist, dachte sie dort, während sie versuchte, eine halbwegs bequeme Position zu finden. Aber die Geschichte mit Niklas war einfach zu aufwühlend, und Valerie fand auch im Wohnzimmer keine Ruhe.

33. Kapitel

»Guten Morgen, Valerie Küster mein Name. Meine Großtante Alma Berenike Küster, geboren am 3. Juli 1943, war bei Ihnen erst auf der Chirurgie und befindet sich jetzt auf der Intensivstation. Könnten Sie mal nachsehen bitte, auf welcher Station sie genau liegt?«

In Berlin gab es sechsundachtzig Krankenhäuser und Kliniken. Valerie hatte alle aussortiert, die nicht über eine kardiologische Intensivstation verfügten. Damit blieben nur noch wenige übrig, und schon bei der dritten Klinik auf ihrer Liste landete Valerie einen Treffer.

»Alma Berenike Küster sagen Sie?«, fragte der grummelige Herr aus der Telefonzentrale nach.

»Ja, genau.« Valerie biss sich auf die Unterlippe, während sie wartete.

Es dauerte eine Weile, dann sagte der Mann: »Also, auf der kardiologischen Intensivstation liegt sie nicht.« Er schien das irgendwo in seinem System abzulesen. Seiner Antwort entnahm Valerie jedoch, dass Berenike dort verzeichnet sein musste.

»Liegt sie dann auf der Chirurgie?«, hakte sie sofort nach.

»Sorry, dazu kann ich nichts sagen, das unterliegt dem Datenschutz«, wiegelte der Mann ab.

»Würde denn eine Ihrer Patientinnen aus Ihrem Haus in eine andere Klinik auf die kardiologische Intensivstation verlegt werden?« Valerie kam sich bei dieser Frage fast wie eine Detektivin vor.

»Nein, ich denke nicht, wir sind selbst ein Maximalversorger und haben mehrere Intensivstationen.«

»Alles klar.« Valerie bedankte sich und legte auf. Dann rief sie im nächsten Krankenhaus an. Dort hatte man noch nie etwas von einer Berenike Küster gehört, genauso wenig wie in den weiteren Kliniken in Berlin, die über eine kardiologische Intensivstation verfügten.

»Und haben Sie derzeit einen Ausbruch von 4MRGN-Keimen?«, erkundigte sich Valerie zusätzlich.

»Nein«, »Gott bewahre« und »nicht bei uns« lauteten die Antworten.

Als Valerie in der letzten Klinik angerufen hatte, ohne etwas herauszufinden, beschloss sie ihre Strategie zu ändern. Also rief sie erneut in dem Krankenhaus an, in dem der Pförtner zumindest Berenikes Namen gekannt hatte, doch diesmal ließ sie sich gleich mit dem Sekretariat der Chirurgie verbinden.

»Meine Großtante war bei Ihnen zu einer Metallentfernung nach einem Bruch des Sprunggelenks. Jetzt hat sie ihren Arztbrief verlegt, und wir sitzen hier beim Hausarzt und brauchen den Brief dringend«, jammerte sie der Dame am Telefon vor. Rasch fügte sie noch Berenikes Namen und Geburtsdatum hinzu.

Für einen Moment war es still, dann meinte die Dame: »Soll ich ihn faxen?«

Treffer, dachte Valerie und boxte vor Freude in die Luft. »Das ist zu freundlich von Ihnen. Nein, uns reicht das genaue Entlassungsdatum und ob sie noch irgendetwas beachten muss.« Vor Aufregung hielt Valerie die Luft an. Die Dame am Telefon nannte Valerie ein Datum vor einer Woche. »Beachten muss Ihre Großtante nichts, es ist ja alles vollkommen komplikationslos verlaufen. Die Fäden müssen erst nach vierzehn Tagen gezogen werden, aber da hat sie ja noch etwas Zeit.«

»Ja, genau.« Valerie bedankte sich überschwänglich. Dann ließ sie ihr Smartphone sinken.

Hier stimmt was nicht, überlegte sie, *irgendetwas stimmt sogar ganz und gar nicht.*

Ihr erster Impuls war es, sich Sorgen um Berenike zu machen. Dann fragte sie sich, ob Joachim Mettling wohl ein krummes Ding drehte. Aber dann hätte er ihr kaum die Vollmachten über die Konten gegeben. Nein, wahrscheinlich musste die Geschichte anders erzählt werden. Und so wie Valerie Berenike aus ihren Tagebüchern kennengelernt hatte, konnte sie sich nicht vorstellen, dass das alles reiner Zufall war.

Vielleicht hatte Berenike ja auch selbst alles eingefädelt? Valerie ließ sich auf dem Barcelona Chair nach hinten sinken. Dann richtete sie sich wieder auf. Was wusste sie sicher?

Vor einer Woche hatte Berenike eine komplikationslose Metallentfernung am Fuß gehabt und war anschließend aus dem Krankenhaus entlassen worden. Belege dafür, dass sie, wie der Anwalt behauptet hatte, einen Herzinfarkt erlitten hatte und im Koma auf der kardiologischen Intensivstation lag, gab es nicht. Darüber hinaus hatte es in keinem der Krankenhäuser, in denen Valerie angerufen hatte, einen Ausbruch mit diesem seltsamen Keim gegeben, der Katastrophenstimmung bedeutete und jeden Verwandtenbesuch unmöglich machte.

Unabhängig von der Mär um ihren Krankheitsverlauf hatte Berenike wegen einer ungelösten Erbproblematik den Austausch eines Bildes von Degas gegen eine Kopie geplant. Genau so ein Gemälde hatte sie auch in ihrem Tagebuch beschrieben und dabei mehrmals festgehalten, dass der kleine Degas eigentlich ihr zustand.

Valerie überlegte. Klang das nicht alles etwas zu zufällig?

Doch jetzt wurde es noch komplizierter, denn direkt nach ihrer Ankunft in Berlin hatte Valerie im Café Niklas kennengelernt, den ihre Tante wiederum als »den Besten« bezeichnet hatte. Wenn es Berenike um ihre eigenen Angelegenheiten ging, würde sie doch den Besten engagieren, oder? Und dann gab es ja auch noch Holly, die den Auftrag hatte, Valerie zu helfen und ihr scheibchenweise Informationen zukommen zu lassen, so wie sie es mit dem Umschlag von Berenikes Unterlagen gemacht hatte. Dass Valerie seinen Inhalt genau in dem Moment in Händen halten würde, in dem sie mit Niklas zusammen war, konnten weder Berenike noch Holly vorhersehen (und Valerie auch nicht).

Sollte das also alles ein Plan ihrer Großtante sein, war hier etwas schiefgegangen. Und das ermöglichte Valerie, einen Blick hinter die Kulissen zu werfen.

Wenn sie herausfinden wollte, was genau gespielt wurde, blieb ihr also nur eine Möglichkeit: Sie musste entweder Niklas oder Holly folgen und sehen, wohin sie sie führten. Bei dem Gedanken an Niklas machte Valerie zuerst fast einen freudigen Luftsprung, bevor sich alles in ihr schmerzhaft zusammenzog. Sollte sie also besser Holly beschatten? Valerie überlegte hin und her. Vielleicht war jedoch Hollys Einsatz als Fälscherin schon vorbei, wohingegen Niklas …

»Ich setze auf Niklas«, sagte Valerie zu sich selbst. Doch der Name allein reichte, um ihr Herzschmerz vom Feinsten zu bereiten.

Schluss jetzt, ermahnte sie sich streng. Berenike hatte sich schließlich auch niemals in die Knie zwingen lassen.

34. Kapitel

»Aufwachen!«, rief eine Jungenstimme in Niklas' Traum.

»Jetzt komm schon«, ließ sich eine zweite vernehmen, noch dichter an ihm dran.

Es dauerte einen Augenblick, bis Niklas klar wurde, dass er nicht mehr schlief und die Stimmen auch nicht weit weg, sondern direkt neben seinem Ohr erklangen. Er schlug die Augen auf und schaute in die Gesichter seiner beiden Jungs. Für einen Moment wurde er bei diesem Anblick richtig glücklich, doch dann schoss die Erinnerung an Valerie durch sein Bewusstsein, und sein Wohlbefinden verwandelte sich schlagartig ins Gegenteil. Dazu kam die unsichere Situation, in der er sich befand.

»Ist dir nicht gut? Du bist irgendwie grün im Gesicht geworden«, fragte Jakob besorgt.

»Hast du etwa in deinen Klamotten geschlafen?«, wollte Johnny wissen. »Wenn du das darfst, dann will ich das auch! Gleich heute Abend.«

»Nein, mir geht es gut«, versuchte Niklas, seinen großen Sohn zu beruhigen. »Und das mit der Kleidung war nur ein Versehen. Das passiert mir bestimmt nicht nochmal.«

Genauso wenig, wie ich noch einmal einen so großarti-

gen Abend und eine so fantastische Nacht mit Valerie verbringen werde, fügte er in Gedanken hinzu.

Seine Stimmung war nun endgültig im Keller. Warum musste es auch so toll gewesen sein? Jetzt wusste er, was er in Zukunft verpassen würde. Niklas fuhr sich mit der Hand durch die Haare.

»Aber sag mal, hattest du gestern nicht noch ein graues T-Shirt an?«, erkundigte sich Jakob, dem nie irgendetwas zu entgehen schien.

»Das habe ich heute Nacht ausgezogen, weil mir zu warm war.« Niklas beruhigte sich, dass das nicht einmal eine volle Notlüge war, schließlich war ihm wirklich zu heiß geworden.

»Aber hier liegt nichts.«

»Habt ihr schon Zähne geputzt?«, startete Niklas rasch ein Ablenkmanöver.

»Äh, nee.« Jakob wandte sich ab.

»Ich finde Zähneputzen total überflüssig«, ließ sich sein kleiner Bruder vernehmen.

Das klang so überzeugend, dass Niklas sich das erste Lächeln des Tages nicht verkneifen konnte. »Findest du?«

»Ja, außerdem esse ich doch sowieso gleich wieder Brausepulver, da ergibt es doch gar keinen Sinn, vorher zu putzen«, erklärte Johnny mit ernster Miene.

Bei der Erwähnung des Brausepulvers kehrte sofort die Erinnerung an Valerie zurück.

»Du wirst ja schon wieder so grünlich«, sagte Jakob daraufhin zu Niklas.

»Kommen meine Männer irgendwann in die Gänge?«, rief seine Mutter aus dem Flur. »Schließlich wollen wir frühstücken gehen.«

»Gehen wir zu Valerie ins Musik-Café?« Johnny lief auf seine Oma zu.

Niklas bekam geradezu Luftnot. Also stand er auf und ging in Richtung Bad. Im Flur traf er auf seine Mutter. Sie warf ihm nur einen Blick zu, dann sah er ihren Gesichtsausdruck weich vor Mitleid werden.

Aber er wollte kein Mitleid. Er wollte nur Valerie, aber das war ja keine Option mehr.

»Niklas, du gönnst dir heute einen freien Tag, ich unternehme etwas mit den Jungen. Du siehst aus, als könntest du etwas Erholung brauchen«, erklärte Sylvia Wengler entschieden.

»Hm«, machte Niklas unschlüssig, dachte aber sogleich an München und den Degas. »Das ist nett, danke!«

»Mein lieber Junge«, sagte seine Mutter. Aber dann war ihr das wohl selbst etwas zu gefühlsduselig, und sie marschierte schnurstracks an Niklas vorbei mit Johnny und Jakob ins Bad.

35. Kapitel

Valerie hatte festgestellt, dass man aus dem Hausflur das Gebäude gegenüber ganz ausgezeichnet beobachten konnte, ohne selbst gesehen zu werden. Daher ließ sie sich auf der Treppe nieder und legte ihre Tasche neben sich. Von ihrem Spähposten aus beobachtete sie zunächst, wie Johnny, Jakob und Oma W das Haus verließen und nach links gingen. Einige Zeit später öffnete sich die Tür erneut, aber es war nur ein Unbekannter, der die Eingangstreppe hinunterlief. Unruhig wartete Valerie weiter ab. Schließlich wurde ihre Geduld belohnt, denn nun trat Niklas mit einer großen schwarzen Sporttasche auf dem Rücken aus dem Haus.

Es geht los, dachte Valerie, als er nach rechts abbog. Sie ließ ihm etwas Vorsprung, dann griff sie nach ihrer Tasche und nahm die Verfolgung auf.

Heute trug sie den Jumpsuit, der leider alles andere als unauffällig war. Aber mit dezenter Kleidung hatte sie es ja sowieso nicht so, also musste sie sich besonders unauffällig verhalten. Immerhin hatte sie die Sonnenbrille dabei, die sie in Berenikes Schrank gefunden hatte und die fast die Hälfte ihres Gesichts verdeckte.

Niklas bewegte sich zügig in Richtung Bahnhof Zoo. Valerie musste sich beeilen, um ihn nicht aus den Augen zu verlieren. Zielstrebig ging er die Straße hinunter, aber Valerie, die hinterherhetzte, hatte nicht den Eindruck, dass er sich irgendwie ungewöhnlich oder auffällig verhielt. Ganz im Gegenteil. Er wirkte wie ein ganz normaler Berliner im Gedränge.

Im Bahnhof Zoo lief Niklas die Treppe zur S-Bahn hinauf und ließ die Rolltreppe links liegen, auf der Valerie ihm einen Augenblick später folgte. Oben am Gleis stieg er in den nächsten Zug Richtung Hauptbahnhof. Valerie musste fast rennen, um Niklas nicht zu verlieren, und kam ihm gefährlich nahe, als sie gerade noch durch die sich schon schließenden Türen in die S-Bahn sprang. Aber sie entdeckte ihn nur mit geschlossenen Augen an einer Trennwand lehnend, dunkle Schatten unter den Augen, dank derer er ungefähr so aussah, wie sie sich fühlte.

Hastig entfernte sich Valerie von ihm, auch wenn sie viel lieber auf ihn zugegangen wäre. Aber dafür war jetzt nicht der richtige Augenblick – obwohl sie fast schwach wurde, wenn sie ihn nur musterte. Das war der Mann, der sie zum Lachen brachte, zum Tanzen und zum Brausepulverherzen-auf-Kuchen-Streuen. Aber das war auch der Mann, der einfach gegangen war, ohne sich mit ihr auszusprechen.

Valerie unterdrückte einen Seufzer, während sie sich so positionierte, dass sie Niklas durch den Waggon beobachten konnte, er sie aber hoffentlich nicht bemerkte.

Am Hauptbahnhof stieg er aus, und sie folgte ihm. An einem Kiosk kaufte er sich eine Zeitung, während Valerie sich in sicherer Entfernung die Sonnenbrille aufsetzte. Niklas nahm sein Wechselgeld entgegen und trabte dann die Treppe hinunter zu Gleis 1. Unten drehte er sich einmal um, was Valerie sofort zu Boden sehen ließ.

Hoffentlich hat er mich nicht bemerkt, dachte sie mit klopfendem Herzen. Aber er machte keine Anstalten, in ihre Richtung zu kommen, sondern ging einfach weiter.

Auf dem Bahnsteig war einiges los, und sie konnte sich gut unter die Wartenden mischen. Die Anzeige kündigte den Sprinter nach München an. Eigentlich hatte Valerie damit gerechnet, Berlin nicht zu verlassen. Doch anscheinend war ausgerechnet München das Ziel.

Valerie spürte ihr Herz heftig klopfen. Sie dachte an Berenikes Tagebücher, die Mission der »ausgleichenden Gerechtigkeit« und an die Tatsache, dass ihre Großtante angeblich im Krankenhaus lag, was sie aber in Wirklichkeit nicht tat. Nein, sie konnte jetzt unmöglich aufgeben, und so stieg Valerie wie Niklas in den ICE, der mit quietschenden Bremsen am Gleis gehalten hatte.

Bis sich die Türen schlossen, blieb Valerie direkt am Ausgang stehen, bereit hinauszuspringen, falls sich alles nur als eine Finte von Niklas entpuppte. Aber sie fuhren ab, ohne dass er wieder ausstieg. Während der Zug an Geschwindigkeit gewann, wurde sich Valerie bewusst, dass Niklas sich in ihrer unmittelbaren Nähe befinden musste. Das allein verschaffte ihr ein Kribbeln im Bauch, ob sie wollte oder nicht.

Ruhig bleiben, ermahnte sie sich, während sie sich einen Sitzplatz zwei Wagen weiter hinten suchte und dann gegen ein kräftiges Aufgeld beim Schaffner einen Fahrschein löste.

* * *

Natürlich hatte Niklas Valerie bemerkt. Er war ausgesprochen unzufrieden mit sich, dass sie ihm nicht sofort aufgefallen war, als er das Haus verlassen hatte. Denn dass sie ihm seitdem folgte, lag auf der Hand, außer sie fuhr zufällig ebenfalls nach München. Aber ohne Gepäck? Natürlich war es theoretisch möglich, doch sie hatte sich immer so auffällig-unauffällig abgewandt, wenn er in ihre Richtung geschaut hatte. Das machte es seiner Meinung nach noch wahrscheinlicher, dass es eine Verbindung zwischen ihm und ihrer Anwesenheit hier an Bord des Sprinters gab. Hatte XX sie geschickt? Oder war sie auf eigene Rechnung unterwegs?

Egal welchen Grund sie haben mochte, ihm zu folgen, er würde sich in München sowieso in Luft auflösen müssen. Zum Glück war das nicht schwierig. Schwieriger war es, an den Degas zu kommen.

Zu wenig Zeit für eine saubere Planung bedeutete eine Katastrophe. Zwar war er vor Jahren einmal in dem betreffenden Auktionshaus gewesen, um ein Bild abzuholen, das zu Horst Janik gebracht werden musste, aber er erinnerte sich nicht mehr gut genug an die Details vor Ort. Er wusste nur noch, dass das Bilderlager direkt hinter dem Auktionsraum lag und nur durch eine einzige Tür mit diesem verbunden war.

Während der Versteigerung durch diese Tür zu gehen war unmöglich, egal wie geschickt er darin war, sich unauffällig zu verhalten. Auch blieb ihm keine Zeit, sich als Mitarbeiter ins Auktionshaus einzuschleusen, denn er musste das Bild heute austauschen, bevor es versteigert wurde. Der günstigste Zeitpunkt dafür wäre, wenn alle Anwesenden von den hochkochenden Emotionen bei den sprunghaft steigenden Preisen abgelenkt waren. Also musste er einen zweiten Zugangsweg zum Lagerraum der Exponate finden, der es ihm ermöglichte, während der Auktion dort einzusteigen.

Niklas setzte sich so, dass er niemanden neben oder hinter sich hatte, dann holte er sein Tablet aus der Sporttasche. Zuerst musste er mehr über das Gebäude, in dem das Auktionshaus untergebracht war, in Erfahrung bringen. Aufbau, Zugangswege, Notausgänge. Auf welchem Stockwerk konnte er sich aufhalten und wie konnte er anschließend unauffällig verschwinden? Mit einer sicheren Verbindung über einen Handyhotspot ging Niklas ins Internet, seine Spur verwischte er über einen VPN-Zugang, dann machte er sich auf die Suche nach Informationen.

Er hatte Glück. Der Gebäudekomplex hatte gerade die Hausverwaltung gewechselt, und bei der Übergabe der Daten hatte man anscheinend vergessen, die Dokumente zu verschlüsseln. Erfreut klickte Niklas sich durch die Unterlagen und blätterte virtuell Lagepläne und Zeichnungen von Rohrleitungen und Versorgungsschächten durch. Während die Fahrgäste um ihn herum Kreuzworträtsel lösten oder Filme schauten, arbeitete Niklas hochkonzentriert. Aber es lohnte sich, denn nach und nach formte sich ein brauchbares Konzept für den Austausch in seinem Kopf.

Eigentlich benötigte er zusätzlich einen Plan B, denn man konnte gar nicht vorsichtig genug sein. Und er brauchte genügend Zeit. Beides hatte er von XX gelernt. Aber diese goldenen Regeln musste er jetzt über Bord werfen. Genau wie die Schnapsidee im Übrigen, sich auf eine Fremde richtig einzulassen.

Ich hätte es nicht tun sollen, grübelte Niklas, während

er aus dem Fenster schaute. Draußen regnete es, und die Tropfen wurden zu abstrakten Schlieren auf den Scheiben des dahinrasenden Zuges.

Aber Niklas musste sich nur an die Stunden mit Valerie erinnern, um ganz klar zu wissen, dass er niemals darauf hätte verzichten wollen, vollkommen gleichgültig, wie sehr es jetzt wehtat. Mit ihr war es etwas Besonderes gewesen. Und es hatte ihm gezeigt, dass er in seinem Innern noch ganz lebendig war.

Ich müsste nur durch den Zug laufen, um ihr zu begegnen, überlegte Niklas. Aber hier ging es nicht ums Finden, hier ging es ums Loslassen. Niklas lehnte den Kopf an die kühle Scheibe. Ach, wenn doch nur alles anders wäre… und für einen Augenblick gestattete er sich, von Valerie zu träumen.

Kurz vor München suchte er die Toilette auf und zog sich um. Als er zurückkam, sah er so unscheinbar aus, dass er praktisch unsichtbar wurde. Diese Unauffälligkeit hatte er in den vergangenen Jahren absolut perfektioniert.

Auf Wiedersehen, Valerie, dachte er, als er aus dem Zug sprang und in der Menge untertauchte.

***

Valerie schaute sich hektisch um. Aber wohin sie auch blickte, nirgends entdeckte sie eine Spur von Niklas. Er schien sich in Luft aufgelöst zu haben.

Ist er doch noch vor Abfahrt in Berlin ausgestiegen?, fragte sie sich mit zunehmender Unruhe, denn Zwischenhalte hatte es nicht gegeben, und so sehr sie sich auch anstrengte, er war und blieb verschwunden.

Verflixt, dachte Valerie, als auch die letzten Reisenden aus dem ICE an ihr vorbeigegangen waren. Ohne Niklas hatte sie keine Chance, der Spur der »ausgleichenden Gerechtigkeit« zu folgen und so einen Weg zu ihrer Tante zu finden. Und dass Holly ihr von sich aus mit entsprechenden Informationen weiterhelfen würde, hielt Valerie für ausgeschlossen.

Jetzt bin ich ganz umsonst hierhergefahren, dachte sie ernüchtert. *Vielleicht sollte ich warten, ob Niklas einen späteren Zug zurücknimmt?* Aber das war kein besonders schlauer Einfall, entschied sie, schließlich hatte sie nicht die geringste Ahnung, was Niklas geplant hatte, ja ob er überhaupt in München angekommen war.

Wie bescheuert ich doch bin, dachte Valerie, wütend über sich selbst. Aber lamentieren half überhaupt nichts. Außerdem hatte sie es zumindest versucht, sich allerdings viel zu dilettantisch angestellt.

Valerie beschloss, kurz zu sich nach Hause zu gehen und dann im Büro vorbeizuschauen. Heute Morgen hatte sie eine E-Mail aus der Personalabteilung auf ihrem Handy vorgefunden. Die Personalerin hatte ihre Betroffenheit über Valeries Kündigung ausgedrückt und Valerie inständig gebeten, es sich noch einmal zu überlegen. Sie hatte ihr aber auch mitgeteilt, dass sie eine Kündigung in Schriftform bräuchte, sollte Valerie wirklich bei ihrer Entscheidung bleiben. Zum Abschluss hatte die Kollegin noch geschrieben, dass sie persönlich die ganze Angelegenheit mehr als bedauerlich fände und überhaupt nicht nachvollziehen könnte, warum die Chefin so handelte, vom Verhalten mancher Kolleginnen ganz zu schweigen. Also war Valerie nicht die Einzige auf der Welt, die Denise intrigant fand und Amandas blinde Beeinflussbarkeit blöd. Ein kleiner Trost!

Während sie durch den Hauptbahnhof lief, stopfte Valerie Berenikes Sonnenbrille zurück in ihre Tasche. Gerade glückte ihr gar nichts. Zuerst hatte sie ihren Job an Denise verloren, dann ihr Herz an Niklas, und jetzt fehlte ihr auch noch ein Plan, wie sie genau vorgehen wollte. Das war definitiv keine gute Quote für vier Tage Berlin.

Vielen Dank auch, Tante Berenike, dachte Valerie säuerlich, als sie zur U-Bahn hinunterging und heimfuhr.

In ihrer kleinen Wohnung sah es immer noch so grauenhaft chaotisch wie bei ihrer Abreise aus, was Valerie nicht gerade aufmunterte. Und auch die Türklinke innen an der Badezimmertür fehlte noch. Mit einem Seufzer stopfte Valerie eine Ladung Wäsche in die Maschine und räumte wenigstens das Dringlichste auf, bevor sie sich an ihren Laptop setzte. Während des Aufräumens war sie in Gedanken alle Fakten durchgegangen, und jetzt wollte sie sehen, ob sie nicht doch noch einen Weg finden konnte, der sie zu ihrer Tante führte.

Sie suchte mithilfe verschiedener Kombinationen der Stichwörter »Degas« und »München«, aber fand nur Hinweise auf die Degas-Bilder, die in Münchner Museen hingen, und mehrere Artikel über ein Biopic des Malers. Beides half ihr nicht weiter, denn Niklas war bestimmt nicht hergefahren, um ins Museum oder ein weiteres Mal ins Kino zu gehen. Damit blieb die Spur von ihm zu Berenike kalt, die Valerie sich so wunderbar ausgemalt hatte.

Frustriert gab Valerie nach einer Weile auf, tippte noch schnell die Kündigung, druckte sie aus und klappte den Laptop zu. Ihre Zweifel nahmen dabei sprunghaft zu, ob sie in den letzten Tagen überhaupt eine einzige richtige Entscheidung gefällt hatte. Schließlich gab es in Berlin Cafés wie Sand am Meer, und sie hatte eine sichere Stelle aufgegeben, um einen Traum zu leben, der vielleicht nur Berenikes Ideal und gar nicht ihrem eigenen entsprach.

Valerie seufzte tief, als sie zu allem Überfluss an die Zeit mit Niklas denken musste, was ihr Herz ächzen ließ.

Hör auf, sagte sie sich streng und stand auf. Sie würde jetzt in die Firma von Amanda Modefürst gehen, ihre Kündigung abgeben und dann zurück nach Berlin fahren. Wahrscheinlich war ihre Idee, Niklas zu verfolgen, sowieso nur ein naives Hirngespinst gewesen, weil sie zu wenig geschlafen und zu viel spannende Schilderungen ihrer Tante gelesen hatte.

Missvergnügt hängte Valerie die Wäsche auf, bevor sie aus dem Haus ging. Dabei musste sie abermals an Niklas denken.

Himmel, dachte sie unzufrieden mit sich selbst, *er ist doch auch nur ein Mann wie Millionen andere.* Aber das konnte ihr Herz leider nicht bestätigen.

36. Kapitel

Aus allen Ecken dieser Welt hatte Niklas bereits schöne Bilder, hässliche Bilder, große Bilder und kleine Bilder geholt. Je nach Sicherungsgrad brauchte er Wochen, manchmal Monate für die Vorbereitung eines solchen Coups. Hier sollte das alles an einem Tag geschehen – genaugenommen sogar in wenigen Stunden. Er schaute auf die Uhr. Kurz nach vier. Um 19 Uhr würde die Auktion beginnen. Das war verdammt knapp, auch wenn er sich jetzt alles genauestens ansehen und seinen Plan auf die örtlichen Begebenheiten abstimmen konnte.

Für einen Augenblick erwog Niklas, einfach zur Auktion zu gehen und das Bild zu ersteigern. Der Schätzpreis lag bei 52 000 Euro, das war viel, aber selbst wenn der Preis bei der Auktion auf das Doppelte oder sogar das Dreifache steigen würde, immer noch eine Summe, die er verschmerzen konnte, schließlich hatte seine Tätigkeit als Gentlemandieb ihn nicht arm gelassen.

Aber etwas hielt ihn davon ab. XX war es immer um Gerechtigkeit gegangen; es gab Zeiten, da hatte er sie für eine wahre Gerechtigkeitsfanatikerin gehalten.

2005 hätte er den Degas im Haus der von Haltbachs gegen eine Kopie austauschen sollen, was ihm aber nicht gelungen war. Schon damals hatte er das Gefühl gehabt, dass es XX um mehr als nur das Bild gegangen war. Jetzt hatte sie ihm abermals den Auftrag gegeben, das Gemälde auszutauschen. Nach all den Jahren hatte sie den Degas also nicht vergessen. Niklas glaubte nicht, dass XX großes Interesse am Gegenwert des Bildes hatte, schließlich hatte ihr allein der damals von ihm besorgte Monet mehrere Millionen Pfund eingebracht. Was war dann ihr aktuelles Motiv? War es ein Fall für die »ausgleichende Gerechtigkeit«? Wollte sie dem Besitzer oder der Besitzerin des Degas' eine Lehre erteilen? In diesem Fall wäre das Bild eine Waffe, genau wie er es schon oft bei XX erlebt hatte. Dann konnte er das Gemälde nicht ersteigern, weil der Besitzer oder die Besitzerin keinen finanziellen Gewinn daraus erzielen durfte. Er musste es tatsächlich stehlen.

Niklas begann seine Vorbereitung vor Ort. Dabei glich er die Informationen, die er im Internet gewonnen hatte, mit den realen Begebenheiten ab. Das Auktionshaus befand sich zwischen lauter Büros und Geschäften in einem großen sechsstöckigen Bau, der einen ganzen Block einnahm. Der Haupteingang zu dem Gebäude lag an einem belebten Platz.

Der Raum, in dem die Auktionen veranstaltet wurden, war im obersten Stockwerk untergebracht. Wie Niklas wusste, wurden die Bilder vor der Versteigerung in den Räumen des Auktionshauses ausgestellt, während der Auktion selbst aber in den Registerschränken des Bilderzimmers aufbewahrt und nur für den Zeitraum herausgeholt, in dem sie versteigert wurden. Das gesamte Auktionshaus war kameraüberwacht, alle Fenster alarmgesichert. Um den Degas noch vor der Auktion auszutauschen, war es zu spät, denn er war sicherlich schon abgehängt worden; außerdem wollte Niklas nicht von den Überwachungskameras erfasst werden. Nein, diese Option schied aus. Also würde er das Bild während der Auktion holen. Dafür musste er peinlich genau auf die zeitliche Abfolge achten. Niklas startete den Timer seiner Uhr, dann ging er langsam einmal um den ganzen Gebäudekomplex herum.

Aus Gewohnheit steckte er seine Hand in die Jackentasche. Auf einmal fühlte er den Zettel des Mannes aus dem schwarzen Mercedes, den er einfach nur vom Fußabstreifer aufgehoben und in die Tasche gesteckt hatte. Dieses Problem bestand ja auch noch.

Niklas zog den Zettel heraus. Darauf war mit Fasermaler eine Handynummer in einer schönen, klaren Schrift ohne Schnörkel notiert. Bevor er seine Söhne bekommen hatte, hätte Niklas so einen Zettel ignoriert, aber nun entschloss er sich, der Sache auf den Grund zu gehen. Sonst würde er vielleicht niemals mit Jakob und Johnny nach Hamburg zurückkehren können.

Er beendete seinen Rundgang und schaute auf den Timer. Er brauchte fünf Minuten, wenn er sich beeilte, knapp sechs, wenn er langsam ging. Das passte. Niklas drehte eine weitere Runde, diesmal in umgekehrter Richtung, und hielt dabei Ausschau nach Überwachungskameras an den umliegenden Häusern.

Sorgfältig prägte er sich alle Besonderheiten des Gebäudes und der umgebenden Straßen ein. Dann rekapitulierte er noch einmal die Eckpunkte seines Plans.

Als er mit allem fertig war, zeigte ihm ein weiterer Blick auf die Uhr, dass ihm noch etwas Zeit blieb, bis er loslegen musste. Kurzentschlossen zog Niklas abermals den Zettel mit der Telefonnummer aus der Jackentasche, während er sich auf seinem Handy die Standorte der öffentlichen Fernsprecher in der Nähe anzeigen ließ. Er wählte denjenigen, von dem er annahm, dort am ungestörtesten telefonieren zu können. Sein Smartphone gab einen Fußweg von sieben Minuten an, der ihn über den Odeonsplatz und am Hofgarten vorbeiführte. Anders als noch im Zug vorhin war das Wetter prima, und Niklas schlenderte durch die Straßen, als hätte er ewig Zeit. Als er bei der Telefonsäule ankam, schaute er sich gründlich um. Aber es war niemand in der Nähe, der ihn hören könnte. Also warf Niklas ein paar Münzen ein und wählte. Es klingelte zweimal, bevor eine dynamische männliche Stimme ans Telefon ging. »Welkman Sicherungssysteme, Welkman junior.«

Welkman Sicherungssysteme? Niklas horchte auf. Das war eines der spannendsten und innovativsten Unternehmen, wenn es um Gebäude- und Gegenstandsschutz ging. Ursprünglich ein kleiner Familienbetrieb, expandierte das Unternehmen mittlerweile im großen Stil, besonders seitdem der Sohn die Geschäftsführung übernommen hatte.

Niklas überlegte einen Augenblick, dann antwortete er. »Wengler hier. Sie haben mir Ihre Telefonnummer zukommen lassen.«

»Herr Wengler. Ich freue mich außerordentlich, dass Sie sich melden. Irgendwie hatte ich fast befürchtet, dass wir nicht ins Gespräch kommen würden, nachdem mein Fahrer auf die idiotische Idee gekommen ist, Ihnen neulich so aufzulauern. Das tut mir aufrichtig leid, und ich möchte mich in aller Form dafür entschuldigen.«

Niklas schwieg.

»Ich nehme an, dass Sie nicht viel Zeit haben, daher

fasse ich mich kurz. Ich hätte ein Jobangebot für Sie, von dem ich hoffe, dass Sie es attraktiv finden.«

»Woher haben Sie meine Adresse?«

Welkman junior hüstelte. »Ich muss zugeben, dass ich sie mir auf nicht ganz legalem Wege besorgt habe. Aber ich verspreche Ihnen, dass außer meiner Frau, meinem Fahrer und mir niemand Ihre Anschrift kennt oder je davon erfahren wird.«

»Woher?« Niklas blieb unnachgiebig.

»Meine Frau ist Psychiaterin in jener … äh … Praxis, in der Ihre Frau in Behandlung ist. Ich gebe zu, dass es verwerflich ist, mir auf diese Weise Ihre Adresse zu besorgen, aber Sie glauben nicht, wie lange ich schon versuche, an Sie heranzukommen.«

Niklas schwieg.

»Herr Wengler, Sie sind der Beste der Besten, ich möchte, dass Sie für mich arbeiten.«

Jetzt war Niklas immerhin so verblüfft, dass er sein Schweigen beendete. »Wie kommen Sie denn darauf?«

Doch Herr Welkman ignorierte Niklas' Frage. »Wie Sie vielleicht wissen, rühmen wir uns bei Welkman Sicherungssystemen, die innovativsten Überwachungssysteme für Einzelstücke bis hin zu ganzen Museen zu bauen.«

»Ja«, entgegnete Niklas knapp. Die Leute bei Welkman waren wirklich gut. An ihren Alarmanlagen war er schon ein paar Mal fast verzweifelt; einmal hatte er einen Auftrag sogar abgelehnt, weil Welkman die Sicherung des Objekts übernommen hatte.

»Ich brauche jemanden, der diese Systeme testet – unsere und die unserer Konkurrenten – und uns die Schwachstellen verrät. Und wer wäre da geeigneter als Sie?«

»Da müssen Sie sich vertun, ich schreibe nur ein harmloses Fachbuch über Kunstdiebstähle, das ist alles.« Niklas bluffte gelassen.

»Der Einbruch im Bankentower in London vor drei Jahren, das waren Sie. Damals haben wir einen unserer besten Kunden verloren. Ich habe alles gegeben, um den Täter dingfest zu machen, aber er war zu geschickt. Dann kam der Fall im letzten Jahr, und Ihr Name tauchte in der Presse auf. Es hat gedauert, aber irgendwann habe ich zwei und zwei zusammengezählt. Mit der Adresse hatte ich einfach Glück. Kurz und gut: Ich will Sie für uns gewinnen.«

Der Bankentower in London. Niklas erinnerte sich nur zu gut. An dem Sicherungssystem hatte er sich fast zwei Monate abgeplagt und so hart gearbeitet wie noch nie, um einen Weg zu finden, die Anlage auszutricksen. Außerdem hatte er in Rekordgeschwindigkeit klettern und sich abseilen müssen. Es war der Wahnsinn gewesen. Jetzt noch war er stolz, dass er es geschafft hatte.

»Also, was sagen Sie? Die Bezahlung ist fürstlich, Sie bekommen alles an Equipment, was Sie haben möchten, und können Ihr Vorgehen planen, wie Sie wollen. Sie haben völlige Freiheit und müssen nur mir persönlich berichten. Dafür brauchen Sie nicht einmal bei uns aufzutauchen, wir können alles auf elektronischem Weg erledigen.«

Niklas sagte nichts, aber er spürte ein Kribbeln in den Fingern. Das klang fast zu gut, um wahr zu sein.

»Die einzige Bedingung ist, dass Sie, während Sie für uns unterwegs sind, nichts Illegales tun.« Den letzten Satz sprach Herr Welkman fast wie eine Frage aus.

»Woher wollen Sie wissen, ob ich mich daran halte?« Niklas ließ sich nicht so leicht einwickeln.

»Sie geben mir Ihr Wort. Da Sie der Gentlemandieb sind, nehme ich an, dass man Ihnen vertrauen kann.«

»Man kann keinem Dieb vertrauen«, entgegnete Niklas ungerührt.

»Ihnen schon. Also, wie sieht es aus?«

Niklas überlegte, er überlegte eine ganze Weile. »Ja«, sagte er dann.

»Ist das Ihr Ernst? Das ist ja fantastisch!« Herr Welkman klang geradezu euphorisch. »Wann fangen Sie an?«

»Morgen«, erwiderte Niklas.

»Perfekt. Wo sollen wir den Arbeitsvertrag hinschicken?« Die Begeisterung von Welkman junior hielt anscheinend an.

Niklas dachte einen Augenblick lang nach. »Sie haben sicherlich einen Testraum für Ihre Systeme. Legen Sie den Arbeitsvertrag hinein, ich hole ihn mir ab. Wenn ich das kann, entfällt die Probezeit.«

Für eine Sekunde war es still am anderen Ende. »Einverstanden«, sagte Herr Welkman dann. »Ich freue mich auf die Zusammenarbeit.«

»Ich mich auch«, erwiderte Niklas, bevor er auflegte.

Er blieb noch für einen Augenblick stehen, während sich ein Lächeln auf seinem Gesicht ausbreitete. Das hörte sich wirklich gut an. Im Übrigen: Herr Welkman wusste es nicht, aber er war schon einmal in den Testraum der Welkman Sicherungssysteme eingebrochen, um für den Bankentower zu üben. Das zweite Mal würde es ein Kinderspiel werden.

37. Kapitel

»Valerie, ich kann es überhaupt nicht glauben, dass du gehst! Was sollen wir ohne dich machen?« Clara schien geradezu bestürzt. Zwar wirkte sie insgesamt fröhlich und gut gelaunt, was Valerie auf Joseph schob, aber ihr Entsetzen über Valeries Kündigung war trotzdem herzerweichend.

»Danke für deine lieben Worte.« Eben hatte Amanda es abgelehnt, Valerie auch nur zu empfangen, da taten Valerie die Worte ihrer Freundin sehr wohl, genauso wie die große Bestürzung ihrer anderen Lieblingskollegen, die Clara in der Kreativabteilung zusammengetrommelt hatte.

»Hast du schon einen neuen Job? Ich glaube, ich sollte mich auch umsehen. Diese Firma macht mich fertig.« Der Marketingchef seufzte aus tiefstem Herzen.

»Erstmal werde ich im Café von meiner Tante arbeiten«, antwortete Valerie wahrheitsgemäß.

»Na, immerhin musst du nicht klauen gehen.« Clara lächelte, während Valerie für einen Moment warme Wangen bekam.

Wer weiß, dachte sie dabei. »Ich schulde dir noch selbstgebackene Brownies für die Lachsfarbe«, wechselte sie rasch das Thema.

»Weißt du was, ich komme einfach in deinem Café vorbei. Ich wollte immer schon mal Berlin besuchen«, erwiderte ihre Freundin. »Vielleicht kann ich ja auch bei dir kellnern? Besser als ›Sonnenwelten‹ wäre das allemal.«

Verständnisvolles Nicken ringsherum. Besonders die Kreativabteilung war vom Richtungswechsel in der Kollektion hart getroffen worden, und die Mitarbeiterinnen sahen allesamt etwas abgekämpft aus.

»Aber du gehst, und Denise bleibt? Das ist verkehrte Welt«, erklärte die Chefin vom Einkauf jetzt. »Sich mit so linken Methoden eine Beförderung zu erschleichen kann einfach nicht ungestraft bleiben.«

»Das sehe ich genauso.« In Claras Stimme schlich sich ein drohender Unterton. »Sie wird keine Freude an ihrer neuen Position haben.«

Die anderen stimmten ihr zu, und Valerie dachte, dass es wirklich keine Freude war, wenn man sich die Kollegen zu Feinden machte. Dann erinnerte sie sich daran, was sie eben beim Einpacken ihrer Habseligkeiten im Büro der ersten Assistentin entdeckt hatte. Denise' Arbeitsvertrag lag auf dem Tisch, und Valerie hatte nicht widerstehen können, einen Blick auf Denise' Gehaltserhöhung zu werfen – sie war noch geringer ausgefallen als ihre! Amanda bedachte eindeutig nur ihren eigenen Vorteil, aber da hatten sich mit ihr und Denise ja die Richtigen gefunden.

Doch dann kam Valerie ein positiverer Gedanke. »Ihr seid alle ganz herzlich im Café in Berlin willkommen! Es gibt Musik von Benny Goodman, großartigen Kaffee und leckeren Kuchen.« Erst jetzt fiel ihr auf, wie sehr sie das kleine Café in dieser kurzen Zeit schon ins Herz geschlossen hatte.

»Wir kommen bestimmt!«, »Ich buche heute noch einen

Flug!«, »Berlin ist immer eine Reise wert!« und »Lässt du uns die Adresse da?« tönte es von allen Seiten zurück.

»Natürlich.« Valerie schrieb mit einem Bleistift, den Clara ihr reichte, die Anschrift für die Kollegen auf.

Berenikes und mein kleines Swing-Café, dachte sie dabei. *Das hört sich doch wunderbar an.*

»Leider muss ich jetzt los.« Valerie griff nach der Kiste mit ihren Habseligkeiten. Verrückt, dass es so wenig war, was von all den Jahren in der Firma übrig blieb. Obwohl, es war ja nicht alles. Sie hatte auch unglaublich viel gelernt über Einrichtung, Gestaltung und aktuell über Unternehmensführung – zumindest, wie man es nicht machen sollte.

Clara umarmte Valerie und drückte sie fest an sich. »Wir werden dich hier vermissen, Süße!«

»Meldet euch und kommt zu Besuch, ich würde mich freuen.« Für einen Moment spürte Valerie einen Hauch Wehmut beim Abschied.

»Und melde du dich, wenn du farbige Einrichtungsideen für das Café brauchst«, bot Clara an.

»Vergiss uns nicht.« Das war der Marketingchef.

»Schreib uns, wie es dir geht«, meinte die Einkaufschefin.

Eine weitere Kollegin aus der Kreativabteilung umarmte Valerie herzlich. »Wenn es dir zu langweilig wird, kommst du einfach zurück.«

Valerie nickte, aber sie spürte, dass das nicht passieren würde. Zwar wusste sie noch nicht genau, wie ihre Zukunft aussehen würde, aber hierher zurückkehren würde sie niemals, und langweilig würde es garantiert auch nicht werden!

***

Der Abschied hatte deutlich länger gedauert, als sie erwartet hatte, aber nun lief Valerie mit ihren Habseligkeiten aus der Firma durch den Hofgarten in Richtung Odeonsplatz. Mit jedem Schritt, den sie tat, fühlte sie sich ungebundener. Keine bescheuerten Wünsche ihrer Chefin mehr, keine Auseinandersetzungen mit »netten Kolleginnen« wie Denise, nur noch ihr eigenes Ding und ihre eigene Zukunft.

Alles ist gut, sagte sich Valerie. Nur dass sie prompt wieder an Niklas denken musste, war nicht so gut. Warum war er auch so ein toller Typ?

Zuoberst im Karton hatte Valerie die Pralinenschachtel gebettet, die ihr Berenike aus Berlin geschickt hatte. Kurzentschlossen blieb sie stehen, nahm eine Praline heraus und schob sie sich in den Mund, bevor sie weiter an grünenden Bäumen und blühenden Beeten vorbeiging.

Hm, helle Schokolade mit einer Crème-brûlée-Füllung, erkannte sie, als sich das köstliche Aroma in ihrem Mund ausbreitete. Süße Energie war genau das Gegenmittel gegen Herzschmerz, das sie jetzt brauchte. Mit dieser Begründung nahm sich Valerie noch eine zweite Praline, diesmal Cassis in weißer Schokolade. *Doppelt hält besser*, beschloss sie dabei.

Während sie zum U-Bahn-Eingang auf dem Odeonsplatz ging, erwog sie, sicherheitshalber noch eine dritte Praline zu essen, um allen sauer-bitteren Gefühlen von vornherein entgegenzuwirken. Doch plötzlich hielt sie mitten in der Bewegung inne – da vorn lief Niklas. Er trug ein Baseballcap zu einem Monteuranzug und sah vollkommen verändert aus. Aber er war es eindeutig, Valerie hätte ihn noch im Halbdunkel mit verbundenen Augen erkannt. Sie spürte ihr Herz schneller schlagen. Vielleicht konnte sie ihn nicht für sich gewinnen, aber diesmal würde sie ihn zumindest nicht aus den Augen verlieren. Er bog in eine Seitenstraße ein, und Valerie sprintete sofort hinterher.

38. Kapitel

Mit energischen Schritten ging Niklas die Straße hinunter. Auf seiner Uhr war es halb sechs, und die Auktion würde um sieben beginnen, kurz nach Einbruch der Dunkelheit in diesen Breiten. Bis dahin musste er seinem Plan zufolge oben auf dem Dach stehen und das Oberlicht zum Bilderzimmer geöffnet haben.

Bevor er das Gebäude betrat, in dem das Auktionshaus untergebracht war, schob er sich eine Brille auf die Nase, die stark spiegelte und so eine Aufnahme seiner Augen sehr erschweren würde. In der Hand trug er seine Sporttasche, aus der jetzt einige Werkzeuge herausragten, während seine Haare komplett von einem Baseballcap des FC Bayern München verdeckt wurden. Er sah wie ein fußballbegeisterter Monteur aus, und wenn alles so lief, wie er das wollte, würde auch niemand auf die Idee kommen, dass dem nicht so war.

Zielstrebig ging er durch den Haupteingang des Gebäudes, in dem eine Vielzahl unterschiedlicher Büros, Kanzleien und Geschäfte, aber auch zwei Cafés untergebracht waren. Im Eingangsbereich wandte er sich nach links und verschwand durch eine unauffällige Seitentür in einem Treppenhaus, das in den Keller führte. Unten kam er an eine alarmgesicherte Brandschutztür. Das wäre vielleicht ein Problem gewesen, wenn nicht die alte Hausverwaltung ihrer Nachfolgerin die Codes für die Türen einfach in einem unverschlüsselten Dokument übermittelt hätte.

Niklas verkniff sich ein Pfeifen und schaute streng nach unten, weg von der Überwachungskamera hinter ihm, während er Arbeitshandschuhe überstreifte und den Code eingab. Es klickte, als das Schloss aufging.

Niklas betrat den Keller und ließ hinter sich die Tür ins Schloss fallen, bevor er in Plastikschoner für seine Schuhe schlüpfte. Je weniger Spuren, desto besser. Er schaltete seine Taschenlampe ein und leuchtete in alle Richtungen. Die Kellerbeleuchtung ließ er absichtlich ausgeschaltet. So würde er bemerken, wenn ihm jemand folgte, der seinerseits Licht brauchte. Das Gemäuer hier unten roch alt und modrig, und der Keller wurde der dicken Staubschicht nach anscheinend nicht zu oft betreten.

Umso besser, dachte Niklas zufrieden, während er zu dem Raum ging, in dem die Sperrhähne für die Wasseranschlüsse untergebracht waren. Ein Blick auf seine Uhr zeigte ihm, dass es fünf nach halb sechs war. Bisher hatte alles bestens geklappt.

Niklas leuchtete die verschiedenen Absperrhähne an. Die meisten sahen so aus, als wären sie seit Jahren, wenn nicht Jahrzehnten nicht mehr benutzt worden. Er suchte so lange, bis er den Hahn fand, mit dem sich der Wasserzufluss für den sechsten Stock regeln ließ, und drehte ihn zu. Erst ging es schwer, und Staub rieselte herunter, aber nach einiger Zeit wurde es leichter. Es knirschte, als der Hahn seine neue Endposition erreichte.

Perfekt, dachte Niklas. Nachdem er die Schuhschoner

an der Kellertür ausgezogen hatte, verließ er mit raschen Schritten das Gebäude. Jetzt hatte er ein wenig Zeit, bis man oben bemerken würde, dass kein Wasser mehr aus dem Hahn kam. Mit der Tasche in der Hand wechselte Niklas auf die andere Seite zu einem Nebeneingang. Auch dort nahm er die Treppe, aber diesmal bis ganz nach oben. Sechster Stock. Hier war neben dem Auktionshaus noch eine Unternehmensberatung untergebracht.

Viertel vor sechs. Bis jetzt lief alles nach Plan.

Niklas klingelte an der gläsernen Eingangstür der Unternehmensberatung. Kurze Zeit später ertönte der Summer, und Niklas kontrollierte noch einmal den Sitz seiner Baseballkappe, bevor er hineinging.

»Ciao«, sagte er. »Ich komme wegen des Problems mit dem Wasser.«

Die Empfangsdame schaute auf. »Welches Wasserproblem?«

Niklas erfasste, dass ihre blonden Haare in einem ordentlichen Zopf steckten und ihr Make-up gerade aufgefrischt worden war. Offenkundig zählte sie die Minuten bis zum Feierabend.

»Na, die Hausverwaltung hat uns gerade informiert. Gibt hier oben wohl irgendein Problem.« Niklas sprach langsam und bedächtig.

»Echt? Ich glaube, das muss ein Missverständnis sein.« Die Empfangsdame schüttelte ihren blonden Zopf. »Das Wasser funktioniert prima.«

»Soll ich mal nachsehen? Gibt's hier eine Teeküche oder so?« Niklas stand breitbeinig vor dem Tresen, während die Empfangsdame sich jetzt langsam erhob. »Da drüben.« Sie schaute auf ihre Uhr.

»Dauert auch nicht lange«, versprach Niklas.

Unauffällig schaute er sich um. Die Eingangstür war gesichert, die Fenster aber nicht.

Die Empfangsdame führte ihn in eine kleine, fensterlose Küche.

»Darf ich?« Niklas stellte den Wasserhahn an.

Erst lief das Wasser noch, aber dann wurde der Strahl schwächer, bis nur noch ein Rinnsal floss.

»Hm«, machte Niklas besonnen. »Scheint schon ein Problem zu geben.«

»Ach«, sagte die Empfangsdame überrascht, schaute aber als Erstes wieder auf ihre Uhr.

Von hinten rief jemand: »Die Spülung funktioniert nicht.«

»Ich habe schon jemanden gerufen, der sich kümmert«, rief die Empfangsdame zurück.

Aha, so läuft hier der Hase, dachte Niklas zufrieden. *Man muss sich profilieren, aber man hat es gleichzeitig eilig. Perfekt.*

»Kann ich mal die Waschräume sehen?«, fragte er dann.

»Die was?« Die Empfangsdame zupfte an ihrem Kostüm.

»Die Toiletten, Klos.«

»Ach so, ja natürlich.« Sie brachte ihn zu einer großen Herrentoilette neben einem kleinen Damenklo.

»Sind mehr Männer hier«, erklärte sie mit einem Schulterzucken.

»Und Sie müssen alle Arbeit da vorn alleine machen?« Niklas tat so, als schraubte er am Wasserhahn herum.

»Nein, eigentlich sind wir zu zweit, aber meine Kollegin ist heute krank. Dauert es noch lange? Ich habe nämlich gleich Feierabend.«

»Verstehe«, murmelte Niklas, der zufrieden registriert hatte, dass die Damentoilette im Vergleich zu den Räumlichkeiten für die Herren zwar winzig war, aber ein Fenster zum Hof hatte. »Ich beeile mich. Muss nur noch kurz was aus dem Auto holen.«

»Bekommen Sie das wieder hin?«, erkundigte sie sich.

Niklas nickte. »Ich denke schon, ist nur manchmal eine ziemlich fieselige Arbeit.« Er nahm seine Tasche hoch. »Bin gleich zurück.«

»In Ordnung.« Jetzt wirkte die Empfangsdame richtig ungeduldig, was Niklas geradezu erfreute.

Pfeifend lief er nach unten bis in den Keller, wo er den Absperrhahn wieder öffnete. Dann kehrte er zu der Unternehmensberatung zurück.

Die Empfangsdame ließ ihn diesmal sofort ein.

»Ich beeile mich«, versprach Niklas und ging direkt ins Damenklo. Dort schloss er sorgfältig die Tür hinter sich. Rasch öffnete er das Fenster, kletterte auf das Fensterbrett und brachte sein Seil außen am Dach an. Er testete, ob es hielt, und stellte fest, dass die Konstruktion erfreulicherweise mehr als stabil war. Niklas ließ das Seil auf dem Dach liegen und schloss das Fenster wieder.

Dann ging er nach vorn zum Empfangstresen.

»Wird langsam«, meinte er zu der ungeduldig auf ihrem Stuhl wippenden Empfangsdame. »Ich schaue nur schnell in der Teeküche nach.«

»Okay«, stimmte sie zu, aber er sah, dass sie ihren Computer schon ausgeschaltet hatte.

Ausgezeichnet, dachte Niklas.

Er ging in die Teeküche, drehte den Hahn dort voll auf, woraufhin das Wasser nach einem Augenblick wieder zu laufen begann. Niklas hielt seine Hand so in den Strahl, dass es in alle Richtungen spritzte, bis es in der Küche überall tropfte und sich eine ordentliche Pfütze auf dem Boden gebildet hatte. Auch sein Anzug hatte einiges abbekommen.

»Verflixt«, sagte er, als er zurück zum Empfang kam. »Wasser läuft wieder, aber es gab eine ziemliche Überschwemmung. Ich muss noch aufwischen.«

Wie von einer Schnur gezogen wanderten die Augen der Empfangsdame wieder zu ihrer Uhr.

»Ist nicht so wild, Sie können schon gehen, ich schaffe das«, versicherte Niklas.

»Ich darf Sie aber hier nicht allein lassen.«

»Sie können mir auch mit dem Aufwischen helfen«, schlug Niklas vor, woraufhin ihr sowieso nicht gerade begeisterter Gesichtsausdruck in vollkommene Ablehnung umschlug.

»Ich …«, begann sie halbherzig.

»Wissen Sie was: Sie lassen mich ja nicht allein. Da hinten arbeitet doch noch wer. Sie gehen jetzt, ich wisch noch schnell auf und verschwinde dann, schließlich ruft auch mein Feierabend. Einverstanden?«

Er sah, wie sie mit sich rang.

»Und Sie wischen wirklich nur noch auf?«

Niklas nickte.

»Und das Wasser läuft wieder?« Sie schien immer noch nicht hundertprozentig überzeugt.

Niklas deutete auf seinen triefenden Anzug. »Eindeutig.«

»Also gut. Aber Sie gehen dann gleich, ja?« Ihr Wunsch loszukommen war offenkundig stärker als ihr Pflichtbewusstsein.

»Glauben Sie, ich arbeite länger als unbedingt nötig?« Niklas ließ seine Stimme dabei ganz tief klingen. »Nachher spielen die Bayern, ich bin jetzt schon spät dran, muss noch den Wagen zurück…«

»Jaja, schon gut.« Dieses Argument verfing offenkundig, und sie war bereit, seinen Vorschlag anzunehmen.

Niklas verabschiedete sich und stiefelte zurück in die Teeküche, wo er alles aufwischte, während er genauestens auf die Geräusche von vorn achtete. Als er die Eingangstür ins Schloss fallen hörte, schaute er kurz um die Ecke und sah durch das Glas der Eingangstür noch den blonden Pferdeschwanz in Richtung Aufzug verschwinden.

Jetzt nichts wie los.

Er nahm seine Tasche, versicherte sich, dass niemand kam, und ging hinüber zur Damentoilette. Dort zog er seine Handschuhe aus, schlüpfte aus seiner Monteurskluft, unter der er einen schwarzen Ganzkörperanzug zum Klettern trug, und steckte den nassen Blaumann zusammen mit den Werkzeugen in seine Sporttasche, die er wieder zum Rucksack umfunktionierte. Bevor er das Fenster öffnete, auf das Fensterbrett kletterte und nach draußen verschwand, streifte er noch seine Kletterhandschuhe über. Draußen wurde es schon dunkel, und er befand sich auf der von der Straße abgewandten Gebäudeseite. Vom Hof aus konnte man ihn vielleicht noch sehen, aber dort unten war niemand, außerdem bewegte sich Niklas so rasch und flach über das Dach hinweg, dass er aus jedem möglichen Blickfeld praktisch sofort wieder verschwunden war.

Niklas kletterte um den sechsten Stock herum, bis er auf der Seite des Auktionshauses ankam. Hier waren mehrere Oberlichter in das Dach eingelassen worden. Rasch kroch

Niklas hinüber. Wenn seine Informationen stimmten, beleuchteten vier Oberlichter den Hauptraum des Auktionshauses und zwei das benachbarte Bilderzimmer. Alle waren hell erleuchtet, und Niklas konnte durch den matten Glanz der Oberlichter weit unten verschwommene Bewegungen ausmachen. Er schaute auf seine Uhr, es war Viertel nach sechs. Im Moment herrschten noch hektische Vorbereitungen, aber in wenigen Minuten würde es kurz ruhig werden, bevor die Teilnehmer der Auktion eintrafen, begleitet von einigen Schaulustigen, die den Abend gern in der aufgeregten Stimmung einer spannenden Versteigerung verbrachten. Während der kurzen Ruhephase wäre der Zeitpunkt günstig für ihn, eines der Oberlichter zur Bilderkammer ganz zu öffnen. Bis dahin würde er erst einmal nur eine kleine Kamera anbringen, um sich genauer umzusehen. Niklas setzte den Rucksack ab und öffnete ihn. Oben lag sein Werkzeug und ganz unten, gut verpackt, die Kopie des kleinen Degas.

39. Kapitel

Langsam ging Valerie die Straße entlang. Sie war das ganze Karee abgelaufen, um Niklas zu finden, aber er blieb wie vom Erdboden verschluckt, obwohl sie sich ganz sicher war, ihn gesehen zu haben. Dafür konnte es nur eine Erklärung geben: Sie hatte ihn erneut verloren.

Wie doof kann man nur sein, dachte Valerie wütend auf sich selbst. Jetzt wurde es schon dunkel, und ihre Hoffnung sank, ihn noch irgendwo auszumachen. Vor lauter Genervtheit futterte sie die Pralinenschachtel leer, was ihr auch noch ein unangenehmes Völlegefühl im Magen bescherte. Unwillig schaute sie in das Schaufenster eines bekannten Geschäfts für Innendekoration. Früher hätte es sie begeistert zu sehen, dass dort Amanda Modefürsts aktuelle Kollektion ausgestellt wurde, aber gerade verursachte es ihr eine leichte Übelkeit (die allerdings auch vom exzessiven Schokoladenkonsum herrühren konnte).

Valerie ging weiter und blieb kurz darauf wie angewurzelt stehen. Direkt neben dem Innendekorationsladen hing in einem Schaukasten ein elegantes, schlichtes Werbeplakat für eine Auktion. Das war jedoch nicht, was Valeries Aufmerksamkeit fesselte. Vielmehr war es die kleine Zeichnung von Degas, die neben anderen Gemälden auf dem

Plakat abgebildet war. Eine Tänzerin, dieselbe wie auf dem Foto bei Berenikes Unterlagen.

Valeries Herz klopfte vor Aufregung. War Niklas vielleicht in diese Straße eingebogen, um das Bild zu ersteigern? Valerie schaute auf ihr Handy. Es war Viertel vor sieben.

Vielleicht hat mich Niklas doch an den richtigen Ort gelotst, dachte Valerie und spürte ihr Herz noch schneller schlagen. Sie stellte den Karton mit ihren Habseligkeiten kurz ab, um die Tür zu öffnen, dann hob sie ihn wieder hoch. Diese Auktion würde sie sich auf keinen Fall entgehen lassen, und wenn sie erst mitten in der Nacht zurück nach Berlin käme.

***

»Und was machst du morgen?«

»Weiß nicht, wahrscheinlich gehe ich in die Bib.«

Die beiden jungen Männer in weißen Hemden und Anzughosen, deren Aufgabe es war, bei der Auktion die Gemälde in der richtigen Reihenfolge aus dem Bilderzimmer zu holen und wieder zurückzubringen, unterhielten sich halblaut miteinander.

Von seinem Spähposten auf dem Dach aus konnte Niklas sie sehr gut hören und sie mithilfe seiner Kamera auch sehen, genau wie die Bilder im Übrigen, die sorgsam nummeriert in den Registerschränken aufbewahrt wurden. Das Oberlicht hatte er dafür ein kleines Stück geöffnet. Wenn der richtige Zeitpunkt kam, würde er es ganz aufklappen, sich abseilen, den Degas mit seinem Rahmen gegen die Kopie austauschen und anschließend sofort verschwinden. Das Oberlicht musste wieder geschlossen sein, bevor die beiden Studis das nächste Mal auftauchten.

So weit der Plan.

Jetzt nutzte Niklas die Zeit, um sich so gut wie möglich mit dem Raum und mit der Sortierung der Bilder vertraut zu machen. Vorhin im Zug hatte er die Unterlagen zur Auktion genauestens studiert. Vor dem Degas war ein Max Liebermann an der Reihe. Das war das Spitzenlos, und Niklas erwartete, dass seine Versteigerung vergleichsweise lange dauern würde. Auf alle Fälle lange genug für den Austausch der Bilder.

»Ich kann es kaum erwarten, dass ich endlich diese blöde Semesterarbeit fertig habe. Ich kann das ganze Zeug schon singen«, sagte unten einer der jungen Männer zum anderen.

»Ich weiß genau, was du meinst. Wenigstens ist der Job hier total entspannt«, erwiderte der andere, worauf sie sich zufrieden zunickten.

***

Valerie saß ziemlich weit außen im Auktionssaal, aber ganz vorn, um alles genau beobachten zu können. Die Veranstaltung war gut besucht, aber nicht überfüllt, und der Platz rechts neben ihr blieb frei, sodass sie ihren Karton darauf abstellen konnte. Die Stühle standen locker nebeneinander, sahen elegant aus, waren aber nicht besonders bequem.

Umgekehrt wäre es besser, überlegte Valerie, während sie sich mit Interesse umblickte. Links neben ihr saß eine Frau in einem Dirndl und mit einem breiten roten Band in den kurzen dunklen Haaren. Sie blätterte emsig in ihrem Katalog, in dem sie, wie Valerie sah, etliche Stücke markiert hatte. Es gab Herren in gut sitzenden Anzügen, Damen im Kostümchen, aber auch hier und da Bieter in Jeans. Niklas konnte Valerie nirgends entdecken. Der Saal summte und brummte, und es wurde erst ruhiger, als die Auktionatorin, ebenfalls im dunklen Anzug, auf charmante Art den Abend eröffnete.

Nun schlug auch Valerie den Katalog auf, in dem die zu versteigernden Kunstwerke aufgelistet und mit ihren Schätzpreisen versehen waren. Fast wie von selbst kam sie auf die Seite mit der Zeichnung von Degas. Valerie betrachtete sie eindringlich, dann blickte sie wieder auf und bemerkte, dass ihre Nachbarin schon kräftig mitbot. Anscheinend war es ein guter Abend für das Auktionshaus, denn fast alles, das aufgerufen und von zwei jungen Männern hereingetragen wurde, konnte versteigert werden, oftmals zu hohen Preisen.

Valerie ließ sich von der allgemeinen Aufregung anstecken und verfolgte mit Vergnügen, wie ihre Nachbarin immer wieder die Hand hob, um ein höheres Gebot zu signalisieren. Zusätzlich zu den Saalbietern gab es externe Interessierte, die telefonisch oder online mitboten, was alles noch spannender machte. Mehr als einmal wurde Valerie fast von der allgemeinen Kauflust angesteckt, und sie konnte plötzlich verstehen, warum man eine fieberhafte Freude an Auktionen entwickeln konnte.

Das nächste Kunstwerk kam unter den Hammer, und so langsam näherten sie sich der Zeichnung von Degas. Ungeduldig und gleichzeitig unsicher, was sie erwartete, biss Valerie sich auf die Unterlippe. Doch nun war erst das Highlight des Abends an der Reihe, ein Bild von Max Liebermann, das mit dem bei Weitem höchsten Schätzpreis angeboten wurde. Die beiden jungen Männer brachten das großformatige Gemälde herein, worauf ein Geraune durch den Saal ging.

»Dieses wunderschöne Gemälde von Max Liebermann aus dem Jahre 1923 …« Die Auktionatorin begann, das Bild vorzustellen, aber Valerie konnte sich kaum darauf konzentrieren.

War der Degas, der gleich folgen würde, wirklich das Bild, über das ihre Tante immer wieder geschrieben hatte? Jenes Kunstwerk, das sie nach dem Tod von AvH nicht bekommen hatte, obwohl es ihr seinen Worten nach zugestanden hätte? Wieder und wieder schaute Valerie so angestrengt in den Katalog, dass sie fast verpasst hätte, wie für den Max Liebermann geboten wurde.

»Wir fangen bei 210000 Euro an«, erklärte die Auktionatorin. »Dort drüben zweizwanzig, da, zweidreißig am Telefon. Vielen Dank. Wir sind bei zweidreißig, zwei dreißig, wer …«

Plötzlich ging erneut ein Raunen durch den Raum.

»Siebenfünfzig, der Herr dort in Weiß.«

Valerie drehte den Kopf. Ein ganzes Stück weiter hinten saß ein Mann in einem weißen Anzug, der mehr als das Dreifache des aktuellen Preises geboten hatte. Das war ein Sprung!

»Höre ich ein höheres Gebot?« Die Auktionatorin blickte sich um. »Dann zum Ersten … zum Zweiten.« Hier machte sie eine Kunstpause. »Zum Dritten – verkauft an den Herrn in Weiß.«

Das Gemurmel und Getuschel im Saal nahm nicht ab.

»Verrückt«, japste die Frau in dem Dirndl neben Valerie. »So viel zu bieten. Das ist der Wahnsinn.«

Die beiden jungen Männer trugen das Bild von Max Liebermann zurück. Währenddessen wurde es fast noch lauter im Saal, überall begannen Leute, aufgeregt miteinander zu reden. Der vorangehende junge Mann hatte gerade die Tür zum Bilderzimmer aufgeschoben, als Valerie plötzlich einen Krach von dort hörte. Sofort dachte sie an Niklas. Sie wusste nicht einmal, wieso, aber es kam ihr einfach in den Sinn. Vielleicht war er …

Doch die Träger würden gleich dort drinnen sein – Valerie sprang auf, tat so, als bliebe sie am Stuhlbein neben sich hängen, und ging mit einem enormen Getöse zu Boden. Dabei schubste sie auch noch den Karton mit ihren Habseligkeiten hinunter, sodass sich sein ganzer Inhalt über das Parkett ergoss. Ein großes Tohuwabohu folgte, mehrere Personen um sie herum wie die Frau mit dem Dirndl eilten zu Hilfe, und ein Mitarbeiter des Auktionshauses kam herbeigestürzt. Die beiden Träger blieben wie angewurzelt an der Tür zum Bilderzimmer stehen.

»Haben Sie sich verletzt?« Der Mitarbeiter des Auktionshauses versuchte, Valerie aufzuhelfen.

»Dieser Stuhl! Das Bein stand zu weit vor, ich bin einfach daran hängen geblieben. Sie müssen wirklich Ihre Stuhlreihen besser ausrichten!«, erklärte Valerie empört und begann, ihre Sachen aufzusammeln, während ihre Sitznachbarin und der Mitarbeiter des Auktionshauses ihr halfen.

Erst nach einer Weile kehrte wieder Ruhe ein.

»Wir fahren jetzt fort«, meinte nun die Auktionatorin, woraufhin die beiden jungen Männer im Bilderzimmer verschwanden und einen Augenblick später mit einem neuen Kunstwerk zurückkehrten.

Es war die Zeichnung von Degas.

40. Kapitel

Das war knapp, dachte Niklas völlig außer Atem, als er das Oberlicht wieder fest verschloss. Wer hätte auch gedacht, dass ausgerechnet der Max Liebermann so schnell versteigert werden würde? Er zog sein Handy aus der Tasche und wählte die Nummer, die er vorbereitet hatte. Es dauerte nur einen Augenblick, bis jemand dranging.

»Auktionsha…«, begann eine Frauenstimme.

»Der Degas, den Sie gerade versteigern wollen, ist eine Fälschung«, unterbrach Niklas sie. »Sie hätten das sehen müssen, die Strichführung an den Beinen entspricht nicht dem Original.«

»Wie bitte?« Die Frau, die wahrscheinlich damit gerechnet hatte, ein Gebot entgegenzunehmen, wirkte verunsichert.

»Unterbrechen Sie die Auktion. Der Degas ist eine Fälschung. Die Familie, die ihn eingeliefert hat, war schon einmal in einen Fälschungsfall involviert.«

»Aber wir …«

»Glauben Sie mir, unterbrechen Sie die Versteigerung, alles andere wird negativ auf Sie zurückfallen.« Niklas sprach schnell, aber deutlich. Er hatte jedoch keine Zeit zu diskutieren, denn er musste schnellstmöglich von hier verschwinden. Ohne ein weiteres Wort legte er auf. Dann schickte er eine Nachricht an die Nummer, die ihn damals darüber informiert hatte, dass der Degas für ihn unter der Ausziehcouch in der Wohnung in Berlin deponiert worden war: *Ware erhalten, Depot?*

Praktisch augenblicklich erhielt er eine Antwort in Form von GPS-Daten.

Niklas lernte sie auswendig, bevor er das Handy ausschaltete, die SIM-Karte entnahm und zerbrach.

Dabei dachte er daran, was er gesehen hatte, als die Studenten die Tür zum Bilderzimmer öffneten, während er noch mitten im Raum stand und glaubte, nun wäre alles verloren. Es war eine Frau gewesen. Eine einzigartige Frau. Eine Frau namens Valerie.

Und sie hatte ihn gerettet.

***

»Halt!« Eine Frau rief es laut durch den Auktionssaal.

Alle drehten sich um. Valerie, die gerade ihre letzten Habseligkeiten wieder eingesammelt hatte, richtete sich unwillkürlich auf. Ihre Nachbarin, die offenkundig in diesem Moment bieten wollte, ließ die Hand wieder sinken, und der Angestellte des Auktionshauses, der Valerie unterstützt hatte, schaute perplex in Richtung der Rufenden.

Die Auktionatorin geriet ins Stocken, während eine Kollegin von hinten nach vorn gestürzt kam. Sie wirkte fast hysterisch und redete hektisch auf die Auktionatorin ein. Im Saal kam Gemurmel auf.

Der Blick der Auktionatorin verfinsterte sich unter den Worten ihrer Kollegin. Dann nickte sie und wandte sich wieder an die Bieter. »Leider steht das Bild von Degas nicht zum Verkauf.«

Ein Stimmengewirr brach los, unterbrochen von mehreren lauten Zwischenrufen, aber Valerie griff nur nach ihrem Karton. Jetzt konnte sie gehen, denn der Grund, warum sie hierhergekommen war, hatte sich gerade in Luft aufgelöst. Aber sie wurde den Eindruck nicht los, dass hier gerade eine Operation der »ausgleichenden Gerechtigkeit« durchgezogen worden war. Und vielleicht, wenn sie sich beeilte, konnte sie Niklas noch erwischen.

***

Niklas erster Impuls war es, sofort loszurennen. Kaum dass er über das Dach zurück auf die Seite der Unternehmensberatung geklettert war und sich dort vom sechsten Stock in den Hof abgeseilt hatte, wollte er fliehen. Immerhin hatte er in seinem Rucksack einen echten Degas und jede Menge Ausrüstung, die jede noch so gute Ausrede nur als das entlarven würden, was sie war: eine Ausrede. Aber er konnte nicht direkt fortlaufen, er musste zuerst seine Tarnung vervollständigen. Das war das Wichtigste. Rasch packte Niklas in einer dunklen Ecke des großen Hofes das Seil in seinen Rucksack, den er jetzt wieder als Tasche verwendete, bevor er Sportkleidung herausholte und über seinen Kletteranzug zog. Aus der Tasche ließ er nun einen Badmintonschläger ragen. Er fuhr sich einmal durch die Haare, dann war er bereit zu verschwinden.

Plötzlich schoss ihm jedoch eine Überlegung durch den Kopf. Er konnte sich nicht einfach in Luft auflösen. Und der Grund dafür hatte einen Namen: Valerie.

Was war, wenn sie doch XX war oder zumindest ganz dicht an XX dran? Dann hätte sie die Nachricht erhalten, die er gerade mit seinem Handy verschickt hatte. In diesem Fall konnte er ihr das Bild auch direkt übergeben, und das Rätsel, wer XX war, das ihn seit Ewigkeiten beschäftigte, wäre ein für alle Mal gelöst.

Mit großen Schritten verließ Niklas den Hof und traf draußen vor dem Haupteingang direkt auf Valerie.

***

»Hallo.« Valerie war hypernervös, gleichzeitig aber fest entschlossen, es sich keinesfalls anmerken zu lassen. Also steckte sie all ihre Coolness in das eine Wort.

»Hallo.« Niklas war scheinbar ebenfalls tiefenentspannt.

»Auf dem Weg zum Badminton?« Valerie wies auf seinen Schläger, während sie ihn unauffällig musterte.

Wenn Niklas wirklich der Dieb war, wie sie annahm, musste er in dieser Tasche den Degas haben. Damit hätte sie nicht nur den Beweis, dass er der war, für den sie ihn hielt, sondern noch viel mehr. Wenn sie ihm folgte, würde er sie zwangsläufig zu Berenike führen, denn er musste ihrer Tante ja das Bild übergeben …

Diesmal lasse ich mich nicht mehr abschütteln, schwor Valerie sich. Niklas war vielleicht der Beste, aber sie hatte ein Ziel vor Augen und einen eisernen Willen. Auf alle Fälle war sie bereit, sich an seine Fersen zu heften, koste es, was es wolle.

Aber Niklas lief nicht fort, er ging sogar entspannt neben ihr her, als sie probeweise ein paar Schritte machte.

»Es tut mir leid, dass ich heute Nacht so plötzlich verschwunden bin.« Jetzt legte er ihr sogar den Arm um die Schultern.

Valerie, die sich mit aller Macht um professionelle Distanz bemühte, merkte, wie ihr Vorsatz langsam, aber sicher ins Wanken kam. Niklas so dicht bei sich zu spüren war einfach zu verführerisch.

Stopp, ermahnte sie sich streng. »Das macht doch nichts, dass du gegangen bist«, sagte sie dann freundlich. »Ich wäre auch überrascht, wenn jemand praktisch Fremdes ein Foto von mir hätte.«

Dabei überlegte sie, wie sie es am besten anstellen konnte, einen Blick in Niklas' Tasche zu werfen. Irgendwie musste sie ihn dazu bekommen, sie abzustellen und kurz wegzugehen. Nur wie?

»Ich hätte trotzdem nicht einfach so verschwinden sollen.« Niklas blieb stehen, sodass auch sie anhalten musste.

Sie schaute zu ihm auf, sah den aufmerksamen Blick seiner blauen Augen, die blonden Haare, die fast ein wenig verschwitzt wirkten, und den Mund, dessen Lächeln sie so schön fand.

Für einen Augenblick tat keiner von beiden etwas, dann ging es plötzlich ganz schnell. Bevor Valerie noch überlegen konnte, was sie als Nächstes tun wollte, küssten sie sich. Und was für ein phänomenaler Kuss es war! Er fühlte sich an wie der Kuss aller Küsse und war definitiv dazu angetan, jeden Vorsatz und jeden Plan wie ein Kartenhaus in sich zusammenfallen zu lassen.

Aber jetzt nicht. Valerie nahm sich so sehr zusammen, wie es nur irgend ging. Dabei half ihr der Karton, den sie in ihren Armen hielt und der jeden zu innigen Kontakt blockierte.

»Wow, du kannst immer noch fantastisch küssen«, murmelte Niklas. Er hatte seine Tasche abgestellt und legte beide Arme um sie und zwangsläufig auch um die Kiste, um sie noch dichter an sich heranzuziehen. Aber Valerie ließ sich nicht täuschen. Tastete er sie etwa gerade ab?

»Gibt es irgendwo einen Ort, wo wir hingehen können?«, fragte er in ihre Überlegungen hinein.

»Ich habe hier eine Wohnung.«

»Super. Gehen wir dorthin?« Als Niklas sie dabei streichelte, hatte Valerie große Mühe, sachlich zu bleiben. Doch sie hatte ein Ziel vor Augen, und diesmal würde sie es auch erreichen.

»Warum nicht?« Sie bemühte sich, abgeklärt und entspannt zu klingen.

Niklas griff nach seiner Tasche. »Jetzt gleich?« Und seine Stimme klang so einladend dabei, dass Valerie niemals hätte ablehnen können, selbst wenn sie es nicht für die perfekte Idee gehalten hätte.

***

Niklas versuchte, ruhig durchzuatmen. Er wusste nicht, was Valerie an sich hatte, aber sie brachte ihn um den Verstand. Er brauchte nur ihren leichten Duft nach Schokolade einzuatmen, und es war um ihn geschehen.

Wahrscheinlich war es jedoch auch objektiv klug, zu ihr nach Hause zu gehen. Denn dort konnte er alles unauffällig durchsuchen und sich ein besseres Bild von ihr machen. Ganz abgesehen davon, dass …

An jeder Ampel blieben sie stehen, um sich zu küssen, gleichgültig, ob sie grün oder rot war.

»Ist es noch weit?«, flüsterte Niklas irgendwann.

»Ja, ziemlich«, flüsterte sie zurück.

Ihre Stimme klang so, dass Niklas aller Vernunft zum Trotz in der Nähe des Tatortes einem Taxi winkte. Aber war nicht Valerie das beste Alibi, das er sich denken konnte?

***

Ich muss ihn irgendwie ins Bad lotsen, überlegte Valerie auf der Taxifahrt. Schließlich war der Türgriff dort immer noch defekt, und wenn sie die Tür von außen schloss, wäre Niklas eingesperrt … und sie konnte in Ruhe seine Sachen durchsuchen. Perfekt!

Sie war so zufrieden mit ihrem Plan, dass sie sich einen Augenblick ganz Niklas' Küssen hingab. Das war so wunderbar, dass es ihr schwerfiel, in die Realität zurückzukehren, als das Taxi hielt.

Nachdem Valerie bezahlt hatte (aus einem Grund, den sie selbst nicht verstand, bestand sie darauf), rannten sie fast die Treppe bis zu ihrer Wohnung hinauf. Oben schloss Valerie so hastig auf, dass beinahe der Karton mit ihren Habseligkeiten abermals zu Boden gegangen wäre. Doch dann waren sie in ihrer Wohnung, seine Tasche und ihr Karton abgestellt, die Tür schlug hinter ihnen ins Schloss, und alles andere war egal.

»Es ist hier etwas unordentlich«, murmelte Valerie entschuldigend.

»Das macht doch nichts.« Niklas küsste sie so, dass Valerie das Gefühl hatte, es wäre tatsächlich vollkommen unwichtig.

»Ich muss nur kurz ins Bad«, flüsterte sie ihm zu.

»Aber komm gleich wieder.«

»Versprochen.« Schweren Herzens löste Valerie sich von ihm.

Im Bad klatschte sie sich eine Ladung eiskaltes Wasser ins Gesicht.

Erst die Arbeit, dann das Vergnügen, sagte sie sich streng. Und dafür musste sie jetzt Niklas um jeden Preis dazu bekommen, auch ins Bad zu gehen. Wie konnte sie das nur anfangen?

***

Schnell und geübt durchsuchte Niklas Valeries Sachen. Ihre Wohnung war wirklich ein einziges Chaos. Noch mehr verwunderte Niklas jedoch, dass sie kaum Wertsachen zu besitzen schien. Ihren Schmuck hatte er nach einer Minute lokalisiert, aber es war nichts richtig Wertvolles darunter. Aber nach Schmuck suchte er ja auch eigentlich nicht. Was er wirklich haben wollte, war ihr Handy, und sofern sie noch ein zweites besaß, auch das. Dafür durchkämmte er jetzt ihre Tasche. Aber als er hörte, wie sie zurückkam, stopfte er kurzerhand die Sachen, die er herausgenommen hatte, wieder hinein und sprang zum Bücherregal hinüber, als hätte er sich gerade ansehen wollen, was sie so las.

»Schön hast du es hier«, begann er und drehte sich um. Doch dann verstummte er, denn Valerie hatte nichts mehr an, und Niklas war sich sicher, noch nie in seinem Leben eine so schöne Frau gesehen zu haben.

»Ich muss auch noch einmal ins Bad«, stammelte er, weil ihm just in diesem Moment klar wurde, dass er ja noch seinen Kletteranzug unter der Sportkleidung trug.

»Klar.« Mit einem Lächeln wies sie in die Richtung, aus der sie gekommen war.

Niklas konnte seinen Blick nicht von ihr lösen. Erst eine ganze Weile später merkte er, dass er immer noch wie angewurzelt vor dem Regal stand. Überstürzt lief er ins Badezimmer und warf die Tür hinter sich ins Schloss.

***

Valerie bewegte sich so schnell auf Niklas' Sporttasche zu, dass sie um ein Haar auf irgendwelchen herumliegenden Sachen ausgerutscht wäre.

Aber sie hatte keine Zeit, sich über ihr Chaos zu ärgern. Stattdessen ging sie in die Knie, öffnete hastig die Tasche und durchsuchte sie. Ein Seil, Werkzeug, ein nasser Monteuranzug, andere Kleidung, ein Tablet, eine Kamera und ganz unten eine Transporthülle.

Mit vor Aufregung zitternden Fingern öffnete Valerie die Hülle. Darin lag, viel schöner als auf dem Foto, die Zeichnung von Degas in einem Rahmen, den man nur als prächtig bezeichnen konnte.

Wunderschön, dachte sie.

In diesem Moment knackte der Boden, und sie schaute hoch. Direkt vor ihr stand Niklas mit einem finsteren, ablehnenden Blick in den Augen.

»Wie kommst du aus dem Bad?«, stammelte sie, während er seine Hand ausstreckte.

»Gib mir das Bild«, verlangte er.

Langsam stand sie auf, die Verpackung mit dem Bild fest in Händen.

»Aber du warst doch…« Dann wurde ihr klar, mit wem

sie es zu tun hatte. Niklas war der Beste – der beste Dieb. Da stellte eine fehlende Türklinke sicher keinerlei Hindernis dar. Sie errötete.

»Gib mir das Bild«, verlangte Niklas abermals, und seine Stimme klang fast drohend.

Aber Valerie hatte keine Angst. »Wer bist du?«

»Gib mir das Bild und fass nichts an.« Niklas Stimme wurde noch tiefer und grollender.

»Wer bist du?«, wiederholte Valerie stur.

Über das Bild hinweg starrten sie sich an.

»Ich bin Niklas Wengler. Und wer bist du?«

»Valerie Küster«, antwortete Valerie, während sie sich mit einem Mal sehr nackt fühlte. Warum hatte sie sich auch bis auf die Haut ausgezogen?

»Einer von uns lügt«, stellte Niklas eisig fest.

»Ich weiß auch, wer, aber es ist keiner von uns beiden.« Valerie hielt ihm das Gemälde in seiner Schutzhülle hin.

»Öffne den Rahmen«, verlangte sie nun umgekehrt von Niklas.

»Was?«

»Mach ihn auf«, entgegnete Valerie fest.

»Warum sollte ich?«, fragte er zurück, ohne sich zu rühren.

»Weil wir so die Antwort auf unsere Fragen bekommen.« Valerie war sich mit einem Mal hundertprozentig sicher, dass das der richtige Weg war. Sie wusste nicht, warum sie nicht schon längst daran gedacht hatte, aber es musste Berenike um etwas anderes als die Zeichnung selbst gehen. Das war die einzige Möglichkeit. Offenkundig klang Valerie überzeugend, denn nun hob Niklas seine Handschuhe vom Boden auf, die ihr bei der Durchsuchung seiner Tasche herausgefallen waren, und streifte sie über. Vorsichtig nahm er den Rahmen mit dem Bild aus der Hülle. Aus seiner Tasche holte er ein Werkzeug, mit dem er behutsam die Rückseite ablöste. Als er sie herunternahm, erkannte Valerie, dass zwischen der Zeichnung von Degas und der Rückwand etwas eingeklemmt worden war. Wie gebannt starrte sie darauf. Es war etwas vollkommen anderes, als sie erwartet hatte. Es waren zwei Pässe und ein Stapel anderer Dokumente.

***

Niklas hatte schon einiges erlebt, aber mit einem Gemälde als Tarnung für zwei Reisepässe hatte er nicht gerechnet. Ebenfalls hatte er nicht damit gerechnet, diese Entdeckung neben einer wunderschönen nackten Frau zu machen.

Er nahm einen der Pässe heraus und schlug ihn auf. *Adele Walter*, stand in der Namenszeile, Geburtsdatum 2.7.1948. Das Bild zeigte eine Frau mit hellen Locken und schönen, wenn auch eher herben Gesichtszügen. Die Unterschrift im Pass kam Niklas bekannt vor. Sie ähnelte XXs Handschrift, sah aber so aus, als hätte jemand sie nachgeahmt. Valerie stellte sich neben ihn und schaute mit in den Pass. Als er sie ansah, bemerkte er, wie sich Valeries Ausdruck veränderte. Auf einmal wirkte sie, als verstünde sie alles.

»Den zweiten Pass auch«, bat sie.

Niklas klappte ihn auf. *Christian Walter* stand neben dem Foto eines älteren, etwas rundlicheren Mannes, der so aussah, als lächelte er oft und gern.

»AvH«, wisperte Valerie, kaum vernehmlich.

Sind mir diese Initialen nicht auch schon begegnet?, überlegte Niklas. Dann fiel ihm wieder ein, wann und wo. Es war bei seinem allerersten Einbruch für XX gewesen. Das Zimmer von AvH mit dem Monet. Jetzt der Degas dazu …

»Du weißt, wer diese Personen sind?«, fragte er Valerie.

Sie nickte. »Das sind meine Tante, oder eigentlich Großtante, und …« Sie schwieg für einen Augenblick. »… und der Mann, den sie und der sie geliebt hat.« In ihren Augen schimmerten Tränen.

Valeries knappe Erläuterung löste auch das Rätsel für Niklas. Adele Walter (oder wie ihr Name in echt auch immer lautete) war XX, und Valerie war ihre Nichte. Sorgfältig legte Niklas die Pässe zurück und verschloss den Rahmen wieder. Dann verstaute er das Bild in seiner Transportverpackung, die er in die Sporttasche bettete, bevor er sich wieder aufrichtete, die Handschuhe auszog und sich Valerie zuwandte.

»Hast du das geplant?«, fragte er sie.

Valerie schüttelte den Kopf. »Bis vor zwei Tagen wusste ich nicht einmal etwas davon.«

Sie sahen sich an, und wie bei ihrem allerersten Treffen überlegte Niklas, dass er noch nie so intensiv blaue Augen wie Valeries gesehen hatte. Aber jetzt wusste er auch, woran sie ihn erinnerten: Sie leuchteten wie das Wasser um die *Seerosen* von Monet.

»Und bist du der, für den ich dich halte?«, wollte Valerie wissen.

»Ich bin Niklas Wengler.« Das stimmte. Der war und blieb er. Aber Niklas wusste auch, dass das nicht alles war, wonach Valerie ihn gefragt hatte.

»In einem früheren Leben war ich auch der Gentlemandieb«, erklärte er daher.

Sie sahen sich an, lange, prüfend.

Schließlich machte Niklas eine Bewegung auf sie zu. »Und ich bin der, der sich in dich verliebt hat.«

»Ich habe mich auch in dich verliebt.« Valerie lächelte, und alles andere wurde unwichtig.

41. Kapitel

»Meine Tante hat dich angerufen, und so seid ihr in Kontakt getreten?« Valerie strich ganz leicht über Niklas' Wange.

Er nickte und wünschte sich, dass sie nie damit aufhören würde. Es fühlte sich großartig an, von ihr gestreichelt zu werden.

Auf der langen Strecke von München nach Berlin erzählten sie sich ihre Lebensgeschichten. Die wichtigen Dinge und die unwichtigen, die kleinen und die großen. Die Menschen, die ihnen etwas bedeuteten, und die Erlebnisse, die sie nicht mehr missen wollten. Seit sie in den Mietwagen gestiegen waren, den Niklas besorgt hatte, rankten sich ihre Erzählungen umeinander, untrennbar miteinander verbunden durch XX.

Eigentlich hatte Niklas vorgehabt, nie jemandem von früher zu erzählen. Aber jetzt war es eine Wohltat für ihn, es doch zu tun. Und jedes noch so kleine Detail schien Valerie zu faszinieren. Außerdem: Sie wusste aus den Unterlagen ihrer Tante sowieso schon eine Menge über seine Coups.

Mit jedem Kilometer, den sie zurücklegten, fühlte Niklas sich glücklicher. Glücklich und frei. Er hatte seinen letzten Diebstahl begangen und konnte jetzt tun, worauf er Lust hatte. Er war frei zu sein, wer er sein wollte; frei, sein Leben so zu gestalten, wie es ihm gefiel. Er konnte für Welkman Sicherungssysteme arbeiten, sein Buch über Kunstdiebstahl weiterschreiben oder einfach mit seinen Söhnen und Valerie um die Welt reisen. Das hieß, wenn Valerie das wollte.

Sie erzählte ihm, dass sie überlege, Berenikes »Unternehmen« weiterzuführen. Er würde sie sicherlich nicht beeinflussen, weder in die eine noch in die andere Richtung, aber wenn sie Fragen oder Schwierigkeiten hatte, würde er ihr helfen. Das war er schon allein XX schuldig.

Nie im Leben hätte ich geglaubt, eine Frau zu finden, die die Geschichten des Gentlemandiebs hören will und die noch dazu darin fast eintaucht, dachte Niklas staunend. Aber Valerie war wie keine andere. Er griff nach ihrer Hand und hielt sie ganz fest.

Draußen wurden die ersten Vorboten der Morgenröte sichtbar, und Niklas kam auf einmal die Idee, dass Valeries Großtante auch das alles eingefädelt haben könnte.

Danke, XX, dachte er stumm.

»Und jetzt?«, erkundigte sich Valerie.

»Jetzt deponiere ich das Bild am vereinbarten Ort und verbringe anschließend einen sonnigen Tag in Berlin. Und du?«

»Vielleicht könnte ich dich begleiten?«

»Ich könnte mir nichts Besseres vorstellen. Du bei mir. Außer natürlich du *und* dein Schokoladenkuchen bei mir.« Er lächelte sie an.

Ihre Mundwinkel hoben sich und formten jenen Bogen, den er so wunderschön fand. »Meinst du den Schokoladenkuchen mit Brausepulver? Den Jakob und Johnny so mögen?«

»Aber natürlich, denn was knistert sonst so wunderbar?«

»Dann lass uns jetzt einen backen, und bis alle wach sind, ist der Kuchen fertig.«

»Ist das dein Ernst?« Niklas warf ihr einen Seitenblick zu.

»Aber ja.« Valerie klang froh und optimistisch. »Ist das nicht die beste Art, den Tag zu beginnen?«

»Dich gebe ich nie wieder her. Dich müsste man mir schon stehlen.« Niklas' Stimme klang fast bewegt dabei.

»Und wer sollte das schaffen?«

Sie tauschten ein Lächeln, und Niklas hatte das Gefühl, endlich nach Hause zu kommen.

42. Kapitel

»Kann ich dir helfen?« Hilfsbereit streckte Joachim Mettling seine Hand aus, aber Berenike ergriff sie nicht.

»Ich brauche keine Hilfe«, sagte sie in ihrer nüchternen Art, während sie sich auf die Sessellehne stützte. »Ich hatte lediglich eine Metallentfernung am Fuß und keine zehnstündige OP am Rücken.« Vor ihnen ausgebreitet auf dem Tisch lagen die Dokumente aus dem Degas, zwei Pässe, Geburtsurkunden, alles, was man für zwei neue Identitäten brauchte.

»Aber eigentlich liegst du gerade im Koma«, protestierte Joachim, doch Berenike schüttelte nur abwehrend den Kopf. »Deshalb muss ich mich ja nicht so benehmen.«

Du bist einfach großartig, dachte Joachim voller Zuneigung.

»Glaubst du, es wird Valerie gut gehen?«, fragte Berenike nach einem Moment, ohne ihn anzusehen. »Das ist der einzige Punkt in meinen Plan, der mich wirklich schmerzt.«

»Dass du Valerie nicht mehr wiedersehen wirst?«

»Dass ich nicht miterleben kann, wie sie in ein neues Leben startet. Aber dafür kann ich einen ruhigen Lebensabend verbringen.«

»Von Holly weißt du doch, dass Valerie bisher alles ausgezeichnet gelungen ist.« Joachim wollte nicht, dass Berenike traurig war.

»Ich liebe meine Kleine.« Berenikes Stimme wurde ungewöhnlich weich. »Deshalb überlasse ich ihr auch alles, was ich habe.«

»Na ja, du gibst ihr nicht alles, du behältst noch genügend für dich«, erwiderte Joachim mit einem feinen Lächeln. »Aber ich bin beruhigt, dass die Ärzte dir deinen Sinn für Theatralik nicht versehentlich herausoperiert haben.«

Demonstrativ zog Berenike eine Augenbraue hoch, aber ihr restlicher Gesichtsausdruck blieb gelassen. »Nenn es, wie du willst, aber ich habe ihr mit Holly und Niklas meine besten Leute vererbt, dazu das perfekte ... sagen wir Unternehmen. Ich ziehe einen klaren Schlussstrich, sodass sie gleichzeitig auf etwas aufbauen kann, während sie ganz neu anfängt. Das ist deutlich mehr, als ich damals hatte.«

»Dafür hattest du deinen besten Mann ja schon bei dir.« Joachim war friedlich gestimmt und nicht so streitlustig, wie er das als Anwalt sonst oft gewesen war. Es war verrückt, aber seit diese Frau mit den unbeherrschbaren weißen Locken in sein Leben getreten war, schien alles wie verwandelt. Nicht nur, dass er so verliebt war wie nie zuvor, er wurde geradezu milde.

»Und wer soll mein bester Mann sein?« Nun wanderte auch noch Berenikes andere Augenbraue in die Höhe.

»Du selbst, du bist immer noch die Beste.«

Aber Berenike war für Komplimente nicht zu haben und machte eine abwehrende Handbewegung. »Wird sie denn klarkommen?«, fragte sie stattdessen, humpelte zum Fenster und schaute hinaus.

»Das fragst du mich? Es war und ist dein Plan.« Joachim blieb hinter Berenike stehen, berührte sie aber nicht, auch wenn er sie gern in den Arm genommen hätte.

Berenike seufzte leicht, dann zuckte sie die Achseln. »Es ist nicht anders möglich. Niemand darf wissen, dass ich noch lebe. Das ist der Preis der Freiheit. Aber ich hoffe, Valerie behält mich in guter Erinnerung. Außerdem ist es jetzt zu spät, die Zeit läuft.« Sie wandte sich wieder vom Fenster ab und wies auf die Dokumente auf dem Tisch, die auf sie warteten.

»Dann ist es jetzt so weit«, erklärte Joachim ruhig.

»Zeit, zum Flughafen zu fahren?«

»Ja, und sich endgültig von Berenike Küster zu verabschieden.« Joachim schaute sie besorgt an, aber Berenike lächelte nur. »Das ist kein Problem, ich wollte immer schon fünf Jahre jünger sein und Adele heißen.«

43. Kapitel

»Es tut mir furchtbar leid«, sagte Herr Mettling, aber Valerie hatte Mühe ihn zu verstehen, weil die Verbindung so schlecht war.

Sie stellte die Küchenmaschine ab, in der sie gerade den Teig für einen Schokokuchen à la Valerie zubereitete.

»Wie bitte?«, fragte sie.

Aus der Leitung kamen Geräusche, als würde Herr Mettling gerade neben etwas sehr Lautem stehen, wie einem beginnenden Orkan oder aber den startenden Triebwerken eines Flugzeugs.

»Meine Mandantin ist heute Nacht verstorben.« Der Anwalt hörte sich so an, als müsste er schreien, um sich überhaupt verständlich zu machen. »Es tut mir leid, dass ich Ihnen diese entsetzliche Nachricht überbringen muss.«

Im ersten Moment erschrak Valerie furchtbar, doch dann hörte sie Johnny glockenhell nebenan lachen und kam wieder zu sich. Berenike lag nicht im Krankenhaus, warum sollte sie also sterben? Dennoch musste Valerie der Sache auf den Grund gehen. Also wählte sie ihre Worte mit Bedacht. »Was ist denn passiert?«, fragte sie, scheinbar vollkommen schockiert.

»Dieser furchtbare Keim war für ihr geschwächtes Immunsystem zu viel…«, begann Herr Mettling. »Daher können Sie sie auch jetzt nicht mehr sehen, denn sie muss sofort eingeäschert werden.«

Nun ließen die Hintergrundgeräusche auf seiner Seite leicht nach, so als würde er in ein Flugzeug steigen.

»Das ist ja furchtbar«, zwang sich Valerie zu sagen, bevor sie ihren Köder auswarf. »Die arme Adele«, erklärte sie mit Grabesstimme.

»Nein, nein, Sie haben mich missverstanden, Adele geht es gut…« Herr Mettling brach plötzlich ab. »Ich muss jetzt gehen. Alles Gute für Sie.« Damit war die Leitung tot.

Valerie drehte sich zu Niklas um, der neben ihr stand. »Adele geht es gut«, wiederholte sie.

»Das habe ich mir gedacht. XX ist unverwüstlich.« Er neigte sich zu Valerie und küsste sie.

»Und jetzt?«, fragte Valerie eine ganze Weile später. Sie sahen sich an.

»Von jetzt an…«, begann Niklas, brach dann aber wieder ab.

»…lebten sie von Schokoladenkuchen mit Brausepulver bis ans Ende ihrer Tage«, führte Valerie seinen Satz zu Ende.

Niklas zog sie an sich. »…lebten sie glücklich und zufrieden.«

»Das klingt wunderbar«, stimmte Valerie ihm zu. Dann trat ein Funkeln in ihre Augen. »Oder wie wäre es mit: Von nun an erlebten sie jede Menge Abenteuer.«

»Oder: Von nun an… erlebten sie jede Menge Abenteuer und blieben zusammen – für immer«, schlug Niklas vor. Seine Stimme klang mit einem Mal unsicher, tastend, und Valerie sah, wie er rote Ohren bekam.

»Das heißt, wenn du möchtest«, fügte er rasch hinzu, als sie nicht gleich antwortete.

»Ich möchte!« Valerie war sich ihrer Sache noch nie so sicher gewesen. Ein neues Leben wartete auf sie, und sie würde es in aller Fülle leben. Mit diesem Mann an ihrer Seite, dem Dieb, der sich mitten in ihr Herz gestohlen hatte.

Epilog

Das Meer spülte unablässig kleine Wellen ans Ufer, die immer wiederkehrende und trotzdem jedes Mal einzigartige Muster in den Sand malten. Zufrieden hielt Berenike ihren Fuß in das warme Wasser und vergrub dann die Zehen im nassen Sand.

In Berlin hatte sie sich nicht vorstellen können, wie sich der Ruhestand wirklich anfühlen würde, aber jetzt musste sie zugeben, dass es ein göttlicher Zustand war. Den ganzen Tag lang hatte sie nichts anderes zu tun, als die Sonne zu genießen, zu lesen, gut zu essen und über alles nachzudenken, wozu sie Lust hatte. Stundenlang hörte sie Musik in ihrer Strandvilla und hatte sogar begonnen, ein wenig zu zeichnen.

Endlich musste sie nicht mehr planen, nicht mehr die richtigen von den falschen Aufträgen unterscheiden. Es gab keine schlaflosen Nächte mehr, keine Besorgnis, ob ein Coup gelingen oder ob er vielleicht ihr letzter werden würde. Nein, sie war frei und bereute es keine Sekunde, ihr altes Leben zurückgelassen zu haben. Es verging jedoch kein Tag, an dem sie nicht an Valerie dachte, und kein Tag, an dem sie nicht stumm Arthur für alles dankte, womit er ihr ungewöhnliches Leben bereichert hatte. Sie wusste, dass ihm die Freiheit, die sie jetzt genoss, auch gefallen hätte.

»Berenike?«

Es dauerte einen Augenblick, bis Berenike klar wurde, dass da wirklich jemand gerufen hatte und es kein Echo des Meeresrauschens war. Sie drehte sich um. Über den Strand kam ihr Joachim entgegen, und Berenike spürte, wie eine belebende Freude in ihrem Herzen Einzug hielt. Niemals hätte sie es für möglich gehalten, dass ihr die Liebe noch ein zweites Mal hold sein könnte – noch dazu in ihrem Alter. Aber als Adele war sie ja, Arthur sei Dank, jetzt auch amtlich jünger. Warum also nicht?

Zuerst war sie erstaunt gewesen, als ausgerechnet ihr Anwalt ihr seine Zuneigung gestanden hatte. Aber dann hatte sie sich gestattet, ihm und sich eine Chance zu geben. Und bisher hatte sie es noch keine Sekunde bereut. Zwar war Joachim nicht Arthur, aber er war ein interessanter und interessierter Gesprächspartner, ein mutiger Geist und dazu ein hervorragender Liebhaber.

Als er jetzt näher kam, erkannte sie, dass er etwas in Händen trug, das auf die Entfernung wie eine elegante weiße Schachtel aussah. Doch dann küsste er sie erst inniglich, bevor er ihr die Schachtel überreichte.

»Was ist das?«, fragte Berenike.

Joachim lächelte. »Gerade haben zwei kleine blonde Jungen in Strandkleidung bei uns geklingelt, um es abzugeben. ›Mit Grüßen an Adele‹ haben sie mir aufgetragen.«

Berenike klappte die Verpackung auf. Innen lag sorgfältig verpackt eine kleine Schokoladentorte in Herzform, deren Oberfläche von Brausepulver glitzerte. Darauf lag ein kleiner Zettel. *Für Berenike*, stand darauf, sonst nichts.

Natürlich erkannte Berenike die Handschrift augenblicklich. »Valerie hat mich gefunden«, flüsterte sie, während sie mit dem Zeigefinger vorsichtig über das glitzernde Brausepulver strich.

»Aber natürlich.« Joachim klang amüsiert. »Was hast du denn erwartet? Sie ist doch deine Nichte.«

Er lächelte sie an, und nach einem Augenblick entspannte sich Berenikes Gesichtsausdruck. »Ich werde sie wiedersehen, das ist wunderbar.« Vorsichtig brach sie die Spitze des Schokoladenherzens ab und schob es sich in den Mund. Sie hatte schon von dem erstaunlichen Erfolg des Brausepulver-Schokoladenkuchens im kleinen Swing-Café in Berlin gelesen, wo man mittlerweile schon Tage im Voraus reservieren musste, um überhaupt einen Platz zu ergattern. Und von dem Kuchen, der in alle Welt versandt wurde. Aber jetzt, als sie ihn kostete, musste Berenike zugeben, dass der Ruhm verdient war. Erst breitete sich ein volles, nur minimal bitteres Schokoladenaroma in ihrem Mund aus, bevor es von dem belebenden, zitronigen Geschmack des Brausepulvers perfekt ergänzt wurde. Zusammen schmeckte es wunderbar. Eine großartige Kreation!

Zufrieden schaute Berenike auf das Meer hinaus und wusste auf einmal, dass sich alles zum Guten entwickelt hatte.

»Das Leben mag voller Wunder sein«, sagte sie, während sich ein Lächeln in ihre Mundwinkel stahl. »Aber die Liebe knistert wie Brausepulver.«